剪　寇

刘慧敏　著

中国言实出版社

图书在版编目（CIP）数据

剪寇 / 刘慧敏著 .-- 北京：中国言实出版社，
2016.12（2019.1重印）
ISBN 978-7-5171-2086-5

Ⅰ.①剪… Ⅱ.①刘… Ⅲ.①长篇小说 – 中国 – 当代
Ⅳ.① I247.5

中国版本图书馆 CIP 数据核字（2016）第 291034 号

出 版 人：王昕朋
责任编辑：宫媛媛
文字编辑：张凯琳
装帧设计：水岸风创意文化

出版发行 中国言实出版社
地 址：北京市朝阳区北苑路 180 号加利大厦 5 号楼 105 室
邮 编：100101
编辑部：北京市海淀区北太平庄路甲 1 号
邮 编：100088
电 话：64924853（总编室） 64924716（发行部）
网 址：www.zgyscbs.cn
E-mail：zgyscbs@263.net
经 销 新华书店
印 刷 三河市华晨印务有限公司
版 次 2017 年 1 月第 1 版 2019 年 1 月第 2 次印刷
规 格 710 毫米 ×1000 毫米 1/16 20.75 印张
字 数 325 千字
定 价 52.80 元 ISBN 978-7-5171-2086-5

目 录

引 子

1937年7月7日“卢沟桥事变”。8月5日，侵华日军飞机侵入蔚县，开始对蔚县八大集镇及周边乡村进行狂轰滥炸，给蔚县人民造成了人畜伤亡和财产损失；8月27日，日军侵占张家口及怀来、涿鹿等地；8月28日柴沟堡被日军侵占；8月30日，日陆军部指示华北驻屯军及关东军在察哈尔省的作战地区为靖安堡——下花园——保安（涿鹿）——桑干河上游一线，同时，驻屯军要补给在张家口方面的关东军；9月11日，日军板垣师团5000余人，东从涿鹿，北从宣化，分两路侵入蔚县。

9月25日，八路军115师平型关告捷。板垣师团被迫撤离蔚县，调往山西挽救其在平型关大战中的败局；10月26日，八路军115师独立团在杨成武将军的率领下光复了蔚县。

11月24日，日军调集2万余兵力，分八路进攻“围剿”新生的晋察冀抗日根据地，从怀来、涿鹿、宣化、天镇等地集结3000余兵力，分东、西两路再一次进攻并侵占蔚县，致使蔚县又沦入日军的占领中。据蔚县文史资料记载，当时日军的主要长官分别是禄川、耿井、吉田。蔚县党政机关、群众团体和八路军在日军侵占蔚县地区时，主动撤离。军分区和特区委员杨成武、邓华、王国权指导大家学习了《抗日救国大纲领》，详细分析了当前的形势，决定重返蔚县，开辟南山抗日根据地……

在日军的铁蹄下，举国上下，无数中华儿女加入抗日队伍，以不同的形式投入到抗日救亡运动中。

一 剪刀求爱

在半个月的时间里，雪燕遭遇了两次具有火药味的求爱，差点没把娘给吓死。上次，雪燕女扮男装到戏楼看戏，当她喜欢的名角一品红出场后，抛起水袖刚“咿呀”两声，有人便开始喝倒彩。扭头看去，是位油头粉面的男子，大猩猩似的举着双手，发出“噢噢噢”的声音。雪燕心里很是不痛快了，想想娘的千叮咛万嘱咐，就忍着，忍得心里就像塞了把过冬的干草。

一品红身着水红镶白边的戏装，掠鬓云鬟，正中镶大朵的牡丹花，面若桃花，风情万种，唱腔悠扬而圆润，一笑一颦都能点响热情的掌声。突然，有件黑东西乌鸦般飞向戏台，一品红伸手接住，原来是一只脏兮兮的旧花鞋，散发着咸鱼味道。她翘起兰花指，提着鞋道白：“咦，咦，这是何等物件，竟不翼而飞……”扔到戏台边，继续唱戏。

那扔鞋的公子挺着锅模锅样的肚子喊道：“什么破红烂绿的，滚下去，快滚下去吧！”

太猖狂了，这哪忍得住！雪燕几步窜到那叫嚷的公子面前，指着他喝道：“你，你给我滚出去。”雪燕穿灰色长衫，身材修长，看上去就像宫灯上的流苏，而那公子头戴礼帽，身着古铜色团花马褂，肚子圆得像扣了锅，那形式像丝瓜跟南瓜对话，大家也似乎看到了雪燕痛哭流涕的样子，但没有人敢吱声。

那南瓜似的公子伸出火腿肠样的手指，指着雪燕叫道：“你知道你家爷是谁吗？你知道你家爷俺的爹是谁吗？”

雪燕说：“你家爷俺当然知道你爹是谁。”

南瓜公子得意地翻着眼说：“那你说说他是谁？”

雪燕耷拉着眼皮说：“还能是谁，是条狗呗！”

这时，一品红跑过来护在雪燕面前，道个万福说：“这位公子，快快请坐，一品红请你喝茶。”

那南瓜公子眯缝着眼睛，舔舔大板牙，说：“要请你就请爷喝花酒，茶，谁他娘稀罕？”

雪燕伸手把一品红拉到旁边，瞪眼道：“是你自己滚出去，还是俺帮你？”

南瓜公子握起油罐子大小的拳头，对着雪燕的脸撞去。雪燕的身子猛地弯下，双手轻轻点地，后腿优美地撩起来，踢到那人脸上。那南瓜公子捂着满嘴里的骨头渣子，留下一条血色的水线跑了。雪燕看看地上那条血线，摇头说：“真不值打，一打就漏了。”大家听到这里，顿时哄笑起来。原来，这南瓜公子多次用银子敲一品红的闺房，实在敲不开了，便每天在这里砸场子，让一品红很是头疼。

在接下来的戏中，有位大家小姐再没心思看戏了，眼睛不停地去瞄一边的雪燕。小姐目睹了只有说书唱戏中才有的英雄壮举，便从心里喜欢上了这位风度翩翩的青年。散戏后，她拉着丫环尾随在雪燕身后走。丫环急着说：“小姐，小姐咱走错了哩，咱家不在那边。”小姐用力甩甩她的胳膊，小声说：“你不说话能憋死啊！”

丫环见小姐盯着雪燕的背影，眼里都快伸出手了，便笑笑，说：“小姐俺懂哩。”

小姐瞪眼道：“你懂啥哩。”

丫环调皮地摇晃着头说：“反正俺懂哩。”

雪燕悠闲地走在街上，每当遇到棵柳树，便会跳起来打一下柳条，嘴里还哼着一品红那委婉的唱腔，时不时在腰里摸出一只晃眼白亮的物件，手腕轻扬，那亮的晃眼的物件就插到树上。她随后又跳跃着拔下，插到腰间。这让雪燕当成飞镖的小物件本来是蔚州窗花艺人用来刻窗花的工具，是雪燕娘亲自为她打磨的一套别致的工具，想着她用来好好研习，刻窗花用。谁知她把这刻刀练成了飞镖，常带在身上。那小姐是小脚的，追得辛苦，已经气喘吁吁了，满脸的绯红。她们曲曲折折跟到巷里，见雪燕进了四合院。

两人来到门前，丫环说：“小姐，俺去敲门。”

“别敲，别敲。”小姐眨着眼说，“你只要记住门就行哩。”丫环歪着头，扑扇着大眼睛使劲瞄着门。灰色的墙，苫着鱼鳞瓦，高高的门楼，黑漆的木门上，镶着两个虎头环。院里有棵高大的杨树，在风中翻着亮亮的叶子。

她点头说：“小姐俺记住哩。就他家有棵大杨树哩，你看，别人家没有。”

小姐问：“你真记准了吗？”

丫环有些不自信，从头上拔下簪子，在门旁的砖上划几道。小姐问：“你可给俺记牢哩。”丫环又不自信了，从兜里掏出红皮筋，系在了虎头吐出的铁环上，松开手“吧嗒”一声，吓得她吐了吐舌头。

小姐与丫环回家后，也没顾得上进房，站在院子里就喊上了：“爹，爹。”东西厢房里的门上伸出几个脸儿，又闪回去了。

赵百发从堂屋里出来，见女儿握着双拳，举在头顶，闭着眼睛大声叫嚷，便瞪眼道：“你是个大家小姐，在院里这么咋咋呼呼的，哪有一点大家闺秀的样子，成何体统？”

小姐说：“俺不管，你马上给俺去提亲，听到没有，去提亲。”

赵百发惊得眼睛瞪老大，问：“谁，谁家的公子？”

“俺不知道他是谁家的公子，但俺知道他住在哪儿。”

“胡闹！终身大事，岂能草率？”赵百发瞪着眼吼道。

“俺不管，你不去提亲，俺就死给你看。除了他，俺谁都不嫁。”

赵百发黄土埋到脖梗子了，膝下只有这么个宝贝闺女，是可着她性儿长大的。实在拗不过这个宝贝，只得去请媒婆。小姐在闺房里等得心焦，把自己的衣角都快揉烂了，不时扒着窗子向外张望。院里的假山旁，有两个女佣在那里低声说话，扭头见窗子框着小姐的脸，吓得拨拉着衣襟快步散去。

等到媒人回来，小姐急着来到客厅，问：“成了？”

媒婆捂着嘴，笑着摇头说：“小姐，不成。那家的公子是女扮男装。”抬眼见小姐满脸气愤，嘴噘得老高，又忙说：“这也没啥，菩萨奶奶都是男身哩。”

“女流之辈能有这么好的把式吗，女流之辈能有这样的侠肝义胆吗，女流之辈能打得过那男人吗？”小姐哭道，“没法活了，你们合起伙来骗俺，俺不活了，俺现在就挂起来，别拦俺，拦也拦不住，你们就等着替俺收尸吧。”

“真是岂有此理，俺闺女花容月貌，知书达理，人见人爱，如今往你矮枝上落，你还用枝条抽俺。来人啊，来人啊，把这个不知道天高地厚的小子给俺抓来，让俺看看他是不是潘安再世，有何德何能，把俺闺女给迷成这样。”赵百发见宝贝女儿哭成这样，大声喊着。

雪燕听说赵百发家的小姐要死要活地嫁给她，感到怪好玩的，就要走。娘本是不让来的，雪燕说：“娘，你没听到，人家要死要活，俺是去救命哩。”

娘说：“小姑奶奶，你就让娘多活几日吧。”

雪燕说：“你以后再叫俺姑奶奶，俺立马回去当尼姑，真是的，还叫起来没完了。”

客房里摆着红木八仙桌，两旁各摆有太师椅，靠背上镂雕的鹿芝图案，已经磨得发出铜镜的光泽。墙角处蹲有两个半人高的青花瓷瓶，里面插着四季不败的仿真手工艺花，诉说着赝品的美丽不需要阳光。屏风一水紫檀木的，镶着安东县令吴昌硕精写的寒友图。赵百发身着古铜色的马褂，绣万字图案。他面对镂雕的窗子立着，秃头上散发着柔润的光泽，背在后面的手里，还握着两枚核桃。

站在这样的客厅里，面对赵百发的傲气，雪燕很容易便用回忆打开童年的家境。那时候家里殷实得不输这样的气派，只是，偌大的家业被爹用烟枪打没了，现在他们只能过清贫的生活。赵百发慢慢地转过身来，肿胀的眼睛眯着眼前这个公子，人倒也清秀，便坐在太师椅上，手里“哗啦哗啦”转动着核桃，仰着头问：“令尊从事啥行当，家里铺子几间，良地几顷？”

雪燕故意说：“家父过世，家徒四壁，家无长物，这身衣裳都是借来的。请问，你把我请过来，有何贵干啊？”

赵百发痛苦地说：“你是如何欺骗俺家小姐的？”

雪燕扬起眉毛来，说：“哎哎哎，可是你到俺家求亲的。”

赵百姓瞪眼道：“你，你！”

有位女子从帐后袅娜地闪出来，衣裳闪着滑溜溜的光泽，模样儿粉嫩，神情羞涩。雪燕明白，用这样的织品包裹的一般都是小姐，便抱拳道：“小姐天生丽质，小生早已按捺不住，咱们先入洞房再拜堂如何？”

小姐晃了晃肩，用手遮面，低着头说：“羞死人…… ”

雪燕收起笑脸说：“你不同意，那俺走了。”

小姐急道：“别走，别走啊。”雪燕伸手夺过她滚烫的小手，搂着肩，就往内房钻。在进帷帐时，雪燕还回头对赵百发挤了挤眼。

“成何体统，成何体统？”赵百发盯着雪燕与小姐缠绕的背影，痛苦地

号叫着。他像踩在烧红的地板上，脸皮皱得像风干的苦瓜。垂幔波皱还未停歇，赵百发拔腿跑到院里，挥舞着双拳，喊道：“来人！快来人，马上操办婚礼用品。”下人们从角落里冒出来，缩着脖子立在赵百发面前，满脸天塌下来的表情。

小姐从房里出来，满脸的羞涩，偎到父亲跟前，轻声说：“爹，果然是个姐姐，让她走吧。”

雪燕对赵百发施礼道：“小生告辞了。”

赵百发怒气冲冲地盯着雪燕，挥着手，叫道：“真是世风日下……”

自从发生了求亲事件之后，娘不再让雪燕碰男装了。闺女家每天穿着男人衣裳到处瞎窜，惹是生非的，太没闺女样了。娘让她待在家里跟姐姐春燕学铰窗花。雪燕的娘是蔚州最著名的窗花艺人，被大家誉为剪娘。据说她闭着眼睛都能铰出十二生肖，活灵活现的模样儿，一松手都怕会飞会跑。剪娘最大的心愿是让两个闺女学铰窗花，夺得两年一届的窗花大赛头牌。让她遗憾的是，雪燕这孩子就不爱女红，不爱红纸，不穿红装，就爱穿着男人衣裳去惹事儿，常有人头破血流到家里要钱。有个痞子赌输了，用白绸蘸上鸡血缠到头上，来家里骗钱。剪娘塞给他两块大洋，正好雪燕回家，听说是来要钱的，就真把他的头打破了，吓得剪娘当场跪倒在地，哭道：“小姑奶奶哎，你就让娘多活几日吧。”

雪燕所以变成这样儿，剪娘是知道原因的。她常抹着眼泪说：“唉，俺欠这闺女的，欠她的太多了。”

那时候，剪娘只有十七岁，已是蔚州小有名气的窗花艺人了，常有富人家请她教小姐太太铰窗花。一次，有家富商请她教小姐铰窗花，她费尽心机都没把小姐教会，倒是那家的公子学会了。公子忽略门第差别，爱慕剪娘的才艺与模样儿，用不怕死的精神把她娶进家。进门后，婆婆的脸拉得比驴脸都长，说出的话像腊月里的风那么冷：“嗯，咱丑话说到头里呗，要是你生不出带把的，就带着休书咋来咋走。”剪娘第一胎生了闺女，婆婆开始翻白眼，说风凉话；第二胎又是闺女，剪娘已经感到摸到休书边了。

夫妻俩商量过后，往接生婆兜里塞进三块大洋，接生婆用蚊子呐喊的音高声宣布：“恭喜老太太，是宝贝孙子哩。”然后伸出颤抖的手，接过赏银，小脚快速地交替着去了，头都没敢回。

在雪燕五岁那年，奶奶稀罕地说："宝贝孙子过来，让奶奶摸摸咱家的根。"在乡村，很多老人都爱摸摸香火的源头，这一风俗一直延续着。她那只皱巴巴的手伸进去，就像被烫着似的抽出来，眼睛顿时鱼白四起，身子"嗵"地砸到地上，再也没有爬起来。家族的长者捋着灰白的胡须说："雪燕系丧门之星，若不处死，将后患无穷。"

另两位长者也趁机说："必须立刻处死，不可怠慢。"

剪娘用额头把地砖磕烂了，见还是保不下孩子的命，就说自己动手解决这个可怜的孩子，之后，把她偷偷地送到大南山的尼姑庵。十年的时间被剪娘给牵挂成百年。十年的时间，院里的小杨树变成梁了，霸道的长者已经被埋在土窝窝里头，剪娘的鬓角被岁月染得灰白，她成了这个家里的长者，于是去庵里把雪燕接回来。

那是个中午，雪燕穿着青色尼袍，立在这个既陌生又熟悉的院子里，表情异常淡漠。十年的光景太久了，那个名叫净心的老尼，已经在雪燕心中深刻地成为母亲的形象。那个长有参天古柏的院子早已把她初始的记忆掩住，以至于她站在院里，需要用触摸去体会似曾相识，那些记忆薄得都能用口气吹散。

就在那天中午，邻家的婆娘领着三个虎背熊腰的汉子闯进家门，用胖得水肿似的指头点着剪娘的鼻尖，喷着唾沫星子骂道："你把丧门星领回来，四邻也会跟着倒霉，马上送走，不送走就搬家，敢说半个不字，把你的毛薅光。"剪娘没别的办法，跪在地上用头跟地砖频繁地接触，"嗵嗵"几响，鲜血从额上冒出来，像道不规则的裂璺蜿蜒在脸上。

身着青袍的雪燕歪着头，静静瞅着娘跪在地上，额头的血蜿蜒到下巴，像条红色的裂缝。她慢慢地走到娘跟前，伸手把她拉起来，由于用力太大，娘踉跄几下才站稳。雪燕紧紧地抿着嘴唇，眉头微微皱着，细长的眼睛盯着那位胖得没脖子的婆娘："说，你欺负她。"

婆娘叫道："就欺了，咋得，你这个扫帚星，滚。"

雪燕吸吸鼻子说："你嘴里很臭，应该嚼嚼茶叶。"

娘听到雪燕说出这样的话，以为这孩子在山上待傻了，哭道："求您了，她只是个孩子，也没见过世面。"

胖女人伸手抓住剪娘的头发，摁到胯下就打。

雪燕说："你欺负人。"说着，伸手抓住胖女人的手腕，反身拧过去。

胖女人就像被狼咬着般叫唤："放开，疼死了，疼死了，疼死了！"三个儿子见娘的模样儿那么痛苦，扑上去要打雪燕。突然，雪燕像阵青色的旋风那样裹向三个汉子。他们还没明白是咋回事哩，就都躺在地上，像开水烫着的豆虫在扭动。胖婆娘惊得眼露鱼白，身子直挺挺地砸到地上。

这场让剪娘惊心动魄的胜利，不只降了四邻对她说话的音量，从此再也没有人敢欺负她们了，甚至有人主动跟她示好。从此，四邻的关系达到了空前的友好……

雪燕倒是在家当闺秀当了几日，认真地剪了不少令姐姐嗤笑、娘指责的窗花，然后就坐不住了，咕嘟着嘴，冷冷地看姐姐春燕铰窗花。她扭头看看窗外，有只小鸟在窗台上跳着，滴溜溜地叫，像皮影戏。雪燕回想到在庵院里的时候，脸上不由泛出欣慰的笑容。那是个建在山崮上的小庵，被一群搂抱粗的古柏手牵手地护着。庵后有片松林，树头耳鬓厮磨。每天，雪燕都到林子里练武，时间久了，树上的鸟儿不怕她了。她练她的，鸟儿玩它们的。那时候的生活真是太自由了。现在，雪燕被娘关得心里都长满草，只能用回忆打开尼庵，打开自己十多年的风景，慰藉被约束的失落的情绪。

她曾几次跟娘说出去透透风，风没透成，还吃了娘的白眼。一次，娘让她剪幅"喜鹊闹梅"的窗花，她梗着脖子说："俺就不剪。"

娘拉着脸说："不剪就不让你出去。"

雪燕梗着脖子说："俺就出去，你管得着吗？"

刚走几步，听到后面"扑通"一声，传来娘的哭腔："姑奶奶，俺求你了，你就让娘多活几天吧。"雪燕回过头，见娘满脸的泪，脚再也迈不出去了。

每天早晨，娘都到厢房教雪燕与姐姐铰、刻窗花。娘拿起雪燕铰的"喜鹊闹梅"，摇着头说："雪燕，你看你剪的这个就像狗啃的，这哪是闹梅，这是闹心哩。剪花牙子要细密整齐，才好看，你看，该这么铰。"说着，把叠好的纸拾起来，示范说："要左手的食指顶着纸，感受剪刀尖的游动，这样才能剪得细密整齐。"

雪燕的心思哪在纸上，在想咋出去的理由，还真被她想到了，她凑到娘跟前说："娘，俺的剪子像把钝锉，剪不了那么齐。"

娘扭头看着她说："跟你姐换着用。"

雪燕撇嘴道：“才不稀罕用她的呢，瞧她那剪刀，缠着红线像宝贝似的，要俺换过来，她不哭才怪呢！”

春燕笑着说：“臭丫头，姐有这么小气吗？”

剪娘问：“雪燕，你说你到底想干啥吧。”

“俺想去铁市买把称手的剪子。”

“别糊弄娘了，不就是想出去疯吗。”

“反正不让去，俺就不剪了。”说着，梗起脖子来。

剪娘看着雪燕剪的那些幼稚的窗花，深深地叹了口气。她知道，雪燕在山里待久了，这性子也不是说改就能改的。于是，她说：“去行，但不能穿男人衣裳，闺女家就得有闺女样儿。”剪娘做梦都没想到，这次把雪燕放出去，又招来了麻烦，麻烦还摽上她们，抖搂不掉了……

天空总是雨模雨样地阴着，空气潮湿得能攥出水来，风以来，太阳就会探出头，树上的叶子晒出油了，在阳光下亮亮的，风刮起来，显得有些晃眼。雪燕穿着石榴红的上衣，青色布裤子，一双提篮鞋，闺模闺样地走出家门。当她拐过巷子，来到大街上，便开始蹦蹦跳跳着走，把两条辫子甩得就像放羊的小鞭子。

蔚州是一座很古老的小城，有着非常悠久的历史文化，并制定出无数约束女人的条条框框，规范着女人的行为。比如，要坐有坐相，站有站相，走路的时候不能乱看。雪燕迈着弹簧腿走路的样子，惹得路人对她指指点点，有人还小声嘟哝：“谁家的闺女，这么没闺样哩。”

走在这样的街道上，丝毫不会怀疑穿越在唐宋年间。街道两旁的老店鳞次栉比，老井旁的古柳虚怀若谷，庙院里的古柏盘丝狰狞，高大的国槐把巨大的绿伞撑过房顶，俯视着街道。地面铺着枕头大小的青砖，两岸建有青砖鱼鳞瓦的铺房，隔不多远便有家窗花铺子，门前都竖有半人高的亮子，亮子鲜亮的颜色灼着行人的目光。

亮子是蔚州窗花艺人专用的展板，说白了就是假窗户，上面裱上薄得透亮的毛边纸或连史纸，每当剪出满意的窗花作品，贴在上面，供人挑选与定做。每到年节，整条街上都摆出亮子，上面粘着新剪的窗花，虽在三九严寒中，你也会感到温暖。

街道南头是蔚州最大的铁市，老远便能听到大锤咚咚、小锤叮叮的声

音，如磬似钟，错落有致。由于蔚州和窗花的渊源，铁市里的摊位上摆了很多剪刀，多是那种尖嘴、短刃、大把的。这样的剪子在铰窗花时容易吃纸，会剪出绒细的花牙，能旋出复杂的纹路。还有一些刻刀，但大多数剪纸艺人的刻刀都是自己打磨的，所以刻纸工具少些。

雪燕来到摊前，耐心地用拇指蹭了几家的剪刀，霍霍声都差不多少，于是大声喊道："哎，谁家的剪刀快？"

几个铁匠把目光聚焦到雪燕脸上，扯着破锣嗓子喊："俺家的快哩。"

"俺家的快。"

"俺家的最快。"喊完，扫描过雪燕的身段，目光从脸上高高低低滑到脚上，又从脚上攀上去，在脸上逗留。雪燕有双细长的丹凤眼，睫毛长长的，嘴唇调皮地翘着，双腮泛着自然的红润。猛一打眼，她不算漂亮，可是她是经得住看的人。她用手指轻轻弹着红润的嘴唇，目光冷冷地说："你们这是王婆卖瓜，都说自己的剪子快，俺哪知道快不快，比比看，谁家的快，俺出两倍价钱。"

大家的目光顿时从她脸上落下，不再吱声了。

有个胖得没有脖子的铁匠，舔舔宽厚的嘴唇，不怀好意地说："哎哎哎，那闺女，俺赢了，你给俺当老婆吗，当，俺就比。"

"咦！这是谁吃了黄豆放大屁哩？"雪燕扭头去看，见是位猪模猪样的男人，脸黑得像刚从灰里掏出来，又满脸扒灰的表情，她很想把他打得嘴唇厚得能下犁，眼睛迷得能纫针。雪燕并没有这么做。这段时间，被娘给关苦了，好不容易才出来转转，她想找点乐子。于是，扮着鬼脸道："好啊，好啊，大哥，你的剪子果真快，本姑娘就嫁你哩。"

"哈哈哈……"胖子笑出八九颗焦黄的玉米粒儿，伸手抓把剪刀，竖起身子喊道："都他娘听着，俺的剪子最快，不服的站出来。没人比吧，那俺的最快，从今以后这闺女就是俺老婆了。"

嗯！是时候让胖子更胖了。雪燕正要上前，身后传来了粗犷的声音："俺不服，俺就不服，俺打心里不服。你的快，你的快还三天两头被人家退货。"声音就像从大瓮里传出来的，嗡嗡的。雪燕回头看去，是位三十岁左右的汉子，脸被烟熏得乌黑，眼睛小而离得近，大蒜头样的鼻子。他手里握着剪子，脖子梗得像斗鸡，死死地盯着那胖铁匠。雪燕得意地想，这下有好戏看了。她抱着膀子，歪着头，脸上泛着笑容，等着看他们比剪子。

胖铁匠瞪着牛蛋眼叫道："大力，大力你狗日的傻了，你以为赢了就嫁你，做梦吧。"叫大力的汉子梗着的脖子松劲了，握着剪刀的手也耷拉下去了。

雪燕生怕他们掐不起来，故意说："咋得，他赢了，俺还就嫁给他哩。"

大力抽抽鼻子，软下去的脖子又梗起来，问雪燕："你说话算话？"

雪燕眨着丹凤眼说："当然了。"

大力举着剪子来到胖子跟前，把头伸得鼻尖都快顶到胖子的脑门了，喝道："胖子，咱比。"

两人就比上了，把剪子对磕起来，当当当，胖子见剪刃上布满豁牙，扔到地上，重新捡起把，劈开叉，又磕。没多大一会儿，胖子几十把剪刀全变成小钢锯，再看人家大力的，像新开的刃，不由恼羞成怒，抱住大力就摔，两人滚得像下坡的碌碡。

雪燕见他们在地上滚来滚去，便感到索然无趣，说："真没劲，就像老娘们打架。"她摇摇头，倒背着手，迈着弹簧步子走去，嘴里还哼着一品红唱过的秧歌戏。雪燕心想就这样空手回去，娘肯定又会数落她出来是为了玩，她想去窗花铺子里看看，卖不卖剪刀。

来到家"吉祥窗花"铺子门前，雪燕被门前亮子上的窗花吸引了，那是幅《游龙戏凤图》，刀口精致的程度，就算是用刻刀也无法刻出来，更别说用剪子剪了。雪燕看着这幅窗花，心里有些难过，因为就算是娘，也难做这么精致。她伸手触摸着那幅作品，揣摩着剪法，心想，要是娘看到这窗花，肯定会伤心的，因为在娘的心目中，娘自己才是蔚州最好的窗花艺人，是官方认证的剪娘。身后突然传来一声："俺的剪子最快。"雪燕吓了一跳，回头见是那位叫大力的铁匠，鼻青脸肿地立在身后，双手捧着一把剪子。

雪燕拍拍他的肩说："嘿，问你个事儿，谁打赢了？"

大力说："俺的剪子最快！"

雪燕说："那俺买了。"

大力摇头说："俺不要钱！"

雪燕问："你白送？"

大力抽抽鼻子说："你，你当初咋说的？"

噢！雪燕算听明白了，这汉子把她的玩笑当真了，瞪眼道："你的剪子

快，它能迎风断毛、削铁如泥吗？”

大力摇头说：“这个，不能。”

雪燕叫道：“不能还说快，一边凉快去！”大力抽抽鼻子，低下头。雪燕走出老远，回头见大力还待在亮子前像个木头人，便摇头说：“天爷，真是个呆子。”雪燕做梦都没想到，这个叫大力的铁匠竟如此黏人，在后来的日子里把她黏得都想用刀砍人……

大力耷拉着脑袋回到摊位，把手里的剪子扔到地上，蹲在那儿发呆。大家嬉笑着问他：“大力，媳妇呢？”由于他们被烟煤熏得黑头锅面，笑出来的牙就越发白，就越有讽刺意味。

大力抽抽鼻子，朝地上啐口黑痰说：“她嫌俺剪刀不快。”

坐在风箱后的徒弟喜柱，见大家都在奚落师父，为他难为情地低下头，用手指划拉地。大力腾地站起来，叫道：“喜柱，收摊。”

胖铁匠说：“大力，回去娶媳妇？”大力也不吱声，与徒弟收拾家什，装上架架车。大力抬起车来，拱了几步，回头喊道：“俺要打出最快的剪刀。”说着，梗着脖子去了。

破旧的院子，房上苫着的草已经变黑变薄，院墙是石头与碎砖垒的，也没用泥抹缝，看上去千疮百孔。院里有个砖头支起来的炉子，炉子周围布满铁的屑皮。大力蹲在炉子前，盯着地上的两把剪子愣神，嘟哝道：“十年长八岁，越长越倒退。”这句话是爷爷常跟他说的，爷爷在世时，常捧着那把传世的越王剑感叹。因为那把剑历时千年，至今仍旧锋利无比。喜柱蹲在木架架车旁，用手指划拉着地，不时抬头望望师傅那张紧绷的脸。

大力猛地站起来，叫道：“喜柱，生火。”说完，跑进房里，从柜上摸起爷爷留下的越剑，用拇指蹭蹭刀刃，感受着霍霍之声，脸上不由泛出微笑。这把剑千年不锈，至今刀锋吃手。大力铁信，当初它肯定能迎风断毛、削铁如泥。他提着剑来到院里，“当啷”一声，将剑扔到地上，说：“喜柱，烧上。”

喜柱盯着那把剑，问：“师父，真烧啊？”

大力毫不犹豫地叫道：“烧。”

喜柱问：“你真舍得？”

大力抽抽鼻子，叫道：“舍得。”

从此，大力与那把古剑较上劲了，揉成团，打成条，再加工成剪子，淬火后，拔根头发奓在刃上吹，吹几口不断，又扔进炉里。由于他没白天没黑夜地“叮当”，邻居烦了，找到家里，盯着被烟灰包裹的大力说：“大力，大力，晚上能不能歇一会儿？”

大力摇头：“不歇！”

邻居生气道：“你不睡，还不让人家睡哩？”

大力说：“俺又没碍着你睡觉。”邻居便气呼呼地走了。大力用半个月的时间，把剑铁打得只剩鸭蛋大小，终于加工成一把剪子，结果还是不能迎风断毛，就哭了，泪水把脸上的灰冲开，露出底色，显得花。

他哭着说：“丢先人了，竟然打不出迎风断毛的剪子。”

喜柱见师父哭得那么带劲，他的嘴唇弯动着，眼里蓄满泪水，手指不停地划拉地，小声说：“师父，迎风断毛、削铁如泥，那是传说哩。”

大力哭着叫道：“不是传说。”

喜柱怯怯地说：“那把剑也不能迎风断毛哩。”

大力又说：“俺年龄大了，牙口老了，要是年轻时，肯定断毛。”

喜柱凑到师父身边，捡起歪在地上的剪子，拔根头发在上面吹，吹得腮帮子疼了，脖子都落枕了，突然吹断了。慢慢地，他掌握了规律，吹的时候轻拉头发，就能断。他叫道：“师父，断了。”

大力无精打采地说：“你胡说。”

喜柱叫道：“师父你看，真断了。”

大力眼皮也没抬：“别糊弄我了。”

喜柱把剪子举到大力眼前，吹给他看，一口气把大力的眼睛吹圆了，叫道：“亲娘，娘呀，邪了，邪了！”

大力把剪子夺过来，从头上拔根头发奓在剪刃上吹，吹得头晕眼花，头发还支棱着，瞪眼道：“喜柱，滚蛋吧你，俺不要你这个徒弟了，俺相不中，你说假话。做人不能说假话，说假话的人，打出的铁就像面条。你走吧，去学做面条吧。”喜柱接过剪子，从头上拔根头发，又吹断了。

大力眨巴着眼睛说：“亲娘，娘呀，这剪子还认人哩。”

喜柱得意地说：“师父，是你不会吹哩。”

大力把剪子夺去，来到房里，找出丝线，密匝匝地缠柄。粗汉子坐在

床上，用心缠柄的模样就像绣娘。喜柱凑在身边，托着双腮，静静盯着师父那双布满老茧与灰垢的大手，为自己能吹断头发而自豪。大力把柄缠好后，站起来说："走，求亲去。"

喜柱挠头问："师父，求啥亲？"

大力敲敲喜柱的头说："忘了，那闺女说过，谁剪刀快，就给谁做媳妇。"

喜柱脸上泛出痛苦的表情，嘟囔着说："师父，我看人家像是大家子的闺女哩。"

大力瞪着眼说："咋啦，大家闺女也得说话算话哩。"

喜柱痛苦地说："师父，人家闺女长得那么好看。"

大力梗着脖子说："长得俊，也得说话算话哩。"

"师父，真去？"

大力说："真去。"

"师父，你知道人家住哪儿哩？"

"那天，俺见她进了巷子，就跑过去看了。"

早晨，他们早饭都没来得及吃，就往雪燕家赶。大力的步子迈得大，喜柱不得不小跑，脸被汗水给冲花了。来到雪燕家门口，喜柱抬头看看高门楼，缩缩脖子说："师父，人家是大户人家，能看上你吗？"

大力抽抽鼻子，说："大家主的闺女也得说话算话哩。"大力伸出大手，用力拍门，扯着嗓子喊道："有人吗？俺来求亲"。

每天早晨，剪娘的光景都是从那把泥壶开始。本来是把褐色的泥壶，被时光染久了，变成灰色，托在手里像托着灰色的鸽子。她不时用嘴对着壶嘴，腮帮便瘪几下，显得很享受。她把泥壶从嘴上摘下来，眯着眼睛说："要说铰窗花，整个蔚州都没比上你姥姥的。她闭着眼睛能铰出火龙戏珠，龙的鳞片细密整齐地像小鲤鱼，胡须细得像兔子毛。"剪娘的话没说完，门外传来"俺来求亲"的叫声。上次赵百发家的家丁把门敲得山响，呼啦着涌进家里，差点没把她吓死。如今，又听到求亲，腔调像自家那只老的站不稳的老公鸡，她打了个激灵，泥壶从掌上掉到地上，一下变成不规则的碎片。

这是一把普通的泥壶，但对于剪娘来说，可不普通。八年前，她在街上铰窗花，有位绍兴的商人，用泥壶换了一幅窗花，从此之后，她开始用这壶泡茶。

剪娘常说："嗯，任何物件都有灵性，一把壶养久了，不放茶叶也能下色。"雪燕曾经看过这把壶，里面的茶垢都呈黑蘑菇状了。八年的心情碎在地上，扎在心里，让她感到又心疼又恼火，便恶狠狠地盯着雪燕，她明白，定是雪燕又在外面惹事了。

雪燕缩着脖子，满脸无辜的样子看着生气的娘，说："娘，别这么瞅俺，反正俺在外面没惹事儿。"

把大门拉开，剪娘见门外站着两个男子，高的三十多岁，满脸黝黑，目光呆滞；矮的十四五岁，细高挑，满脸灰垢，瞪着青白的眼睛，手里捧着把剪子。剪娘以为他们是卖剪子的，没好气地说："卖剪子像叫魂似的，吃的啥好东西，这么有劲？"

大力瓮声瓮气地说："迎风断毛哩。"

剪娘心里还扎着那把泥壶，没好气地叫道："俺家有十几把剪子，不买，不买。"她想把门合上，大力与喜柱把门撑住。剪娘气得叫道："你们想干啥？"

雪燕跑过来挡在娘面前，对大力瞪眼道："谁让你来的，滚。"喜柱把早已备好的头发，夯在剪子的刃上一吹，那头发就断了。

大力对雪燕说："迎风断毛了，你当初咋说的？"

雪燕怕娘怨她，叫道："天下有拿着剪子求亲的吗？"

大力眨巴着眼睛问："你说咋求哩？"

街坊四邻都来看热闹，听说这粗汉子用剪子求亲，议论说："从古至今，没听说过用剪子求亲，倒是有用剪刀退亲的，表明一刀两断。看来他们存心找茬，雪燕，废啥话，把他打成鞋样子。"

雪燕伸手把剪子夺过来，掏出钱来摁到大力手里，没好气地说："走吧，别在这里丢人现眼。"说完，把门闭上。回到房里，雪燕拔根头发在那里吹，竟然没断，便恨道："骗子，别让俺遇到你，再遇到，有你好看的。"

对于削铁如泥、迎风断毛这种说法，剪娘始终认为是传说，可她今天亲眼看到，那小屁孩把头发吹断了，便感到好奇。从雪燕手里接过剪子，感到这把剪子比普通的剪子重，刀刃上泛着蓝荧荧的光儿，看模样像是挺快。她找个纸角试试，亲娘哟，这剪子咋这么快，像是主动去铰哩。她拿着剪子说："俺打四岁就用剪刀，几十年了，从来都没见过这么快的剪子。雪燕，你以后可别嫌剪子不快，跟你姐姐好好练习，明年就举办窗花大赛了，一

定把头牌给娘拿回来。”

春燕接过剪子试试，吃惊道：“太快了，俺也想要哩。”

雪燕说：“你要吧，要了，你就嫁给他。”

春燕说：“那俺不跟你争了。”

自从听说，用剪子求亲不上讲，大力认真了。他开始思考用啥求亲。他蹲在那里，眨巴着眼睛，把头发挠得“哧哧”响，铁屑便从头上簌簌地落下。他突然问：“喜柱，喜柱你知道咋求亲哩？”

喜柱歪着头说：“师父，俺小哩，哪知道呢？”家养的那只卷尾巴的狗，像看透了主人的心情，眼睛湿漉漉地盯着大力，不时用舌头舔他的手。

喜柱玩弄着狗的尾巴，抽抽鼻子说：“师父，问隔壁家的媳妇，那会儿她男人咋求婚的。”

大力拍拍大腿，叫道：“对啊，对啊。”小狗吓得后退几点，发出“吱吱”的声音。大力来到邻居家门前，把门拍得山响，有个壁虎被震落下来，游动着钻进墙缝。

院里响起女人的叫声：“谁啊，谁啊，想给俺家换新大门，是不？”打开门见是大力，瞪眼道：“大力，你劲没处使了吧，去把‘小五台’给搬走。”

大力“嘿嘿”笑道：“问，问个事，咋求亲哩？”

媳妇问：“谁求亲哩？”

大力挠挠头：“是俺。”

媳妇吃惊道：“你，跟谁求亲？”

大力怯怯地说：“不知道，反正人家说，不能用剪子求亲。”

媳妇哭笑不得，心想就你这样儿还求亲，得多丑的闺女才会跟你。想想这段时间，大力黑白天的叮当，把她吵得够呛，现在倒不叮当了，头里还“嗡嗡”作响，便有些恨，说：“求亲，去打树花啊，你一打，闺女的眼睛就亮了，都争着抢着要跟你哩。”

大力“嘿嘿”笑道：“都想跟俺可不行。”

媳妇说：“你想要谁就要谁。”

大力点点头：“好，那俺打树花。”

媳妇心想：呆样儿，打树花是说打就打的吗。

打树花是需要很多废弃的生铁的，每年除非在正月十五，大家把攒了一年的废铁搜集到一起，才打上一会儿的。个人打树花，听也没听说过，更别说打了。

其实不能说大力傻，说他傻，可他是蔚州最好的铁匠，打出的铁硬，没人能比；说他不傻，他又显得迟钝。街上上了年纪的人都说，大力这样都是他爷爷造成的。当初，大力的爹因为模样儿丑，娶不上媳妇，回家的路上遇到个要饭的女人昏倒，把她救了。那女人生下大力后跑了，大力的父亲去找，再也没回来，是爷爷把他拉扯大的。爷爷为了生计，背着大力打铁，于是把他的脑子震得不灵光了。

其实，大力所以打铁好就因为他傻。他打铁的时候眼里只有铁，不会想别的，是用心打的。他打铁就像揉面，铁格外筋道。当然，他不只打铁认真，只要他认准的事，八匹马都拉不回来。当他听说打树花求亲挺好使，每天就与喜柱出去收废铁。家里的粮食用来换铁了。

喜柱问："师父，没粮食，咱们吃啥？"

大力说："现在俺要打树花。"

邻居说："俺家有个旧秤砣，想换你家狗。"

大力说："秤砣拿来，狗牵走。"

半个月的时间，师徒俩走街串巷，把收到的铁堆在院里，看着还不撑眼皮，大力把打铁的锤子退下来，扔进铁堆里，又把铁砧扔进铁堆里。喜柱吸吸鼻子问："师父，以后不打铁了？"

大力说："打，以后是以后的事，俺现在打树花。"

喜柱痛苦地说："师父，人家是大家主的闺女。"

大力说："大家的闺女，也得说话算话哩，说话不算话，打出的铁像面条，走在路上都闪腰。"

吃过午饭，大力就蹲在院里，等着太阳落山。喜柱看看曾经拴过狗的那棵杏树，心里难受，说："师父，她不同意，就白打了。"

大力瞪眼道："她不同意是她的事儿，打不打是咱的事，这是两码事。"大力不时打眼罩看镶在天空的太阳，说："这么慢，真想用杆子把你打下来。"

喜柱嘟囔着说："师父，俺想把狗换回来。"

大力摇头道："打完树花再说。"

夜色慢慢地从四际里袭来，角落里已经汪着暗色了，大力站起来，说：

"上路。"喜柱拾起拉车的绳子来，大力拾起架架车，两人出了家门。

喜柱回头看看篓子里的废铁，抽抽鼻子说："师父，那可是大户人家的闺女哩。"

大力说："大户人家的闺女也得说话算话哩……"

刚吃完饭，剪娘正收拾碗筷，院外传来喊声："打树花求亲哩……"剪娘打了个哆嗦，差点把碗给扔到地上。

想起那把心爱的泥壶，她气愤地盯着雪燕，说："你可别说你没惹他，你没惹他，他为啥不去别家闹，专门来咱家哩？"雪燕恨得牙根儿痒了，她没想到在铁市开句玩笑，竟惹来这么大麻烦，摽上她了。

她梗着脖子说："俺把他的腿砸断，看他还来不来？"

剪娘怕雪燕把人家打坏了，哪肯让她去，气呼呼跑出去，猛地把大门拉开，对大力的黑脸嚷道："俺欠你的还是该你的，老来俺家弄动静。"

大力用手蹭蹭鼻头，说："大姐，俺知道用剪子求亲不上讲，这次俺打树花，跟你闺女求婚。"

喊她大姐，还跟她闺女求亲，剪娘更火了，扯着嗓子叫道："俺闺女没这么大的面子，去别家打去吧。"说完，"咣当"把门闭住，在院里骂道："哪来的呆子，还没完没了啦。"门面上镶着的虎头嘴里吐出的把环"呱嗒呱嗒"响，像吐着舌头笑话他。大力咽口唾沫，喉头强劲地打个回来。

喜柱不忍心看师父的难堪，低着头在抠弄衣角，小声说："师父，算了吧。人家是大家主，咱配不上。"

大力说："配不上也得打。"师徒两人来到雪燕家山墙下，把摊子安下，生火，烧铁。徒弟双手握着风箱杆，抽抽鼻子问："师父，真打吗？"

大力说："打！"

喜柱说："这么多铁，打了花，就等于打水漂了。"

大力叫道："俺愿意打水漂，碍你狗日的啥事？"

太阳拖着血红的晚霞落在房顶上，远方传来几声清脆的爆竹声。这不是年节里的庆祝，而是鬼子打枪。这种响亮的后音，会是明天街头巷尾的议论，议论的内容往往是，日本鬼子又杀人了。大力又来到门前，嘴凑到门缝上喊："打树花哩，打树花哩，快出来看哩……"那两扇门紧紧地咬着，没有半点松开，大力的表情有些痛苦。他抽抽鼻子，奔着炉子去了。

街坊邻居都出来围观。大力看看围成半圈的乡亲，挑不出雪燕的脸庞，他的失望像袭来的夜色那样笼罩着心情。他“哧”地吐掉嘴上的烟蒂，换上借来的羊皮袄，戴上草帽，伸手抄起桶里的柳木勺子，舀出些水，咕嘟喝了，惊天动地地喊道：“打树花哩……”师徒两人抬着整锅的橘红，呼地倒进架好的特制罐里。围观的人感到一股热浪扑面而来，都往后退了几步。

大力伸手从木桶里抓出柳木勺子，喝道：“打树花哩……”喊罢，用舀子兜起铁水甩到山墙上，“劈劈啪啪”地爆响，金黄色的鸡冠金花闪烁，把围观者的脸上镀上一层橘黄……要是在冬天打树花，铁花遇到冷空气，会爆得更加响亮，花开得大；如果几个汉子同时打树花，那情景才叫个壮观。围观的人面对这场单薄的树花，依旧热情高昂，毫不吝惜自己的掌声与欢呼。大力脑子里装着雪燕美丽的脸庞，完全沉浸在打树花上。当他把铁水挖干后，扭头见喜柱呆坐在那儿，像被点了定穴，喝道：“狗日的你得癔症哩，火都快灭了。”喊完，就愣了，舀子“嗵”地砸到地上。

围观的四邻全变了，变成全副武装的鬼子兵。他们整齐地立在喜柱身后，握着沾着天光的刺刀，雪白的手套像一溜小白兔挂在腰间……

二　与魔共舞

大力被抓走了。

原来，今天龟田大佐刚从日本来到中国，又坐直升机辗转来到蔚州，奉上级命令前来推行“双核计划”。那时，他正在开会讲话，突然接到情报，说是城内火光闪闪，像炮弹爆炸一样轰鸣，奇怪的是没听到炮声。龟田吃惊，难道天下还有这样的武器？当把大力抓回来时，龟田见他戴着草帽，穿皮袄，满脸灰汗，不由怀疑他是八路军的狙击手？日本的狙击手，身披草衣，端着缠着草的恩菲尔德 MKIII 型步枪，为了等目标的出现，他们可以像块石头凝固几天几夜。

他问：“你的，八路的狙击手？”

大力梗着脖子叫道：“俺打树花碍你狗日的啥了，为啥把俺抓来？”

龟田听说打树花，回头问中佐木村：“我们的军官，树花的有？”小野曾在北平生活多年，对中国历史颇有研究。他在研读中国古籍时，通过蔚州古县志得知，此地富含煤、铁等多种资源。日军为实现帝国梦，认为本土资源匮乏，不能满足战争需求，想在物博地广的中国建造能源基地，为图谋整个亚洲打好坚实的基础。军方向中国方面专家小野咨询，小野力荐蔚州这块宝地。军方因此制定“双核计划”，并专门派小野辅佐龟田前来蔚州落实。

龟田听说蔚州有窗花、秧歌戏、砖雕、黑陶等民间艺术，就仿佛日本的能戏、樱花舞、相扑、剑道等，便意味深长地点点头。

小野趁机建议道：“大佐，落实‘双核计划’跟作战不同，打仗需要辗转南北，这项计划，需要长期驻留此地，因此跟当地土著搞好关系至关重要。以下官之见，我们不如邀请当地艺人，与我们的艺人联谊演出，以示亲善。这样可以大大地改善我们与土著的关系，对我们在此地长期发展是极有好处的。”

龟田点头说：“好，好，大大的好，你的负责。”

小野把大力叫到自己的办公室，又递烟，又端水。大力热得满头大汗，脸上的灰水直流，问：“哎哎，你是中国人，还是小鬼子？不用说，俺也知道，是汉奸。你能不能跟俺说，当汉奸能赚多少钱？”小野正想发作，突然想到，我读书之人，跟粗人没必要计较言辞，便说：“你的，其他的莫问，请你告诉我，能否与我们联谊，打树花的干活。”

大力神情沮丧地说：“你赔俺铁就联，不赔俺不联。”

小野说：“放心吧，铁，大大的有。”

由于大力要帮鬼子打树花，需要很多铁，龟田命令后勤小分队花钱去买，并强调来蔚州的任务特殊，尽量不要跟老百姓发生冲突，要注重培养军民的鱼水之情。小队长执行起来，就变成抢了，闯进家里，二话不说，只要是铁就抢，你敢说话，用三八大盖的屁股跟你对话。于是，铁锅砸了，门鼻子抠去了，刀夺了，勺子、铲子一概拿走去，留下哭声，提着铁走了。

当初，雪燕因大力为她打树花而被鬼子抓走，心里还感到很难过，还谋划着咋把他救出来。当她听说大力要为鬼子打树花，致使鬼子到处抢铁，便恨道：“狗汉奸，你活该！”

剪娘满脸焦虑地说：“姑奶奶，俺求你了，以后别出去惹事了，就让娘多活几天，行不？”

雪燕皱着眉头道：“又叫姑奶奶，再叫，俺可真回庵里了。”

这时，响起敲门声，剪娘的表情很痛苦，说：“是不是那人又回来了？雪燕，俺跟你没完。”说着，抽抽鼻子，满脸的委屈，来到院里，喊道：“谁啊？”

“敝人是商会会长，特前来拜访剪娘。”院外传来高声答话。

“会长？”剪娘感到吃惊。多年了，除男人生前到过会长的店里买过烟土，从未有过联系。如今会长突然跑到家里拜访，肯定不是啥好事儿。剪娘把门打开，发现果然不好，会长身后跟着两个鬼子兵，戴着雪白的手套，握着老长的枪，尺半长的刺刀发出青白色的光芒。

会长原是本州富商，以前主要经营烟土，赚了很多钱。由于政府与老百姓开始抵制烟土，他只好改行经营茶叶，由于名声不好，没多少人去买。民国后，他花钱买了个官儿，当了蔚州商会的会长。会长体形硕大，肥头大

耳，肚上像扣了锅；眼皮像盖儿，下眼皮像饱满的布袋。由于他每天都看鬼子的脸色生活，心情并不好，眉宇间凝着暗色。会长伸出中指，顶顶镜框，说："你是剪娘？"

剪娘点点头："您，您来有事吗？"

会长从牛皮夹里抽出张纸，咳了声道："剪娘，本会长代表皇军前来邀请您参加中日联谊大会，请您务必到位。"

剪娘满脸惶恐，小声问："联啥谊？"

会长大声说："到时你与日本艺人同台铰窗花。"

剪娘哪敢接这茬，现在走到哪儿都听到骂鬼子的声音，如果跟鬼子联谊，会被左邻右舍戳脊梁的，说不定会被骂成汉奸。剪娘拒绝道："会长大人，您找别人吧，俺老婆子啥本事也没有，就会铰点窗花，现在眼花手钝的，能联啥谊哩。"会长用鼻子"哼"了一声，把信封丢到她面前，带鬼子走了。

墨绿色的偏三轮载着会长，呼啦着膏药旗走远了，留下一股很难闻的气味。剪娘弯腰拾起那张请柬，迈着拖沓的步子回到屋里，把纸扔到桌上，苦着脸说："没法过了，待在家里也会有事上门。"

雪燕把那张纸打开，见请娘去参加中日联谊演出的，忙说："娘，咱可不能去，去了就成汉奸了，成汉奸就丢人现眼了。"

当联合演出的日子迫近，剪娘想带闺女到乡下姐姐家躲几天，躲过鬼子的联谊。正收拾东西，大门就被敲响了。自鬼子进城之后，大门就被关在剪娘胸口上，稍有响动便心惊胆战。她慌慌张张地跑到院里，问："谁啊？"

门外的人说："敝人是商会会长，前来请剪娘赴会。"

剪娘满脸吃惊，问："不……不是后天吗？"

会长冷漠的声音："大佐对这次联谊极为重视，让参会之人，提前到皇军大院进行排练。"

剪娘急得满脸通红，说："那，俺收拾收拾。"说完，跑进房里，见雪燕手提大刀，腰缠绸带，杀气腾腾，便瞪眼道："你又想干啥？"

雪燕梗着脖子说："俺砍死他。"

剪娘急道："就你嫌不乱，快把刀放下，跟你姐去房里待着，我不吱声，你们不能走出半步。"剪娘把姐妹俩推进内房，急得团团转。她不停地嘣着牙花子，双手搓得“哧哧”响，却想不出应对办法。今天要是去了，就会变成汉奸，一世的清誉将会毁掉，从此她就会变成蔚州窗花界的耻辱，这太严重了。剪娘的娘在世时，常对她说：“人活一张脸，树活一张皮，做事要对心，问心要无愧。”如果当了汉奸，百年之后去到那地，娘都不会认她的。

在粗暴的敲门声中，跳出会长的公鸭嗓音：“剪娘你可想好了，拒绝皇军的好意，后果是很严重的。”

剪娘的目光落到剪子上，它正压着刚剪完的窗花上，张着嘴，就像在呼唤她。剪娘凑过去，缓缓伸出手，指尖碰碰剪刀，冰凉，又猛地抽回来。外面的敲门声越来越急促，她猛地把剪刀抓起来，慢慢地把剪嘴儿撑开，把拇指伸进去，泪水就像断了线的珠子般洒落下来。小时候，娘把剪刀塞到她手里，说：“剪子，并不只是铰窗花，它剪出的是美，是生活，是名望，是气节哩。”如今，她已经剪出了美，剪出了生活，也获得了名望。现在，她终于明白，啥叫剪气节了。想到这里，剪娘平静下来，深深地呼了口气。

鬼子已经开始砸门了。

剪娘心里在说：俺桃李满天下，俺雪燕与春燕剪得不比俺差了，俺是该歇歇了。想到这里，她闭上眼睛，屏住呼吸，脖子上的青筋暴起老高，低声“嗯”一声，剪刀猛地合上，鲜血顿时喷射而出。那截跳到地上的断指，扭动几下，开始萎缩。她的脸上泛出了黄豆大小的汗珠，滴滴答答，落在地上像月光下的铜钱。她用毛巾把手缠住，跑着去把门打开，说：“会长，刚才不小心伤了手，不能剪窗花了。”

会长的眼皮帽儿启开，布满血丝的眼睛里泛出凶光，鼻音很重地说：“剪娘，你可想好了，欺骗皇军，后果是极其严重的！”

鬼子兵用刺刀指指她的手，叫道：“毛巾的拿开。”剪娘把毛巾解开，手指像管子那样喷着血水，落在地上，朵朵阴暗。鬼子兵叫道：“你的，违抗皇军的命令，死啦死啦的。”

会长没想到剪娘有如此气节，心中感到惭愧，腮上的肌肉哆嗦几下，满脸牙痛的表情。自鬼子进驻蔚州后，不只把他变成傀儡，还每天跟他要钱，让他不仅有了巨大损失，还赚了个狗汉奸的名声。虽然表面上服从，但在内心里，那份苦涩是别人无法理解的。他伸手抓住鬼子的枪，说：“慢着，纯属意外，我们另找他人。”

鬼子说：“她的刚刚的砍下，是对我们的违抗，死啦死啦的。”

会长没好气地说：“岂有此理，她以铰窗花为生，把手指看作生命，能自己剪掉吗？让你把右手扣扳机的食指砍下，你可否同意？”

鬼子很不情愿地把枪收回去，狠着脸盯剪娘。

会长挪动着身子，坐进摩托车兜里，回头看看剪娘苍白的脸，说：“剪娘，快去看郎中吧。”

剪娘点点头感激地说：“会长，您慢走。”剪娘没想到会长会为自己解围。鬼子跳上摩托车，留下满巷青烟，远了。剪娘把大门闭上，身子剧烈地晃晃，像抽去衣架的湿衣般堆在地上。

雪燕与姐姐从屋里跑出来，见娘晕倒在地上，右手拇指没了，正往外冒鲜血。她们把娘抬进房里，雪燕抄起大刀片，说：“姐，你在家里照顾娘，俺去报仇。”

剪娘睁开眼睛，虚弱地喊道：“雪燕你回来，是娘自己剪的。”

雪燕恨道：“那也是让小鬼子给逼的。”

剪娘有气无力地说：“赶紧把郎中请来，要是你想让娘多活几天，就别在外面惹事……”

对于日本军队来说，他们知道要想在蔚州长驻久安，跟土著搞好关系非常重要。自来蔚州，他们曾推行过多次亲善活动。比如，刚开始发糖块，发印有红日头的毛巾，发印有樱花与富士山的画，但都没有好的效果。现在，他们与居民的冲突越来越大，改善关系迫在眉睫。

为了让更多的人观看中日联谊演出，借蔚州艺人达到亲善效果，他们对这次演出进行了大量的宣传，并贴出告示：先到的一百名发甲级良民证，将会受到皇军的保护，可自由出入城门。对于皇军的甲级良民证，蔚州人不稀罕，也背不起汉奸这黑锅。

之前，街上有痞子当了汉奸，当天夜里祖坟就被挖成了盘子。这件事告诉大家，当汉奸是对不起祖宗八代的，是受人唾弃的。有些孩子听说，去看戏给糖吃，跟爹娘嚷着要去，爹娘吓唬他们说：“糖里有毒药，吃了会流鼻血。”

有个孩子在街上跟其他孩子说：“俺娘说了，鬼子的糖吃了流鼻血。”

没想到这话被鬼子听见了，一刺刀就把他扎死，把头给拉下来，用刺刀挑着走了。

当雪燕跟娘提出要看中日联合演出时，娘急了，瞪眼道："你不会也想去吃鬼子的糖吧？听说鬼子有种药像苗族的蛊毒，沾上会变成哈巴狗，让你干啥就干啥。"

雪燕咋舌道："娘，俺又不是小孩，谁稀罕吃他们的破糖，就是没毒俺也不吃，俺就想去看看他们咋演出。"

剪娘瞪眼道："不准去，春燕，你看着你妹妹，让她走了，俺就对你不客气。"

春燕脸上的表情很痛苦，因为妹妹的事，她挨过多少骂了。她说："你就老实在家里待着，让娘省省心吧。"

中午，娘午睡了，雪燕围着姐姐说："姐，听邻居私下里说，那个春燕啊，比雪燕长得好看，将来会嫁个好人家。"

春燕摇头说："俺宁愿长得丑点。"

雪燕说："姐，俺在街上看到一幅窗花，没敢跟娘说，怕她伤心。"

春燕吃惊道："啥窗花能让娘伤心？"

雪燕表情丰富起来，说："剪得那叫一个细哩，咱娘都剪不出来。"

春燕更吃惊了，说："不会吧，还有比咱娘剪得好的？"

雪燕说："你不信，是吧？"

春燕摇头说："俺才不信哩，还有比咱娘铰得好的？"

雪燕认真地说："你不信俺给你弄回来看看。"

春燕"嘿嘿"笑了，说："雪燕，是不是又想溜走？跟你说，没门，你想出去先用剪子把俺攮了。"说着，拾起把剪子递给了雪燕。

雪燕把剪子扔下，说："姐，你要是让俺出去看看，俺把俺的剪子送给你。如果你不想要，就算了。"

春燕有些犹豫。这几天，她一直用雪燕那把剪子铰窗花，感到得心应手，铰出来的窗花更加细致，刀口味也足。

雪燕故作无奈，说："算啦算啦，反正你也不稀罕那把剪子。"

春燕叮嘱道："雪燕，出去可不能惹事儿。"

雪燕一下子高兴起来，欢快地说："娘说了，遇到事要讲理，以理服天下，不用拳头说话。从今以后，遇到事儿，俺雪燕跟他们讲理，用理把他们打败。”心里却在想：现在这年景，有理能讲得上去吗，不信你跟小鬼子讲理去。

春燕看看案子上那把剪子，刃上泛着蓝荧荧的光芒，说：“去吧，但不能穿男人衣裳，娘说了，闺女家就得有闺女样。”

雪燕的眉毛扬起来，说：“姐，你没听说过，现在到处都在丢闺女，是不是盼着俺丢了，你好独吞家产？你放心，家里的东西俺不要，都是你的。”

春燕脸红了，叫道：“胡说啥哩，谁想要家产。快去快回，别再让娘担心。”雪燕在换男装，春燕在那里嘟哝道：“臭妮子，把俺给想成财迷了，在俺眼里，就是有万贯家产，也比不上你金贵哩，你个臭妮子，净冤枉俺哩。”

街上的行人表情木讷，溜着墙根走得那个急啊，就像家里失火了。天上的太阳隐在云团里，空气异常闷热，风里有种火药味儿。往年这时候，路边的柳树下，街边的店铺门口，街旁的古戏楼里，常有纳凉的女人，做着女红拉着呱儿，不时会传出朗朗的笑声，有人瞅她们，她也会逗着说：“看啥看啥，小心看到眼里，扒不出来。”

雪燕感到嘴里干得厉害，抬头看太阳，还高哩，就走进茶馆，叫杯铁观音，慢慢等。她不时晃晃杯子，观赏里面滚动的绿叶。在尼庵时，每年春天都跟师姐师妹爬到大南山的顶峰，采天然茶给师父喝。那种茶树长在山缝里，“嗞嗞”吸足了山的精华。用开水冲开，茶叶吐着雾样的沫儿，竖着不倒；把瓷碗抵到下唇，让绿汤儿迈进嘴里，那是清香浸脾，后味绵软醇厚。师父常会把这样的茶用竹筒装好，馈赠给庵里捐钱的人家。现在喝的这茶，喝进嘴里就是陈茶的寡淡了。

旁边的桌上有人嘀咕，扭头看去，两位戴礼帽的男子，头对着头议论，说：“西城外的沟里发现几具女尸，被野狗啃得半边烂块，肯定是日军窑子里死了女人，给扔出来的。”

本来雪燕就爱凑热闹，耳朵又尖，听到这事后端着茶杯坐到邻桌前，把头往前伸伸问：“刚才你们说啥？”两人惊慌地站起来，匆匆走了。雪燕看看被遗弃的两杯绿茶，抬头看看萎缩的背影，对他们的表现很恼火，突然大声叫道：“该死的小鬼子。”整个茶座上的人都猛地抬起头，目光聚焦在雪燕身上，就像看怪物似的。

雪燕的目光四周扫扫，把他们的目光扫折。

茶客们龟缩了脖子，端起杯子来喝几口，纷纷站起来离去。掌柜的小跑着过来，对雪燕抱拳说："公子，俺求您了，千万别在店里说皇军的事儿，让他们听到，俺就做不成生意了。"

雪燕见老板镶着两颗金牙，说："少说话，让鬼子看到你的金牙，肯定会用刺刀剜去。"

掌柜的把嘴唇合住，小声说："公子不要声张，俺免费给你添杯新茶，是今年刚下来的碧螺春。"

雪燕说："茶可以添，钱还是要给，要不俺不成日本鬼子了？"

老板又听到她说鬼子，满脸偏头痛的表情，缩着脖子，匆匆奔水房去了，一会儿端着一杯茶，放到雪燕跟前，小声说："求您千万别再提皇军了。"

雪燕点头说："好，我说小王八成吗？"

老板苦笑着说："好，说了，就是王八。"

天色刚暗了些，街道空旷得像正在闹鬼。以前，傍晚时候，路边上摆满商摊，用竹竿挑个红灯笼，大声吆喝，大声讲价，比白日都要热闹；走到街上，风里裹着糕米香。现在，街上冷冷清清的，只有垃圾在风中打旋，空气里有火药味、血腥味，还有一种阴暗的味道。虽然正是夏季，你热得都流汗，但有种阴冷侵袭在你心里，那种冷扼住你的心，让你心悸。就算你进入梦里，它都会把你给惊醒，让你担心天会亮，但天还会亮，还会看到鬼子大黄蜂似的，满街闹。

从茶馆出来，雪燕随着几个人向南门走去。老远的就能看到南门处透过来的光亮，隐约地听到传来音乐声。鬼子的联谊表演共分三个场子：一个是蔚州窗花与日本茶道；第二个是日本能戏（地方剧种）与蔚州秧歌戏联演；第三个是日本的剑术与打树花联演。每个场子里稀稀拉拉地围着些人，老远就能从人缝里看到里面的斑驳。雪燕来到戏台前，见台上有几个日本女人舞动着扇子，扭动得像开水烫的豆虫，看着让人别扭。旁边的妇人说："瞧，衣裳真好看。"

雪燕不高兴地问："你啥眼睛，她们背着小枕头，就像没睡醒，扭得有气无力的，要多难看有多难看，比咱们县的秧歌戏差远了。"

音乐停止，日本舞女提着裙子散去。有个戴眼镜的汉奸出来报幕道："下面请欣赏蔚州秧歌舞。"听说有秧歌戏，雪燕的眼睛瞪大了，脖了伸得

像受惊的鹅。上台的是名旦一品红。雪燕心里不由“咯噔”一下，她有些不相信自己的眼睛。一品红是雪燕最崇拜的名角，去年她还跟娘嚷着要拜一品红为师，学唱戏。娘却说唱戏是下九流，硬挡下了。雪燕没想到一品红竟然为鬼子唱戏，还舞弄着水袖，唱那么卖力。回想起在戏楼时，她曾为捍卫一品红，把向台上扔鞋的痞子揍了。现在她如果有鞋，也会向一品红身上扔。想到这里，她低头看看自己的鞋，把鞋脱下来，瞄准一品红，用力扔去。雪燕是练过把式的，手上的爆发力好，那只鞋子动力十足地奔向一品红。一品红闪身躲过一只，却没有躲过第二只。鞋“噗”地砸在她身上，吓得琴师停弦，可一品红还像没事人似的咿呀。雪燕心想：这人太不要脸了，挨了鞋还唱。台上守着的鬼子端着枪，对着观众喊：“扔鞋子的，死啦死啦的。”观众呼啦散去了……

窗花的场子里有几个日本妇人，正在摆弄泥壶，用很夸张的动作倒水，那动作就像唱戏。旁边有几个中国闺女正在铰窗花，长长的刘海遮着眼睛，正转着剪子吃那些红纸。灯光昏暗，红纸变成黑色的。雪燕都想跑上去，把她们的纸夺下来，撕碎，甩到她们脸上。她赤着脚转进打树花的场子里，见大力翻穿皮袄，站在人围里，像瓜地里的稻草人。在他身后有两个鬼子轮着拉风箱，“呱嗒呱嗒”聒死人。特制的盆里汪着红彤彤的铁水。场子西侧有一队鬼子，整整齐齐地站在那儿，等着看打树花。

雪燕恨得牙根都痒了，她从衣服上扭个扣子，用拇指绷到食指，弹向大力。正在愣怔的大力感到脸上蜇疼，发出“哎哟”声。他捂着脸喊道：“谁打俺，谁打俺？”

雪燕突然大声喊道：“打死你这个狗汉奸。”鬼子端着大枪跑来，人群顿时骚动起来。雪燕悄悄地溜走，去找鞋铺子买鞋，可街上的铺子早关门了。以前，铺子半夜里都不打烊，这刚黑天就都瞎乎了，该死的小鬼子，你把蔚州给整乱套了。

自大力听到那声“汉奸”后，领悟到这次打树花很不光荣。他把帽檐往下拉拉，低头站在那里，呆得就像泥塑。围观的人已经越来越少，风箱的“呱嗒呱嗒”声变得迟缓。大力慢慢地抬起头来，缓缓地扭动着脖子，瞅了一眼南门。重檐叠角的门楼镶在天光里，两侧挂着血红的灯笼，把整个门楼子装得像身材庞大的魔鬼。拉风箱的鬼子喊道：“你的看看，红的干活。”

大力拖着沉重的步子来到锅前，点头说："好了。"两个鬼子抬着铁水来到架好的盆前，呼啦倒进去。

大力深深地呼口气，伸手从水桶里抄出柳木勺子，咋呼道："打树花哩……打树花哩……"猛地舀起铁水，甩到墙上，顿时爆出"啪啪"响，无数金色鸡冠花闪烁起来，把围观的人脸上映上一层橘红色，但没有人喝彩，只有鬼子兵欢呼雀跃，有吹口哨的，有鼓掌的，有喊"哟唏哟唏"的……

大力弯腰舀铁水时，瞄了眼鬼子，见他们雪白的手套舞弄得像跳跃的小白兔子。他猛地直起腰来，把整瓢铁水甩向鬼子队伍，拔腿就奔南门洞跑去。铁水落在鬼子群里，激起了鬼哭狼嚎。围观的人乱成一窝蜂了，一窝蜂地散去。

鬼子抄起枪追大力去了。大力在枪林弹雨中，用平生最快的速度奔出南门，奔向那片黑乎乎的麻地。这片地是城里大财主刘德年家的，白天站在城墙上，看着像绿色的海洋在风中翻着波浪。大力脑子里装着彼岸，眼看就要融入其中，却跌在地上。他翻了几个滚儿，刚要爬起来，狼狗的蹄子"噗噗"打地的声音已聒在耳旁，子弹戗起的土块崩在脸上，麻辣辣的。大力抱着头触到地上，狂呼救命。那条训练有素的狼狗优美地跃起来，前爪伸展着扑下来。一声响亮，狗身子在空中剧烈收缩，像黑轮子似的滚到大力身边，"吱吱"地叫。两个黑影从麻地里窜出来，拉着大力的手往麻地里拖……

自游击队听说鬼子要与蔚州艺人联谊，指导员李玉欣便派出两个侦察员，让他们想办法潜进城里，搞清鬼子动向，好采取行动。自鬼子进驻蔚州，上级命令他们时刻做好准备，与地下工作者密切联系，要破坏鬼子的阴谋。可是，这段时间一直没有消息，她有些等不及了。两个侦察员趁着夜色，顺着麻地摸向城墙，刚从麻地里出来，见有群鬼子疯狂而来，忙退回麻地。

他们在枪的闪烁中发现，鬼子正在追赶一个人，就做好了战斗准备。当发现那人跌倒之后，鬼子的狼狗腾空跃起来，他们开枪把狗打了，迅速把大力拉进麻地，开始撤退。这片麻地足有几百亩，在风中就像个夜里的海洋。鬼子追到这里，不敢进去搜查，只对着麻地开了几枪，然后回去了。

侦察员把大力带回游击队，向指导员汇报了情况。李玉欣与大力进行了交流，听说他是铁匠，因为打树花时把铁水浇到鬼子头上，所以被追赶，便笑道："真是想要什么来什么，咱们正需铁匠，鬼子就给咱们赶来了。大

力同志，你就加入我们游击队，负责给我们加工刀子吧。”

大力摇头说：“俺不当，俺要回去。”

玉欣笑着说：“你不当我们不勉强你，不过你可想好了，你在鬼子头上打树花，已经成为蔚州名人了，鬼子是认得你的，这时候进城，太危险了。”

大力说：“俺不回去，俺徒弟喜柱咋办？”

玉欣说：“大力同志，你回去被鬼子杀了咋办？”

大力没办法，只得留在游击队。玉欣没想到，早晨，他们的头盔与大刀片都消失了。这件事让大家感到匪夷所思，如果鬼子汉奸摸到营地，不可能只把大刀与头盔拿走。大家都去看大力，大力把头摇得像拨浪鼓，说：“别瞅俺，俺没拿。”玉欣让队员去村里买了些铁，拿回来让大力给加工刀。等把刀打出来，玉欣发现比要求的小很多，还没剩下铁，她明白了。她把大力叫到身边，瞪着眼睛问：“大力同志，我们的刀是用来打鬼子的，你加工的这个，是削苹果的。你老实说，剩下的铁哪去了？”

大力躲闪着玉欣的目光支吾着说：“俺没拿，俺没拿。”

玉欣严厉起来，拍拍匣子枪说：“不老实交代，就把你当汉奸处理。来人，捆到树上。”

大力“扑通”跪倒在地，哭咧咧地说：“俺不是汉奸，俺不是汉奸。”随后，大力领着队员来到离营地不远的乱石丛里，找到了刀与头盔，还有些铁。

当大力说了自己的求爱经历，玉欣不由笑了，对队员们说：“大家不要笑话他，我没想到天下还有这么浪漫而感人的故事，要是谁这么向我求爱，怕是我也招架不住。”队员们都哈哈笑起来。玉欣拍拍大力的肩，说：“这样吧，好好给我们打刀，将来等把鬼子打跑了，我给你弄铁，让你打一场轰轰烈烈的树花，一是为庆祝胜利，二是向你心爱的姑娘求婚。”

大力惊喜道：“你说话可算话哩？”

玉欣笑道：“那当然了。”

大力兴奋地说：“给俺找个打下手的，现在就打。”

生上火后，大力把铁埋进炉火，手里握着钳子，死死地盯着炉里的铁。有个队员问：“大力，你打树花求爱的闺女长啥样？”大力没有吱声。又问：“哎哎哎，听到没有，问你呢。”大力还是没有回声。那人用手拨拉他。

大力问：“啥事儿？”

队员说："刚才跟你说的话，你没听到？"

大力愣愣地说："没听到，俺在听铁在炉里笑呢。"

队员吃惊道："啥，铁会笑？"

大力抽抽鼻子说："是啊，它们由青变红，有硬变软，它们在笑哩，因为他们马上就要成器了，它们高兴。"

大家听到这里，不由怀疑大力傻。这样的人能打出大刀吗？玉欣听了之后惊讶地说："没想到这大力还会作诗。现在，咱们不要下结论，等打出刀来再说。"

当大力打出第一把刀，蘸火后，在磨石上开了刃。有个队员问："哎，大力，现在这把刀说啥？"

大力满脸凝重地说："它在冷笑，它说俺很抠。"说着，把刀扔到旁边，传出余音袅袅的吱嘤声，像琴弦的泛音。

有个队员拾起来，伸拇指去蹭，结果刀刃吃进拇指里，顿时冒出鲜血，还没觉到疼，他惊讶地说："天呢，太快了。"

李玉欣听说这么快，接过刀来看看，刀刃上泛着青荧荧的光，用手指一触，刀刃就往手里吃。有个队员说："快是快，怕是脆，容易断。"

玉欣找来块铁，当当当砍几下，完好无损，便感叹道："现在我终于明白，什么叫作大智若愚了，大力就是。"

有个队员把刀拾起来刮刮胡须，很顺畅，便把自己的脸刮净了。那天，队员们就用大力加工的刀，把胡子给刮了，还有人把头刮成了秃瓢，都围着大力问，为啥打的刀这么快。大力说："因为俺知道铁的脾气，能听懂它们说话，它们就快了……"

三　盗窃美女

自鬼子来到蔚州，就像大黄蜂满街飞。出门常会看到街上躺着人，身下铺着的血像不规则的红席子。大家变得深居简出，心里闷着股气，非常压抑。只有说起大力打树花的情景，脸上才会泛出些微笑，但这些笑容的底色却是痛苦的。

雪燕并未想到，大力竟有如此伏笔，内心对他是钦佩的。有时候她会想，如果大力就这么求婚求下去，自己会不会嫁给他？想到这个问题，她感到脸上臊了，用手拍拍脑袋，不怀好意地笑。但有一点她相信，如果都像大力这么勇敢，鬼子早哭着回家了，遗憾的是，城里却出现了很多汉奸，每天像狗似的跟在鬼子屁股后面，见着当地人就耀武扬威，让大家牙根儿“嗞嗞”地痒。

想到汉奸，雪燕不由想到一品红。回想之前，自己多么崇拜她啊，常去为她捧场，还想拜她为师。谁想到她竟然为鬼子唱戏，这实在让人难以接受。她想去戏楼给一品红上课，让她知道娘是哪国的，吃哪国的粮食长大的，脚下踩的是哪国的土地。可是，自从大姨来家，娘雷打不动地把她关在家里，再不让出大门半步，这让雪燕感到有些心急，却没有理由出去。

雪燕的大姨来家里，是因为家里摊上大事了，来城里扒问事的。雪燕有个表姐，是去年被花轿抬走的，今年小孩只有五个月。前天夜里，家里突然闯进几个蒙面人，把盖在身上的被单扯掉，用枪顶到男人的胸口搂火，鲜血把床和白墙都给喷成麻子了。蒙面人把孩子从怀里拔出来，扔到墙上，把女人装进麻袋里背走了。亲朋好友都帮着寻找，却杳无音信。傻子都知道，这是鬼子干的事。

因了这事，剪娘不再反对雪燕男扮女装，还让姐妹俩把头发剪短，并专门为春燕定做了老气的男装，找一丈白绸，让雪燕帮姐姐用布把胸缠平。

春燕脱掉上衣，捂着脸说："羞死了，羞死了。"

雪燕见姐姐的胸像吹了气，低头看看自己的胸，略显傻气地问："姐，你咋都胖到这儿了。"

春燕捂着脸，身子晃晃，羞道："臭妮子，你再乱说。"

雪燕把白绸展开，左手顶着姐姐的肩，右手拉着绸布转圈，疼得姐姐直叫："疼死了，疼死了，疼呢。"

雪燕把绸布松开，扔到地上，气愤地说："姐，不缠了，有俺雪燕，没人敢动你。"

春燕把手从脸上放下，眼里蓄着泪水，委屈地说："给俺缠上吧，要不娘担心。"胸缠好后了，换上男装，春燕站在镜子前，眼泪吧嗒吧嗒掉，她感到很委屈。

大姨在家里一直沉默寡言，每当把孩子哄睡，就拼命干活。家里的地擦过几遍，还在那里"哧哧"地擦。有时候，你把她手里的抹布夺下，她会来到院里，倚着石磨，盯那棵杨树，盯起来没完。雪燕来到大姨身边，抬头看去，树上没有鸟窝、没有蜂窝，连蝈蝈都没有。在鬼子未到蔚州之前，每年夏天，树里藏着五六个蝈蝈，此起彼伏地唱歌，聒人呢。如今，每天动不动就打枪放炮，鸟都躲到城外去了，人都躲在家里，小城原来的声音都哑了。大家不爱说话了，走路就像踩着薄冰，狗都不愿意叫了。

雪燕问："大姨，你瞅啥哩？"

大姨反问："燕，你表姐还能回来不？"

雪燕点头说："肯定能回来哩。"

大姨眼睛直勾勾地盯着树，说："自你表姐被抓后，俺每天早晚都烧香磕头，让菩萨奶奶帮忙，可是至今都没回来哩。"

雪燕心里难受，不知道说啥好，只是陪着大姨抹眼泪。

大姨住了几日，说要回家看看，看看妮子回了没有。雪燕说要送她，娘摇头说："你个惹事精，俺让你姐去送，也不让你出门。"

雪燕噘着嘴说："娘，春燕这身子骨，风都能刮倒，要是遇到鬼子咋办？俺吧，至少会点把式，俩仨的鬼子不在话下，就算被抓了，俺也能逃走。再说了，俺穿上男装，没人能认出是闺女，姐姐就不同了，她那儿多大啊。"雪燕用手在胸前比画着。想想也是，雪燕穿着女装都不像闺女，穿男人的衣

裳，更没有人怀疑了。

剪娘装了袋粮食，对雪燕说：“路上藏严实点，别让人看到，现在大家都开始饿肚子了，看到粮食就会抢。”

大姨说：“在俺兜里装点就行了，不要带多了，过不了城门。”

剪娘叹口气说：“大人好对付，不是还有孩子吗，没粮不行啊。”

雪燕说：“大姨，你放心吧，你出城后在路口等俺，俺把粮食从墙上吊下去，然后去追你。”

雪燕在庵里当尼姑时，表姐常去给她送好吃的。每到年节，大姨也会到山上进香，给她带些自己做的糕点。至今，雪燕还能品咂出那种香甜。在整个少年时期，除了自己的师父外，就是大姨最亲她了。因为她在庵里的十多年里，娘并没有几次去看她。虽然大姨常说：“你娘不去看你，是怕家族的长者知道，祸害你。”但是亲情不是血缘促成的，往往是相处的结果。

在回村的路上，雪燕背着粮食，扭头问：“大姨，那些鬼子咋知道谁家有闺女哩？”

大姨叹口气说：“听她婆婆说，那天村里来了个货郎，你表姐出来买了些洋红洋绿，想染些丝线，当天夜里就出事了。后来才知道，那货郎是鬼子的探子，是专门去踩点的。”

雪燕这么问是因为她有个想法，要在夜里抓个鬼子，把表姐给换回来。来到里家，表哥表嫂见着她只是点点头，并没说什么。要是在以前，表嫂会热情地拉着她的手问寒问暖，表哥会忙着去逮鸡，杀了给她炖了吃。在农村，只有来了重要客人或稀罕的人才会杀只鸡。大姨常说：“燕儿这孩子命苦哩，从小就被扔到山上，别说吃只鸡，就是吃头牛都不为过。”现在，表姐被鬼子抓走了，生死不明，家人都在悲痛之中，自然是笑不起来的。其实，就算表姐没被抓，家里也没鸡了。自鬼子来到蔚州，他们已经把村里扫荡过几次了，粮食、家畜都给抢走了。

大姨对儿子说：“柱子，弄点米，看谁家有鸡蛋，换几个来给雪燕吃。”

柱子点点头道：“嗯，俺这就去。”

雪燕拉住表哥，说：“现在这种年景还吃啥鸡蛋，煮点稀粥喝就行了。”

大姨叹口气：“燕，你从小受的那苦，想想都不敢合眼。”

雪燕苦笑一下，说：“别换了，再换俺这就走。”

大姨看着雪燕，喃喃地说道："好吧，柱子，让你媳妇煮点稀粥，多放几把米。"

吃饭的时候，都埋着头，端着白边黑釉碗吸溜着。雪燕抬头看看，几张锁着的眉头。饭后，大姨说："柱子，把燕儿送回去吧。"

雪燕说："大姨，俺今个不想回去了。"

大姨使劲摇着头："这村里已经不安全了，你必须回去。"

雪燕噘着嘴说："大姨，反正俺不走了。"说完，拔腿就出门了。

雪燕在村里转悠，想看有没有货郎或者可疑的人，因为她想抓住鬼子换表姐。遗憾的是，整天的时间，也未发现可疑的人。晚上，雪燕睡得正香，听街上传来狗叫声，她偷着跑出门，奔狗叫得最响的地方去了。月光把树影印在巷里，就像斑驳的水痕。风是清爽的，裹着股浓烈的槐花气息。雪燕突然停下了，想：自己赶过去，可能鬼子已经抢了人出村了，这么多出村的巷口，哪能这么巧碰上。

她又拔腿往回跑，一直跑到村口，四处张望，突然发现不远处的一个场院里，有个车的剪影。在县城里，常看到这种吉普车在街上横冲直撞，上面呼啦着膏药旗，谁见着都老远躲着走。

雪燕顺着沟向场院奔去。场院是村人秋收时必备的场所，割了麦子、豆子、玉米之类的谷物，都要先运到场院进行脱粒、晒干，然后运到家里。留下的秸秆，就堆在场院边上，垛起来，冬天用于烧火。她摸到场院边，躲在麦垛后面，见车里有个亮点明明暗暗，便知道有人在抽烟。她摸摸腰，感到有些遗憾，如果身上有飞镖或刀子就好办多了，可是她的那套飞镖，早就被娘给藏起来了。她从地上捡个小石子，弹到车上，顿时传出鬼子的叫声。车门"哗啦"打开，有个鬼子提着手枪出来，四处张望了一会儿，又回到车里。

麦垛旁有个碾麦用的碌碡，雪燕把它摆正，用脚蹬出去。由于碌碡一头大一头小，滚到场里开始画弧。车门打开，鬼子提着枪慢慢地向碌碡靠近。雪燕迅速窜到车前，蹲在月光的阴影里，伸手又摸了摸腰，感到遗憾。有飞镖，这样的距离能百发百中，可是没有。鬼子盯着碌碡嘟哝几句，用脚蹬一下，碌碡滚到远处。他四处张望了一番，到场院边撒了泡尿，吹着口哨，向车边走去。

雪燕已经做好了准备，想给他致命一击。鬼子来到车前，手刚搭到车门上，雪燕以迅雷不及掩耳之势跳起，双手搂住鬼子的头，膝盖顶到那鬼子脸上，鬼子昏过去了。雪燕怕他苏醒，在头上踢几脚，从他手里夺出枪，扣扳机，夜空传出一声响亮，吓得她赶忙扔掉。这时，雪燕借着月光，见几个人从村里出来，向这里奔跑，便知道去抢人的鬼子回来了。她拉着地上那个鬼子的双腿，"哧哧"地拖到麦场边，塞进草垛里。她想把车推进沟里，但车纹丝不动。她想放火烧了，又没找到火柴。这时，黑影越来越近。雪燕从地上摸起手枪，双手握着，对着车搂火，直到把子弹打光，扔掉枪，滚进场院外的沟里。这时雪燕发现，几个黑影奔着城里方向去了。

雪燕把鬼子从草垛里拉出来，摸摸鼻子，还有气息，想把他背回村里用来换回表姐，可是鬼子太重了。她自言自语道："真是头猪。"她实在累坏了，将鬼子扔到地上，把腰绳解下来，捆了鬼子，提着裤子回村叫柱子。来到村口，雪燕见地上有个黑东西在蠕动着，忙躲到沟边，捡个小石头扔了下，突然灵醒，鬼子听到枪声，可能把抢来的闺女扔了。她跑过去，把麻袋解开，在面里果然装着个女人。把那女人嘴里塞着的布拔下来，女人像吹哨子般叫起来。雪燕把她手脚上的绳子解开，那女的爬起来踉跄着跑去，尖厉的叫声点燃了满村的狗叫，并出现了几个灯亮。雪燕回到姨家，找根绳系到腰上，敲柱子表哥的门。表嫂出来，问："雪燕你去哪了？你大姨跟你表哥找你去了。"

雪燕急忙说道："嫂子，赶紧把他们叫回来，俺逮了个鬼子，用他去换俺表姐。"

表嫂听到这里，"啊"的一声，昏过去了。

当大姨与表哥回来后，雪燕说："大姨，俺抓了个鬼子，被俺捆在场院边上了，用他把表姐给换回来。"

大姨哭道："塌了天了，柱子哎，赶紧把雪燕送回去。"

雪燕说："咱用鬼子去换俺表姐，塌哪门子天了哩？"

大姨抹着眼泪说："燕啊，换不来的，抓了他们的人，咱们都得死啊。"说着，"扑通"跪倒在地，哭道："燕，大姨求你了，快回家吧，要是你有个三长两短，俺可没法向你娘交代哩。"

雪燕眨巴着眼问："场院里那个鬼子咋办哩？"

大姨站起来，抹着眼泪说：“赶紧走吧，再不走，天就亮了，鬼子就来了。”雪燕感到沮丧，好不容易抓了个鬼子，还把大姨吓成这样。

在往城里赶的路上，雪燕越想越气，和表哥叨叨着：“好不容易抓了个鬼子，没想到把你们吓成这样。”

柱子说：“雪燕，鬼子能跟你讲理不？能跟你换不？他们是流氓、是强盗、是恶魔！要是能换来，就不会抓人哩。”

雪燕停下，扭头问：“那咱也不能便宜这小鬼子，换不来，也得为俺表姐报仇，柱子哥你别送了，你现在赶过去把鬼子杀了。”

柱子摇头说：“俺不去。”

雪燕叫道：“柱子，你还是男人不？瞧你这熊样儿，听到小鬼子声腿就吓软哩，站不起来哩，是吧？让俺瞧不起你，不用你送。”

柱子抽抽鼻子说：“娘说让俺把你送到家。”

雪燕叫道：“去……去……快快回去吧，再不回去，俺就对你不客气哩。”

柱子停在那里，用鼻子呼呼喷气，脖子渐渐地梗起来，叫道：“俺杀了他，俺这就杀了他。”他转身拔腿就往回跑。这时，天已经麻麻亮，可以清晰地看到场院里那辆吉普车了。他赶到场院，发现沟里那个鬼子已经醒了，瞪着眼睛，哇哇大叫。柱子搬起块大石头，举得老高，喊道：“俺日娘的。”把石头用力砸在鬼子头上，石头一下去，再看鬼子的脸，已经分不清鼻子和眼了。这时传来“嗡嗡”的声音，柱子扭头看去，一辆卡车拉着满车的鬼子来了，吓得他拔腿就跑，鬼子开始用机枪向他扫射……

家里的窗花越积越多，剪娘的唉声叹气也多了。往年，几乎每天都有人上门预订，先把钱扔下，过几天再来拿窗花。自鬼子来到蔚州，再没人来买窗花了。剪娘说：“吃过饭，俺把窗花送到铺子里，能卖多少算多少，反正放在家里也卖不出去。”

雪燕忙说：“娘，让俺去吧，俺能保护自己。”

剪娘瞪眼道：“俺自己去也不让你去，你这个惹事精。”

上次她去送大姨回家，半夜里抓了鬼子，挑唆表哥柱子去杀鬼子，结果被鬼子追杀，屁股上挨了两枪，那子弹至今都没有取出来，到现在都不敢走路。鬼子把村人赶到场院，差点用机枪扫了。剪娘哪还敢让她出去，拉着脸说：“这事不用你管，老实待着。”说着，掉头去做饭了。

雪燕跟春燕商量：“姐，俺现在就把窗花送到铺子里吧。”

春燕摇摇头，说：“娘说了，她去送哩。”

雪燕急了，问：“要是娘被鬼子抓走咋办哩？她都把拇指剪去了，你是不是想让她把命搭上，你咋这么狠哩？”

春燕说：“那俺去，也不让你去。”

雪燕撇嘴说：“就你这胆儿，见只死耗子都吓得没命地叫唤。要是你半道上让鬼子抓住咋办？俺跟你说过多次了，俺会把式，能保护自己，你咋就不听哩，那好，你现去送吧你。”

春燕低下头小声说：“那你快去快回，别让娘担心啊。”

雪燕脸上泛出了得意的表情，把窗花卷起来塞进包里，蹑手蹑脚地出了门。灰色的街上，用目光通到头儿，也没几个人挡你的目光。不时有队鬼子经过，举着膏药旗，皮鞋“咣咣”地敲着路面过去，把树叶纸屑给吓得往墙角里躲。雪燕小声嘟哝道：“该死的小鬼子，等俺有了刀，看咋对付你们。”雪燕来到窗花店，把窗花从包里拿出来。掌柜的正眼都没瞅，用枯瘦的手指敲着柜台，叹口说：“雪燕啊，跟你娘说，别剪了，卖不了。谁有心情贴窗花，都准备贴丧纸了。”掌柜的目光迈过雪燕，对面是家棺材铺子，门前摆有几口刷着红土的棺材，正有人挑选，说：“唉！每天都死人，棺材铺的生意倒越来越好做了，俺正准备改行哩。”

雪燕歪着头说：“俺不信小鬼子不走了，这又不是他家。”

掌柜的苦笑道：“难啊……难啊……我们都溜着墙根走，他们是不会走的。要让他们走，大家得抱起团来赶他们。可是你看看，有些人看见小鬼子，裤子就湿了，人家能走吗？雪燕，世道如此之乱，不要乱跑了，回家吧！省得让你娘担心。跟你娘说，别剪了，等鬼子啥时候走了再剪吧！”

从窗花铺子里出来，雪燕直奔铁市，她想加工几支飞镖，再加工把短刀，以备不时之需。回想在大姨家时，要是自己有把飞镖多省事，顺手甩进鬼子的身上，鬼子一定和喝醉了似的摇晃几下，“嗵”地砸在地上就百了了。

街上冷清清的，来来往往的行人都低着头，猫着腰，贴着墙根走，深埋着头，就像刚丢了进家的钥匙。路面上到处堆着垃圾，风打着旋儿玩着树叶和那些纸屑布片。想想以前，街两旁摆着无数红彤彤的亮子，被那些小媳妇大闺女们围着。她们身上的衣服就像这五颜六色的窗花一样绚丽，指点着亮子上的窗花，说笑着。孩子们围在她们身边嬉戏着，老人们坐在树荫下，这成了蔚州不败的景致。如今，街边只有几个破旧的亮子，上面的麻纸已经破了，窗花陈旧，东倒西歪的横在那里。路上再也见不到年轻女子了，就算她们出来也会把胸缠平，打扮成男人模样，把脸上抹得黑乎乎的，更是看不到欢蹦乱跳的孩子和坐街的老人了。

铁市里只剩了三家铁匠铺子，只有曾被雪燕戏弄过的胖铁匠生火了。另两个铁匠坐在那儿下棋。摊位上只有几把镢头，别说刀子，就是剪子都没有。她扭头去看大力的摊位，炉子周围散落着剥落的铁皮，那儿好像成了临时解手的地方，黑乎乎的让人恶心。雪燕心想：不知道大力咋样了？是否跑出城，还是被鬼子打死了？要是他在就好了，会打出最锋利的铁。雪燕来到被她戏弄过的胖铁匠面前，说："哎，给俺打几把刀。"

胖子并没有抬头，说："不打。"

雪燕咋舌道："你不是铁匠啊？"

胖子说："俺他娘的是个球的铁匠。"

雪燕发现胖子正在打日本战刀，吃惊道："你给鬼子打刀哩？"

胖子把消退了红色的战刀插进炉里，抱着膀子叫道："管得着吗？"由于雪燕穿男装，胖子并未认出她来，说："别他娘站在这里碍眼，滚一边去。"

雪燕牙根痒了："你给鬼子打战刀还这么冲，让你给中国人打把小刀，你不给打，还说得这么难听哩，那好哩。"她伸手端起蘸火用的水盆，猛地浇到炉子里，只听"呼隆"一声，雾气炸开，把胖子蒸得哇哇大叫。他挥舞着手里的铁钳子打雪燕，雪燕也不躲，等近了，身子猛地闪开，伸腿一绊，手一拨拉，来了招顺手牵羊，胖子趴在了地上。雪燕踩着他的脖子说："狗汉奸，你给鬼子打战刀，用来杀中国人，你丢先人的脸哩。俺今儿个就用你打的刀，把你肚子划拉开，掏出你的心来看看是个啥色的哩？"

正下棋的老铁匠跑过来，说："公子……公子，这不碍胖子的事，是鬼子把他娘抓去了，不给他们打，老太太就没命了。鬼子还交代，谁要再打利器，就杀头，你没见俺摊上连把修脚刀都没有哩。"

雪燕把脚抬开，说："是这样啊。"

胖子从地上爬起来，抹眼泪道："小鬼子，俺日你个亲娘。"

雪燕对老人说："你给俺打几把刀。"

老铁匠摇摇头说："俺可不敢。"

雪燕急了，叫道："俺打刀是去杀鬼子哩。"

老铁匠还是摇头："那也不能打。"

雪燕叹口气说："都说打铁还需自身硬，你们是面条，活该让鬼子欺负。"说完，摇摇头走去。

这时，身后传来一声："公子稍等。"雪燕回头，见胖铁匠梗着脖子，满脸的怒气，便问："咋了，不服气？"

胖子抽抽鼻子，朝地上啐了口痰，说："俺给你打刀，你说啥样的？"

雪燕愣了愣，心里有些感动。她从兜里掏出自己画好的图纸，递给他。老铁匠也凑过来看，说："公子你先走，俺帮胖子偷着给你打，天擦黑时过来取吧。"

雪燕感到不好意思了，拍拍胖子的肩说："大哥，对不住啊，刚才俺不知道你娘的事，所以……"

胖子说："该打，谁让俺给鬼子打战刀呢。"

雪燕这人吃软不吃硬，见胖子说出这种话，更不好意思了，说："你放心，等俺有了刀，俺杀鬼子给你娘报仇。"

胖子用力点头，说："俺给你打最快的刀。"

雪燕的心情好起来，因为不是将要拥有刀子，而是胖铁匠肯给她打刀。想想大力，看上去挺呆，竟把铁水浇到鬼子头上，打树花打出的是大快人心。后来听说，大力那舀子铁水烫死了一个鬼子，弄瞎了四只眼睛，二十多个鬼子都差点变成网兜。这件事至今还被传颂与演绎，大家用夸张的表情说："那家伙，一舀子打去，鬼子就全变成麻子了，整出三十多个独眼龙。"雪燕相信，如果都像大力这么做，小鬼子早哭着回家了。

出来一趟太不容易了，雪燕想找个茶馆等天擦黑把刀取来。每次回家，春燕眼睛都红着，是被娘数落的。可春燕心软，每次又经不起她的嘴甜。走进茶馆，雪燕才意识到没带钱，便退了出来。没钱不喝茶倒没啥，可怎么取刀哩？人家冒着生命危险给你打刀，你再提出赊账，这也太不地道了，也不好意思开口啊。她犹豫着是否回家去取钱，想想回家后，出来就没那么容易了，想着到窗花铺子借点钱。

回到窗花店前，雪燕发现已经关门了。没有办法，只得往家里赶。半路上，见两个人在贴布告，凑过去，见是日本人的布告，上面写着：反抗皇军者，杀头！窝藏八路者，杀头！知情不报者，杀头！向皇军提供线索，重赏！抓住一个八路，赏一百块大洋；协助捉到八路，每个十块大洋。雪燕问两个贴布告的男子："哎，知道八路线索赏多少钱？"

提糨糊桶的男子说："线索可靠，皇军抓住后，每人奖给你十块大洋。"

雪燕小声说："俺知道哪儿有八路。"

那汉奸愣了愣问："在哪里？"

雪燕把手伸得老长："先赏钱。"

汉奸说："赏钱在皇军那里，俺没有。"

雪燕扭头说："俺不想跟皇军打交道，这样吧，俺把线索卖给你们，你们跟皇军去领大洋去，怎么样？"

那汉奸说："那你先领我们去看看再说。"

雪燕在前头，两个汉奸跟着。他们相互挤挤眼，那意思是，等知道线锁，赏他两个大耳刮子，然后他们去领赏钱去。雪燕领他们走进巷子，停下来问："到底有没有钱？别俺指出来，又没有。"

那汉奸从兜里掏出两块大洋，说："咋没钱，有……你看……你看。"

雪燕点头说："那就好。大哥，俺帮你提着桶吧。"

她接过铁桶，说："有个房里住着十多个八路哩。"

一个汉奸说："可别骗俺，骗俺你就死定了。"

雪燕说："为啥骗你？俺又不是吃饱了撑着哩。"

来到巷子深处，雪燕指指前边说："马上就到。"两个汉奸顺着雪燕手指的方向看去，前面就是巷尾了。雪燕猛地把糨糊桶扣到一汉奸头上，由于那桶挺合适，正好塞进头，一时那个汉奸像没头的苍蝇乱撞。另一个汉奸拔腿就跑，雪燕伸腿绊了他个狗啃屎，踩着他的头，说："把钱掏出来，饶你们的狗命。"

那汉奸捂着兜说："没钱，俺没钱。"

雪燕从他兜里掏出两块大洋，再掏别的兜。扣着糨糊桶的汉奸苦于不能把头上的桶摘下，喊出的声音像在桥洞下，不时撞到墙上，身上披着糨糊就像蓑衣。

雪燕把那汉奸的兜都给拉出来，也没找到再多的钱，用脚把他踢晕了。

扣着糨糊桶的汉奸终于把桶摘下来了，耳朵划破了，染得糨糊像脓血。他用手抹着脸，嘴里“呸呸”吐着。雪燕把他放倒，弄了两手黏糊糊的，也没搜出钱来，便骂道：“为了两块大洋就当汉奸，真贱。”说着，从地上拾起布告，撕两把，擦擦手扔下，见那汉奸拔腿跑，一脚把铁桶踢飞，砸在汉奸腿上，汉奸像狗吃屎趴在了地上。

雪燕踩着他的身子过去，脚后跟擦到他脸上。那汉奸捂着鼻子，血从指缝里冒出。现在有钱了，雪燕回到茶馆，叫了壶茶慢慢呷着，听到“呼隆呼隆”的声音，抬头望去，有队鬼子兵从窗前经过，领头的正是贴布告的汉奸。

她开始后悔下手太轻，应该把狗汉奸的腿砸断，让他们当不成狗腿子。雪燕想到这里笑了，对啊，以后见着狗腿子就砸他的腿。这时，进来两个鬼子，坐到茶座上，脖子里像插着竹竿，拍着桌子叫道：“龙井的干活。”茶客听到“干活”，都把脖子龟缩了。老板跑到桌前点头哈腰地说：“太君您稍等，马上就来，是上好的龙井。”

雪燕看不惯老板的样子，也用手拍桌子：“龙井！”

老板又跑到她跟前：“公子，您稍等。”

雪燕低声问：“太君是你老爷吗，这么亲？”

老板顿时汗颜，说：“公子，俺……”

雪燕说：“这杯茶罚你的，不给钱了。”

老板苦着脸说：“公子，小的不容易啊。”

雪燕说：“那好，俺等着，两个鬼子给你钱，俺就给你。”

老板听到“鬼子”这俩字，打个哆嗦说：“不要了，不要了。”雪燕站起来，倒背着手，慢悠悠地走出茶馆，抬头看看太阳，离落山还早，想找个饭摊吃口饭，突然听到有人喊：“站住，说你哩！小子站住，不站住，爷就开枪啦。”

雪燕扭头看去，几个汉奸带着几个鬼子跑来，她想：太不巧了，要是把刀领回来，这该多好啊……

四 荒唐和亲

中日联谊并未起到好作用，由于大力的树花，还死伤了十几号人，并搭上几十身军装。蔚州人的抗日情绪越来越激昂，几乎每天都有日军士兵丢失。龟田大佐认为，怀仁政策已经没有效果，野马是可以驯服的，杀鸡是可以给猴看的，应该用武力告诉蔚州人，识时务者为俊杰。

小野依旧坚持自己的观点，认为落实计划与作战不同，作战可轰轰烈烈地留下尸体与创伤，再到别处折腾。他们在蔚州需要采矿、加工、运输，与当地老百姓冲突太大，是永远都不会成功的。历史的教训可以说明，得不到民众拥护的军队必将失败。

“你认为，这关系还可以改善吗？”龟田怀疑道。

小野眯着眼睛说：“据属下对中国多年的研究，认为唐朝盛世，并非偶然，其主要原因是多与外邦和亲，避免了很多没必要的战争，节省了资源，创造了和平的环境。这样，更有利于政治、文化、经济的发展与繁荣。属下认为，此法依旧可以效仿。”

龟田听说让日本的武士娶中国女人，让日本女人嫁给中国男人，便皱眉道：“难道没有别的办法吗？”

小野轻轻地摇头：“大佐，从当前的形势看，改善关系最好的办法是，与当地名流和亲，会有很好的影响，这能够大大地改善我们与土著的关系。”

来取人家的东西，还让别人热烈欢迎，龟田感到这太牵强了。不过，他也希望能出现奇迹，达到鱼水之情，顺利落实“双核计划”，于是同意了小野的建议，从日本运来了五十名歌妓、五十名武士，并对蔚州名流家的公子进行统计，发现远远不足五十名，便要在城里选出年轻英俊的男子补充。就这样，雪燕也被列入其中。

听说有这等事，雪燕不屑地说：“东洋女人有啥好的？背着小枕头，就

像没睡醒，本公子才不稀罕哩。”

汉奸舔舔嘴唇，歪着头问：“不懂了吧，皇军的闺女，个个都像天仙女，搂在怀里多舒坦，你小子得了便宜还卖乖？”

雪燕讥笑道：“你就没弄个日本娘们？”

汉奸沮丧地挠挠头，说：“家里老婆看得紧，咱没这福气！”

雪燕冷笑道：“你把老婆嫁给日本人，你再娶上个日本娘们啊。”

汉奸摇头说：“俺娘们长得那熊样，人家皇军能看得上吗？要行的话用你小子废话，早就换了。”

这汉奸太没骨气了，要不是他后面跟着虎视眈眈的小鬼子，雪燕的手早就抽到他脸上，让他满地找牙了。雪燕看看太阳西落，染了半天的血红，问：“好吧！好吧！到和亲那天，俺去弄个日本娘们。”说着，转身就走。

身后传来喝叫：“站住。”随后是拉枪栓的声音。

雪燕回头问：“咋呼啥？”

汉奸说：“大佐说了，今天就把和亲的男女都找齐。”

雪燕摇头说：“今天不行，俺还有事哩。”

鬼子把刺刀对准她，叫道：“八嘎。”

雪燕见鬼子的刺刀上挑着落日，晕着抹血红，感到没把握把他们制伏，只得跟他们走。路上，雪燕问那汉奸：“哎，哪个村哪个堡的？做汉奸能给你多少钱？”

汉奸瞪眼道：“啥？你敢说俺是汉奸，你再说，让你小子吃不了兜着走。”

雪燕问：“你说，那俺喊你啥？”

汉奸想了想，也没为自己找到个体面的名声，咋舌道：“叫啥都成，就是不能叫汉奸。”

雪燕小声问：“那叫狗腿子行不？”

“你……你……你……”汉奸叫道。

日本兵喝道：“废话的少说，快快地走。”

汉奸吧唧几下嘴，说：“你小子等着，有你好看的。”

鬼子把雪燕带进了一个大院里。这院子原来是县衙的粮仓，高高的院墙，院里面的房子威严地伫立在那里，高高耸立的屋顶，窗户又大又高。雪燕被赶进房里，见里面已经有几十个青年男子了，他们围在那儿叽喳着。他们个个穿得光鲜华丽，肥头大耳，油头粉面，看来都是官宦人家的公子。雪燕懒得理会他们，仔细打量这房子，看能不能逃出去。房子的窗子实在太高了，墙上又抹了黄泥，看来想出去还真是不容易哩。那些公子哥们在谈论东洋女人，说得津津有味。有个公子舔舔嘴唇说："要是俺娶了东洋女人，就啥也不干了，成天守着。"

有人说："俺得干，因为俺还想带着东洋女人让大家看看，开开眼哩。"大家开始大笑。

雪燕摇摇头，找条长凳放到墙根，躺在上面，眯着眼睛。

这帮人群中，正好有在戏园子里被雪燕打的，由于被踢掉了四五颗牙，现在换上了几颗金的，一说话嘴里就闪光。他把大家召到跟前，小声说："看到凳子上那人没有，谁打掉他一颗牙，俺就给一块大洋；打断一条胳膊十块大洋，一条腿五十块大洋。"说着，掏出把大洋，"谁去？"大家扭头去看雪燕，见她躺在窄凳上，跷着二郎腿，还抱着膀子。

有个不知天高地厚的家伙说："看俺的。"

他蹑手蹑脚走过去，伸手去掀凳子，想把雪燕摔下来。雪燕翻了个身，脚甩到那人脸上，那人惨叫着坐到地上。金牙叫道："弟兄们，一齐上。"大家"呼隆"一下围上，向雪燕压去。雪燕来了个旱地拔葱，踩着大家的头与肩跳到外围，来到那胖公子眼前，脚一摆，踢到他脸上，一声惨叫，地上顿时有几个亮点。公子捂嘴哭道："俺的金牙，俺的金牙。"大家爬起来，见那胖子跪在地上摸金牙，他们知道惹不起，都跑到墙根处坐下，把头埋在膝盖上，偷着瞄雪燕。

雪燕倒背着手，走到谁跟前，谁就像遇到数九天的寒冷般哆嗦一下。雪燕来回踱着步子，说："有本事打鬼子去，打自己人算啥本事哩。"

这帮公子哥个个连大气都不敢喘。

雪燕说："一听说娶鬼子媳妇，看把你们高兴的，你们就不怕生出一窝小狗腿子来，没见过你们这种没出息的，贱……真是下贱。"

早晨，鬼子来仓库，把他们几十个男子带到礼堂进行洗脑。礼堂原来是早年间的学堂。据说，有位高鼻子的牧师给教徒们讲了犹大与日本的故事，叹口气说："鬼子马上就要把我送进天堂，阿门，我会在上帝面前，倾诉他们的罪行，让他们得到应有的惩罚。"果然，牧师就神秘地消失了，从此鬼子把学堂当成了礼堂。众多的信徒失望的是，上帝并没有惩罚这些小鬼子。

礼堂里已经坐了五十多位闺女，都穿石榴红的上衣，大绿裤子，是蔚州新娘子的打扮。让雪燕惊异的是，戏楼里的一品红也在其中，还向她笑着点头。雪燕鄙夷地撇撇嘴，心里说：臭汉奸，想找你算账还没抽出空来哩！没想到你又急着嫁鬼子了，得空看俺咋治你。这时，汉学通小野到了台上，把雪白的手套抵到嘴前，咳了几声说：“各位女士，各位公子，大家好！敝人是小野三郎，毕业于东京大学。今天，由敝人向各位，讲讲你们的义务与责任。在中国唐代，皇家多与外邦和亲以结永好，创造了和平盛世。如今，我大日本帝国的天皇格外开恩，与你们和亲，以示恩赐。从此以后，你等要永记天皇浩恩，孝忠天皇，努力宣传我们的友善…… ”

小野的长篇大论让雪燕昏昏欲睡，她不时抬头去瞅一品红，见一品红听得津津有味，便恨得牙根儿“嗞嗞”地痒。想想她在戏台上的千娇百媚，百灵鸟似的唱腔，心里就纳闷了，你说这么好的人，咋就变成汉奸了？这时，小野高声喊：“我们是民主的，我们是宽容的，如果有不同意和亲的女士与先生，可以站出来嘛。”

有位闺女抹着眼泪站起来，抽泣道：“太君，俺定亲了，彩礼都收了，您就另换人吧。”小野身旁的鬼子举起手枪，对准那闺女，恶狠狠地说：“你的死了，我们的换人。”

一品红伸手把那闺女拉到座上，轻轻地拍拍她的肩。

小野回头对举枪的军官说：“木村君，放下枪，我们是讲民主的嘛，是要征求他们个人的意见的嘛。各位女士，各位先生，如果有不同意者，可以站出来嘛…… ”

当雪燕听说，鬼子要给他们洗三天脑，想想母亲焦急的样儿，急了，对鬼子说：“俺的脑干净，不用洗，俺回家跟娘说一声再来。”

鬼子哪同意，眼睛瞪得就像饿狼，叫道：“你的回，死啦死啦的。”雪燕看看周围，隔几步就有个鬼子兵站着，实在难以逃走，只得回仓库了。第二天，他们又到礼堂听课，雪燕从兜里掏出备好的小石子，绷到指头上，猛地弹向一品红。一品红猛地捂着头上，回头看看雪燕。雪燕对她吐吐舌头，满脸的洋洋得意……

为了让和亲产生更大的影响，收到更好的亲善效果，小野费尽心思，几乎转遍了蔚县的古堡戏楼。蔚州这样的戏楼上千座，可谓有村就有堡，有堡就有戏楼。而且戏楼又有一面戏楼、双面戏楼和三面戏楼，更有穿心戏楼。穿心戏楼一般建在通街大道上，台基当中空心，唱戏时用木板铺盖，下面可行车走人，上面可文唱武打。这些戏楼大多是卷棚或硬山顶木制隔扇，用悬山布瓦、琉璃剪边布瓦等封顶，雕梁画栋，油饰彩绘，五光十色，历经风雨剥蚀，巍然不倒，执着地铭记着古蔚州的繁荣昌盛与蔚州人的生活品味。小野最后刻意把和亲地点选在城中的鼓楼上。鼓楼，位于蔚州古城的中心，始建于明洪武十四年（1381 年），是蔚州卫指挥使周房所建，后经过多次重修。清代，鼓楼被称为“文昌阁”，是一座三重檐多角歇山布瓦琉璃剪边建筑，通高 17 米，面宽九间，进深五间，城墙南侧上方镶嵌“初哉首基”四个字，寓意“京西第一州”，是蔚州古城的重要标志。鼓楼画栋雕甍，层檐跂翼，危梯杰槛，四户八窗，铁马敲风铜铎响，丹赭垩鲜，元荫遂深，势若凌云，巍然拔起。东瞰沧海，南观紫极，西俯太行，北枕朔漠，气象鼎新，规模宏远，非特为一时雄观，实为边隅之保障也。但是谁能想到，如今竟然会唱这么一出戏呢。

和亲那天，鬼子把雪燕他们五十个男子，还有五十个闺女赶往鼓楼。这已是雪燕被关的第三天。在这三天里，小野每天给他们洗脑，把日本说得像朵花儿，风景优美、樱花烂漫、社会民主。并多次强调他们是救世主，来解放蔚州于水深火热中。这些屁话让雪燕感到恶心，这不是胡说八道吗？你们没来蔚州之前，人们过得滋润，做梦都会笑醒，现在呢？做梦都像被狗撕脚脖子，醒来吓得满脑门子都是凉汗。

鼓楼已经被围观的人圈起来，有些被抓来闺女的亲属，在人群里张望，满脸泪水。雪燕他们近了，他们早已分出那里是通道了，大家翘首以待。有人在喊：“闺女……闺女。”

队伍里的闺女们翘起脚尖，挥着手喊：“娘……娘，俺在这里。”

鬼子把刺刀横过来挡住闺女，叫道：“死拉死拉的。”娘举起的手忙耷拉下来，不敢再喊了。鼓楼上已经站着五十多名戴学生帽的日本男子，五十多位背小枕头的女子。鼓楼的正中，摆有几张被红绒布罩着的桌子，当中坐着位三十七八岁的日本女人，穿藏燕白花的和服，嘴唇抹得就像刚吃了活物。商会会长坐在最边缘，脸上的笑容僵硬。他的头顶已经秃了，边上一圈头发

围着，头顶就像鸟巢。小野又开始发言了，表明日本帝国对中国人的友善。

当小野宣布和亲规则时，雪燕不让了。因为小野说，喊到日本武士或姑娘的名字，就到对面选个中国男子或闺女，然后进行登记，就算受皇军保护的合法夫妻。雪燕从队列里分出来，叫道：“哎哎哎，都是你们选我们，这不公平吧！”台上的几个日本兵举着枪冲上来，小野挥挥手让他们退下，对雪燕说：“请问这位公子尊姓大名？”

雪燕当然不能报真名，她说：“本公子姓许。”

小野点头说：“为公正公平起见，就由这位许公子先在大日本帝国的女子中选，选好后去做登记，从此你们就是夫妻。”

雪燕在台上转个圈，目光划过一品红，盯到主席台上那位妇人脸上。雪燕知道，这女子坐在那儿，肯定是有头有脸的。于是，指着那女子说：“俺就要这个女的了。”

有个满脸络腮胡子的日本军官站起来，用枪对着雪燕叫道：“八嘎！”

小野摆摆手说：“木村君不要冲动，请坐下。”

然后来到雪燕跟前，说：“许公子，那位的不行，她是龟田大佐的夫人美代子女士，不在和亲之列。”

雪燕故意叹息说：“说实话，俺就看中这个美代子了，你说她咋长得这么好看哩？要不这样，让大佐另选个闺女做老婆，俺娶美代子了。”说着，把大拇指含进嘴里，歪着头，就像个馋糖的孩子，说：“美代子，人咋这么俊哩？俺就喜欢你。”

小野的笑容拉下，恶狠狠地说：“许公子，如果你存心捣乱，那就别怪我们不客气了。”

美代子听到雪燕的赞美，心里还是挺享受的，又见雪燕长得如此英俊，便站起来鞠躬道：“承蒙许公子错爱，不胜感激，只是我已嫁人，请公子另选佳丽。她们都是从大日本帝国选拔而来的，都很优秀。”

雪燕调皮地说：“这些女子，都没有你美代子夫人长得俊，哎，真是太遗憾了，那俺只能另选了。”她在场子里转了个圈，伸手指着一品红说：“那俺娶这个唱戏的。”

小野的脸色越来越难看了，他说：“只能选大日本帝国的姑娘，你的明白，本国的不能选。”

木村中佐曾在陆军学院任过武教官，常常自诩自己是日本最好的武士。他的脾气极为暴躁，为人凶狠。据说，当他得知自己的后母与人私好，把她的房里布上地雷，把他们全部给轰了。木村早就对雪燕忍不住火了，想趁机整治雪燕。他对龟田大佐弯腰道：“大佐，属下想跟这位公子决斗，谁赢了，那女人就是谁的。”龟田也看出雪燕是存心捣乱，只是碍于观众不好发作，心想：利用这个场合展示日本武力，教训一下这个不知道天高地厚的小子，对以后的统治是有好处的，于是同意了。

小野对雪燕说：“许公子，木村君想跟你决斗，决斗就是比武，比武就是你们当地说的打架，你的明白？”

雪燕说：“俺当然明白，打架就是对掐，对掐就得鼻青脸肿，也可能会流血，甚至还会死人哩。”

小野点头说：“是的，有可能死人，你的决斗？”

雪燕说：“决是当然要决，可是俺把他给打死了，用赔不？”

木村听说雪燕能把他打死，仰天长笑，说：“你的打死我，我的甘愿，用我的尸体喂狼狗的干活，跟你的没关系。”

雪燕来到台边对观众抱拳说：“今天父老爷们给俺作证啊，打死人不偿命，这可是他们说的，别到时候又反悔哩。”

观众顿时变得鸦雀无声。

雪燕头上歪戴着礼帽，脸色白净，两眼细长，上嘴唇有些倔强地往上翘着。她身材修长，穿了件青灰色的长衫，就像竹竿上撑了件长袍，看上去能被风吹倒，哪经得起一打啊。木村身材高大，足足高出雪燕一头，身着黄绿军装，腰系两寸宽的皮带，左侧挂战刀，蛇皮纹的刀鞘；小腿套在墨色牛皮靴里。他满脸络腮胡子，像围着黑色围巾，嘴唇上那撮胡须漆黑；眼睛小而离得近，眼尾向发际翘着，只看相貌就知道脾气挺柴。他把军帽扔给小野，用手抚抚平台，阳光里便多了雾状。他“嘿嘿”笑笑，右手握拳，往左手掌里撞撞，说：“你的死了，我的不负责，你的明白？”

雪燕明白，想对付这熊，决不能硬拼。在尼庵时，师父曾专门教她们以柔克刚，四两拨千斤之术，其中一项武功就是擒拿。为了让她们学好此术，师父让她每天画人体骨骼，达到对人体犹如庖丁解牛般熟悉。为了让她们有手劲反制，每天早晨，都带她们在庵后的松林里拽树枝。后来，她们达到了下意识反制的自觉状态。雪燕准备用擒拿对付这个木村，让他知道啥叫四两拨千斤。

台下的观众，脖子都像被无形的手掐着，伸得老高，但脸上都泛着牙痛的表情。因为他们都感到雪燕无法与这头熊抗衡，心里预感到雪燕失败时的痛苦。

一品红虽然见识过雪燕的功夫，但那天那个胖公子不会把式，是容易对付的。木村就不同了，他是日本武士，必然在武功方面下过一定工夫的。她忙站出来说："小女子相貌平凡，无德无才，实在不值得让两位决斗。你们倒不如抽签决定，谁胜谁负。"

雪燕翻白眼说："你，一边待着去。"

木村伸手指着一品红说："你，是我的。"

雪燕细长的眼睛变成两把刀子，冷冷地盯着木村。师父的教诲仿佛在脑海里响起：至强而弱，弱极而强，强者因脆，弱者有韧，以静制动，以柔克刚，无往不催。

木村勾着手指叫道："东亚的病夫，接招的干活。"

雪燕对木村也勾勾手，用鬼子的口吻说："你的，猪，过来的干活。"木村一个箭步向前，大脚震得地板"嗵嗵"直响。他一招直拳直捣雪燕面门，观众发出惊叫声。雪燕滑过木村的拳，倚着胳膊转身，背靠在木村的怀里，右手拿住他的手腕，左肘猛击木村，没想到被木村抱起来。她右手拧着木村的手腕，右肘撑住木村的肘部，猛地往外一顶，就听到"咯吧"一声，自己就着地了。木村却哇哇大叫，右手再也抬不起来了。这时候木村明白自己碰到武林高手了。一条胳膊不能动，再打下去必输无疑。他转头去看小野，希望他中止这场比赛，可小野并不知情，鼓励他说："木村君，你肩负大日本帝国的尊严，要用最短的时间把他摧毁。"

木村的腮帮子哆嗦了几下，左手握住刀柄，猛地抽出战刀，举过头顶，眼的余光看看不听话的右胳膊，嘴角抽搐了几下。

台下的观众喊道："不公平，不公平。"

雪燕举起双手，喊道："咱中国大人大量，下棋让他车，比武让他刀，咱照样能赢。"木村的双脚急促地砸着地板，举着战刀，嘴里发出"哇哇"的叫声。那刀划着天光，以劈山之势奔雪燕的头直劈下来，那样子就像能把小五台山给劈开。雪燕也不躲，等刀迎面而来，她猛地躲倒在地，战刀的尖“嗵”地陷进她头上两寸处的木板。就在木村往外拔刀时，雪燕的双脚猛地踢到木村的膝盖上。木村的身子向她压下来，她双手就像接球似的捧住木村下巴，猛地一拧，木村在地上打了个滚，歪歪晃晃地站起来，嘴咧着合不上了，口水顺着嘴角直流，话也说不出来了。

龟田没想到木村这么没用，叫道：“木村君，你的必须赢。”

木村慢慢地把战刀举起来，那刀抖得厉害。他扭头看看龟田大佐，龟田已经瞪圆了眼睛，脸拉得老长。

观众们发出了热烈的欢呼声。

雪燕看着木村那熊样儿，知道他已经是夹尾巴的狗了。狗打架时，一条狗突然把尾巴夹在腿下，就表明它已经认输了。雪燕笑道：“哎哎哎，再说句东亚病夫让俺听听。”

围观的人群哈哈大笑起来。木村嘴里的口水拉着丝儿，眼睛红得像兔子，鼻子喷着气，又直愣着眼去盯小野，希望他赶紧中止比赛，以防颜面尽失，可小野却喊道：“木村君，你的进攻，马上的进攻。”雪燕知道木村强弩之末，只需最后一击，会彻底垮掉。她把手倒背起来，大摇大摆地向木村走去。木村向后退着，踩空台边，身子翻落下去。

观众顿时又传出高昂的欢呼声。

雪燕歪着头盯着龟田，问：“俺是不是可以把这闺女领走了？”

龟田干笑几声，说：“胜败乃兵家常事。我们说话的算话，你的领走。”

雪燕来到一品红面前，伸手捏捏她的脸蛋儿，得意地说：“从今天起，你就是俺媳妇了，哈哈。”

一品红苦着脸说：“小女子哪配得上公子哩，请你另选佳丽吧。”

雪燕恼羞成怒：“你还非要当那小日本的媳妇了？俺就让你当不成。”说着，伸手抓住一品红的胳膊，扯着就走。

龟田恶狠狠地盯着雪燕的背影，对小野叫道：“和亲到此为止！”说完，站起来走了……

人群分出条通道，鼓掌的手不停地拍着。

雪燕拉着一品红，得意地往前走着，不时对围观的人笑着点头。当雪燕把一品红拉到巷子时，猛地把她甩开，对她的脸呸了口唾沫，梗着脖子叫道：

“你以为本公子真想娶你这个汉奸做媳妇啊，做你的白日春秋大美梦吧。”

一品红明白，雪燕今天闹得这么锋芒，破坏了鬼子的计划，鬼子肯定不会罢休，只是当着大家的面不好发作。她向雪燕道个万福，说：“公子还是快走吧！日本人马上就会追来的。”

雪燕撇嘴说：“告诉你吧，俺不怕，他们敢来追俺，俺把他们一个个都交代了。”话没说完，听到巷口处传来“呼隆呼隆”的脚步声，扭头见日本兵堵着巷子涌来，便恨道：“小鬼子真他娘不是东西，一点信用都不讲啊。”两人拔腿就跑，鬼子的枪声大作，打得巷子里的青砖“噗噗”响，砖碴崩在脸上麻辣。两人连蹦带跳，用很难看的样子拐过巷子，东拐西拐，终于把鬼子甩掉了。

一品红领着雪燕来到秧歌戏楼后面的院里。这是个两间鱼鳞瓦房，院子里有两棵槐树。据说，房子的主人把儿媳娶进门，婆媳的战争就没停歇过，公公把院子隔开，各过各的。可是，婆媳还是隔着墙骂，骂的话不见天，公公实在没法了，只得给儿子另盖了房，离他们远远的。这个院子中的墙也没拆，就租给一品红了。

房子有两间，外间放着一张八仙桌，还有一把太师椅，内间有个雕花双人床，挂着布幔。床头上有个衣架，上面挂着花红艳绿的戏装，还有些道具。雪燕坐在桌前的椅子上，见靠门的左侧墙上，有块镶着边的镜子，两尺多宽。

“哎……这是你的房子？”雪燕跷着二郎腿问。

一品红给雪燕泡了杯茶，放到桌上，苦着脸说：“公子，你今天坏了我的大事了。”

雪燕扬起眉毛，冷笑道：“哦，害你没嫁给鬼子是吧？你说你不好好唱戏，往鬼子那里瞎凑合啥哩？他们能给你啥好处？你又为他们唱戏，又想当人家媳妇。哎！你就不感到脸红吗？我都替你抬不起头。”

一品红坐在床沿上，叹了口气说：“我跟他们接近，是想报仇哩。”

雪燕歪着头，绷起指头，弹弹脚上的灰尘，问：“报啥仇？”

一品红说：“两个月前，我们去张家口演出，有个富商的母亲过七十大寿，请我们秧歌戏班子去助兴，谁想有两个日本军官在场，见我师妹品玉漂亮，把她给抓走了。第二天我们才知道，师妹在夜里杀掉鬼子军官却没逃出来，被鬼子杀了。我之所以主动接近鬼子，是想给师妹报仇哩，可是……可是被你给搅了。”

这个答案让雪燕很满意，因为这说明一品红不是汉奸，而是有情有义之人。她得到满意的答案，非常高兴，跑到床边搂着一品红的脖子说：“是这样啊，那相公替你报仇。”一品红往旁边挪挪，雪燕却把她搂得更紧了，说：“俺可是你相公，搂你咋了？”其实，雪燕心里在笑呢，两个女人挨近点有啥哩，到时候顶多做姐妹。她想：当一品红知道自己是女的，那该多么有趣哩，于是，脸上便预支了这样的笑容，说：“从今以后你就是俺的媳妇了。”

一品红说：“公子不要取笑了，还是回家吧。”

雪燕摇头说：“今天是咱们大喜的日子，哪能回家？”

一品红忙站起来，施礼道：“公子，想必你也被关押了几天了，家人肯定着急，先回去报平安吧。”

雪燕拍拍脑瓜子说：“坏了，坏了，俺娘肯定急坏了。”说着，对一品红扮个鬼脸儿说：“媳妇，俺先回去，抽空再跟你入洞房啊。”说完，拔腿就跑……

五 红色街道

在雪燕消失的三天里，剪娘与春燕找遍了大街小巷、亲朋好友家，最终不见踪影。由于是春燕把妹妹放出去的，后悔得要命，老是嚷着不活了。悲痛欲绝的剪娘不得不劝春燕："燕啊，咱先别急，雪燕从小在外面野惯了，又身怀绝技，不会有事的。"

当剪娘听说鬼子抓了女人要和亲，怀疑雪燕被抓了，于是把私藏的两块金砖找出来，去了会长家。当初，丈夫习上大烟后，剪娘就开始偷着藏东西，她知道偌大的家业早晚都会被丈夫给变成烟。会长也算帮忙，去鬼子司令部查问，并亲自上门对剪娘说："被抓的男女中没有叫雪燕的，慰军妇中也没有叫雪燕的人。"

那天，会长离开后，春燕抽泣道："要是雪燕回不来，俺也不活了。"

剪娘强作平静地说："燕，你胡说啥哩？你妹妹没事的。"话虽这么说，心里还是感到不安，就算雪燕身手再好，几个汉子不能近身，但鬼子有枪啊，可雪燕身上连块铁都没有。这时，剪娘开始后悔，把雪燕的飞镖藏起来。那是雪燕刚从山里回来，睡觉时不爱脱衣裳。剪娘让她找衣裳、换了洗，发现她腰上系着牛皮带，上面插着一溜小燕子似的飞镖，那飞镖原是自己为她做的刻窗花的刻刀，不同的是，每把刻刀的尾部都拴着红抽穗。她皱了皱眉，便趁雪燕睡觉时，偷出来，埋进花园里。想到这里，剪娘跑到花园里用手把土挖开，找出飞镖，发现都已绣红，牛皮套子也斑驳了。她坐在花园里弊着哭声，眼泪不停地流。

自从雪燕走后，剪娘就没插过大门，她比任何时候都想听到门响，但始终没响。三天里，她就坐在堂屋里静静地等，听到门稍有动静就跑出去。当她听到春燕的尖叫声后，跑出房门，见雪燕回来了。春燕抱着雪燕，又跳又喊又叫。剪娘的身子晃了晃，倒在地上不省人事。姐妹俩忙把娘扶到床上，雪燕说：“俺去找郎中。”

春燕说：“你在家守着娘，俺去。”

雪燕说：“要你摊上俺遇到的事，保准回不来。放心吧，俺不会有事的。”说着，冲出家门。

雪燕在街上小跑着，见墙上有鬼子贴的布告，顺手撕下来。当来到郎中家所在的胡同，已经撕了三张布告了，指甲里还有几丝纸屑。郎中正坐在太师椅上看《黄帝内经》，雪燕来了，他的目光迈过老花镜望去。雪燕说：“俺娘晕过去了，麻烦您过去看看。”

郎中轻轻地摇头，叹气说：“雪燕啊，俺不能去啊。日本人说了，俺出诊得经过他们同意，否则把俺全家都给杀掉，俺索性不出诊了，省得看个病还得去请示，多麻烦哩。”

“您偷着过去，没人知道的啊。”

郎中把手里的书放下，嘣着嘴，犹豫不决。想想平时，雪燕家谁不舒服了，都来这里抓药，每当年节里还给送窗花，这份情冲击着他的原则，最终，情占了上风。他说：“雪燕，你先走，俺知道你家，俺偷着过去吧，咱一块走，容易被鬼子发现。”

走出郎中家，雪燕见巷子里有个男子，掏着裤兜在看树梢，嘴里还吹着口哨。雪燕抬头看去，那棵杨树上又没鸟，心想真无聊。来到巷口，雪燕突然想到加工的飞镖，想顺便取回来。人家冒着生命危险为你“叮当”，说好当天傍黑去取，三天都过去了，已经失大信了。雪燕来到铁市，见只有老铁匠的摊子，也没生火，摊上摆了几片锄头。老铁匠蹲在地上，用木棍儿正在戳一个绿色的毛虫。这样的毛虫，身上的毛有毒，沾到身上，就像被蜂蜇了一样。

雪燕问：“大爷，那胖师傅没来吗？”

老铁匠抬起头来，抽抽鼻子说：“来不了啦。”

原来，鬼子前来验刀，用胖子加工的刀猛往铁砧上砍，吃奶的劲都使出来了，结果刀崩成两段。小鬼子说：“你的，欺骗皇军，死啦死啦的。”

胖子说：“嫌老子打得不快，你找别人去。”鬼子就用枪把他给打了。老铁匠抹了把脸上的泪水，说：“胖子咽气前交代俺，把镖给你，不跟你要钱了。”

雪燕听到这里，鼻子酸了，眼里噙满泪水，双手捂到脸上，眼泪顺着手指流下。老铁匠四处瞅寻，跑到不远处的杨树下，装作解手，从地里挖出个黑布包，四处再看看，跑到雪燕跟前，说：“俺完成胖子的心愿了，从此俺再也不会出摊了。”雪燕把布包打开，见是一套精致的飞镖，还有一把尺把长的匕首。它们都被插在牛皮制成的腰带上。老铁匠说：“那天傍黑你没来，他把飞镖带回去，夜里加工了这个套，还说不知道合适不？公子，系到腰上吧，要系在里面。”

雪燕把镖系到腰上，把衣摆放下，从兜里掏出两块大洋，说：“俺带的钱也不多，麻烦您用这些钱给胖师傅买点纸烧了，跟他说，俺一定多杀鬼子，替他报仇。”

回到家里，雪燕见娘蹲在院里磨东西，以为磨剪刀。那块磨石是娘去大南山接她时，从山沟里背下来的，说是硬质的上水石，用这个磨刀锋利。刚背下来时，有半尺高，现在已经只剩半尺了。雪燕说：“娘，您不躺着，磨啥剪子，剪了窗花也没人买。”

近了，见娘在磨她下山时带的飞镖。由于埋了几年，飞镖都已锈红。师父曾用这套镖，杀过四品的贪官，杀过花和尚。记得师父临终前说：“我把这套镖传给你，记住，只杀恶人。”

雪燕说：“娘，你磨它干啥？”

剪娘说：“燕啊，娘以前怕你带着这些玩意去惹事儿，可是现在，咱不惹人家，人家来惹咱啊，还是带着防身比较好。”

雪燕听到娘同意让她带刀了，说：“娘，太好了。”

剪娘说：“记住，平时可不能乱用，更不能扎中国人，如果遇到鬼子抓你，就用。”

雪燕把衣摆掀开，说：“娘，您看，新的。”

剪娘见雪燕的腰上系着条宽牛皮带，上面插了很多小燕子似的飞镖，还有一把尺把长的弯刀，问：“你啥时候置办的？”

雪燕把这几天发生的事情经过说了说，剪娘痛苦地说：“这小鬼子造孽啊，杀咱们中国人眼睛都不眨一下。”

这时，春燕喊道：“娘，药凉好了，快喝吧。”

雪燕说：“娘，俺来磨，磨好了给春燕用。”剪娘站起来，有些头晕，她扶着头进了房。雪燕蹲在磨石旁，“哧哧”地磨着飞镖，想起在庵里时，师父教她飞镖的情况。最初，师父弄块木牌，放在十丈之外，让她用飞镖投。刚开始，雪燕根本打不到木板，后来可以投到木板上了，慢慢地可以把镖插在木板上了，师父让她在五丈远的地方练准度。刚开始，师父画的靶心有碗口大小，每天缩，最后缩成酒盅子大小。当雪燕达到每投必中靶心后，师父又让她用不同的姿势投。可是，雪燕已经几年没有动过飞镖了，她不知道自己能不能投准。

当她把十二支飞镖磨得光亮了，就在院子里竖了块牌子，每天在那里“当当”地练。邻居家听到剪娘家每天“当当”响，过来串门，见雪燕正在练飞镖，便说：“燕儿，抽空你也教教俺，这年头不会这个还真不行哩。”

剪娘出来后，胖女人说：“妹子，要俺有雪燕这把式，一定去杀鬼子，俺听到鬼子就牙根痒，痒得都想咬人哩。你说，刘郎中他老实巴交，招谁惹谁了，结果全家还是被鬼子杀了。”

剪娘吃惊道：“啥时候的事情？”

胖女人说：“就那天来你家里，回去当天夜里。”

剪娘苦着脸问：“为啥哩？”

胖女人叹口气说，鬼子说：“他家的人撕了布告。可是说他家的人撕布告，打死俺都不信那，他家的人都老实，就是树上掉叶子，他们都会躲着，肯定是有人嫁祸他们哩。”

雪燕正在拔靶子上的飞镖，听到胖女人这话，飞镖落在地上，差点把脚扎伤。她想起来了，那天自己去找郎中，路上见到鬼子的布告就给划拉下来了，是不是被汉奸盯梢，盯到家里，以为是郎中家的人。想到这时，雪燕神情若失，她没想到自己撕了几张布告，竟然害死郎中家老少五口。她低着头进了厢房，春燕见她满脸的不高兴，问：“雪燕，你咋了？不舒服？”

雪燕也不答话，伸手摸起剪刀来开始铰窗花。春燕说：“别剪了，别剪了，没人买。”雪燕也不吱声，默默地剪，剪了很多。深夜，雪燕提上糨糊到街上，把窗花全贴到街两侧的墙上……

以前的蔚州城，每天东方刚泛亮时，生意人就到街上占摊位。隔不多远就有个卖早点的，什么小米煎饼、摊馍馍；旋粉、凉粉、苦荞粉、豆面粉、绿豆粉、玉米面粉、土豆粉；玉米面蝌蚪、豆面蝌蚪；饸饹、荞扒面、擀豆面、莜面鱼、莜面搅拿糕、莜面饺子、莜面山药饼、炸糖麻叶、家常

熬菜……满街都飘着米香。现在太阳都两竿子高了，整条街都不见人。因为雪燕在墙上贴了窗花。

雪燕剪的窗花，可不是普通窗花，而是骂鬼子的。半里路朝街的墙上，歪歪扭扭贴了条红色长龙。有的是字窗花，剪的是，鬼子猪狗不如；鬼子该杀；鬼子是流氓；鬼子是土匪……还有些窗花是把鬼子头配上猪、狗、驴的身子。大家都怕招怀疑，出门绕远也不敢走这条街了。

事情传到龟田大佐的耳朵里，他气得脸都绿了，把办公桌拍得当当响，对汉语通小野叫道："小野君，你感到还有亲善的必要吗？马上派人把蔚州城内会铰窗花的统统的抓来。"

小野扶扶眼镜，摇头说："大佐，万万不可。蔚州家家户户都会铰窗花，怎么抓？如果我们动了窗花的人，会得罪每个蔚州人，以后很难在蔚州落实我们的'双核计划'。"

龟田说："问题是，我们没法把关系搞好。"

小野说："做这个工作得有耐心。大佐，咱们要学会换位思考，您想想吧，如果中国人到咱们国家开矿、炼铁、制造武器，用来打咱们国家的人，你认为关系容易搞吗？我们可以说，中国人是 ×，但是，事实是，他们的文明历史比我们还要悠久，这就说明他们并不是真像 × 那么傻。如果我们想在蔚州长居久安，就必须要跟他们搞好关系。否则，'双核计划'不可能得到落实。"

龟田说："我们抓些窗花艺人，逼迫反日分子站出来。那些顽固分子不是整天都说，他们是为了老百姓吗？看他们在老百姓面对生存死亡时，是否履行承诺。"

小野亲自带队来到商街，把窗花铺子里的女人全抓走了，并对她的老板与家人说，只是去协助调查一件事，不会为难她们。把人抓走后，马上在城里贴上告示，说："有人故意用窗花反对大日本帝国，破坏两邦友谊，嫁祸于蔚州人民，人人得而诛之，希望当事人敢作敢当，前去自首，不要连累其他人……"

那天，雪燕正在戏楼等着看一品红的戏，戏还没开演，听到几个老戏迷头对着头在议论："不知道谁剪了反日窗花，让鬼子抓去三十多个铰窗花的女人，你说这不是害人吗？"

还有人说：“肯定是故意挑拨离间，嫁祸别人，真是居心叵测，岂有此理。”雪燕这才知道自己又闯祸了，哪还有心思听戏，无精打采地从戏园子里出来，低头耷脑地走出去。

雪燕心情沉重地回到家里，娘对她发火道：“燕哎，你没听说鬼子到处抓铰窗花的人吗？还出去乱跑。”雪燕低着头进睡房，躺在炕上，蒙着被子“嘤嘤”地哭。这可咋办哩，把鬼子打昏，表哥的屁股上挨了枪子；撕了三张布告，把刘郎中家五口人害死了；剪了反日窗花，三十个窗花的女人被抓。这时，春燕凑到炕边，小声说：“雪燕，俺可没敢跟娘说你剪的，要是让娘知道了，非把娘气死不可。”

雪燕抹眼泪道：“俺哪想到惹出这么大的事啊。”

春燕说：“可别再出去惹事了，老实在家待着，要是让鬼子知道是你剪的，非把你抓起来给杀了不可。”

没过几天，雪燕得知，鬼子又贴出布告表明，如果剪反日窗花的人不站出来，就把抓去的三十个人给杀掉，雪燕再也沉不住气了。这段时间，她背着郎中家五口人的性命，已经太沉重了，如果三十人再被鬼子给祸害了，自己非得郁闷死。她对自己说：“雪燕，你要敢作敢当才是，雪燕你死了能救出三十人，你值了，你死了见到师父，她老人家也会说你是好样的。”

为了让鬼子相信是她剪的，她将提前叠好的红纸塞进兜里，又用绸布把剪刀裹了，插进了腰里。瞅母亲不注意时，偷偷地溜出了门。街道上脏兮兮的，到处都扔着垃圾，风卷扬着纸屑、树叶在角落里打旋儿。这种小旋风在民间是有传说的，是说孤魂野鬼，没地方去，在玩哩。如果真是的话，雪燕相信，这肯定是郎中的小旋风。

有人围着墙在看什么，雪燕凑过去，见是被抓走女子的家属们。他们眼睛哭得像熟透的桃子，手里举着牌子，上面写着：“好汉做事好汉当，别拿外人来当枪，赶紧承认去自首，这才活得响当当。”

围观的人七嘴八舌，说：“这人咋这么缺德，这不是害人吗？”雪燕惭愧之极，但也迷茫了，小鬼子骑到你头上拉屎了，反抗一下有错吗？如果说没错，咋自己每次对付小鬼子，都会有这么严重的结果哩？

鬼子司令部原是一座清雅的书院，后来这里变成了商会。鬼子进驻蔚州，会长搬到家里办公，把这里给让出来。鬼子对这里进行了改造，增高围

墙，角上盖了炮楼子，当成他们的司令部了。司令部大门口设有两道哨卡，最外的那道是简易的，路两旁用沙袋摞成半人高，上面架机枪，路上横着档竿。哨卡边有两辆墨绿色的摩托车，趴在那里像大个儿的蚂蚱。

哨卡的鬼子见有个男子走来，身着灰色长衫，戴礼帽，走得挺急，便把机枪转动着对准了。雪燕来到关卡前，鬼子蹿上去把她围住，锃亮的刺刀对着她。汉奸翻译过来，问："你，干什么的？"

雪燕皱着眉头说："俺来告诉你们的头儿，俺知道谁剪的窗花。"

汉奸翻译要搜身，雪燕握住他的手腕扭过去，翻译的五官都挤成堆了，就像被火烧到了："哎哟……哎哟……"

雪燕说："俺是来向皇军送信的，不是来让你摸的。"

有个鬼子认出是和亲会上的男子，缩缩脖子，忙跑去打电话了。自雪燕把虎背熊腰的木村下巴胳膊给打脱臼了，据点内的鬼子都在议论：中国功夫深不可测，一个柔弱书生就能把木村打成鼻涕人，甚至都把雪燕给传得神化了，如今认出雪燕，既有畏惧，又有敬佩。在这种心情下，他们并没有用刺刀刺着雪燕，而是"呜里哇啦"叫。

小野自行伍以来，最爱看的就是《孙子兵法》与《三十六计》。他认为这两本书里，包含着天下最尖端的战争智慧，能够领悟透了，那会战无不胜，所向披靡。此刻，他正在办公室里看《三十六计》这本书。由于看过多遍，书的角都有些卷了、秃了。

卫兵汇报，说："人已经来了。"

小野说："让他进来。"

雪燕大摇大摆地来到房里，小野忙站起来，"哈哈"笑几声，说："我们是老朋友了。"

雪燕倒背着手在房里转个圈，见房里有张大办公桌，靠墙有个柜子，上面摆了些瓷器、铜器，还有蔚州的黑陶片、古瓦。墙上还贴有几张窗花。雪燕问："你一个日本人不挂你们国的东西，摆我们中国的干啥？"

小野笑着说："敝人对中国的文化非常热爱，这么说吧，我比你更了解中国。"

雪燕问："哦，那你知道啥叫老太太的裹脚布？是啥意思吗？"

小野想了想，摇头说："这个不懂，什么的意思？"

雪燕笑着说："就像你的讲话，又臭又长。"

小野点头说："这是你们的谚语，以后我会学。"脸上的笑容抹下，拉着脸问，"你还是说说，谁剪的那些影响我们团结友善的窗花吧。"雪燕没想到这人的脸变得这么快，正笑着，突然就变成狼脸了，这不是阴阳脸吗？这不是中国的换脸吗？

"哎，你是这里最大的官吗？"雪燕问。

小野摇摇头："我不是。"

雪燕摇头说："那俺只跟你们的头头说。"

如果换了别人，小野早就火了，但雪燕是上次大闹和亲的人，是曾把木村给拆散了架的人，自然格外重视。他给龟田打电话，嘟哝半天鸟语，雪燕半句都没听懂，心想鬼子的话疙瘩疙瘩的，真难听。她闲着没事，去看墙上的窗花，是幅非常精致的脸谱，刀口齐整，细节格外分明。当初雪燕对春燕说："有幅窗花剪得比娘都剪得好。"

春燕偷着跟娘说了，娘听了后淡漠地说："那不是剪的，是用刀子刻的。剪的会有刀口味，更加朴拙有趣，刻的更加细致，但刀口有规律性，是各有优劣的，没有可比性。"

小野放下电话，脸上又换上了笑容，说："公子请跟我来。"

走廊里隔几步就伫立着个站岗的鬼子兵，雪白的手套，腰上别着长枪，脸绷得就像谁欠他五百块大洋。雪燕心想：看来今天想出去是不容易了，也别打算跑了，能杀几个就几个吧，多杀半个都是赚的。她随着龟田走进一个宽大的房里，见有个单人床大小的桌面，后面坐着和亲现场出现的那个大佐，便指着他的头说："戴着帽子没看出来，原来你是秃子啊。"龟田本来绷着脸的，随后变成笑脸，"哈哈"笑几声，说："老朋友，请坐，上茶。"

雪燕大模大样地坐在椅子上，跷起二郎腿，脚尖还轻佻地点着。心想：今天把这秃子杀掉，就赚大了。

龟田从抽屉里拿出一摞大洋，闷闷地扔到桌上，说："你的，说出来，这些，是你的，给你发甲级良民证，从今以后，你就是我们的朋友。"

雪燕站起来，来到办公桌前，双手撑着桌子，盯着龟田，龟田的身子往后撤了撤，因为他想到了木村。那天他去医院看望木村，医生说木村的胳膊、下巴都脱臼了，可见这位公子的功夫厉害。

“听说，你们抓了三十多个铰窗花的？”雪燕说，“俺想过来问问，你咋知道是那些女子剪的？”

龟田说：“我们的，不知道，你的说。”

雪燕说：“在我们蔚州，不只女人会剪窗花，男人也会剪，你抓女人算啥本事，有种的把会窗花的人全抓起来啊。”

龟田皱皱眉头，眼露凶光，说：“你是男的，你的会剪吗？”

雪燕点点头说：“俺当然会剪，要不要现在就剪个给你看？”

龟田点点头：“你的，剪。”

雪燕把手插进兜里，龟田与小野都举起枪来瞄她。雪燕瞪眼道：“干啥？干啥哩？瞧你们这点胆儿，就像针鼻。俺拿剪子哩，不用剪子咋铰？”说着，掏出叠好的纸与剪子，用剪刀咬几下红纸，剪了个王八背着膏药旗，扔到龟田的桌上。

龟田把红纸展开，用力点头说：“大大的好。”

雪燕心想：把他们剪成王八了还叫好。

小野开始用日语对龟田说：“大佐，属下说过，蔚州各家都会剪窗花，您也看到了，男人都会剪，如果我们把那三十个女人杀了，蔚州人人自危，极有可能全民对抗，咱们就很难完成计划了。”

现在龟田倒不是关心窗花的事情，而是在关心这个公子。由于他把木村中佐给打败了，而且武功又很奇特，这件事在军中引起了躁动，影响了大家的信心，到处都在传言，中国功夫深不可测。如果能让他效忠皇军，不只可以提高士气，还可以对皇军大有帮助。小野见龟田倒背着手，来回踱着步子，不时扭头意味深长地看许公子，便明白他是怎么想的，凑上去说：“大佐，我们的保安队长不是被杀了吗？如果让他担任这个队长，我们将会如虎添翼。”

龟田点点头，笑嘻嘻地盯着雪燕说：“许公子，虽然你的说法大大的有道理，但是，我们既然把所有窗花的抓来，是不会轻易放人的。当然了，如果你能担任我们的保安队长，我们的，马上放人。如果你能把你的武功，教给我日本武士，那皇军将会有更大的奖赏。公子意下如何啊？”

听说让她当汉奸队长，雪燕感到这个问题太严重。如果不当，又救不回那些铰窗花的女人。她使劲皱皱眉头，满脸愁苦，说：“俺从小就没当过官，俺真当不了。”

小野说：“当队长每月都有军饷，给你配上摩托车，手下有兵，这可是多少人的梦想。再者，蔚州富绅，主动向我们示好，我们都不屑一顾。如今大佐对你发出邀请，足以表明大佐的爱才之心，请公子不要拒绝。”

雪燕心里说：谁想当这死得很难看的队长，老娘才不稀罕哩，不过那三十多位被抓的窗花艺人咋办？但她不能就这么说，她只能说：“这么大的事儿，总得让俺考虑考虑吧，俺也得跟家里说声吧。”

龟田点头说：“你的，同意，马上的放人。”

小野与雪燕走后，美代子从后面跑出来，双手端着那幅王八图，不住地点头说：“真漂亮。”抬头道，“刚才夫君的话我已听到，把这个人留住，是非常正确的选择。由于这位许公子把木村给打败，并且所采用的武功奇特，军中都在传说，中国有这样的武功，我们很难取胜。把他给争取过来，不只对当地人起威慑作用，对我军也有鼓舞士气的作用。”

龟田点点说：“是的，我就是这么想的。”

美代子对雪燕非常有好感，缘自在和亲会上，雪燕调皮地，搞怪地，咬着手指，大胆地盯着她，说她长得漂亮。还有个重要的原因是，他以清秀柔弱之身，轻而易举就把木村打败了，这让美代子感到非常解气。她从来都不喜欢木村，并且深恶痛绝，因为还有另外的原因。她对龟田说：“对这样的人才，你们要多些耐心，要不惜重金，万万不可对他进行要挟，否则他不会真心实意为我们出力。”

最讨厌汉奸的雪燕，做梦都没想到，自己剪了几个窗花竟然招来这么大麻烦，还要被迫去当汉奸。可是，她不当有啥法呢？不当就会葬送三十多条人命。可是当了，又会人见人骂，娘与姐姐在乡邻面前都抬不起头来，自己就算死了，也没脸去见师父了。

雪燕的师傅原名叫朱凤，是明朝皇族后裔，他们抱着光复大业的信念，苦心研习武艺，苦读兵法，代代相传。当清朝变成民国以后，光复已经没任何希望，组织解散，朱凤当了尼姑，师父给她起名净心。让她放下以前的信念，不再为几百年的遗训而烦忧。由于朱凤终身未嫁，是把雪燕当闺女养的，并把家传的武功绝学全传授于她，教了她很多做人的道理。

一个终身未嫁的女性，当信念摒弃之后，被进庵的小雪燕点燃了所有的母性，把抚育雪燕变成了新的追求，让雪燕有了更好的教育和成长环境，从而使雪燕成为姐妹中的佼佼者。师父对于雪燕的爱不仅体现在教育上，临终前她并未选雪燕为接班人，而是另选弟子，并宣布说："雪燕去留，不能阻止，因为她从来都不是尼僧，但是，如果她遇到什么困难，或者危险，无论她在天涯海角，所有人都要前赴后继，帮助她，保护她。"

所以，对于雪燕来说，虽然知道剪娘是她的母亲，但在心目中，在思念里，在她的梦里，那位终身未嫁的朱凤，才是她永远的亲娘。

雪燕在大街上漫无目的地走着，感到有人跟梢，知道是鬼子。鬼子想让她当队长，不会轻易放她走，肯定想认清家门，进行要挟。雪燕哪敢回家，如果让鬼子知道了家门，娘与姐姐就危险了，就真得身不由己了。她的真实目的是先假说当汉奸队长，等把人放了后，自己再逃走。她转了几个巷子，翻身上墙，躲在房顶的烟筒后，注视着巷里的动静，见有几个便衣在巷子里东张西望。

最终，雪燕还是来到了戏园子，想在这里听场戏，确定没人跟踪再回家。园子里只有几个老票友在那里坐着喝茶聊天，并不关心台上的秧歌戏。这几个老人，都是破落户，仗着小时候所受的教育与祖宗上的遗产，过着闲散的生活，每天把听戏变成生活，在戏园子里相互鼓吹祖上的光耀。

雪燕叫了杯茶慢慢地呷着，想想保安大队长这个职务，感到苦不堪言。之前就听说过，原保安大队长由于作恶多端，被人谋杀，是在一处绝户的旧房里发现的。发现的时候，苍蝇雾得就像蜂房，有几只耗子从肚子里钻出来，胖得都钻不进墙缝，"吱吱"地叫。都在传说，这可能是上天对他的惩罚，甚至有人说："是天神把他给整了。"由此可见，当这个队长有多么的危险与丢脸。当一品红上台后，雪燕才抬头看戏。一品红今天的扮相格外美丽，唱腔也非常婉转，几个老票友开始叫好。雪燕忧心忡忡，并没有听进去。

这家戏园，据说是某清朝官员的私家戏堂，后来家道没落，卖给了商人，商人把戏园租了出去。这个戏园子是用古戏楼改的，就是在古戏楼对面接了房子，形成个遮风挡雨的室内戏园。盛不了多少人，就三十几个座，过年的时候，连过道也会用上，顶多也就容纳百人。但是，年节里都被富人家给包场了，平民百姓是进不来的。

一品红总是唱压轴戏，她唱完就表明散场了。

当一品红卸妆回来，见雪燕还坐在桌前，盘着二郎腿，单肘支着，手拖着腮，便向她走来。一品红歪着头，静静地看着这位在和亲会上，出尽风头，几乎变成神话传说的人物。她戴着礼帽，身着青灰色长衫，脚上是空口的布鞋。一品红轻轻咳嗽了一声，雪燕打个激灵，睡眼惺忪看看四周，问："这么快就唱完了？"

一品红嗔道："我一品红唱戏，难道把你给唱睡着了？"

雪燕不怀好意地说："不是唱睡了，是我没心思听。"

一品红故意说："那你的心思放哪了？"

雪燕叹口气说："媳妇，那你告诉俺，因为你剪了些反日的窗花，被鬼子抓去了三十多个人，你去跟鬼子要人，鬼子说：可以啊，你给我们当保安大队长，教我们的士兵绝世武功，那我们就把人放了。你怎么办哩？你是去当这个汉奸队长呢？还是置三十多人的生命不顾？"

一品红听说鬼子让雪燕当队长，来兴致了，说："这有啥不好办哩，你不想当可以给他们另外推荐人啊，比如推荐我去，一举三得。一、救了被抓的人。二、你还不用当汉奸。三、我还有机会报仇。"

雪燕摇头说："你……不行……不行，人家要男的，要有武功。"

一品红说："公子稍等。"说完，匆匆地奔向后台。没多大一会儿，一品红穿了身男装来到台上，抱拳，用男人腔调喊："兄台请看。"说完，在戏台上打了套长拳。雪燕见她的套路优美而舒展，但是花架子。师父净心曾经说过：最好的把式，也许是最难看的，但它必须是最有效的，高手过招，一招制胜，不需要漂亮的动作。当一品红来到她跟前，雪燕苦笑说："媳妇，你那是武戏的套路。"

"什么？什么？你说是武戏的套路，孤陋寡闻了吧，这可是少林长拳中的花拳，不是花架子。"

雪燕当然明白，一般查拳、花拳、炮拳、红拳都运用了长拳。无论什么拳，只是比划出来没有用，练拳不练功，到老一场空。不过，雪燕倒为一品红扮男人感到佩服，没想到她的男人腔学得这么像，装成男人比自己都装得像，心想：唱戏的就是不简单，演什么像什么。当然，雪燕并不知道，其实一品红本来就不简单。

一品红并不是普通戏子。去年夏天，他们戏班子在张家口演出，鬼子

去抢他师妹，全班操起家伙反抗，被鬼子用机枪“嘟嘟”了。那天，正巧一品红感冒在家，因此躲过此劫。他随后投奔八路军，立志要为全班人马报仇。由于鬼子进驻蔚州，组织上给他策划了新的身份，男扮女装到街上卖艺，并以卖艺身份投奔在蔚州秧歌戏班哩。班主见他扮相好，戏功好，唱腔清澈，就把他收留了，没想到他竟然成了台柱子。但班主从始至终都不知道一品红是个男的。

自来到蔚州，一品红始终无法接触鬼子高层，让他暗暗着急。

当初，他们本以为戏子更容易接触鬼子高层，不会引起注意，没想到蔚州的驻军不像别的驻军，见着女戏子就像蚊子见了血。这里的驻军虚伪地推行亲善，注意影响，根本就不跟他接触。一品红明白，如果能够当上保安大队长，这对于摸清鬼子来蔚州的真实目的太方便了。所以，他极力要求雪燕推荐他。

雪燕架不住一品红的哀求，去向龟田推荐，说：“大佐，有个人武功盖世，一心效忠皇军，是难得的队长模子。”

听说有这样的人物，龟田感兴趣了，让雪燕领来看看。一品红上次和亲是化过妆的，比女人更女人，现在本色出现，又用男声说话，小野与龟田虽感面熟，但并未联想到是雪燕娶的戏子。龟田围着一品红转圈，目光像刀子似的划着一品红，这让一品红感到浑身不舒服。突然，一品红听到“吱嘐”一下，一道亮光罩头下来，急忙躲闪，刀还是擦着肩削下去，一片衣服飘到地上，肩被刮去一层皮，冒出鲜血。

雪燕没想到龟田这么测试人，太狠了！更让她没想到的是，龟田的刀又向她劈来，她本能地把身子后仰，弹踢到龟田的手腕上，刀“当啷”掉到地上。龟田用手揉着被踢疼的手腕，说：“他的，不行。你的，队长。你的，不当，窗花的死，这个男的死。”

这种结果不只一品红没想到，雪燕也是懊恼与愤恨。这日本鬼子太狠了，太毒了，比狼都狠毒，他们竟用如此血腥的办法测试人，要躲不过去就死人了。一品红捂着肩遗憾地说：“看来我是没有这个福气了，皇军这么看重你，你应该好好当这个大队长。”

雪燕说：“大佐，他要是武功不行，早就被劈死了。”

龟田绷着脸，说：“他的，不行，你的当。”

雪燕没有办法，叹口气说："好吧，好吧，好吧，俺当。不过，俺得把她送走。"

在送一品红出去的路上，一品红小声说："许公子，问起你的身世，千万别说实话，就说是师父捡的，从小深居山中，并不知道身世。"

雪燕不解地问："为啥？"

一品红说："知道你的真实身份了，他们会把你家人控制起来，要挟你为他们卖命，将来你就没法全身而退了，听我的，不会害你的……"

虽然雪燕同意担任保安队长，但龟田心知肚明，这个公子只是为了救窗花艺人所为，并非心甘情愿。这不是他想要的效果，他想要的是他死心塌地为皇军服务，就像枪，指哪儿打哪儿。至少他们要搞清这公子的真实背景，将来用着放心。

在对雪燕进行登记时，雪燕按之前和亲时候说的信息，说自己叫许剑，从小跟师父长大，师父去世后才下山。

小野疑惑地问："你师父尊姓大名，曾居何山？"

雪燕心想：反正是编，俺就编完整点。于是说："俺师父名叫超度大师，超度你知道啥意思吗？就是说，你死了，俺师父会念经超度你，就是这个超度。俺们住在小五台山上的山洞里，每天在那里练武功。据师父说，他从路上捡了俺，捡来时见包褥里有张纸条，写着许剑，还有两块大洋，别的再没东西。后来师父去世了，俺下山寻找双亲，可没找到。至今俺都想不通，为啥把俺给扔了哩？"

小野在表上写上许剑两字，眯着眼睛说："嗯，许剑，是个有情有义，而且诚信的名字。据《史记·吴太伯世家》记载，春秋时季子路过徐国，徐国国君很爱他的剑。季札准备回来时再送给他，等回来时徐君已死，季札就把剑挂在徐君墓上，表示不能因徐君死而违背许剑的心愿。"

听了小野的解释，雪燕感到有些吃惊。她没想到汉学通还真是名不虚传，竟然知道这样的典故，便夸他道："小野君，没想到你如此博学多才，俺现在相信你是汉学通了。向你请教个中国的典故。"

小野点头说："请讲。"

雪燕想了想，笑着问："你知道'苦海无边，回头是岸''放下屠刀，立地成佛'这句话吗？"

小野说：“这是佛教用语，今天我们不探讨这个。”

雪燕问：“你们国的文字一半都是中国文字，为啥哩？”

小野知道雪燕想借此打击日本，摇头说：“许公子，这些问题与我们的合作没有任何关系，今天的，不谈，你还是谈谈你的过去。”

雪燕开始围绕着自己的假身份，编了很多故事。

小野向龟田进行汇报，龟田的眉头皱起来。许剑的经历太过简单，有很多未知成分，不足以对他相信。

他问：“小野君，你认为他的身世可信吗？”

小野说：“虽然简单，但也没有破绽。小小年纪，有如此上乘的武功，可以断定，师出高人。中国的高人大都隐居于山野，身世如此也是合情合理。如果出自平民之家，倒非正常。”

龟田叹口气，抚了抚光亮的头皮，说：“如果这样当然好，不过我们不能掉以轻心。这样吧，对他的征服，要有计划，有目的进行：一、挑出一个小分队，让许剑教授他们武功，看他是否有诚意。二、暗里对他的身世进行摸底。三、亲自让他放掉抓来的铰窗花之人，让他看到皇军的诚信。四、让他前去保安队，由你负责把保安队给壮大起来……”

六 汉奸头子

当雪燕听说，让她教士兵把木村打败的武功，便问：“当初你们说，只要俺同意担任保安大队长，会把窗花艺人放掉，现在俺已经同意，请问你们的诚信呢？”

小野向龟田汇报：“大佐，反正我们不能真杀掉那三十多人，既然许君提出这个问题，不如顺便放掉，如果关得太久，说不定家属会串通起来闹事。”

龟田点头说：“既然这样，那就放了吧。”

雪燕怕别人认出自己，进行了打扮。她换了件黑色礼帽与黑色长衫，还罩上墨镜。小野对她的打扮感到疑惑，选择黑色，从心理上讲这是对自己的掩饰，说明许剑十分怕被别人认出，问：“许君，保安大队长是骄傲的，为何把自己掩盖起来？”

“你问俺咋想的？”雪燕把墨镜摘下来瞪着小野说：“那俺问你，你们前任队长是咋死的？就因为他感到当队长光荣，每天让大家看他骄傲的脸，让大家记住他，最后死得很难看。本队长可没他那么傻，对于面子与生命，俺感到生命更重要哩。”

小野竖起大拇指说：“以你的精明，完全能够胜任此职。”

当那些备感煎熬的家属们看到，墙上贴出放掉窗花艺人的公告后，就赶到日军总部门口等。当雪燕他们押着三十多位女人走来时，围观的人把她们圈在漩涡中。家属们都伸出了手，想把亲人拉过来。雪燕在人群里看到很多熟悉的面孔，她生怕被人认出，把脖子缩了缩。三十多个女人被押到戏台上，小野开始对家属发表演讲。

他用流利的中国话说：“父老乡亲们，此次事情，经皇军调查，是八路地下组织故意挑起事端，嫁祸善良的蔚州人民，和各位窗花艺人没有任何关系。不过从今以后，希望你们擦亮眼睛，发现八路的行踪要马上向皇军汇

报，皇军会重重的有赏，否则，你们还会遭受他们的迫害……”

小野的长篇大论讲完，回头对雪燕说：“许队长，你讲几句吧。”

雪燕倒背着手，在那些铰窗花的人面前踱着步子，压低嗓音说：“没事了，都回家吧。”

有位跟随剪娘学铰窗花的闺女来到雪燕跟前，说：“俺看着你咋面熟哩。”

雪燕打个激灵，回头看看小野，对那闺女吼道：“再磨蹭就把你给抓回来。”那闺女吓得拔腿就跑。其实，在这些铰窗花的女人中，十多个都是剪娘教出来的，雪燕是熟悉的，但在这种时候雪燕哪敢让她们认出，认出还有法活吗？到时候都出去说剪娘的闺女是汉奸，娘非得把自己挂到屋梁上不可。

那些绝望的女人回到亲人身边，她们惊喜交加，抹着眼泪拥簇着去了，雪燕终于松了口气。抬头看看眼前的戏楼，瓦缝里招摇的几棵墙头草，还有两棵手指粗的小柳树。抬头看看天空，几朵云彩把太阳遮住，云的边缘烧得透明光亮。事情办完了，应该脚上抹油了。她对小野抱拳道：“小野君，俺住房里还有些个人物品，想取过来，你先回吧。”

小野说：“你的物品明天的取，今天，美代子夫人做了地道的日本菜，专门招待你，我们的，回去。”

雪燕不由暗暗叫苦，娘肯定又急坏了，可是，自己非要走，小野会怀疑，以后就更不容易脱身了。

美代子已经把菜做好，有三文鱼、酱汤、生鱼片、寿司……摆在榻桌上。龟田站在窗前向窗外望着，窗外有几枝月季花，正用鲜艳的花朵诉说着夏季，有些蜜蜂在花上着陆，忙着淘粉。美代子踱到龟田身边，问：“你在想什么？”

龟田叹口气说：“我总感到这个许剑身世太简单了。”

美代子说：“按小野君的说法，许剑这种身世是非常正常的。这样，我帮你们对他进行观察，并对他进行感化。毕竟女人会更有耐心，会更敏感些。”

龟田点点头，说：“那就有劳夫人了，多留心着点。”

美代子看看自己通红的手指，说：“放心吧，不会有事的。”

当小野与雪燕来到家里，美代子笑着迎上去向雪燕大弯腰道：“欢迎欢迎。”

雪燕抱抱拳，笑着说："美代子夫人，俺越看你越俊。"

美代子忙又弯腰说："公子取笑了。"

龟田忙迎上来说："许君，我们的，相互诚信，合作的，非常愉快。"

雪燕见吃饭的桌这么矮，还没有坐的，便为难地说："跪着吃饭，俺可吃不下去。"

龟田说："那好，咱们入乡的随俗，全部放到桌子上。"美代子把菜挪到桌上，不时媚媚地去瞄雪燕。雪燕一身黑色，看上去干练而沉隐。脸庞白生生的，眼睛细长，眉毛微微上扬，嘴唇红润，看上去硬朗还不乏温情。这样的打扮与气质，给美代子留下了非常好的印象。

龟田让美代子去把礼物拿来。美代子提着裙摆，木屐"哒哒哒哒"地走进内间，出来时抱着个精致的盒子。她把盒子放到龟田跟前，静静地瞅着雪燕。龟田把盒子打开，里面是支手枪。小野用筷子敲敲盒子说："许君，这支勃朗宁是 M1911 式 .45 口径手枪，美国生产，世界上最著名的手枪。大佐都没舍得用，今天送给你，可见对你的器重，可不要辜负大佐对你的期望。"

雪燕并不想当什么保安队长，也不喜欢枪，说："这么金贵的东西大佐留着吧，俺习惯用刀。"

龟田"哈哈"笑几声，说："我皇军保安大队的大队长是要带兵打仗的，没枪的，不行。你的教我们的武士绝世武功，小野君负责教你枪法。"

饭后用茶时，雪燕站起来说："俺当了无比光荣的保安大队长，想回去跟媳妇说，让她也高兴高兴。"

龟田愣了愣，顿时想到上次许剑在和亲会上赢的女人，说："许君，你的早说，夫人的一块用餐。这样吧，小野君，你送许君回去，向夫人报声平安。"

雪燕忙摆手说："不麻烦了，俺自己回去说。"

龟田意味深长地点头说："好吧，我们相信许君是守信的人，你去我们的放心。小野君，给许君发张特别通行证，从今以后再过哨卡无须盘查……"其实，龟田早跟小野说过，这段时间不要约束许剑，让他随意出入据点，只有这样才能摸清他的交际圈子，甚至找到他最亲近的人，才能够更好地把握他。

夜晚的街道就像地洞，诡异而深不可测。从前，街道被两旁店铺里的灯光夹出来，下点雨，光会斑驳地印到路面上显得五彩缤纷，走在上面脚

步也会拖着亮亮的身影。现在，刚黑了没多大一会儿，街上就变得死寂，很少有人行走。这样的街道，雪燕感到冷，但分明是酷暑的季节，空气是闷热的。冷是从心里泛出来的，是种处在不安全的环境里产生的心悸。

雪燕知道，鬼子是决不会相信她的，肯定会对她进行盯梢。因为小野曾经用多种方式问过她："许君，有亲戚没有？我们可以给他们送点钱粮。"在这种情况下，雪燕哪敢直接回家，她只能向那个戏院走去。这时候一品红刚卸完妆，见雪燕匆匆来了，站起来。

雪燕说："有人跟梢，帮俺甩掉。"一品红领着雪燕拐进巷子，发现几个便衣在不远处伸头露脑，于是领她拐进小巷，翻了道墙，最后来小院里。进房后，一品红给雪燕泡上茶，坐在椅子上静静地盯着她。

雪燕叹口气说："媳妇，俺把被抓的人给救出来了，任务完成了，以后俺再也不去鬼子那里了。"

一品红严肃地问："你怎么出来的？"

雪燕得意地说："这还不容易，跟他们说俺回来跟媳妇报喜哩。怕有人跟梢跟到家里，就跑到你这里来了。反正俺不当这个狗汉奸，当了这个祖宗八代的脸都会丢尽，俺娘那么要脸面，知道俺当了汉奸，肯定把自己给挂在俺家房梁头上。"

一品红叹口气说："你不能这么跑掉，必须回去当这个队长。"

雪燕瞪眼道："为啥？俺好不容易才跑出来。"

一品红站起来盯着门外，说："你想过没有，你说我是你夫人，你又把他们引到戏院。你一走了之，鬼子找不到你，还得来找我。要是找不到你，戏院的几十口人就遭殃了。所以，你必须当这个大队长，如果你跑了，会背上几十条生命哩。"

听了这话，雪燕傻了。她后悔没想周到，把鬼子引到这里。如果想到，就说自己养不起戏子，并未娶一品红。想想母亲在家里着急的模样，不由心急如焚。雪燕说："俺娘会急死的。上次俺三天没回，她就急晕了。"

一品红说："雪燕，我知道你担心家人，但你不能回家。鬼子肯定盯着你，把鬼子引到家里就麻烦了。这样，告诉我地址，我去跟她们报声平安，并对她们撒个谎，说你在戏园子里帮忙，这样你就可以安心当保安队长了。"

雪燕说："俺真得不想当汉奸。"

一品红说："不想当没关系，得把方方面面考虑好了再说。"

没有办法，雪燕只得把家里的住处说了。想想一品红去家里，肯定知道自己是女扮男装，以后不好玩了，她突然抿嘴笑笑，故意说："反正咱俩是夫妻，这样，今天晚上就同房。"

一品红听到这里，瞪眼道："什么时候了，你还嬉皮笑脸的，同什么房，我们就是名义上的夫妻，谁说要嫁给你了。"

雪燕摇头晃脑道："你想嫁给日本鬼子，但俺就不让你嫁。过来，坐在俺腿上，让俺抱抱。"

一品红说："别胡闹了。"

一品红以为雪燕是男的，而自己又是男身，亲亲昵昵的多难为情。雪燕倒不这么想，她认为现在亲近一下，将来一品红知道自己是女的，肯定很好玩。于是把一品红搂在怀里，把耳朵贴在他的耳朵上小声说："娘子，见到咱娘后要喊娘，告诉她你是俺媳妇。娘听说俺取了名角肯定高兴。"

一品红挣脱开，说："你赶紧回鬼子那儿吧。"

雪燕调皮地说："俺今天晚上就不走了。"

一品红说："你不走，鬼子就在这里盯着，我也没法去找你母亲啊。就算你以后要逃走，为了不让鬼子怀疑，也得赶紧回去。"

雪燕苦着脸说："真是的，你说这叫个啥事哩。"

其实，当一品红发现自己当不成大队长，没理由进入鬼子据点，便想把这位许公子拉到革命队伍里，负责为组织搞情报。为此，他还向组织上汇报，说发现了个最佳人选，不过得做工作。一品红明白，许剑贪玩、调皮、义气，想让他明白抗日救亡的道理，诚心为组织服务，还是任重而道远的事情。

一品红按着地址来到一个四合院的门楼前，四处张望一番。院里那棵大杨树，树头镶在天光里像把闭着的伞。他轻轻地敲门，门却应手而开，吓了他一跳。其实，自雪燕整夜未归，剪娘的心就堵在嗓子眼上了，一直为雪燕留着门，并对自己说："雪燕会把式，不会出啥事的，肯定能回来。"当剪娘听到门有响声，喊道："雪燕，雪燕。"跑出去开门，打开门看到，是个姑娘，问："您有事吗？"

一品红说："有事，我们进去说吧。"

剪娘忙闪开，让她进门，把大门关上。进了房，剪娘认出是唱戏的一品红，吃惊道："你是一品红？是不是俺闺女去戏园子里惹事了？她现在哪里？"

一品红摇头说："不是你家闺女，是你家公子的事情。"

剪娘用手压着胸口说："哎，你说这个雪燕她就没老实的时候。她咋了？她到底咋了？现在在哪里啊？"

一品红说："是这样的，你家公子为搭救被鬼子抓去的窗花艺人，被鬼子逼着去当保安大队长了，他怕鬼子会盯梢跟到家里，鬼子会把你们抓起来要挟他，让我来跟你们说一声。"

剪娘听到这里急得直搓手，眼里蓄着泪水说："你说这可咋好？你说她个闺女家在鬼子营里早晚不露馅了？要是让人家发现她是女的，还不把她送到……不行，不行，俺现在就去找她。"

一品红愣了愣问："什么……什么？您说她是闺女？

剪娘叹口气说："也不怕您笑话了，当初婆婆说，俺生不出小子，就把俺休了，生下雪燕后，她爹让接生婆说是小子瞒着。事情败露后，婆婆气死，家族的人说雪燕是丧门星要把她杀了，俺夜里把她送到大南山尼庵里。十多年过去，长辈故去才把她接回来。谁想到她跟山下的闺女不一样了，在家里待不住，爱穿男人衣裳出去，凭着在庵里学的把式打抱不平，常有人到家里来要药费。俺是千方百计关着她，可她总想办法跑出去。你看现在把事惹大了吧。不行，俺现在就去找会长，让他想办法帮俺把雪燕给要回来。"

一品红不由得大吃一惊，他没想到雪燕是女的。这样的话就麻烦了，让女的去当大队长风险太大，一旦暴露身份，后果不堪设想。他说："剪娘，您千万不要去找人，让鬼子知道她是女的就麻烦了。这样吧，俺认识的人多，俺想办法去救她。不过有个问题你要明白，鬼子为让她安心当队长，极有可能会调查她的家属，如果你们被抓，雪燕就真没法脱身了。如果你们同意，我帮你们安排个安全的地方，这样对雪燕的安全是有好处的。"

剪娘说："一品红，求你了，一定要把雪燕给救出来，俺从小就欠这孩子的，要再出个啥事儿，俺就活不成了。"

一品红说："我跟雪燕是要好的姐妹，这个不用说。你们收拾收拾东西，明天我派人来接你们。"

当一品红走后，剪娘坐在那里唉声叹气的，不停地嘣牙花子，嘣得就像唤小鸡。春燕凑过来问："娘，那女的是谁，真俊。"

剪娘叹口气说："她就是那个唱戏的名角一品红。"

"啥？她就是一品红？娘，你咋不早说哩。"

剪娘叹口气说："别闹了，你妹妹又惹出大事了，我们不能在这里住了，赶紧收拾东西，明天换个地方，要不你妹妹就回不来了，快点去……"

小野派了狙击手教雪燕练习打枪。狙击手把砖头吊在三八大盖刺刀上让雪燕端着，自己蹲在墙根打盹，或者把秤砣挂在手枪筒上让她举着。雪燕烦了，对狙击手说："这样吧，你用枪，俺用飞镖，看谁又准又快。"

狙击手点点头，把瓶子摆到五百米外，对雪燕说："你的，请。"

汉奸翻译说："太君让您先请。"

雪燕顿时傻眼了，这么远的距离，用吃奶的劲也投不到。雪燕说："那你打给俺看。"狙击手举起枪来，顿时传来两声响亮，那瓶子被打爆了。雪燕意识到自己的飞镖比起枪来简直是微不足道，让她引以为豪的飞镖不再挂在腰上，从此开始苦练枪法。

下午，小野让雪燕教日本兵擒拿术。雪燕见院子里站了不少的鬼子，便对小野说："这么多人咋教？先挑出几个人来，等俺把他们教会了，让他们再教给别人。"

小野点头说："你的挑。"雪燕专门挑出些高大威猛的，让他们站到队列前，排成行。

雪燕开始讲基本知识，小野在旁边翻译。

雪燕说："擒拿就是用四两拨千斤之力，反关节制之，让其关节脱臼，丧失抵抗能力……"当她把基础知识讲完，便开始给他们作示范。她让几个鬼子把右手平举起来，心想：今天就让你们尝尝啥叫擒拿手，让你们叫唤。她来到最前面的鬼子跟前，左手握着他的手腕，右手拿肘，猛一拧，"咯吧"，那鬼子像被狼咬着般"哇哇"大叫。雪燕也不管他，再拧第二个，把十个鬼子的胳膊全给拧脱臼了。鬼子都疼得大汗淋淋、"哇哇"大叫。

小野叫道："许君，你这是何意？"

雪燕心里笑了，绷着脸说："小野君，只有让他们亲身体会这种武功的厉害，才知道这里面的精髓。"

由于被拿掉胳膊的士兵动不了手，呜里哇啦叫。小野说：“马上送医院。”

雪燕说：“慢着慢着，俺既然能给他们拿下来，就能给他们拿上。”说着，挨个儿把胳膊给他们对上，他们又能活动了。刚才还鬼哭狼嚎，痛苦不堪，现在竟都破涕而笑了。

小野高兴地对许剑竖起大拇指，说：“许君，我跟大佐说，重重有赏。”

雪燕说：“小野君，这个需要手劲，一天两天学不会。这样，找些尺把长的木棍让他们用手拧，等把手劲练好了，俺再教。”

小野给每人发了根木棍，没事就在那里拧。雪燕自己刻苦去练枪法。因为她现在知道枪比飞镖强太多了。飞镖在百米之内还有准头，枪就不同了。那狙击手说能打中千米内的目标，这样的距离用飞镖是无法想象的。由于雪燕对射击有兴趣，学得非常认真，进步非常快，快得让那牛哄哄的狙击手都竖起大拇指，对汉奸翻译说：“许君的，天才。”

小野又来找雪燕，要求让她去教擒拿手。雪燕让他们找张人体骨骼图，要把里面的所有关节给掌握了。于是，小分队的墙上贴上从医院搞来的骨骼图，大家围在那里研究。

龟田问小野：“他是用心教吗？”

小野点头说：“可以看出许君是用心教的，只是这个需要打好基础，并不是短时间能够有效果的。”

龟田摇头说：“小野君，说到底，这种武功的用处不大，我们只要知道许剑是真心传授已经足够了。从明天起，停止教授擒拿术，尽快把保安队组建起来，我们开始落实‘双核计划’。”

自保安大队长被杀之后，三十多名队员跑掉，只剩十多人了。他们群狼无首，每天窝在保安队的大院里打扑克，兴致勃勃地谈论女人，讲他们的堕落史。似乎谁的过去作得厉害，谁才会有面子。鬼子怕他们逃离，派人在门口守着，不让私自离开大队院。

当小野领着雪燕来到院里，大家歪歪扭扭站了个队，有的抖动着腿，有的在挠头，满脸不屑的样子。一个身材高大的汉子，梗着脖子说：“太军，反正俺们在这里没多大用了，放了鹰算了，还能省点粮食。”

小野瞪眼道：“解散的，不行。我们要重新组建保安大队，对你们委以重任。这位许剑君从此就是你们的队长，你们要听从指挥，服从命令，争取为皇军做出更大的贡献。不服管教，做出不利于皇军的事情，统统的，杀头。”

大家的目光马上聚集到雪燕身上，见她身材细长，就像白面书生，便有些瞧不起他。有个外号叫黑塔的队员，梗着脖子叫道：“他个毛孩子，刚掐了奶的样子，给俺们作队长，俺们不服。”

这位汉子所以叫黑塔，是因为他的身材高大，脸色黝黑。自队长死去后，他凭着自己力气大已然变成头儿了。大家喊道：“不服，不服。”

小野嘴角上挑出一丝笑，说：“不服，你可向许君挑战，如果你赢了他，你就是队长。”回头问雪燕，“许君，你没意见吧。”

这些狗汉奸，替鬼子贴广告，到处盯梢，无恶不作，雪燕正想教训他们，当然同意了。她说：“谁不服，都可以站出来。”

黑塔往前走两步，抱着膀子，轻蔑地看着雪燕，一条腿还轻轻地抖动。他身材高大，脸色黑红，那拳头就像油罐子。雪燕戴着礼帽，身穿灰色长衫，脸色白净，唇红齿白，就像娇生惯养的地主羔子。大家都明白，黑塔一拳打过去，这白面书生非变成鞋样子不可。黑塔也感到这书生不承打，用拳头蹭蹭鼻子问：“太君，打坏了，不让俺赔吧？”

小野笑着点头说：“当然，当然。”

黑塔得意地笑笑，朝手心呸了口唾沫，握起拳头，两拳碰碰，奔着雪燕就来了，近了，挥拳去撞雪燕的头，嘴里发出浑厚而响亮的“啊啊”声，看这架势，能把小五台山给捅倒。雪燕感觉到拳头近了，灵巧地躲过，左手拖住他的胳膊，右手握住手腕一拧，胳膊“咯吧”脆响后耷拉下来。那条胳膊随着汉子的惯性在摆动，像挂起来的扫帚在风中悠荡。黑塔惨叫着，看看自己不听话的手臂，正在吃惊。雪燕一个箭步上去，对他的膝盖侧面横踢过去，黑塔整个人倒在地上。由于一条胳膊不听使唤，无法支撑，整个人“嗵”地砸在地上，发出被狼咬着的叫声。雪燕哪肯轻易放过他，一脚踢到他的下巴上，墨塔的嘴歪了，叫得声音喑哑。雪燕猛地把腿抬到头顶，对着黑塔的胸劈下来，顿时发出了敲鼓声。黑塔嘴鼓了鼓，喷了口鲜血，就像放了礼花。雪燕摇摇头说：“真不禁打。”

小野问：“你们谁不服，可以站出来。”

几个队员相互看看，脸上寒寒的，都用力摇头。队里就数黑塔力气大，没人打得过他，被这书生几下就打泥了，现在躺在地上，鼻口里蹿血，谁还敢打。这时有人喊："猴子猴子，你不是每天吹乎自己厉害吗？让俺们看看。"叫猴子的男子脸很窄，瘦得就像被砍去两坨肉后的羊头，身材高，勾着头，像根豆芽菜。猴子多次向大家说，自己曾是江湖大盗，爬墙上房无所不能。他还说自己曾蹲在梁上看了小媳妇与新郎亲热，在新郎上茅厕时偷入了新娘子的被窝。

猴子看看黑塔在地上痛苦地扭曲，知道跟这位小白脸比没好果子吃。大家都要他站出来，他没办法，只好说："俺不跟你比拳，俺想跟你比谁的轻功好。"说着，把自己的瓜皮帽摘下来，找块小石头放进去揉揉，扔到房顶上。猴子说："谁先取下来，算谁赢。"

雪燕抬头看看那房，点头说："开始吧。"猴子的身子异常灵巧地翻身上墙，在墙头上快速往房檐跑。雪燕也不上墙，也不上房，等猴子从院墙爬到房顶，从兜里掏出个钢爪甩出去，一下把帽子钩回来收在手中。猴子来到扔帽子的位置不见了帽子，愣了愣问："帽子哩，帽子哩？咦，你说这事邪怪了吧。"

队员们都"哈哈"笑起来。

雪燕举起帽子说："在俺这里呢。"

有人喊："没说要用那个钢爪，这个不算。"

雪燕弯腰捡块小石头，并在手指上夹了小石子。她把石头塞进帽子，说："这样吧，你在房上，俺在下面，谁先拿到帽子算谁赢。"说着，把帽子扔到房顶，喊道："开始。"猴子拔腿去捡帽子。雪燕脚在墙上迈两步，翻身上房，见猴子弯腰捡帽子，把预先捡的小石子弹到他腿上。猴子的身子晃了晃，从房上滚落下来，摔得惨叫一声，身上顿时洇出了片湿的。大家知道，猴子尿裤子了。

猴子在地上翻个滚，爬到雪燕跟前，膝盖上粘了很多泥，他磕头说："师父，请收下俺这个徒弟，俺孝顺你。"

雪燕并不理会他，问："还有没有不服的，赶紧站出来。"

大家都七嘴八舌说："服了，俺服了。"

小野对这样的结果非常满意，伸出拇指说："许君，好样的。好了，你给他们讲讲话，明天由木村君前来给你们上军事课。"

当一品红把剪娘与春燕安排好后，组织上派来了特派员，前来协助一品红做雪燕的工作，把她发展成组织中的一员。一品红摇头说："这件事我犯了个错误，在没有对她调查清楚之前，就向组织汇报了。现在，她根本没法完成我们的任务，我们也没有办法把她变成咱们的人，原计划只能取消。"

特派员听说要取消计划，皱着眉头问："一品红，你之前不是说许剑是我们争取的最佳人选吗？"

一品红叹口气说："之前我是这么想的，可是事情有些变化。当我与剪娘联系上后才知道，许剑并非男性，而是女扮男装，是个女的。一个女的在保安队里面对那么多男人，早晚都会露馅的，这样不只会害了她，这对我们也是个威胁。"

特派员微微点了点头，倒背着手在房里来回踱着步子，突然回头说："一品红同志，你的担心是多余的。上级让你男扮女装，前来蔚州唱戏，就是为便于掩盖真实身份，不易引起怀疑，便于搞到情报。那么，许剑女扮男装在据点，又有何不可呢？问题不在性别上，而在于她是否有动力、有决心为我们服务。我个人认为，只要她有足够的胆量与动力，她还是个非常好的人选。"

一品红问："您的意思是？"

特派员说："把她的母亲与姐姐转移到八路军后方，设计成她们被鬼子杀害的迹象，让许剑对鬼子产生恨，以报仇的心态去作保安队长，为我们所用。"

听说用这种办法，一品红当即反对道："绝对不行。如果我们这么做，与日军有什么区别，他们就爱握着人质胁迫别人，为他们所用。如果她知道母亲与姐姐被鬼子杀了，极有可能会找鬼子报仇，说不定会有生命危险，这不是个好办法。"

这句话特派员不爱听了，说："一品红，你这么想是有问题的，有些事情我们不能只看过程，要看目的与效果。日军这么做是为了侵略中国，我们这么做是为了抗日救国，动机不同，意义不同，所以不可同日而语嘛。想想吧！一品红同志，我们为我们的信仰牺牲了多少战士。如今，我们的军队在前线与日军鏖战，每天都有成百上千的战士献出了年轻的生命。就算他许剑有什么潜在的危险，也是为了我们的国家，也是值得的，也是光荣的。对于许剑自身来说，我们保护她的家人，把她拉到革命队伍里来，这本来就是最正确的引导。明天我会把剪娘母女带到后方，许剑的工作由你来做。如果这件事情出现什么问题，责任由我来负。”

当特派员走后，一品红感到很别扭，这件事情从大处着想确实没有问题，但这对于雪燕来说，确实不公平。不过，事情已经到了这种地步，他知道，必须要尽快做好雪燕的工作，尽快完成组织上的任务，争取早日让她们母女团聚才是……

七 走狗出动

为尽快把保安大队建立起来，在落实“双核计划”上发挥作用，龟田督促小野尽快对保安队完成编制。龟田说：“我们远道而来，对蔚州的具体事宜并不熟悉，保安队会成为我们与蔚州人之间的桥梁，这有利于我们的行动。”

小野打发人写了很多告示，贴在蔚州大街上，然后在古戏楼摆上办公桌，招收保安队员。布告上写着：凡参加保安大队的人都是无上光荣的，会受到尊重，会发大洋，会吃香的喝辣的……在这兵荒马乱，粮食短缺的时代，还是很有诱惑力的。虽然雪燕盼着没有人参加，但还是来了不少人。

那天，雪燕戴着墨镜，坐在主席台上，看着很多青年跳上台来报名，心里感到很难受。她想不明白，鬼子来到蔚州把老百姓欺负得这么厉害，搞得没法种田，做不成生意，常在街上留下百姓的尸体，并在夜里去抢人家闺女，为啥这么多人还来当汉奸？

太阳把戏楼的影子挪开，阳光打在雪燕身上，她感到半身的灼热，便把椅子搬到了阴凉里，把礼帽扣到脸上，坐在那里打盹。听到小野在问新招队员的家庭住址与家庭成员，并说皇军将定期往家里发奖赏、送粮食。如果报的不实就是对皇军的不忠，格杀勿论。雪燕心想：发奖赏、送粮食那是胡说，真实的目的是想掌握他们的亲人，以便于更好地控制他们罢了。

不管雪燕心里多么不乐意，多么难受，三天的时间里，还是招了一百多名队员。看着院里站的那些人，雪燕感到有些牙痛上火。她让黑塔把他们拉到太阳下，晒他们几个小时。

黑塔自从被雪燕征服之后，现在对她是五体投地，生怕两人比武给她留下不好的印象，每天对着雪燕摇尾巴。雪燕通过对黑塔的观察，发现他还是个性情中人，还是挺讲义气的，本质也还不坏，于是对他格外照顾，并把他提成副队长，还暗中给他家里送了钱粮，把黑塔给感动得都想为雪燕

挡枪子，就是没有机会。

黑塔把新招来的队员拉到太阳下，让他们站着。七月的太阳就像小刀子割皮肤。有些队员问："为啥让俺晒太阳？"

黑塔把那人拉出来，一顿拳脚，说："让你站，你就得站。"

由于晒得太久，有几个人晕了过去，是用凉水泼过来的。这件事被小野知道后，问雪燕为什么晒他们。雪燕说："小野君，你是中国通，知不知道草原上的熬鹰？"

小野摇摇头说："我没有找到这方面的资料。"

雪燕说："意思就是说，逮只鹰，为了驯服它，不让它吃饭，不让它睡觉，把它熬没了野性，才会听话。如果俺都不能让他们晒晒太阳，还怎么让他们去打仗。再说了，俺要看看这些人的体质，如果体质弱的，赶紧换人，省得白吃粮食。"

小野点点头说："有道理。"

雪燕心里想：有啥道理，俺就是想治治这些想当汉奸的。

保安大队组建之后，龟田命令小野负责对他们洗脑，木村中佐对他们进行军事训练。由于雪燕心里有抵触情绪，听小野讲话时就打盹，也不参加木村的军事训练，如果管得紧，她就说："俺不合格，你们可以另找别人啊。"

木村向龟田汇报说："许剑根本就不配合训练，怕是很难管教。"

小野解释说："怪人必有怪才，怪才必有怪脾气。他许剑从小没有父母管教，长在山野之中，每天都在修炼武功绝学，自然难以管教。但是，我们要明白，野马是可以被驯服的。"

木村问："如果我们驯服不了呢？"

龟田说："我们不排除用特殊药品控制他。"

美代子对雪燕的印象非常好，听说要用药物控制，感到有些可惜。她知道，军方秘密研制的神经类药物，虽然浪费了几十条生命，但现在还不算成熟。这种药物用在人身上会摧毁人的意志，将其变成傀儡，但还有很多未知的副作用。美代子说："对于许剑这样的人才，我们要多些耐心，而不是用药物控制，如果把他变成只会服从、不会思考的人，跟一杆枪没什么区别。再者，许剑掌握着绝世的武功，如果把他争取过来，让他传给我方的将士，将会大大地提高我军的素质，对于帝国的大业是极有好处的。"

小野点头说："夫人说得极是，许剑确实极有利用价值。"

龟田想了想突然问："你们忽视了一个重要的问题。"

小野问："您说的是？"

龟田脸上泛出冷笑，说："记得上次，许剑曾在和亲现场，赢了那个戏子的，他们现在的关系不知道如何了？我认为，我们所以难以把握许剑，主要是我们没有牵制他的东西。小野君，你去对许剑说，我与美代子请他夫妇前来用餐。如果他们真成婚，那么这个戏子就是许剑的软肋，对于我们征服他大大有利了。"

当雪燕听小野说龟田夫妇邀请他与一品红到家里作客，心中暗叫不好。如果鬼子确定她与一品红是夫妻，将来肯定会拿着一品红要挟自己，再想走掉，一品红就会受到牵连。雪燕当即向小野表白说："小野君，有个事情呢，俺没说实话，其实在和亲时俺只是争强好胜，赢回了一品红。俺并不看好戏子，没跟她结婚，我们只是普通的朋友。"

小野伸出小指顶了顶眼镜框。小野是练书法时养成的毛病，手里握着毛笔常会用小指顶眼镜，后来不握毛笔，也习惯这样了。他冷笑说："许君多次说回去探望夫人，现在又瞧不上她了。既然许君瞧不起戏子，我们皇军的木村中佐非常看好戏子，要不是你的夫人，木村早就把她给搞到手了。"

雪燕听说木村还惦记着一品红，心想不行，如果俺说不是俺媳妇，那木村肯定去抢人，于是忙说："小野君，你要理解俺的心情才是。俺所以说不是俺媳妇是对她的保护。你应该知道，在你们皇军这里俺们是光荣的，可在老百姓眼里是很不光荣的，会把俺当汉奸。俺不想让外界知道一品红是汉奸的老婆。"

小野点头道："许君如此说辞，我是可以理解的。"

没有办法了，雪燕只能坐着鬼子的吉普车去请一品红。在车里，雪燕望着窗外奔驰的风景，心情很是复杂。想想这段时间自己鲁莽做事，竟然惹来这么多麻烦，这些麻烦还粘在身上抖擞不下了。当这个队长就是汉奸，不当这个汉奸会连累戏班子，怎么走以后的路，雪燕感到有些身不由己了。

车子停在戏园子外，雪燕让鬼子在门口等着，独自向后院走去。回头见两个鬼子尾在后面，叫道："在门口等着。"

一品红正在后台卸妆，见雪燕突然闯进来，脸上的表情绷着，以为出啥事了，问："咋了？"当听雪燕说龟田夫妇请她前去用餐时，便点头说，"这顿饭是必须要吃的。这样，你到外面等着，我换身衣裳就去。没多大一会儿，一品红出来了。他穿着石榴红的旗袍，握着古铜色的小包包，脚上穿着古铜色的皮鞋，脸上搽了淡淡的粉脂，两腮晕着桃红，猩红的嘴唇轮廓分明。雪燕无暇观赏她的装扮，低声问："见到俺娘了吗？"

一品红点点头说："是的，见着了。"

"你知道俺不是男的？"

一品红说："知道了。"

雪燕说："一品红姐姐，现在难办了，如果俺说你不是俺媳妇，鬼子木村要抢你，说是俺媳妇，以后俺想逃走，就连累你。"

一品红点点头说："是的，我的命就掌握在你手里了。"

雪燕说："一品红姐姐，你吃饭回来，还是领着戏班子离开蔚州吧。你们唱得这么好，到哪儿唱戏也能混口饭吃，何必非得待在蔚州呢？"

一品红说："你以为这戏班子是我的啊？我说到哪儿就到哪儿？现在先别谈这些了，咱们还是找家店买点礼物吧。"

雪燕听说还买礼物，瞪眼道："你是不是钱多得没处花了，还给他们买东西？"

一品红低声说："雪燕，他们怀疑你，就会盯着你，你更不容易脱身了。现在跟他们把关系搞好，他们放松了警惕，才容易逃走，对吧？"

美代子已经把酒菜摆到桌上，与龟田坐在那里聊天。龟田笑着说："平时你要与许剑的夫人多交流，这对于把握许剑，是非常有好处的。"

美代子点头说："据小野说，别看许剑年龄不大，是个极为聪明的人，千万不要让他看出我们的要挟，否则他会产生逆反心理。"

龟田点了点头说："只要那戏子是他的夫人，以后就好办多了。"

小野带着雪燕与一品红来了，龟田与美代子到门口迎接。一品红挽着雪燕款款走进客厅。美代子见一品红如此美艳，不由暗惊。龟田只感到眼前一亮，忙把目光从一品红的脸蛋上挪开，说："郎才女貌，天作之合，大大的好。"

一品红嘴唇上抿出微笑，款款向龟田施礼道："说起来，与郎君的姻缘还是皇军做的媒哩。早该来向您致谢的，不过听夫君说您日理万机，实在太忙，怕有打扰，所以……”

龟田笑道：“夫人太客气了，现在咱们是一家人，打扰的不说。”

饭桌上，小野提议道：“土八路不断潜入城里闹事，搞得治安非常差劲，既然许君已是我皇军的保安大队长，岂能让夫人独自在外面居住，不如搬到司令部，会相对安全些。”

如果放到从前，一品红巴不得来司令部住，可现在不同了，现在他的计划是，争取把雪燕接入抗日救亡的队伍中，通过当保安大队长的便利，获取鬼子的情报，摸清他们驻军蔚州的真实目的。自己留在外面，可借夫妻之名与雪燕联系，方便把情报送出去。再说，本来雪燕是女扮男装，再进来个男扮女装的，这无疑增加了被识破的概率。对于小野的这个问题，一品红早就想到了，他说：“谢谢您的关心，一品红也曾想过夫唱妇随的日子，与许剑同为皇军效力，可一品红只会唱戏，不光帮不上忙，怕会拖累许剑。再者，俺们戏班子还有三十多人指望俺生活呢，所以谢谢您的好意了。有我们家许剑为皇军效力，俺就感到很光荣了。对了，从今以后，俺会在戏台上帮助皇军宣传友善，为许剑增色，这不是好事吗？”

雪燕自然不想让一品红到司令部住，这要是来了，自己想逃走，就有牵挂了，忙说：“小野君，你的中国通，应该知道中国跟你们日本是不同的，你们出外打仗都会带老婆，甚至还带妓女。我们出征在外，都是把妻女放在家里，这样才不会分心。”

小野点头说：“这倒是，明朝刘绩的《征妇词》中写道：征妇语征夫，有身当殉国。君为塞下土，妾作山头石。”小野为了卖弄自己的汉学，无时无刻不想办法引用中国古典诗词与成语，但有时候也会用得驴唇不对马嘴。

饭后，龟田派人把他们送到戏院，嘱咐护送的士兵为许剑夫妇站岗，明天早晨与许剑一同回来。雪燕明白这不是为他们站岗，这是对他们进行监视的，忙说：“大佐，最好不要让外人知道，一品红是俺的媳妇，以防被外人用来要挟俺。”

龟田说：“那就按小野君说的，让她来军营住嘛。”

雪燕一时语塞，一品红忙说：“大佐，戏院是个乱场合，五花八门的人都去，我正好帮你们听着消息，这样你们也能知道外面的传言，对你们是有好处的。就算要来军营住，我也得把戏班三十多人安排好了，要不都带进

军营，岂不是给您添乱吗？”

龟田点头说：“夫人说的也是，那好吧，就不派兵去站岗了。许君，相信以你的身手，是能够应付得了的。”

回到小房后，一品红给雪燕泡了杯茶，笑嘻嘻地看着她说：“雪燕，我们戏园子的安危，可系在你身上了。无论遇到什么事儿，都要及时向我说，我们商量着办，可不能义气行事，一走了之。”

雪燕苦不堪言，噘着嘴说：“俺算听明白了，你的意思是，这个汉奸俺是当定了。你说俺招谁了，惹谁了，剪了几张反日的窗花，整出这么多事，真是的，俺就想不通了。”

一品红扒着门缝，瞅瞅院子，回头说：“雪燕，虽然鬼子说不派站岗的了，相信他们还是会暗中派人盯梢，你今天晚上不能走了，如果离开，他们会认为咱们不是夫妻，这就麻烦了。这样吧，你在床上睡，我在地上搭个铺。”

雪燕咋舌道：“哎！一品红，你不是知道俺是女的了？”

一品红点头说：“是的，知道了。”

雪燕异样地盯着她说：“都是女的，睡一张床有问题吗？又不是床窄，睡两个人还富余呢。”

这下一品红不好解释了。现在他知道雪燕是女扮男装，但雪燕并不知道他是男扮女装，在这种时候，他还不确定雪燕真实想法，又不便于公开自己的身份，只是说：“雪燕是这样的，不是怕你跟生人一张床感觉不好吗？”

雪燕说：“你愿意睡地下俺不管，俺累了，俺睡了。”说着，就开始脱衣裳。

一品红忙转过身子说：“不能脱，不能脱。”

雪燕瞪眼道：“啥，不脱衣裳能睡得着吗？为啥不能脱？你不是知道俺是女的？俺脱了衣裳，你不就知道了吗？”

一品红暗暗着急，鼻尖上都冒出汗来了，忙说：“小鬼子就在外面守着，要是发生什么情况，现穿衣裳来得及吗？”

雪燕只是把长裤脚脱了，躺在床上。

一品红坐在桌前，说：“雪燕，你对鬼子进驻蔚州是什么看法？”

雪燕打个哈欠说：“还有啥看法，生气呗。”

一品红按着既定好的方案开始给雪燕做工作。他说：“他们日本人来到咱们中国，到处烧杀抢掠，无恶不作，我们作为中国人，应该为保护国家尽力，是吧？”

雪燕打个哈欠说：“当然尽力，所以俺不想当汉奸。”

一品红轻轻地叹口气说：“雪燕，据外面的人说，鬼子来蔚州驻军是有阴谋的，如果我们把他们的阴谋摸清，告诉替老百姓打仗的八路军，共同把鬼子赶出中国，这是多么伟大的事情啊，你认为如何？”

一品红没听到雪燕的回话，回头发现雪燕已经睡着了。他不由深深地叹口气。看来，想跟雪燕说明抗日救国的道理，还真不是一时半会儿就能说清的。整个夜晚一品红都没有睡着，想想来蔚州这么久，组织上多次督促，尽快把鬼子驻扎蔚州的真实目的查出来，好制定应对方案，可他根本就无法获得鬼子的核心秘密。

他明白，必须要利用好雪燕的大队长身份，尽快完成组织上交给的任务。想到这里，他看看在床上睡态像孩子样的雪燕，不由得深深叹了口气。他明白，以后两个人的相处会变得难了，因为雪燕认为他是女的，不会再提防他，而他又不能暴露身份，从此将会越来越尴尬。一品红想，等把雪燕的工作做通了，一定把真实的身份告诉她……

保安大队完成编制后，接到的首个任务是请一些老人到据点，召开座谈会。龟田的说法是，了解他们的困难，对他们进行资助，以示友好。这个说法雪燕是相信的，自鬼子进驻蔚州，就开始发糖果，发毛巾，还发印有樱花与富士山的年画，大搞联谊、和亲，目的就是想跟蔚州人搞好关系。雪燕心想：你们明里搞亲善，背后里去抢人家的粮食，绑架人家的闺女，在大街上用枪打中国人，这种所谓的亲善就显得格外的虚假。

来到城中心的古戏楼旁，停下车后，小野说：“许君，你带人去请老人，记住，只要那些年龄大的，见识广的，年轻的一律的不要。要尽快，我们的还要赶到别处去请。”

雪燕领着大家来到胡同里，对队员们说：“你们去吧，记住，到人家家不能抢东西，不能大声说话，跟人家商量，不同意也不要强求。”雪燕留下两个队员，找个古戏楼坐在那儿等。闲来无事，雪燕观赏戏楼上的彩色壁画。正面椽头上雕有狮子头和戏剧人物脸谱，正面前檩正中处浮雕有金龙，形态逼真，呼之欲出。前台内壁绘有彩色壁画，有《拜寿图》《绿牡丹》，后壁木制格扇上绘有《百古图》，图案精美，线条细腻。

没多大一会儿，去请人的队员就回来了，只带回一个老头，汇报说：“队长，就这位老人同意来，其余的都不肯来。”

雪燕问：“大爷，叫什么名字啊？”

老头梗着脖子，说：“俺叫刘忠义。”

雪燕问：“大爷，别人不来，你为什么来哩？”

刘忠义冷笑说：“是你们请得俺。”

雪燕见他的脾气挺柴，不由笑了笑，因为雪燕明白，老人不是对她不友好，这是对汉奸的不友好。

当小野听说，这大半天就找了一个老人，急了，叫道：“去跟他们说，谁敢违抗皇军的命令，杀头。”

队员们又“呼隆”跑回去，把老头、老太太抓来了几个。随后，他们又奔到城外的村里边，抓了些老人。往回赶的时候，天色已经暗了，大南山镶在天光里就像剪影。起风了，路边的树叶“哗哗”作响，像有场暴雨正在浇，传来狼的嚎叫声，“呜呜呜呜”，在风中强强弱弱，余音袅袅。小野瞅了眼车窗外的黑暗，把脖子缩缩，身子塌了下去。

雪燕扭头看看矮着的小野，再没有白日里那木棍儿顶着脖子的样了，便知道他害怕黑天，便问：“小野君，俺就纳闷了，你们大老远跑到蔚州到底想做啥？不会是来搞啥亲善的吧？”

小野把脖子伸伸说：“你们水深火热，我们的人道主义，前来解救你们。”听小野这种说法，雪燕心里感到气愤，去你娘的大头鬼，自你们来到中国，才水又深、火又热哩，你们没来之前，是冬天冷、夏天热，四季分明，你们来了，三伏的天里都让人心寒。

他们回到据点后，小野让雪燕带队回去休息，他与几个日本兵押着几个老人，来到会议室。龟田正与木村、美代子在会议室里候着。桌上摆着瓜果、茶杯，就像搞茶话会似的。当老人们进来，龟田笑着站起来说：“大家的，不要紧张，今天请你们的来，是想跟你们聊聊天。你们的什么的困难，统统的说，皇军的帮你们解决。”美代子从旁边茶柜上把托盘搬起来，放到会议桌上，拉掉红布，里面是成封的大洋。美代子对老人们深深鞠个躬，退到旁边。

小野用小指顶顶镜框，又开始卖弄汉学，说：“蔚州历史是非常悠久的，据说在尧舜之时，此地属于冀州，商周时为代国。秦、汉、三国、西晋时均称代郡。北周大象二年（公元580年）改称“蔚州”，历代沿用，迄今已有1400余年的历史。蔚州不只历史悠久，还有丰富的矿产，地下有非常丰厚的煤田，还有铁、锗、锰、金、萤石、重晶石等几十种金属、非金属矿产。请问各位大叔，你们知道这些矿产在什么地方吗？”

叫刘忠义的老头站起来，说：“俺知道。”

刘忠义所以要来，是有原因的。他的孙女半夜里被抓了，听说鬼子把女人糟蹋死后，扔在城墙外。他们去城外找，发现了被野狗啃得半边烂块的孙女，是用袋子把孙女的尸骨提回去的。刘忠义一直想为孙女报仇，就是没瞅着机会，听说请他到司令部，他就来了。他慢慢地抬起头来，用冒火的眼睛盯着小野那张黄焦蜡气的脸，冷笑说：“你说得没错，我们蔚州到处都是宝。”

龟田点点头：“那请您说说，都有啥宝？”

“我们蔚州的铰窗花、打树花、秧歌戏，还有砖雕……”

龟田忙打断他：“不不不，我们说的是地下矿产，比如煤，比如铁、黄金，你的把地方指出来，皇军大洋的给你。”

刘忠义“哈哈”笑几声，厉声说道：“一个贼窜到别人家里对人家说，我想解决你们家的困难，请把你家藏钱的地方说出来，你们不感到可笑吗？实话跟你们说吧，蔚州的宝藏在哪儿？俺摸得门清，可俺就是不告诉你们。”

龟田的脸色变得越来越难看，回头对木村微微地点点头。木村刷地抽出战刀，举在刘忠义的头顶，叫道：“你的不说，死啦死啦的。”

刘忠义在来的时候，就没想过活着回去，就是想跟他们拼命的。他突然收住笑，对木村说：“你过来，俺告诉你。”

木村脸上泛出得意的笑容，说：“吆唏，这样的，大大的好。”说着，把刀顺进刀鞘，凑到刘忠义跟前。刘忠义嘴角上泛出不易觉察的笑容，把嘴唇凑到木村耳边，大声喊道：“俺日你个姥姥。”猛地咬住木村的耳朵，摆动着头往下撕，把木村疼得“哇哇”大叫。等木村挣脱开，半个耳朵没了，血染了半张脸。他“哇哇”叫着，刷地抽出战刀，以劈山之势劈到刘忠义头上。刘忠义喊道：“俺日你亲娘……”话没说完，头已经被劈成两半了。

有个胆小的老头吓得摊在地上，抱着头喊道：“俺……俺说。”

龟田脸上泛出得意的笑容，叫道：“大大的好，明天的你们的领我们去

看，从今以后，皇军替你们养老，让你们的安度晚年。”

早晨，龟田命令小野与木村兵分两路，带老人们前去寻找矿藏。他们分别到大南山、下宫村、南留庄、阳眷、草沟堡、涌泉庄、陈家洼、南岭庄、白草村、柏树乡、小五台等地。几个老人把传说中的宝地，把清朝时期曾开过矿的地方全都指给了鬼子。天擦黑时，他们汇集起来，向城南门赶。经过一条小河时，小野让把车停下。起风了，树叶被吹得“哗哗”响，小溪泛着月光，远处传来青蛙的叫声。山梁子上，有几条狼的剪影，有着优美而矫健的弧度，望着天上的月，“嗷嗷”地叫着，低沉，浑厚，余音袅袅。

小野对几个老人说：“你们的功劳大大的，统统的下车排队，大洋的发。”说完，就解开裤子撒尿。小野的中国话说得非常好，但每到杀人时，中国话就会变得生硬。小野由学者进入军营，在突击训练时，教官让他持枪执行死刑犯，第一次用枪打人时，枪响了，那人的脑浆溅到墙上，他由于紧张害怕，尿了裤子。他怕教官传出去，会丢脸，偷着给了教官不少钱财，让他保密。从此，每次杀人前，他都想撒尿。小野提上裤子，回头见大家还愣着，便叫道：“快快的执行。”士兵们把老人们往河边赶。几个老人哭咧咧地说：“太军，我们不要大洋，放俺们走就行了。”

小野冷笑道：“大洋的，必须的要。”

几个老头站在河边，低着头，像默哀。小河里的流水在呜咽着，狼的嚎叫声就像失去孩子的母亲在嚎叫。小野戴着雪白手套的手挥了挥，木村抱起机枪来对着老人扫，老人们惨叫着倒在了地上。木村嘴里发出“哇哇”的大叫声，扭动身子，不停地扫射。当把最后一颗子弹打光后，士兵过去用枪翻弄老人，对呻吟的老人的胸部插几刀，将他们的尸体全扔进沟里，浇上汽油，放把火烧了，又用土掩盖起来。

小野他们回到司令部后，把标记出来的地图拿出来交给龟田。龟田看到地图上标出的煤矿、铁矿等标志，脸上泛出笑容。这段时间，上峰多次致电追问“双核计划”的落实情况，由于每次都没有具体的业绩汇报，上级曾骂他没用。如今，他可以向上级汇报，已经初步摸清蔚州的地下资源，等专家前来勘察之后，便可以大搞开采了……

八 变向引导

一般在天刚蒙蒙亮的时候，木村会赶到保安大队带大家练兵。他曾在陆军学院担任过教官，已经把训兵养成了嗜好，并以此为乐。这让平时好吃懒做的队员们感到苦恼，曾多次向雪燕反映，说："这哪是人过的日子？"

雪燕听到这里，眼睛就瞪起来，对他们叫道："哎，别跟俺说这个，俺没请你们来，是你们自己找上门来的。"

刚开始时，雪燕对于木村的训兵、小野的军事理论是非常反感的，后来渐渐地领会出了意思。这些理论与技能都是怎么打败别人、获取胜利的办法，与武术有着很多共同点，宗旨就是有效克敌，并且保证自己不受伤害。雪燕认为知道鬼子的理论与技能，对于将来打鬼子是有用的，她从未放弃过打鬼子的决心。她的理想是把鬼子赶出蔚州，恢复以前繁荣昌盛的景象，那样就有人买娘铰的窗花了。

早晨，雪燕把队伍集合起来，等着木村前来训兵。由于木村的严格要求，保安队以前站队像豆腐渣，现在已经站成豆腐块了。雪燕头戴黑色礼帽，身穿黑色长衫，脚上穿着黑皮靴，倒背着手站在队列前。现在她越来越喜欢穿黑色的衣裳了，这主要是来自于心理上的自我掩护，生怕引起别人的注意，露出真实的面目，影响娘一世的清誉。娘太要面子了，如果她知道自己的女儿当了汉奸，可能会在悲痛欲绝中自杀。

围墙的钢丝网上，蹲着几只麻雀，就像五线谱上的音符。太阳已经从东方的灰瓦群里浮出来，温度开始变高。雪燕见还没有木村的影儿，只好把队伍解散了。早饭后，小野来到保安大队，命令他们去街上撕布告，追捕张贴布告之人。原来，昨天夜里有人在大街上贴了很多反日标语，鼓动民众联合起来抗击鬼子，这些布告让龟田大为恼火，下令要把肇事者抓出来。

雪燕带着大家出发，在据点门口，见三十多人在据点门外候着，满脸的

愁苦，还有人在抹眼泪，便问："你们这是咋啦？大早晨的跑这里来抹眼泪。"

"前天，你们请走我们的老人，到现在还没有送回去哩。"

雪燕有些气愤，她来到岗楼里给小野打电话，问："小野君，请来的老人送回没有？"

小野在电话里说："昨天发了大洋，就把他们送回去了。"

雪燕告诉那些人说，人已经送回去了，让他们再回去看看。自己带着大队来到街上，让队员们去撕标语，自己带着两个队员到戏园子看戏。实际上，雪燕想跟一品红商量，离开保安队的事情。这段时间，雪燕无时无刻不想逃离鬼子据点，回到以前的生活中。雪燕平时非常爱穿男装，并且爱穿深颜色的男装，自来据点后，她已经穿男装穿累了，甚至对自己说，以后再也不穿男人衣裳了。

戏班子里女旦的嘴唇血红，眼睛被描得很大，她对雪燕施礼道："一品红姐娘家来人了。"雪燕来到小院前，见门上的锁拉着门，不由得咋了下舌。巷子里的枣树上，已经结着些青枣了。雪燕跳起来，抓了几个，啃了几口，感到味如嚼蜡，便用来投鸟了。

大半天的时间，雪燕都坐在戏园子里打盹，台上唱着戏，旁边几个老票友低声在叽喳，把雪燕给聒得难受。下午，雪燕带队回据点时，见门口还堆着老人的家属，便感到有问题了。她让队员们回队里，自己直接奔向小野的办公室。小野解释说："许君请放心，我们昨天给每个老人发了大洋，把他们送回去了。他们非常激动，还喊了大日本帝国万岁。"

小野这么说的时候，嘴角往上翘着，看着就像讥笑。雪燕并不相信小野的话，她问："那为什么他们的家属还在门口要人哩？"

小野的脸色沉下来，用小指顶顶眼镜框说："许君，千万不要被他们给欺骗了，他们是想用此理由多要奖赏。"

雪燕认为，其中肯定有什么阴谋。

当木村再到保安队训兵时，雪燕见他耳朵上包着纱布，便问："木村君咋受伤了？"

木村恶狠狠地说："被一条老狗咬的。"

雪燕问："对了，木村君，前天我们抓来的老人是不是真放了？"

木村脸上泛出讥笑，说："统统的送回老家，统统的，哈哈哈！"

雪燕见木村这货笑得这么邪乎，感到肯定有蹊跷。为套出实话，她打发人去街上去买酒，并对木村说："木村君，这段时间让您费心了，俺打发人去买酒菜了，一会儿咱们喝点，表示本队长对您的感激之情。"

上次木村与雪燕比武失败后被送到医院，医生说他的下巴、胳膊全部脱臼了，他出院后问小野是什么功夫，如此厉害。小野查了很多资料，才知道雪燕用的技术叫擒拿，专门脱掉别人的关节，让对方失去抵抗能力。木村一直想学会这种武功，曾多次要雪燕教他，但雪燕没有同意。木村说："许君，酒的不要，脱臼的教我，我的请你的喝酒。"

雪燕点头，说："现在俺就教你，你把手伸出来。"木村把胳膊伸出来，雪燕左手握住木村的手腕，右手扶着肘部，猛一扭，"咯吧"，木村疼得"哇哇"大叫。雪燕看到他大汗淋淋，心里高兴坏了，但绷着脸说："木村君，拿下来不算本事，拿上才算。"说着，去抬木村耷拉着的胳膊，木村吓得直躲，满脸怯意。雪燕猛握住他的手腕，往下猛拉，一拧，说："现在活动活动看。"

木村抬了抬手竟然能动了，不由惊喜道："哟唏。"

上次被雪燕拿掉，他住进战地医院，胳膊上绑上木板半个月才卸掉。现在雪燕给推上就能动了，虽然胳膊还有些酸疼，但不妨碍活动，说："许君，你的教我，我的感激。"

雪燕说："抽个时间，俺要把整套的擒拿教给你。"

酒菜买回来，雪燕找几个能喝酒的队员，暗里吩咐他们要让木村多喝，把他灌醉。大家早被木村给练得难受，都用力点头，表示让他狗日的木村醉成一条狗两条尾巴。

在酒桌上，队员们变着花样夸赞木村，不停地敬酒，把木村吹捧得非常得意。木村喝了酒，话多了，开始说自己强暴的一名中国闺女，把细节说得非常生动。有个队员听上瘾了，还问："后来呢？后来呢？"雪燕说："你出来，俺告诉你。"把那队员领出门，一拳打在他的脸上，说："后来就这样了。"回到桌上，雪燕端起碗酒说："木村君，喝了这碗酒，俺保证教会你脱臼的武功。"

木村端过酒来说："这个酒我的必须喝。"

当把这碗酒灌了，木村的眼睛更加迷离，说："许君，你的媳妇的大大

的漂亮，我的三个日本的女人的换，你的同意？”

雪燕听说跟她换老婆，牙根儿都痒了，很想拾起酒罐子碎在他头上，但却笑着说：“木村君，女人先不说了，还是说说前天请来的老头吧，听说他们领到大洋后，直喊皇军万岁哩。”

木村脸上泛出讥笑：“大洋的没有，万岁的没有。”

雪燕问：“大佐不是说要解决他们的困难吗？”

木村用手弄出手枪模样，说：“统统的‘嘟嘟’，浇上油的，烧了，最后的埋掉。”现在雪燕终于明白，那些可怜的老人已经被鬼子害死了。她神情顿时黯然，心疼如刀割。如果不是她带人把老人抓来，这些老人也许在家里儿孙绕膝，享受天伦哩。

木村喝得高了：“嚷道，花姑娘的找，你们的，花姑娘的找，我的花姑娘的要。”

雪燕腾地站起来，左手夹着他的头，捏住下巴，右手握起酒坛，往他嘴里倒，酒从木村嘴里“哗哗”地往外冒着。她把手松开，木村的头“嗵”地砸到桌面上，把盘子震起老高。雪燕抓住后领子，拉起木村，把他的脸又往桌面上蹾了下，盘子里的菜汤都溅出来了。雪燕说：“你们把他送回去，就说他喝醉了，在路上跌倒了……”

雪燕召集大家开会，对他们说：“有件事情本队长要告诉你们，前天我们抓来的老人，被鬼子给用机枪扫了，浇上汽油烧了，最后挖坑埋了。大家想想吧，这是咱们抓来的，就等于说是咱们帮着鬼子把他们杀掉的。咱们中国人帮着鬼子杀中国人，这叫啥行为？”

黑塔说：“队长，这是汉奸行为。”

雪燕说：“那我们就心甘情愿当汉奸吗？本队长认为，咱们还是赶紧散伙吧，别在这里当这伤天害理的汉奸了。”

猴子说：“队长，队长，您别考验大家了，大家都铁了心跟您干，是不会私自逃跑。再说了，俺家的地址都在皇军手里，让俺跑，也不敢跑啊，要是跑了，鬼子不得祸害俺家人啊。”

大家异口同声地说：“队长，放心，我们决不逃跑！”

雪燕感到哭笑不得，看来想把保安队给解散了并不容易。她把自己关在房里，枕着双臂，脑海里映现着那些老人的音容笑貌，心里就像刀子在割。她想：你们愿意当你们当，反正俺是不当这个丧尽天良的队长了，晚上俺就逃走。

她独自出门，倒背着手，顺着院墙根散步，不时抬头看看墙上的铁网。听小野说，这上面通着电，要是谁敢攀，会被电成烧鸡。她拿根棍子，把两条邻近的铁丝顶粘了，没看到火花，放心了。抬头看看太阳，还在天空镶着，看来离黑天还早。她回到小房里，躺在床上睡着了。

晚上，雪燕偷偷地溜出来，走到观察好的那段墙下。探照灯像个雪白的扫帚在夜空中扫着。当那道光划过去，雪燕纵身跳起来，单手抓住墙头耸起身子，用手摁住支撑钢丝的柱子，翻身过墙。墙外是条黑洞洞的小胡同，跑出二百米就是大街。雪燕穿过大街，在小胡同里东拐西拐，摸到一品红的小院前。她想跟一品红说，让她赶紧带戏园子的人找地方躲躲，不要因为她的逃离受到牵连。

一品红正睡得香，听到急促的敲门声，从枕下掏出枪来，对着窗子喊道："谁？"

听到雪燕在喊："俺，开门。"

一品红跑去开大门，发现门外没有人，巷子里空空的，只有月光打在地上的斑驳。一品红回到房里，抬头见雪燕坐在太师椅上，吓一跳，说："是不是有人跟梢？"雪燕把自己的帽子摘下来，甩到了桌上，满脸的气愤。

一品红问："是不是出事了？"

雪燕瞪眼道："俺不干了，俺是爬墙逃出来的。明天鬼子肯定来这里找俺，你带着你们的人逃走吧。反正俺告诉你了，搬不搬你自己看着办，别到时候出了事赖俺！"

一品红吃惊道："到底发生什么事了？"

雪燕说："出啥事了，前几天鬼子让俺带人去请老人，说是发钱发面，今天才知道，鬼子把他们全杀了，浇上油，烧了。你想过没有，要不是俺把他们给弄到鬼子营里，他们能出事吗？"

一品红问："他们抓那些老人干什么？为什么把他们杀掉？"

雪燕瞪眼道："俺哪知道？俺要早知道，就不会出这事了。"说完，拔腿就走。

一品红喊道："雪燕，你等等。"

雪燕哪肯回头，说：“反正俺跟你说了，你自己逃不逃，跟俺没关系，别怨俺没告诉你。”

一路上，雪燕越想越生气，要不是一品红逼着她当汉奸，就不会害死人了，现在背上了几十条人命，以后不得做噩梦啊。这时，有两个巡夜鬼子走来，端起枪，喝道：“站住。”

雪燕气呼呼地叫道：“滚开，俺是保安大队大队长，是出来执行任务的，误了事你们负得起责吗？”

两个鬼子并不相信，刺刀上挑着月光，慢慢地凑过来。雪燕从兜里掏出证件来递给他们，有个鬼子划了火柴看，说：“你的可以走了。”雪燕走几步，突然感到自己应该杀两个鬼子，替老人报仇，要不想起这事，就会难过的。她掏出枪来，突然想到木村讲过的，每支枪的膛线都是不同的，因此可以通过对子弹留下的膛线分析，知道是哪支枪打出来的。她倒不是在乎膛线，而是怕鬼子知道她杀了人，会满城里抓她，将来会危及母亲与姐姐。

她把枪插进腰里，这才想到能用飞镖把这俩鬼子给解决了。现在她又想到飞镖的好处了，那玩意儿不能图远，但没有响声啊。没有飞镖，她只得说：“娘的，算你们命大。”

雪燕来到家门口，伸手敲门，大门应手而开。她能够想得到自己离家出走后，母亲是多么心急，肯定日夜留门。她跑到房门前敲敲，房门也“吱呀”开了。

雪燕蹿进房里喊：“娘，俺回来了。姐，俺回来了。”没听到任何动静，以为娘赌气呢，点上灯，看了娘的卧房，没人。灯苗子被风吹得就像绿豆苗，来到自己和姐姐的睡房，发现姐姐也不见了。雪燕感到不好了，回到客厅，把灯放到八仙桌上，想可能发生的事情，突然看到地上有个不规则的阴影。

她端起灯，蹲到地上，发现是干涸的血迹，浑身打了个激灵，手里的灯掉在地上，屋里顿时被黑暗淹了。雪燕跑出大门，来到邻居家门前，用脚踢门，叫道：“开门，开门。”

院里传来女人的声音：“谁啊？”

雪燕叫道：“俺是雪燕，快开门，有事问你。”

门打开，邻居家的胖女人说：“雪燕啊，快进来。”

雪燕问道："俺娘和俺姐哩？她们去哪了？"

胖女人叹口气说："雪燕啊，出大事了，前天夜里，有队鬼子蹿进家把你娘和你姐杀了，尸体还是俺们收拾的。不信你去西邻问问，他们也帮了把手。"雪燕的身体剧烈地晃动几下，歪在门上。突然，她"哇哇"大叫几声，拔腿就跑。

邻居女人喊道："雪燕回来，俺还没把话说完哩。"

雪燕现在还能听什么话，心里就有一个信念，回司令部把龟田和小野，还有木村全部杀掉，为娘报仇。她刚走出巷口，就被赶来的一品红拦住了。雪燕叫道："滚开，俺娘与姐姐被鬼子杀了，俺去报仇，你再拦着，对你不客气。"

一品红说："杀鬼子，好，我跟你去。"

雪燕说："不用你去，你赶紧带着戏班子的人离开，俺不想连累你。"

一品红手拉着雪燕的衣摆，问："你想杀多少鬼子？"

雪燕说："能杀多少就杀多少，俺没打算活着出来。"

一品红说："要是你想杀一两个鬼子俺跟你去，要是想多杀鬼子，咱们停下来商量商量。"

雪燕猛地停住问："你说咋杀？"

一品红说："回去我告诉你。"

雪燕叫道："滚，少在这里糊弄俺。"

一品红感到这件事对雪燕太残忍了，他相信组织上肯定不知道这件事，只是特派员一意孤行，造就了今天的悲剧。他犹豫着是否实言相告，不过想到事情已经这样，再试着做做工作，真做不下来，再以事实相告。他紧紧地跟着雪燕，说："雪燕咱们是去报仇，还是去送死？如果送死，咱们就直奔鬼子据点。一个鬼子都没杀，就让人家给用机枪扫了。如果你想报仇，就听我说。"

雪燕哪肯听，依旧向鬼子据点跑。

一品红见实在劝不住，喊道："雪燕，你母亲与姐姐并没有死。"

雪燕哪肯相信，邻居都说帮着埋人了，能没死吗。雪燕叫道："滚开，别碍俺的事。"

一品红实在没有办法了，他说："雪燕，你知道是谁杀的你母亲吗？咱们先调查清楚再去报仇，行吗？”

雪燕叫道：“俺当然知道，是小鬼子杀的。”说着，他们拐过了巷子，再过两条街就是鬼子据点了。一品红感到应该采取点暴力，出其不意把雪燕给砍昏，把她给背回去。在临来蔚州前，一位特工同事曾教过他，如果用掌猛地砍到脖梗上，会造成大脑瞬间的缺血，人会晕过去。但雪燕是练过把式的，如果不成功，效果会更坏。

这时，十多个巡逻的鬼子兵向他们走来。一品红叫道：“雪燕，再不跑，就来不及了。”雪燕掏出枪来奔着鬼子迎去，鬼子举起枪时，雪燕提前开枪，鬼子马上还击，子弹打得他们身边“噗噗”响。雪燕听到一品红惨叫一声，回头见她趴在了地上。她折回去，拉起一品红躲进巷子。雪燕架着一品红，东拐西拐，终于来到小院。进房后，雪燕把一品红扶到床上，把一品红的手夺开，见身上并没有伤，顿时恼了，叫道：“一品红，你骗俺，你敢骗俺。”

一品红都快急哭了，说：“雪燕，我比你更恨鬼子，我比你更想报仇，但我们不能去送死。”

雪燕叫道：“那你为什么还拦着俺？”

一品红叫道：“因为你不是报仇，你是去送死。”

雪燕梗着脖子叫道：“俺愿意送死，碍你啥了？”

一品红说：“我有个办法可以杀更多的鬼子，可以把鬼子赶出蔚州，甚至是中国，到时候咱们去你母亲与姐姐的坟前告诉她们，咱们把鬼子打跑了，咱们为她们报仇了，她们才会含笑九泉。如果今天咱们被鬼子打死了，还怎么报仇，只能死不瞑目了。”

雪燕说：“你说的那些太远了，俺等不及，俺现在就去杀鬼子，能杀几个就杀几个，多杀半个都是赚的。”

一品红说：“之前你还说，通过小野的军事理论，懂得了什么叫打仗。其实，你根本就不懂，如果你懂了，就不会去送死了。”

雪燕慢慢地冷静下来，蹲在地上，抱着头痛哭，坐在地上哭，趴在地上哭。一品红蹲在她面前，说：“雪燕，这仇肯定是要报的，我们要想办法多杀鬼子，而不是还没杀鬼子呢，就被鬼子杀了。”

整个夜里，一品红都在做雪燕的思想工作。一品红在部队上是搞宣传工作的，口才还是很不错的。他掌握着雪燕的情绪，张弛有度，谆谆诱导，深入浅出，让雪燕彻底冷静下来。

雪燕眼睛里泛着刀子般的光芒，说："好，俺回去接着当这个大队长，俺要让他们小日本付出代价……"

虽然雪燕同意继续当保安队长，方便报仇，但一品红明白，雪燕在这种情绪下极有可能会做出不理智的事情，可能危及生命。如果雪燕出了什么事，他的良心上也会受到谴责。因为，是他最初提出做雪燕的工作，组织才派人来的，并坚持策划了这种不人道的方法，迫使雪燕对鬼子产生刻骨的仇恨，从而为他们搞情报。

他必须要密切跟雪燕接触，尽快让她明白大义与小节，真正懂得国家兴亡匹夫有责的意义，投身到抗日救国的队伍中。为了能够接近雪燕，她画了一幅唐朝仕女图，买了豆腐干，做了糕点，装进提盒，去拜访美代子，想顺便去观察情绪期的雪燕。

一品红来到据点门口，几个鬼子见她漂亮，要对他搜身，想趁机占手上的便宜。一品红忙说："慢着，我可是你们保安队大队长的妻子，是美代子夫人的朋友，你们搜身前要先征求美代子夫人的同意，否则就是不友好的行为。"几个鬼子听说这种情况，他们就不敢再动手了。一品红见到美代子后，把带的东西递上。美代子非常喜欢那幅唐代仕女图，因为她从小就听说，日本的很多文化都跟唐朝有着某种渊源，当时日本在唐朝的留学生就有三千多名，对于日本的政治文化产生了非常重要的影响。美代子也向一品红赠了礼物，从此两人开始频繁交往。这件事情在龟田与小野看来是种好的迹象，这从侧面说明了许剑的忠诚，对于把握许剑是有好处的。

一品红想尽办法把雪燕叫回小房，给她灌输抗日救国的理念，引导她加入革命组织。他还传授了雪燕如何忍耐与伪装，以及遇到特殊情况时对付的策略。雪燕对他这样的理论并没有多少热情。那天，她实在听烦了，掏出龟田送给她的枪把玩。一品红看到这枪眼睛都亮了，说："啊，勃朗宁啊，让我看看。"雪燕把枪递给她，然后抠自己指甲里的灰。一品红握着这把沉甸甸的枪，感叹道："好枪，这么多年了，我只是听说过，还没有摸过呢。这是把 M1911A1 勃朗宁，也叫大马牌手枪，枪型大，口径也大，号称短枪之王呢，据说能把飞机给打下来。雪燕，这枪太好了。"

雪燕冷漠地说："有这么好吗？"

一品红咋舌道：“名枪啊。”

雪燕突然问：“一品红，你跟我说实话，你到底是什么人？”

一品红愣了愣，问：“雪燕，这话是？”

雪燕说：“俺这段时间让你聒得够呛，俺判断你肯定不是唱戏的，极有可能是八路军的特务。”

一品红笑道：“特务，一般是我们形容鬼子间谍的。”

雪燕说：“那你说实话，是不是？如果你是八路的人，俺帮你们掌握点鬼子情况，但并不是说明俺愿意听你唠叨，或听你指手画脚，抗日不是靠理论完成的。在俺看来，没有理论的人，同样能够杀小鬼子。如果你不说实话，我们的姐妹情就结束了。”

一品红叹口气说：“那我跟你说实话，我是八路军的人。我原是八路军宣传队的骨干，所以派我来蔚州，目的是为摸清鬼子来蔚州的阴谋，然后制定作战方案，把他们给消灭掉。可以说，我是蔚州最高级别的地下联络人，我现在的身份可以值五百块大洋，你要不要把我跟鬼子换银子？”

雪燕撇嘴道：“早怀疑你不只是个唱戏的，只是没有点明罢了。当初你挖空心思想混进日本军营，后来又挑唆俺去当大队长，再后来不停地给俺灌输大义与小节，报仇与救国，还教给俺作特务的知识，俺就知道，你不是唱戏的。”

看着雪燕嘴角上挑起的冷笑，一品红犹豫着是否把自己男扮女装的事情告诉雪燕，省得以后两人相处不方便。但一品红感到雪燕的信仰并没有建起来，所以回去当队长，并非为了抗日救国，仅是奔着为母亲与姐姐报仇的目的去的，现在把真实的身份告诉她已经很冒险了。如果把自己最后的秘密说出来，真出了岔子，想逃走，都困难了。

让一品红感到为难的是，因为自己是男的，雪燕认为他是女的，每次在房里都无所顾忌，勾肩搭背，睡觉时总要脱衣裳。他每次阻止，雪燕都会用异样的眼睛看他。一次，雪燕要跟他比谁的腰身细，一品红吓坏了。一品红说：“其实我是……”话到嘴边，又咽回去了，蔚州的女人都很矜持，又有传统观念的约束，如果雪燕知道他是男的，她还跟自己交往吗？以后这假夫妻还演得成吗？最终，一品红还是没有把话说出来，想着找个更合适的机会，再实言以告，求得她的原谅。

自雪燕知道一品红是八路军地下人员后，开始有计划、有目的地去搞情报了。现在的雪燕，虽然并没有刻意地去理解，关于抗日救国的大义，但她朴素地认识到，想报仇是需要借力打力的。她期望着一品红说的那种情景，八路军掌握了鬼子的秘密，会派大部队来打鬼子，把鬼子给赶出蔚州。

从此，她刻意地跟龟田、小野、木村搞好关系，没事就跑去跟他们汇报与请示，尽可能地跟他们聊天，想听到更多的消息。一次，雪燕问龟田：“大佐，属下现在很纳闷，据说我们的军队与土八路在张家口对峙半年之久了，始终没能把张家口拿下来，可是我们兵驻扎在蔚州，无所事事，这太不对了。为什么我们不去支援张家口的兄弟部队，一举把张家口夺下来？”

龟田听到这里，淡漠地说：“许君，你的问题很多人问过，我只能告诉你，我们的任务是不同的。虽然我驻扎在蔚州，看似轻闲，其实任务与意义更加重大与深远。”

雪燕问：“到底是啥任务，比打仗还有作用？”

龟田耷拉下眼皮，冷冷地说：“许君，不该问的不要再问。”

雪燕见实在从他们嘴里掏不出话来，便开始跟美代子接触。她明白，跟美代子接触是需要理由的，否则，以男性的身份与长官夫人频繁来往，这是极其危险的。雪燕私下里剪了些窗花，专门送给美代子。美代子对雪燕是深有好感的，看到那些窗花后，高兴得就像小姑娘似的，问：“许君，蔚州人为什么这么爱窗花？”

雪燕说：“你没看到蔚州的窗户吗？窗子上都要用麻纸糊上，窗纸都是白色，于是就剪些花儿贴上去，这就是最初的窗花。后来，大家都学着剪，窗花就变成艺术了，就不只贴在窗子上，有时候也会贴在墙上观赏。再后来，蔚州人感到单色的窗花不好看，就发明了刻窗花，再用点彩的方法染，窗花就变成了五颜六色的，这样就更漂亮了。”

美代子眨巴着眼睛问：“许队长，你能不能教我啊？”

许剑摇头说：“不太好吧，你是女的，俺是男的，时间久了，龟田大佐还以为俺不怀好意哩。”

美代子说：“许君放心，不会有事的。”

从此雪燕开始手把手地教美代子铰窗花、刻窗花，有时候两只手碰到一起，美代子脸上竟会泛出少女般羞涩的表情，眼睛也变得含情脉脉了。有

时候她会故意碰雪燕的手。雪燕通过女人的敏感觉察到，美代子真把她当成男子了，并对她产生了男女间的好感。当两人慢慢地熟了，说话随便了，雪燕问美代子："有件事俺想不通，为啥咱们部队不去打仗哩？"

美代子说："来蔚州是有计划的，比打仗的意义更加深远。至于什么计划？我就不知道了。"

一个女人扮成男人并不困难，难的是与众多的男人生活在一起。何况，在这些男人的生活经历里，更多是与妓院、赌场、偷盗、抢劫这些有关。之前，雪燕没想过长久在保安大队，现在要帮一品红搞情报了，看来不是短期就能离开的，她开始考虑居住与生活的方便了。雪燕亲自画了张图纸找人前来装修，主要隔出自己用的卫生间来。以前每次上厕所，他都会叫队员麻子在外面守着，任何人不让进入，以至于有人怀疑，都是男的怕啥。当时雪燕的理由是，身为队长与队员同厕，尊严何在。虽然她可以利用队长的身份，独自占用公厕，但里面太脏了，每次进去都被熏得想吐。

麻子由于长相丑陋，身材矮小，之前常受同事的欺负。雪燕听说他从小父母双亡，是吃百家饭长大的，前来参加保安队，是为了赚些钱粮报答那些恩人，便开始关照他。雪燕曾在开会时对大家说："麻子，谁再敢欺负你，你去跟小野说，那人骂日本天皇是条狗，到时候俺帮你证明，让鬼子把他干掉。"这招太狠了，从此再没有人敢欺负麻子了。由于受到雪燕的照顾，麻子在队里的地位相对提高，他对雪燕感恩，变成了雪燕最忠诚的拥戴者。

雪燕曾向队员们宣布，麻子是自己的通讯员，以后有什么事不要直接跟她说，由麻子传达。她所以这么做，是不想大家都到她独有的空间里，因为她是个女人，她在这个独立的空间里要处理女人的事情。由麻子转达，更有利于保护自己的假身份。

虽然房子装修好了，方便多了，但最让雪燕感到难以处理的是不方便的那几天。这几天所产生的废旧品，是很不容易处理的。每当这几天，她尽可能找理由去一品红那儿处理。一次，她来到一品红的房里就脱衣，说："一品红姐，红娘来了。"

一品红说："别！别！别脱，谁来了？"

雪燕吃惊道："一品红，不会吧？这个都听不懂？"

一品红问："什么……什么啊？"

当雪燕把事情说明白了，一品红的白脸红透了，目光躲闪着，显得很不自在。看到一品红这种样子，雪燕撇嘴说："装什么，好像你没有。"一品红见雪燕又去解腰绳，吓得拔腿就跑了。那天，一品红独自在戏园子的化妆室里，考虑是不是把自己真实的身份告诉她，再这样瞒下去，将来雪燕知道他是男的，可能认为是存心占她便宜，很可能跟他翻脸。

当特派员再来到蔚州时，一品红要求把自己真实的身份告诉雪燕。特派员当即否决了，说："一品红同志，你的这种想法是错误的。如果雪燕知道你是男的，跟你接触就会有心理障碍，从此不会在你的房里过夜，那么你们很难以假夫妻相处，敌人会怀疑你们的关系，这样不只影响你与雪燕的个人安全，也不利于我们的工作。"

一品红说："如果被她突然发现，岂不是要弄巧成拙。"

特派员严肃地说："她只是偶尔到你的房里，如果你小心点，是不会被她发现的。不过一品红同志，在这件事上，你要克制自己，千万不要犯什么错误，等你的任务完成，组织上会向雪燕解释，这是出于工作的需要，相信雪燕会理解的。另外，任务完成后，你可以到咱后方医院看看，如果相中哪个姑娘，我去帮你做工作哈。"说完，看着一品红笑。

一品红忙转了话题："雪燕的母亲与姐姐现在都好吗？"

特派员点头说："剪娘听说雪燕现在为组织做事，非常高兴。现在剪娘在妇救会工作，春燕当护士了。"

一品红说："那我可不可以告诉雪燕？"

特派员摇头说："一品红同志，现在你最好不要告诉她。以后她遇到困难，可能会变得消极，在她最为消极的时候，你再告诉她剪娘与春燕的事情，可能效果更好些……"

九　窗花情报

当龟田基本掌握蔚州地下矿产资源分布之后，日方派来了两位资深的地质专家，带着先进的仪器前来蔚州实地勘察，要找出含军工原材料丰富的矿区进行开采。他们的初步计划是先建煤厂、发电厂，开采、冶炼，然后建立兵工厂生产武器。

专家来的那天，龟田命令雪燕带领保安队在前面开路，后面跟着皇军小分队，浩浩荡荡来到东门外太子梁的空场地。当到达地点后，小野命令雪燕他们在外围，分队在里围。对他们这样的安排，雪燕非常气愤，什么行动都让他们打头阵，这不是拿他们作挡箭牌吗？这样下去，早晚被他们给害死。

雪燕看看脚下铺着的大青砖，有几株小草从砖缝里冒出来，黄兮兮的，叶尖就像被火烤了。记忆中，这里原来是片荒地，长满半人高的蒿草，常有兔子出没。自鬼子进城之后，把杂草清除，铺了青砖，派人看起来。据说青砖都是从古坟里扒出来的，每到夜晚，可以看到这里直冒鬼火。至于鬼子铺了这块地干啥，雪燕并不知道。当天空传来“嗡嗡”声，抬头望去，有只像鸟样的飞机慢慢变大，大到能清晰地看到机身上的红膏药，雪燕才知道这是临时飞机场。

自鬼子来到后，常见有飞机从大南山方向飞过，但离得远，还没有如此近距离见过。那飞机在空中盘旋几圈，落在地上，顿时就像刮了大风，刮得眼睛睁不开。龟田、小野、木村迎着飞机过去。飞机盖子打开，有两个花白头发的老头走出来。他们穿灰蓝色的制服，制服上还印着鬼子的字。龟田对两个老人大弯腰，然后挥挥手。士兵攀到飞机上，搬下来几个金属箱子。

雪燕终于明白，今天的任务是来接人的。

在回去的路上，雪燕带队在前面开路，当中是几辆拉人的车，再后面是几辆装满鬼子的兵车。一路上，雪燕都在猜测这两个老家伙来是做啥的，龟田为啥对他们如此尊重，难道他们是鬼子的大官？回到据点，雪燕让队员回去休息，独自去拜见龟田，想探探风。刚来到龟田的办公室门前，卫兵把她给堵住了。

雪燕说："干啥？俺是来向大佐请示工作的。"

士兵冷冷地说："大佐的有令，任何人不见。"

办公室的门开了，小野出来，问："许君，你的，有事？"

雪燕说："俺来问问大佐还有啥吩咐？没有让队员去休息。"

小野说："没事了，你的回去，任何的队员都不能出去。"

雪燕往回走着，突然发现大队院门口增加了几个鬼子，还添了挺歪把子机枪，对着门外。通过鬼子的这些举动，雪燕认为这两个老头肯定是大人物，否则，平时牛哄哄的龟田不会像见了老爷似的。她感到这是个大消息，便苦于不能通知一品红。雪燕打发人到据点外买东西，想试探门口的卫兵，看能否出得去。那兄弟没多大一会儿就回来了，说："队长，狗日的小鬼子不让出去。"

雪燕心想：现在的情况告诉一品红也没多大用，不如搞清这两个人的真实身份，来蔚州的目的再告诉一品红。但是，自从两个鬼子来到司令部，鬼子把保安队看得死死的，任何人不让进出。雪燕多次以请示任务的理由去见龟田，看门的鬼子都不放行。雪燕终于忍不住了，骂道："娘的，我们保安队用你们保安吗？滚！"

鬼子举起枪来就对准雪燕。

队员们早就被鬼子关急了，烟没有了，不让买，酒没了，不让买，买副扑克都不让出去，这是啥保安队，这不是犯人吗？如今，见鬼子敢用枪对着队长，大家拾起枪，"呼啦"拥到门口，把几个鬼子团团围起来。几个鬼子看到这架势，害怕了，马上收拾枪走了。雪燕气愤道："你们看到没有？他们根本就不拿咱们当人，每次出门让咱们在前面挡枪子，处处拿咱们当贼。来了两个死老头子，就用枪对着咱们，这汉奸当得真郁闷。"

没多大一会儿，小野就骑着摩托车来了，问雪燕："许君，刚才发生什么事了？"

雪燕梗着脖子叫道："小野，我们是保安大队，还是你们的犯人？你们找几个人把我们圈在这里啥意思？弟兄们出门买盒烟都不让，俺这个队长

当得还有啥颜面。俺看你们干脆另找人得了，俺不想受这个气了。”

小野忙赔着笑脸说：“许君，非常时期，不只对保安大队这样，皇军的士兵也不准出门。这样吧，如果你们需要什么，统计起来，交给卫兵，我派人送来。”

小野走后，雪燕对兄弟们说：“你们都需要什么，写在纸上，交给看门的鬼子，让他们今天把东西给拉过来，要不没人替他们卖命。”

黑塔对负责记录的麻子说：“麻子，你给俺记上，需要女人两个，最好是日本女人。”

还有人喊：“俺也需要。”

就在雪燕被关得骂娘时，美代子前来找她，让她指点如何铰窗花。美代子穿着石榴红白花的和服，穿着木屐，“呱嗒呱嗒”走进保安队大院，见着队员就点头示意，显得非常友好。黑塔对麻子小声说：“二队长，是不是你真给写上了，瞧，这不来了？”

自麻子变成雪燕的通讯员后，大家都暗里喊他“二队长”。麻子看看美代子丰满的屁股，舔了舔嘴唇说：“哎，小声点，这个要命啊。”

雪燕见美代子剪了两只王八，王八的背上还有朵樱花。她感到疑惑了，咋日本人这么爱王八。她抬头看美代子，美代子脸上泛着喜悦，轻声问:“请许君指点。”

美代子的眼睛不算大，是单眼皮，笑起来眯眯着，显得很媚。雪燕点头说：“剪得非常好，不过俺想知道，你们为啥喜欢王八？”

美代子忙说：“许君，这不是你们中国的鳖，这是乌龟。我们日本人喜欢乌龟，从小，我们跟随父母到神社膜拜祈求安康，父母会给我们买千岁糖，装在画有仙鹤和乌龟的袋子里，希望我们健康、平安、长寿。等我跟许君学好，我要剪对大乌龟送给我们的天皇，相信他老人家肯定喜欢。”

现在雪燕终于明白了，当时为啥自己剪了两个王八，龟田看着那么高兴，感情他们把王八看成乌龟了。她端着美代子的窗花说：“你的进步太快了，放到店里肯定有人买。”

其实，美代子剪得还差得远呢，窗花并不是把形剪出来就行，还要有刀口的味道，但她只能说好，好得不得了，因为她想拍拍美代子的马屁，从她嘴里套点情报。美代子听到雪燕夸她，脸上泛出了得意而又羞涩的笑容，说：“许君，我还差得远呢。”

聊着聊着，雪燕皱着眉头说：“夫人，抽空您跟大佐说说，俺们保安队是为皇军服务的，别动不动就把我们给看起来，就像看犯人，这让我们感觉非常不好。”

美代子说：“是的，我回去一定要说。”

雪燕问：“这次在门口架机枪，是不是因为接来的那两个老头，干啥的这么大派头，不会是你们的最高指挥官吧？”

美代子摇头说：“不是军人，是日本的专家。”

雪燕点点头：“噢，是专家，他们来蔚州干啥哩？这么大派头。”

美代子说：“我只知道是有关军事方面的，具体是做什么，我也不过问。不过许君请放心，我会跟龟田君说，要他以后相信你们，不要过于提防。其实中国有句话说得非常好，用人不疑，疑人不用，他们是应该懂的。”

接下来，雪燕又亲自给美代子示范了剪窗花，并对她说：“窗花并非剪出形状来就算了，还要考虑到风格。有的古朴，有的清秀，有的却精细。再就是考虑刀口的味道，至于味道，这个就不好说了。但是好的窗花，肯定是有味道的，等你熟练了铰窗花，我再教你刻窗花和染色。”

美代子点点头说：“许君讲的我明白，就是用刀熟练之后，出现的一种特别的效果。放心吧，许君，我会很用心地学，争取早一天学习蔚州独特的染色窗花。”

美代子走后，雪燕想去一品红那里跟她说声，可是据点大门口的哨卡不让任何人出进，说白了是不让他们保安队的任何人了出去。雪燕非常气愤，前去找小野理论。小野说：“许君，不让出去，是马上有重要的任务。”

小野所谓的任务，是让他们出去抓劳力，并强调要越多越好。雪燕感到奇怪，问小野：“找这么多人干吗？”

小野说：“修筑工事，你们马上行动。”

雪燕问：“管饭吗？发钱吗？”

小野说：“你的任务就是去寻找劳工，别的事情的不用管。”

说是去找劳力，其实是去抓劳力。蹿到人家，见着年轻力壮的撕着领子就拉走。他们折腾了大半天，总共抓了两卡车劳力。雪燕的心情非常不好，自从当了这个大队长，鬼子下达的每个任务都是对付中国人的。这样下去，自己就抖搂不掉这汉奸身份了，她感到非常的郁闷，要不是担心连累一品红的戏班子，她真想趁机会杀几个鬼子，然后去庵里找那些姐妹去。

雪燕问小野："俺就奇怪了，张家口战事吃紧，部队闲着不去支援，每天除了搞亲善就是抓几个人问话，现在又抓些劳力去修工事，真搞不懂你们。"

小野脸上泛出讥笑，说："皇军的驻扎蔚州作用大大的，你的不懂。"

由于雪燕半个月没有音信，一品红心急如焚。雪燕年轻好胜，脾气又像干柴，女扮男装在据点内，是极容易暴露身份的。期间，一品红曾几次拜访美代子，想走进司令部见到雪燕，守门的却说是非常时期，上级命令，杜绝外人入内。

一品红不知道发生了什么事情，他胡思乱想，夜里做梦都会被惊醒。当雪燕再次来到小房，一品红满心的喜悦，潮湿的目光瞄着她的脸庞，充满爱怜。雪燕把身子砸在床上，一只脚踩在墙上，叹口气说："没法过了，小鬼子来了两个花白头发的老家伙，把我们给软禁起来，门都不让出。"一品红静静地听着雪燕的诉说，默默地去给她泡茶，把毛巾浸湿了，递给她，让她擦脸，目光温柔地看着雪燕的脸庞与那倔强的表情，压抑着心中的喜悦，有很多话说，却一时说不出来。

雪燕擦了把脸，问："一品红，想俺没有？"

一品红的目光躲开，望到窗子上。心里在说：这段时间我无时无刻不在想啊！梦里都在想啊！但他无法表达这样的感情，问："两个老头到底是什么人？来蔚州究竟做什么？"

雪燕盯着房顶，房顶上糊着纸的顶棚，角上还贴有窗花的花牙子，由于年岁久远，窗花的色彩早已褪去了。她长长地呼出口气说："坐飞机来的，带了几个铁箱子，龟田见了他们，就像见了老爷似的，他们进司令部后就没有露过面。听美代子说他们是什么专家，具体干啥不知道。对了，今天龟田让我们保安队去抓人，听小野说要修筑工事，到底做啥不清楚。"

一品红点点头，说："雪燕，饿了吧？我去给你弄饭吃。"

雪燕说："一品红姐姐，你先别忙着做饭，还是烧点水，让俺先洗洗澡吧。每天跟那些大老爷们在一起，俺把自己捂得严严实实的，捂得满身臭汗，自己闻着都想吐了。"

一品红能够理解雪燕的说法，自己是深有体会的。自他男扮女装以来，说话要捏着嗓子，走路不敢迈大步，出门都要对脸进行化妆，但自己毕竟有属于自己的住房与化妆室。雪燕就不同了，每天面对一百多个男人，还是在敏感与多疑的鬼子面前，她的生活比自己的要难得多。来到院里，生了火，一品红不时回头看看窗子，心里的那种怜爱之情就像锅下的火那么热，同时有着严冬的寒。

这样的寒主要来自于担心，一旦雪燕知道他是男人，是不可能原谅他的。因为雪燕每次来都把自己当作姐妹，所以无所顾忌她的言行，这些将在未来变成她的恼羞成怒，甚至是仇恨。火舌执着地舔着锅底，锅盖上开始冒热气了。这是种用白高粱梢部的长秆串起来的锅盖，上面系着白麻拧成的绳子用来提。这样的高粱秆还可以做成盛水饺的拍子，由于表皮光滑，是不容易粘面的。当热气从盖的缝隙里开始喷时，一品红找来大盆，把热水倒进去，兑上凉水，自己先把手放进去感到合适了，端进房里，把洗澡的用具放到小凳上，搬到澡盆前，说："你洗澡，我出去给你买些吃的。"

雪燕边脱衣裳边说："别走，给我搓搓背。"

一品红见她已经露出半个雪白的膀子，拔腿就往外跑，把门闭住才说："自己搓，我去买东西。"听到雪燕埋怨道："真是的，都是女的，还这么害羞。"

一品红走出大门，把门从外面锁上。天色已经黑透，巷子里静悄悄的，凉爽的风吹到燥热的脸上，十分惬意。

大街两侧的铺子大多数已经打烊了，只有几家还亮着。这几家是受鬼子保护的铺子，并主要为鬼子服务。一品红走进小饭店，正在吃饭的两个鬼子盯着她，眼里放着淫邪的光，欢快地说："花姑娘的干活。"

掌柜的小跑到鬼子跟前，跟他们小声解释："皇军，她是你们保安大队长的媳妇，跟你们大佐的夫人美代子是好朋友。"两个鬼了听到这里，表情寒了寒，不再去瞅一品红了。

一品红叫了几个菜，提着往回走，走得很慢。他怕雪燕没有洗完澡，到时候会很尴尬。来到大门前，他站在那里等着。天空阴沉沉的，有些蝙蝠在空中盘旋着，蚊子不停地往脸上撞。约莫时间差不多了，一品红这才走进院里，问："燕，你洗完了吗？"

屋里传出雪燕的声音："早洗完了。"

一品红提着菜进房，见雪燕只穿了个红兜兜，胸脯上绣着两只翻飞的

燕子，吓得他忙把身子转过去，说："雪燕，赶紧穿好衣裳，吃了饭咱们有正事呢。"

雪燕手里握着蒲扇来到一品红对面，歪着头，看着他，说："一品红姐姐，你咋脸红了？都是女的，咋就不能露个膀子。还有，你每天捂得这么严实，不热啊你？"

一品红说："我……我……"

雪燕说："一品红，你是不是有病？噢，俺明白了，你身上是不是长有大黑痣？长在哪儿了，是膀子上，还是大腿上？"

一品红躲闪着雪燕的目光，心里"嗵嗵"直跳，他结巴道："雪燕，你……你还是把衣裳穿上吧，省得蚊子咬你。"

雪燕摇头晃脑说："俺就不穿。"

一品红急得脸上都泛出了细汗，说："雪燕，不是的，我吧，从小就害羞，见不得别人光着膀子，你……你还是把内衣穿上吧。"

雪燕不高兴地说："这大热的天你想捂死俺啊？好啦好啦，穿上啦。真是的，没见过你这样的。"

吃过饭后，他们围绕着怎么便于联系的事情进行商谈。通过这段时间的封闭，建立畅通的联系方式是必须的了。雪燕要求派人进入保安大队，将来用于送信，平时也好有个照顾。一品红感到这样不妥，这样极容易暴露身份。以前，上峰派到张家口布店里的两个同志，为方便照应，频繁来往，结果被敌人识破，都牺牲了。一品红说："雪燕，我们需要的是安全的联系，否则，我们宁可不联系。"

雪燕想了想说："有个办法倒是安全，但你不懂。"

一品红问："什么我不懂？"

雪燕说："俺把情报剪成窗花，这个外人也不会怀疑，但是你看不懂也是白搭的。写信又不保险，别人一看就明白。俺也没有好办法，你决定吧。"

一品红的眼睛顿时亮了，说："太好了，蔚州家家户户都铰窗花，用窗花来传递情报既安全又隐蔽。现在咱们只需要建立一套窗花暗语，用窗花概括与准确地表达出来，这个方式就很好。"

雪燕见一品红认同这样的方式，咧着嘴笑了，说："俺只是随便说说的，你不会故意说好哄俺开心吧？"

一品红严肃地说："这倒不是，我说窗花情报好，是由于蔚州的环境与这种方式的隐蔽性。在传送的过程中，传送人都不知道什么意思，再说，这种窗花也容易带出城，中途不容易泄密。口头传送虽然容易表达意思，但是如果送信的人被抓或叛变，极有可能被敌方利用传送假情报。"

两人取得认同之后，在昏暗的灯光下，头对着头开始研究窗花情报的暗语。一品红找出个本子来，手里拿着笔，说："雪燕，情报的重要性，时间、地点、事件，你想想用窗花怎么表达好？"

雪燕手里握着蒲扇站起来，边扇着边踱步子，头歪来歪去，说："这个表达起来很容易，如果俺剪的窗花是阳纹，说明是白天，阴纹说明是黑夜。至于具体时间吗，俺在窗花里剪个非常圆的东西，这个圆也许是个花儿，也许是太阳、月亮、盘子、月饼什么的，但在窗花里只剪一下，并且放在怀表指针的位置，表明时间……"

一品红边点头边记着，说："好，继续。"

雪燕说："至于地点、事件，一张窗花肯定表达不出来，俺可以剪几张。俺可以剪村镇的谐音，比如小羊卷，俺会剪只小羊；卜北堡，俺就剪王振。你看着窗花的图案，想相近的音……至于鬼子行动的兵力，那俺就用花牙子表示，一个花牙子代表十个兵……如果还有其他或更复杂的，俺就用染色的窗花来表示，你可以把每张窗花上一样颜色的线条取下来，拼成字就好了，也可以按照上色重的来区分……"

最终，一品红记了十多页纸，他翻看着，担心雪燕记不住，问："雪燕，这么多，你能记得住吗？"

雪燕说："大多是俺想出来的，当然记得住。对了，你最好学学铰窗花，这样对识别窗花情报很有帮助。俺没时间，要有，俺教你。"

一品红掏出怀表，见已经是凌晨三点了，说："时间不早了，你休息一会儿吧。这个需要在实践中慢慢完善，一下子是搞不出来的。至于学铰窗花，俺让吉祥铺子里派个人教就行了。对了，你如果剪了窗花就派人送到吉祥铺子里卖，老板不是外人，我跟他提前说好，买下你的窗花后及时送给我。"

雪燕打个哈欠说："一品红姐，你也睡吧。"

一品红摇头说："你先睡，我把这个抄一份，尽快送到游击队的李玉欣手里，征求一下她的意见，再对窗花情报进行修正。"

雪燕说："那你抄吧，俺得睡了。"

一品红背对着床，在那里抄写着窗花暗语，有时候回过头看看床，发现雪燕只是穿着小衣，也没盖东西，那些裸露的皮肤格外耀眼。他尽量克制着不去看，但分明心里涌出一种异样的情绪，他感到很委屈，因为他对性别的隐瞒，发展到不敢告诉雪燕的程度了。也许因为这样的隐瞒，他的期望会变成永远的遗憾……

为了让窗花情报变得合理，雪燕买来红纸、宣纸与剪刀，又自己动手制作了刻刀，找人家要染色的笔和色，抽空就剪、刻些各式各样的王八。因为制作染色窗花有一百多道程序，所以雪燕精简程序，用最简便的工序制作窗花，再染成各种不同的色彩。雪燕将这些窗花送给司令部里的日本女人，为以后传送情报作铺垫。为了将来有理由把窗花送到铺子里，她常发牢骚说："俺身为保安队大队长，为皇军出了多少力，可那点军饷都不够塞牙缝的，俺得做些窗花去换钱。"

猴子问："队长，这种年景有人买吗？"

雪燕冷笑说："别人的卖不了，咱们汉奸的窗花能卖不了吗？谁不买也怕咱们报复他们啊。"

猴子挠头笑道："队长您净说实话，外面人都说，宁愿踩狗屎，也不惹咱们汉奸哩。"

雪燕点头说："那就说明咱们汉奸都不如臭狗屎了。"

猴子笑道："队长，这可是您说的。"

由于窗花作媒介，雪燕与美代子的接触越来越多。美代子几乎迷上铰窗花了，常拿着作品跟雪燕探讨。由于美代子爱窗花，带动其他军官的夫人都开始学，这让美代子很有成就感。雪燕通过与这些军官太太的接触，得知龟田把抓来的劳工押去大南山了，随同的是一个加强小分队，至于做什么，美代子不知道。

雪燕听到这个消息后，脸上泛出不易觉察的笑容，因为她想到可以用窗花来告诉一品红。她在剪的时候，想到一品红看到窗花情报后皱着眉头在猜的样子，不由更加得意。雪燕毕竟只是个十八九岁的闺女，平时又顽皮，她是不会放过这种方式带来的乐趣的。她剪了几幅窗花，表明了想说的事情，把麻子叫进房里说："你拿着这些窗花到吉祥窗花铺子里卖掉，如果不买，就说是本队长剪的。”

麻子说：“队长您放心，他们不敢不买。”

他带着雪燕剪的窗花，开着保安队唯一的偏三轮，来到吉祥窗花铺子前，把车停下，梗着脖子就进了店里，高声叫道：“掌柜的在吗？”

刘掌柜问：“请问这位兄弟，买窗花吗？”

麻子吸吸鼻子说：“不是买，是卖！”

刘掌柜摇头说：“对不起，俺店里只卖不收。”

麻子瞪眼道：“啥？不买，别怪俺没告诉你，这几幅窗花不是一般的窗花，是皇军保安大队长亲手剪的，卖给你，是看得起你，不买，后果是很严重的。”

刘掌柜愣了愣，面露难色地说：“是大队长剪的窗花啊，这个面子还是得给的，你说多少钱吧？”

麻子想了想说：“最少一块大洋。”

刘掌柜摇头说：“俺店里的窗花可没这么贵，一块大洋能买老厚一沓，你的太贵了，能不能便宜点？”

麻子把匣子枪的皮套拍得“啪啪”响，叫道：“这是俺们队长剪的，跟你要一块大洋算便宜了，别他娘废话，掏钱，否则别怪俺不客气。”刘掌柜哭丧着脸，掏出一块大洋放到桌上。麻子把窗花放下，抓起大洋来，说：“这还差不多。对了，以后俺还来卖，你敢把门给关了，就把你的房子给点着了。”

刘掌柜把窗花收拾起来，每样取出一张，跟伙计们交代几句，直接去了秧歌戏园子。之前一品红跟他说过，如果是保安大队长来卖窗花一定要买下，要在最短的时间里送到他手中。其实，刘掌柜的吉祥窗花铺子是八路军的重要联络站，他直接面对一品红，不跟任何人正面接触。

一品红收到窗花，推掉自己那场戏，独自在化妆室里研究窗花。他把几幅窗花全部摊在化妆台上，见有一幅窗花阳纹的，里面有个吹箫的男子，有把折扇，下面还有大南瓜，瓜的旁边还有把镢头，瓜藤上举着圆圆的花朵，正好在早晨六点钟的地方。扇子的边缘剪出十多条花牙。在另一张窗花上，剪的是春天的柳条，“井”字形的田地里有几个农民正在干活。一品红掏出密码本对照着翻译，翻译的结果是：今天早晨六点，一百多个鬼子赶着抓来的劳力到大南山去了。

至于最后的一张笑脸，一品红端详了半天也没有猜出是啥意思，突然，他想到雪燕那得意的模样，不由抿着嘴笑了。看来，雪燕剪了这样的情报后，用最后这张窗花表达自己得意的样子。

本来，一品红想把破译的结果写在纸上送走，但感到这个情报也不是多么重要，应该练练游击队的分析能力，于是把窗花收拾起来，让小石子送走了……

自送出窗花情报，雪燕一直想去问一品红有没有成功破译。她多次向小野与龟田申请回家看媳妇都被拒绝了。拒绝的理由很简单，现在是非常时期，没有任务不能走出司令部大院。

两位专家来到蔚州后，鬼子实行了禁夜，对城门加强防守，并要求保安队队员不能外出，这让雪燕起了疑心，他们肯定在做啥见不得人的秘密事情。这天，雪燕见九点多了木村也没过来，便知道肯定又出发了。雪燕掌握了一个规律，如果鬼子没啥行动，木村一定会在天蒙蒙亮时，来保安大队的院子里转一圈，不来就说明有行动了。

为了摸清鬼子的动向，雪燕故意去日军司令部找龟田汇报工作。司令部的办公室从原来的蔚州书院搬进古老的蔚州衙署，蔚州署始建于明代，清代曾多次重修。复建的州衙按照《蔚州志》记载，坐北朝南，共分东、西、中三路，占地 46 亩（3 万多平方米），从南向北由衙前广场及照壁工程、衙署工程、魁星楼及后花园工程三部分组成。其中，处于核心工程的衙署院内建有 18 处院落、297 间房屋，房屋总建筑面积 7960 平方米。衙署前有广场一处，占地面积 2166 平方米，建砖式照壁一座。魁星楼为全木结构，明三层，暗五层，塔高 29.08 米。雪燕顺着右侧的通道，走了一段便到了鬼子的家属区。值令的花儿拥挤在院里的小花园里竞相开放；有些砖上缝隙里长了厚厚的青苔，院子两边放着两个蔚州特制的黑色大口陶缸，里面有几株荷花，散发着清幽的香味。水里的几尾红色鲤鱼倒是自在，相互追逐着。几个穿和服的日本妇人在院里聊天，叽里呱啦地也不知道说些啥。

她们都是跟随丈夫来蔚州的军官夫人，平时闲来没事儿就在院里或后花园扎堆，有时候也会边唱边跳。雪燕看到过，感到跳得非常难看，手里拿着扇子，腿不太动，上身就像水蛇。这些妇人为了拍美代子的马屁，都迷上了窗花，因此也认识了雪燕。

雪燕走过时，女人们都对她弯腰表达尊敬，雪燕也对她们摆手示意。她绕过院子来到司令部门前，雪燕对卫兵说："找龟田大佐有事。"

卫兵说："大佐有任务出去了，不在办公室。"

雪燕问："去哪了？"两个卫兵摇头。雪燕又绕回到家属院子里跟几个妇人聊天，虽然她们的中国话说得难听，有时也难懂，但为了套出点情报来，雪燕只得忍着听。这些妇人的男人都是军官，在家里，夫妻之间难免会谈到工作的事情，雪燕曾从她们的嘴里听到很多消息。

美代子正在家里铰窗花，听到院里传来雪燕的声音，忙站起来，慌乱地看看镜里的自己，往脸上抹些粉脂，小跑着出来了。美代子所以爱上窗花，倒不如说是爱上了雪燕。准确地说，美代子已经开始暗恋雪燕了，并且是她的初恋。美代子与龟田的婚姻只有欺骗与目的，是没有恋情的。面对优秀的许剑，她失去了所有的免疫力，打着监视雪燕的旗号，与雪燕的接触越来越多。

女人的爱就是这样，没爱的时候可以冷如路人，一旦爱上了，就会念念不忘，就会倾其所有，会有诸多莫名其妙的冲动，智力也会相应地下降。美代子快步走出屋，到了院里却又故意放慢脚步，但心已经飞到雪燕身边了。她提着裙摆，走到雪燕跟前，弯腰道："许君来得正好，我刚铰了几幅窗花，请您帮我看看。"美代子穿着和服，脚上穿高高的木屐，双手轻轻地提着裙子走在前头，不时回头妩媚地笑笑，说："许君，你走快点啊。"

雪燕快步来到美代子跟前，闻到她身上散发着浓浓的香气，这是种有些怪的香味，便吸吸鼻子说："俺本来想跟大佐汇报情况哩，没想到他竟然不在，不知道他啥时候回来？"

美代子说："龟田君和两位专家说是去西北山那边了，晚上才能回呢。"

雪燕问："有什么事还用大佐亲自出马？现在土八路非常活跃，大佐也不顾忌自己的安危，有啥事儿交给我们保安队就行了。"

美代子说："安全没有问题，他带着的人不少呢，谢谢许君的关心"。

两人来到她们的屋前，雪燕看到门前有几株盛开的月季，便凑过去闻闻。美代子含情脉脉地看着雪燕，说："如果有机会，真想请许君到我的家乡看樱花，到处都是，非常美丽。"

来到客厅，雪燕见塌桌上摆着红纸，还有剪子，地上还散落着很多纸

屑，便知道美代子迷上蔚州窗花了。美代子打开一本大书，从里面取出几张窗花，让雪燕指点。窗花剪的是，一个穿和服的女人在樱花的背景里，铰得非常有味道。雪燕说：“夫人学得太快了，已经基本掌握了蔚州窗花的特点，不过花牙子还是需要多练，剪得细密而整齐才好看。”说着，拿起剪子来，用食指顶着红纸，用剪子铰出一排非常绒细的花牙。

美代子把脸靠在雪燕的肩上，热乎乎的气息都熏到她的脸了。美代子接过花牙子，夸赞说：“许君真了不起，不只武艺高强，长相英俊，还这么心灵手巧，能拜您为师，是美代子的荣幸呢。”

雪燕说：“谢谢您的夸奖。”

美代子眉目含情，妩媚地盯着雪燕问：“许君，我好看吗？”

雪燕用力点头：“您非常漂亮。”

美代子问：“许君喜欢我吗？”

雪燕愣了愣，随后笑道：“当然，要不在和亲的时候俺点名要你啊。”

美代子脸上泛出羞红，抠抠窗花的角儿，小声说：“其实，美代子也喜欢许君呢。”

雪燕点头说：“谢谢您的喜欢。”美代子慢慢地挪着身子，与雪燕越来越近，眼睛变得亮亮的，腮上的绯红更加鲜艳，嘴唇上的颜色格外鲜亮，那股异常的香气更加浓烈，熏得雪燕有些恶心。

雪燕看到美代子脸色绯红，刚要说什么，美代子把手伸到她的脖子里，轻轻地搂着，眼睛里发出媚人的光芒，呼吸显得有些急促。雪燕突然明白美代子为何是这种状态了，忙把身子躲开说：“夫人，队里有事，俺先回了，哪天有空再跟夫人聊天。”

美代子有些失望，有些委屈，说：“许君，龟田君晚上才回来的，你放心，没有人会过来，这里很安全的。”

雪燕明白美代子这番话的意思，自己也羞得脸上像着了火一样滚烫，拔腿就往外跑，心里“嗵嗵”乱跳。她没想到看似优雅而温顺的美代子竟然这么大胆。队员们正在院里堆着，有打扑克的，有下棋的，他们见雪燕匆匆地来了，以为有什么任务，都站起来。雪燕说：“你们玩你们的。”回到自己的房里，轻轻地呼口气，稳定了一下情绪，开始精心地铰窗花，把龟田这次的行动尽可能地体现在窗花上，然后打发麻子去吉祥铺子里卖掉。

雪燕躺在床上闭着眼睛，想到美代子的模样，不时抿起嘴来笑笑，她没想到女人喜欢一个男人还会这么大胆。正在这时，响起了敲门声，雪燕把身子直起来，顺手抓起礼帽罩在头上，问："谁啊？"

门外传来美代子的声音："许君，是我。"

雪燕心想这女人是要疯了，竟然追到这里来。打开门，见美代子手里提着个精致的提盒，脸上泛着羞涩的笑容。

美代子说："这是我们的日本糕点，我专门为你做的，你尝尝。"美代子进门后就把门关上，把提盒放到桌上打开，里面是些雪白的点心。她伸出尖尖的红指，捏起一个来就往雪燕的嘴里送。雪燕忙把糕点接过来，放进嘴里，点头说："好吃，非常好吃。"

美代子坐在那里，低垂着头说："我知道，许君可能有些瞧不起我了。"

雪燕忙摆着手说："没有，没有。我只是感到如果跟你走得太近，龟田大佐说我不怀好意，那就麻烦了。再说，我们中国和你们日本不同，你们那儿放得开，我们讲究男女授受不亲，也就是说，男女不能挨得太近。"

美代子轻轻地叹口气说："许君不必有此顾虑，他不会介意的。"

通过美代子的倾诉，雪燕才知道，美代子并不爱龟田。美代子的父亲曾担任陆军士官学院的副校长，在父亲的强迫下，她在军校攻读通讯专业，每天都在背字码表。本来她是想上艺术学校的，但父亲认为艺术远没有军事专业重要，掌握了通讯专业，就可以为战争服务，为国家效力，为整个家族赢得荣誉，是强迫她去读军校的。但美代子对于艺术的钟爱，一直没有消退过。

当时，龟田与木村都是学院指挥专业的学生，都非常看好美代子，两人拼着劲儿追她。美代子并不喜欢军人，她想要那种安静、温馨、浪漫的爱情。可谁能想到，龟田买通她宿舍里的室友，在樱花烂漫的季节里，制造了一起肮脏的阴谋，占有了美代子。后来，龟田经过美代子父亲的关系留校担任教官，而木村通过自己的专业技能也获得留校担任教官的职务。美代子与龟田结婚后才知道，他常去红灯区留宿，这时她的父亲已经病逝，龟田更加有恃无恐。结果，常常出入烟花柳巷，置家于不顾。

美代子眼里含着泪水，说："许君，我不会拆散你与一品红的婚姻，我只想……想……要个许君的孩子。我真的很喜欢孩子，我就想有个孩子，有个许君的孩子，美代子就知足了。"

雪燕脸通红，哭笑不得，说：“夫人，我真不能这么做。”

美代子神情黯然，说：“你是不是看不上我？”

面对这样的问题，雪燕有些慌乱，因为她不知道怎么处理。但她明白，拒绝得紧了，美代子可能恼羞成怒，说不定会反咬她非礼，那么自己没法再在鬼子营里混下去了，说不定还会因此搭上性命。毕竟，任何男人都不希望自己的女人和其他男人有见不得人的事，哪怕是自己不再爱的妻子，也不想让别人染指，何况龟田是蔚州驻军的首领，他是龟田，但决不会心甘情愿让老婆这样。可是，如果同意她的要求，别说自己是女的，就是男的，也是万万不可的。

雪燕认为还是应该稳住美代子的，她毕竟是龟田的夫人，从她的嘴里可以弄来最核心的情报，便说：“我们认识的时间还短，相互并不了解，再说俺也没有夫人说得那么好。”

美代子急切地抓住雪燕的手，激动地说：“许君，你在美代子心目中是最好的，是最完美的，为了你我什么都愿意做。”

雪燕感到她的手有些烫，想把手夺出来，可被握得很紧，她说：“夫人，这样的事情跟我们中国的传统相悖啊！你……你能不能容我考虑考虑，再答复你？”

美代子忽闪着大眼睛用力点头，说：“许君，我愿意等，真的，我愿意等……”

十 间谍情人

西北山地带蕴含着大量煤资源，这里从清代就有采煤的老矿。龟田率领专家，首先对这里进行了勘察。煤是落实“双核计划”的首要条件，无论是冶炼、加工，还是运输、发电，都离不开这种资源。专家把西北山区附近的地域进行了测量，终于找到最浅的煤层地带。专家眯着眼睛说：“此地蕴藏的煤资源数量较大，不只可以满足“双核计划”的正常运行，还能保证我们日本百年的用煤。”

由于两位专家的年龄大了，走了这么多路，累得脸色苍白。龟田下令坐在山梁子上休息。他手里握着帽子，光头上的汗水闪着天光，眺望着山下的这片土地，慷慨激昂地说：“用不了多久，蔚州将变成帝国最大的军工基地，将会在这里制造出世界上最先进的武器，源源不断地供给前线，让帝国以更快的速度变成世界的主人，让我们的旗帜飘扬在世界各大州。那时我们都是帝国的功臣，将会留名青史。”

小野见太阳西落，很快就会黑了，这里离城区太远，怕不安全，说：“大佐，时间不早了，两位专家累了，咱们回吧。”

龟田说：“整个蔚州都在我们的掌握中，安全没有任何问题。”但是，很快就证明了他话里的水分。他们刚要下山，听到传来密集的枪声。他们发现，放置车辆的营地遭到了伏击。木村说：“大佐，属下带兵支援他们。”随从他们的只有二十几个兵，并不知道敌人的兵力如何，龟田为保证专家的安全，下令顺着山的另一侧回城。他们抄小道，顺着山沟向城里奔去。由于树木横生，小路被杂草掩着，他们走得很辛苦。特别是两位专家，已经累得气喘吁吁，花白的头发已经被汗水给湿透了，背上背了个圆圆的湿印。

在经过村庄时，他们抢了农民的马车，一路颠簸回到县城司令部。当

天夜里，有几个兵逃回来汇报，说留守的兵力就剩下他们几个人，其余的人全部丧命或者被俘。这次的损失惨重，去了二十几个人，只跑回来几个，其余的全部丧命或被俘，并损失了两辆卡车、一辆吉普车、几门迫击炮、两挺轻机枪、两挺重机枪。

这件事本来就让龟田感到窝火了，两位专家又受到惊吓，住进医院，闹着要向上峰汇报。蔚州虽然不缺资源，但没有落实“双核计划”的环境，就算勉强建起来也会被游击队摧毁。这让龟田感到震惊。之前他多次向上峰致电，蔚州已经在他的掌控下。如果专家把遭遇游击队伏击的事情报上去，上峰肯定认为他谎报军情，对他进行处分的。龟田马上来到医院向专家解释，游击队已经被皇军消灭，这次遭遇伏击极有可能是过路的八路军。

专家说：“不管什么理由，如果没有安定的环境，“双核计划”的落实等于徒劳。你想过没有，我们前面建，他们跟着搞破坏，将来这个后果你负得起来吗？”

龟田好歹把专家给劝下，派木村全力清剿游击队。木村带着部队围着蔚州城转了几天，连游击队的影子都没有见着，于是洗劫了几个村庄，抓了些人，抢了些东西，收队了。

两位专家出院后闹着要回日本。龟田是不会放他们回去的，让他们回去，就表明“双核计划”要搁浅，最少也要延迟，上峰肯定会把他给撤掉，重新派人前来接管蔚州，他的前程也随之泡汤了。他跟小野商量怎么对付这两位专家，既不能得罪他们，还不让他们向上峰汇报。小野说：“蔚州有的是宝贝，为何不弄几件像样的东西堵堵他们的嘴。再有，他们远离家乡，难免寂寞，又碍于身份，不可能去慰安所里，可以找几个优秀的歌伎让她们缠住两个专家，争取时间，再商量对策。”

那天，龟田来到卧室，把保险柜打开，里面塞满金银首饰与价值连城的古董。他从里面掏出个金佛，又摸出个玉观音，放在床上，看着雕像慈眉善目的样子心如刀割。这几件东西是后勤小队长井上太郎搜刮来孝敬他的，为此他还许诺把井上提拔成中佐。

这两件东西是龟田非常珍爱的，没事的时候常会拿出来把玩。他本来计划回到日本把这两件东西献给天皇，争取自己的前程。现在他只能用这两件东西把两位专家砸晕，然后争取时间拿出更好的计划落实自己的任务了。

两位专家看到这两件东西后不由目瞪口呆。他们黄土埋到脖子了，打小都没有见过如此精美的东西。

小野添油加醋地说："这是大佐孝敬二老的。"

两位专家不停地把玩着两件东西，好像并没有听到小野的话。小野继续说："请二老理解大佐的难处。我们身在外邦，想图谋人家的利益，人家自然不会心甘情愿，有所反抗也是在所难免的。我们以后将会更好地保护好二老的安全，你们只需要把我们需要的矿区找出来，然后就可以回日本了。至于这里的安全与不安全，这对你们来说没有任何责任。再者，如果将来我们向上峰汇报，有点风吹草动就把你们给吓跑了，这也影响你们的声誉不是……"

有个专家慢慢地抬起头来，说："我们可以给你们时间，不过也不能拖得太久了。"

小野连连点头："放心吧，我们会想办法把残余的游击队全部剿灭。"

两位专家在财宝与美女的左右下，安稳下来，不再提回日本的事了，也不再嚷着要致电上峰了。

龟田心疼啊，心里在说：两个老不死的。心疼归心疼，他终于可以喘口气了，可以考虑问题了。那么问题是，这么隐秘的行动还是被游击队知道了，并对他们进行了准确的打击，这难道是偶然吗？

他对小野说："有关'双核计划'的所有行动，都是机密，只有几个中佐以上的军官知道，游击队是怎么获得如此准确的消息的？我不能不怀疑，我们之间出了内奸，这是个非常严重的事情，我们必须重视这个问题。"

木村摇着头说："大佐，知道'双核计划'的没几个人，还都是我们日本过来的军官，我相信他们不会叛国。下官认为，之所以遭到游击队打击，是由于我们带的人太多，目标太大。"

龟田叫道："我们每次出去都遭到游击队伏击，伤亡惨重。如果带人少了，还有命回来吗？我不管游击队是通过什么渠道准确而迅速地掌握了我们的行踪，都不能掉以轻心。我决定，'双核计划'的落实暂停。从今天起，木村君负责去围剿游击队，小野君要对各级军官进行审核，特别是知道'双核计划'的几位军官，要把他们彻底查清，以防有人通敌。"从此，小野开

始对所有的军官进行密切观察，并派人对那些经常出入司令部的军官进行跟踪调查。慢慢地，大家都知道调查内奸这件事了，整个司令部的军官人心惶惶，深居简出，生怕招来嫌疑。

由于鬼子的反间计搞得沸沸扬扬，雪燕想再给他们添把火，把可恶的井上太郎清理掉。井上专门负责后勤保障，每天游蹿于城里城外，搜刮粮食、财宝，抢女人，是危害老百姓最活跃的恶魔。雪燕甚至认为，自己的母亲与姐姐遭到毒手，极有可能就是井上太郎做的。由于这个意图太过复杂，雪燕铰了几张窗花都不能完整地表达出来她想要表达的意思，她决定前去见一品红当面谈，并对窗花情报进行完善，增强概括性与表达性。

雪燕前去见龟田，说："大佐，俺半个月都没有见着媳妇了，想趁着现在轻闲回去一趟。"

龟田点头说："许君，夫妻相会，人之常情，明天的回。"

雪燕刚走，龟田就琢磨上了，之前对许剑与一品红的调查中，似乎两人的背景都不很明朗。许剑是被师父捡的，从小就住在山里练武，而一品红是班主半途收来的戏子，也没掌握她的家庭背景。这两个人结为夫妻，除了那次和亲会外，似乎没有太多的理由？那么，会不会另有原因？当然，龟田并没怀疑是许剑给游击队通风报信，因为他们的行动，许剑根本就不知道，这种疑问是他的直觉。

他把美代子叫出来，问："夫人，据说这段时间你们都跟许队长学铰窗花，以你跟他的接触，认为许队长这个人可靠吗？也就是说，他是真心实意为我们皇军卖命吗？"

美代子知道由于几次行动遭到伏击，龟田正在对各级军官进行审查，忙向龟田说："我感到你没必要怀疑许剑，以我的了解，这半个月以来，许剑都没出过司令部。再说，你们重要的行动都没有告诉他。至于他是否真心实意为皇军卖命，这个需要我们努力。人是感情动物，没有无缘无故的爱与恨，你对他好了，他自然会对你好。不过，夫君请放心，我会帮你了解许剑真实的想法，观察他的动向，及时向你汇报。"

龟田说："我倒不是怀疑许剑向游击队通风报信，因为他毕竟不知道我们的动向，而是我们不能放松警惕。"

美代子点头："放心吧，我会密切观察许剑的。"

龟田突然问："夫人想不想去看秧歌戏？"

自美代子对许剑产生爱意之后，内心对一品红有了抵触情绪。没办法，这就是爱情，这就是与爱共存的自私与嫉妒。她淡漠地说："我倒是想去看戏，不过这安全吗？你身为长官，如果出了什么事情，别人还以为是我闹着看戏所致。所以，还是不要去的好，这段时间本来就不太平。"

龟田摇头说："这个你放心就是了，虽然我不敢说整个蔚州地域都在我们的掌握中，但可以说，整个蔚州城已经在我们的控制下，不会有问题的。"

美代子点头："既然您想去，那我只好从命了。"

蔚州秧歌戏也称为蔚州梆子，这个剧种是蔚州特有的一个剧种。至于蔚州秧歌产生于哪个年代，是没有明确记载的。不过，据保存在李家浅村戏楼的舞台题壁上记载，在清道光十九年（1839年）农历二月二十八日，蔚州城东乡西合营的秧歌孙庆班，曾在此演出过《回龙阁》（《回笼鸽》）《魁花玉》（《葵花峪》）《打瓦罐》《迎亲》《卖肉》《别窑》《八卦》《高平关》《响马》《别宫》《招亲》《下山》《下书》《重圆》《三贵》《玉杯》等戏……

由于龟田要与夫人观看秧歌戏，小野开始着手安保工作。他派出二十个武士，让他们换上便装混杂到票友中以防不测，并暗里派出十几个鬼子兵安插在秧歌戏园附近的巷道里，确保周边环境的安全。随后，他通知商会会长，以及乡绅，前去陪同大佐夫妇看戏……

自雪燕从化妆室去了小房，一品红就想赶紧应付完戏场，回去与雪燕相见。他与雪燕相处的这段时间，已经对雪燕产生了一种别样的感情。也许是雪燕的性格吸引了他，裸露的肌肤感染了他。这种情感是说不清道不明的，但是让距离产生了些许的疼痛。因此，雪燕的每次到来，他都会情不自禁地产生喜悦。

他不耐烦地问小石子："谁在场上？唱的哪出戏？没完没了啦。"

小石子问："一品红姐，要不要推掉您的戏？"

一品红叹口气说："很多戏迷都是奔着我来的，推掉不好。"

任何等待都会让时间变得冗长，一品红有些坐立不安。他索性坐在那里，用回忆打开小房里的光景，似乎看到雪燕在小房里恣意地坐着或者躺着的样子，他的脸上情不自禁地泛出了微笑。

终于轮到一品红上场了，他发现今天听戏的人比平时多，过道上都站

满了人，并且都是年轻人，便感到有些不对劲了。她唱完后，便匆匆地回到后台卸妆，边拔着头饰，边问小石子：“你有没有发现今天不对劲，台下的生面孔太多了，不会是有什么事情吧？”

小石子脸上寒寒的，问：“一品红姐，怎么办？”

这时，班主急火火地进来，说：“一品红，一品红先不要卸妆，你还得唱一场，就算救场了。”

一品红皱了皱眉头，问：“为什么？”

“会长刚才派人来说，皇军大佐与夫人，携同县里的各界名流前来看戏，并点名要听你的戏。”

一品红为难地问：“他们什么时候过来？”

班主摇摇头说：“他们没说，不过我觉得也快到了。”

一品红说：“知道了，你出去吧。”班主笑着点点头，退出化妆室。一品红沉默在那里。他们为什么突然来看戏，仅仅是看戏吗？最近游击队通过雪燕的窗花情报，多次成功地打击了鬼子，难道他们有什么发现？一品红对小石子说：“一会儿我上台后，你密切观察今天的局势，发现有什么不对，第一时间去通知雪燕，快速把她转移到安全的地方。记住，无论遇到什么情况，就算牺牲自己也要保护她的生命安全，这是我们的责任。”

小石子点头说：“您放心吧，我会的。”

由于想到可能潜在的危险，一品红的表情显得凝重。这时候，他多么想回到小房里跟雪燕说一声啊。自己从事的这种工作，在当前的严峻形势下，每一次见面都可能是永别。有时候一品红在想，如果他与雪燕是在和平时代遇到，会怎么样呢？这个想法常会变成他的苦笑，因为如果和平年代，他是不会来到蔚州的，他的师妹也不会被鬼子杀掉，他通过师父的看重、与师妹眼里流露出的柔情，可以判断他的婚姻与前途，那就是与师妹结为伉俪，自己会变成班主。

班主来到化妆室，说：“一品红，他们来了，你可以上场了。”

一品红点点头，在镜子面前看看自己的扮相，提着袍子上场了。他发现在场子里的人又多了，园子全都坐满了，过道里显得更挤了。一品红对大家款款行礼，下面顿时传来热烈的掌声。一品红连着唱了两场，引爆了无数次的欢呼，正要谢场，会长说：“一品红姑娘慢着，大佐有赏。”一品红点点头，回到了戏台上。

商会会长、龟田与美代子、小野，还有几个托着盘子的男子，缓缓地上了台。龟田与一品红握了握手，说：“唱得非常好，可与我大日本帝国的樱花舞媲美。”美代子双手握在小腹前，歪着头，冷冷地盯着一品红，对她光彩夺目的扮相产生了不快。因为她知道，这个人是许剑的妻子，是她爱着的那个男人的妻子。

龟田是做过功课的，他转过身来，开始对台下的观众卖弄他的中国知识：“蔚州秧歌，久负盛名，流传面积较广，是影响极大的一个地域特有剧种，完全可以与我们日本帝国的樱花舞相媲美。本佐建议从今以后，戏班应该多创作些宣扬中日友善、共谋发展，追求幸福、安康、快乐生活的曲目，让我们两国紧密结合，和平共处，共创美好的家园。”

台下的富豪乡绅们热烈地鼓掌。

龟田举起手来，等掌声息落，又说：“戏班里这位主唱一品红小姐不是外人，是我们保安队许大队长的夫人。以后大家要多多来捧她的场。在这里我先带个头。”说着，挥挥手。几个端托盘的男子上前，龟田把其中托盘上的红布揭去，盘里摆着银光闪闪的银圆。龟田说：“这是五百块大洋，全由一品红小姐分配，就算皇军对蔚州秧歌戏的支持，从今以后，如果开发出宣扬我们中日友好的曲目，我们还会大大的奖赏……”

班主不停地作揖，说：“谢谢，谢谢。”

龟田正眼都没有瞅他，只对一品红说：“一品红小姐，你也讲几句吧。”

一品红拖着戏腔道：“感谢皇军对一品红的支持，一品红一定努力地唱戏，回报大家，从此着重宣扬皇军对我们的友好……”

等把龟田等人送走后，一品红来到化妆室，小石子帮着他卸妆。他心里却在考虑一个问题，龟田为什么突然前来看戏还送了这么多钱。如果不是窗花情报的事情，那么还有什么目的？难道他们想利用秧歌戏班，宣传他们的友善，改变与蔚州老百姓的紧张气氛？

一品红相信龟田今天看戏肯定有更深的目的，他一点也不敢松懈。毕竟现在是战争年代，鬼子任何的行动，都是奔着他们的目的去的。那么，他们在蔚州的真实目的是什么？张家口战区，两军鏖战，僵持不下，他们整个联队在蔚州驻扎，没有任何支援前线的意向，其中必然是有原因的。

回到小房，一品红见雪燕穿着小衣，躺在床上，睡得憨态可掬，忙把身子转过去，蹑手蹑脚地走出门，坐在院子里的石头上，脑海里重播着雪燕脸上的红润，可爱的睡姿。他感到有必要去把雪燕叫醒，跟她说自己的真实性别，是为了革命的需要，不得不采取的措施，并非是有意隐瞒她。但又担心雪燕知道这个秘密后，会恼羞成怒，再不肯跟他接触了。就算她原谅了自己，但从此也不会这么自然，更不会在这里过夜，那么极有可能会被鬼子怀疑。

一品红经过衡量，感到在这严峻的形势下，还是应当以大局为重。让他感到困惑的是，等抗日结束之后，雪燕知道了真相，她会原谅自己吗?这个问题，让一品红有了无限的痛苦。

现在的一品红，已经不只把雪燕当成同志、当作假夫妻了，而是期望着可能，向往着未来。有时候他会用想象延伸到抗日结束，他和雪燕生活到一起，其乐融融，甚至是儿孙绕膝。这种想象越美好，醒来的痛苦就会越加剧，因为现在与雪燕的相处，必将成为那种美好的障碍，会让他们分道扬镳，甚至会成为仇人……

天气是闷热的，虽然已经是夜晚，风也有些蒸人。已经很久没有下场像样的雨了，空气里有种特别的味道，有干燥的土腥气，有淡淡的火药味，还有树木在焦渴时的气息。一品红来到街上，整条街道显得空旷而凄凉，只有几家铺子零星地亮着。这些铺子都是鬼子指定的店，并且主要服务于鬼子。雪燕来到饭店里，叫了几个雪燕爱吃的菜，回到家里。雪燕已经起床，身上穿着小衣，露着白晃晃的胳膊与大腿。一品红扭过头说："雪燕，把衣裳穿上。"雪燕不满地说："又让俺穿上那套狗皮，就不穿。"

一品红说："听话，雪燕，穿上。"

雪燕叫道："人家每天都包得严实，好不容易出来透透气，你还不让。"说着，跑到一品红面前摇头晃脑道："就让你看，就让你看。"

一品红闻着雪燕身上的气息，那是种用洋胰子洗过澡后的清爽气息，这些气息侵袭了一品红的心脾，他感到浑身燥热，他努力地扭着头，说："雪燕，其实我……我……我，我感到你很好看，看着你心里嫉妒。"他语无伦次，心里"嗵嗵"直跳。他犹豫着是否把自己的身份说出来，求得她的原谅，然后两人重新开始，但他又担心，雪燕是不会跟个男的住在同一个房里，她将从此再也不会来了。

雪燕撇嘴道："糊弄谁呢，你还说你不好看，你出门，男人眼里都伸手了，还说不好看哩。"

一品红把菜放到桌上，说："雪燕，穿上褂子，咱们说点正事。今天龟田夫妇来看戏了，还给戏班子捐了五百块大洋。我就纳闷了，他从来都没有来过戏园子，怎么今天突然来看戏，还捐钱？"

雪燕想了想问："是不是想让你们宣传日本鬼子有多么多么好哩？"

一品红点点头："恐怕没这么简单。"

雪燕说："我今天过来，是有几件事向你说哩，鬼子几次行动都遭到伏击，他们开始怀疑内部有奸细。俺今天过来是有个计划，你们想想办法，看能不能造成后勤小分队的井上太郎跟游击队有联系的假象，这样，不用咱们动手就能把他除掉。这个井上太郎实在太坏了，每天都带人去各家各户抢劫，不停地抢人家的闺女并送到慰安所里。据说，每天都有被折腾死的闺女扔到沟里。还有件事情，俺发现美代子真把俺当成男人了，还想怀俺的小孩，哈哈，把俺羞死了。俺没想到，一个女人想起男人来，是这种德行。"她说着，用手捂着嘴笑得前仰后合。

一品红摇头说："想离间井上太郎这个不容易。井上做了那么多坏事，龟田知道游击队是不会放过他的，所以不会相信他被收买。再有，井上太郎每天搜刮民财，他是不会缺钱的。对了，你刚才说什么，美代子想和你有个孩子？"

雪燕"嘿嘿"笑了。一品红姐，俺问你个事，你有没有想过男人？"

一品红愣了愣，张口结舌。

雪燕又说："美代子看上俺了，非要跟俺好，还想和俺要个孩子，可把俺愁坏了。哈哈，要俺是男的，说不定真给龟田戴顶绿帽子，让他变成乌龟，可俺不是。"

一品红吃惊道："什么，美代子真看上你了？"

雪燕摇头晃脑说："是啊，老往俺身上靠，羞死俺了。"

一品红问："你是怎么处理的？"

雪燕说："虽然俺感到很恶心，但也得忍着，要是拒绝得狠了，美代子恼羞成怒，反咬俺一口，那俺就没法给你搞情报了。说实话，这几次的情

报，都是通过跟美代子她们聊天时获得的。龟田与小野他们，口风可紧了，任何话都套不出来。”

一品红点头说：“你处理得非常好。”

饭后，他们对窗花情报重新进行规范。一品红掏出怀表看了看，已经夜里十点多了，说：“你回去吧。”

雪燕吃惊道：“啥？啥？俺好不容易才出来，又让俺回去，俺就不回去。每天跟那些脏兮兮的臭男人相处，俺真怕早晨醒来，自己长出满脸的大胡子哩。”说完，噘着嘴瞅着一品红。

一品红说：“现在正在调查内奸，你留下来不好。”

雪燕凑到她的身边，羞涩地说：“姐，俺来事了，回去对着那么多男人，俺不好收拾哩。”

一品红说：“咋，老来事？”

雪燕吃惊道：“这么说，你没有？”

一品红说：“有，有，但也没你这么勤啊。”

雪燕说：“一品红，那是你有病，你得看郎中了。”

一品红的脸顿时红了，忙说：“这……这个……你。”

雪燕歪着头，异样地盯着一品红说：“明白了，一品红，你肯定有男人了，把俺给赶走，好让那男的来。要是有，你直说不就得了，别瞒着俺。臭男人睡过的床，俺才不睡呢！”

一品红叹口气说：“什么男人，哪来的男人。”随后改变话题说，“对了，雪燕，有件事还没问你呢，你第一次铰的窗花情报上面有个笑脸，到底是啥意思？我没猜出来，送到游击队后，他们花了半晚上也没猜透。”

雪燕“嘿嘿”笑着说：“那个没意思，是俺剪着玩哩。”

一品红说：“以后可不许这么玩了，害得大家把头都给想疼了。”

两人聊天到很晚，一品红说：“雪燕，你去床上睡觉，我把咱们改的密码重新整理一遍，明天送到游击队手里。”

雪燕打个哈欠说：“一品红姐，那俺先睡了，你也早睡吧，你不是说身体是革命的本钱吗。”说完，把衣裳脱掉，只穿了个短裤与背心就睡着了。

一品红背对着床坐在小桌前，哪还有心思抄密码呢。他感到全身燥热，像正在经历一场低烧。他很想回过头去看看雪燕，并有种冲动，想到床上躺在雪燕身边，倾听她的呼吸，感受她的气息，但他却轻轻地走出了门。

已经深夜了，闷热的风变得凉爽，刮在燥热的脸上很是惬意。天上挂着羞涩的月牙，几朵云挂在夜空。风里袭来月季花的香气，有种暧昧的味道。一品红怔怔地盯着天空，心想，等抗日结束后，雪燕知道我的真实身份，会不会原谅我呢？会不会……

十一　滴血舍利

这段时间以来，龟田的日子非常难过。上峰来电催促，要他把“双核计划”的进度形成报告。问题是，他既没有查到内奸，也没有抓到游击队员，“双核计划”也没有任何进展，没法进行汇报。

两位专家每天沉醉于酒色之中，有些乐不思蜀了。龟田去看过他们几次，他们再没有提“双核计划”的事情，似乎很享受现在的时光。要说有所变化的话，就是两位专家由于痴迷于享乐，他们变得消瘦了，精神有些萎靡了。

不能再这样下去了，再这样下去，上峰肯定会考虑另派人前来负责“双核计划”的，那就是说明他龟田彻底失败了。他还清晰地记得，在来蔚州之前，山本司令对他说：“蔚州‘双核计划’的落实是帝国的战略目标之一，蔚州地大物博，矿产资源丰富，离北京又近，这对于我们是起着关键性作用的。如果成功，我们就可以利用中国的物资，以图世界……”他当时还信心百倍地宣誓，无论在什么情况下，都会坚决完成任务。

龟田把小野与木村叫到办公室，气愤道：“小野君，让你查内奸的事情做得怎么样了？木村君，你剿匪的事情做得又怎么样了？”说着，把帽子摘下来，猛地摔到桌上，帽子顺着桌子滚到地上。

小野把帽子追上，捡起来，拍拍上面的土，放到办公室桌上，说：“大佐，现在我们没有任何行动，内奸也没有活动，这个不太容易抓。”

木村气愤地说：“游击队太狡猾了。我们在大南山、小五台山附近，还有西北山进行了多次的扫荡，就没看到游击队的影儿。”

龟田叹口气说：“我们不能再这么下去了，既然之前的办法不奏效，我们应该改变策略，设计诱其上当才行。比如，我们要设计用声东击西的办法，把内奸给钓出来，然后利用内奸传送消息，给予游击队重创。在此同时，趁机规划厂区，尽快推行‘双核计划’。”

小野说："据说蔚州南安寺塔藏有舍利，我们何不放出风去，就说佛祖舍利是难得的圣物，它不应该在中国的破庙里，而应供奉在大日本帝国的金阁寺里。利用内奸，钓出游击队，对他们进行打击？"

南安寺是燕云名刹，在蔚州城西南，相传建于汉代，或者北魏时期。塔位于寺院中央，供人参拜，北魏至辽代该寺香火旺盛。580年（北周大象二年）建蔚州城时，南安寺已具有规模。甚至有种说法是，蔚州先有南安寺，后有蔚州城。民间传说，此塔藏有佛祖舍利，还有很多名贵的圣物。而日本的金阁寺则在北区，该寺舍利殿的金阁二至三层贴满金箔，因此显得金碧辉煌，也因此而得名。

龟田轻轻地拍着光亮的头皮，"吧唧"了几下嘴，说："可以一试，这件事就由你负责。"

早晨，龟田召开了会议，参会人员下到少佐，目的是为了让内奸把去南安寺塔盗宝的假消息传出去。会后，龟田单独召见了雪燕，让她做好准备，明天带领后勤小分队前去把舍利挖出来。

雪燕并不知道是龟田的阴谋，回到队里便开始设计窗花情报。至于怎么把鬼子的意图准确地表达出来，她还是下了番工夫的。她采用最隐秘的表现方式，用三张独立的主题窗花表达。窗花用阳纹表示白天。第一幅是节节青竹，圆圆的太阳在早晨七八点钟的方向。第二幅是个四合院，院里挂满成串的玉米，有妇人坐在院里脱玉米。第三张是个日本国旗，上面还剪了"日本万岁"四字。

当一品红收到这些窗花后，为了准确破解，确实费了番脑筋。他认为，是在白天，七八点钟的时候。竹子生长在南方，说明南方。有人脱玉米，玉米又叠起来，竹子也是层层竹节，好像不是偶然，应该是重叠或者是塔。有张日本的国旗，说明有什么要送到日本。

最终一品红翻译的结果是，明天，八九点，小分队，南安寺塔，舍利，日本。当把这些信息整合起来，就变成了，明天鬼子去南安寺塔挖舍利要运往日本。这太复杂了，一品红认为游击队没法准确地破译出来。一品红怕玉欣他们不能够正确地破解导致行动失败，或者会出现严重的后果，他在窗花后面写了个佛字，表明与佛有关，相信玉欣他们是可以判断出来的。

由于窗花情报，游击队几次行动都准确地打击了鬼子，他们忽略了这

种顺利带给日军的思考，于是就付出了代价。他们去埋伏时，遭到提前埋伏在南安寺塔附近敌军的突然袭击，伤亡惨重，有十三名游击队员被俘。

这个消息把雪燕打垮了。那天，她躺在床上偷偷地哭了。如果不是自己剪的窗花情报，游击队就不会去南安寺塔伏击，也就不会中鬼子的埋伏，自然也不会有这么大的伤亡。雪燕感到，自己不能再当这个队长了，她决定晚上逃离鬼子营，直接回大南山的尼庵，跟师姐师妹去过那种清淡的生活。回想在庵里时，她们每天念经扫院，练习武功，种地拾柴。那里没有纷争，没有战乱，在佛经的指引下，追求着一种内心的感悟，过得平淡而又充实。

面对这起失败，一品红能够想象到雪燕的心情，他担心雪燕是过不了这个坎儿的，极有可能会做出不理智的事情。他现在需要做的是，马上见到雪燕，安抚她的情绪，让她冷静下来。

一品红想进入军营见雪燕，但没有合适的理由。南安寺塔之战刚刚结束，自己就贸然往军营里跑，会引起鬼子怀疑的。他急中生智，认为有个办法，可以名正言顺进入敌营。那就是他们带着戏班子前去祝贺。一品红找到班主，说："皇军打了胜仗，我们应该前去司令部为他们唱戏祝贺。"

班主点头说："皇军也没少帮助咱们戏班子，为他们祝贺是应该的。"随后，他们带着家把什，赶往鬼子司令部。

守门的鬼子兵见很多人带着奇怪的东西向哨卡走来，他们开始转动机枪瞄准。一品红让大家等着，只身来到哨卡，向他们说明了情况。哨兵认得一品红，他们马上进行了汇报。没多大一会儿，小野就出来了，忙走几步，对一品红弯腰道："夫人，大佐有请。"

一品红带着大家走进司令部，在经过保安队大院时对小野说："小野君您先安排大家去休息，我去叫许剑，随后过去。"

小野点头说："嗨！"

一品红来到大队院，正在院里散漫着的队员们都向她行注目礼，其实是看他的漂亮。麻子边往房里跑边喊："队长，队长，夫人来了。"

一品红对大家笑着点点头，拖着大家的目光，走进雪燕的休息室。雪燕眼睛红红的，像做错了事的孩子那样低着头，说："对不起，俺不知道是他们的诡计。"

一品红拍拍她的肩说："雪燕，胜负乃兵家常事，不要自责。越是在这种时候，我们更要笑着向他们祝贺，而不是暴露自己的身份。洗把脸跟我去见大佐，一定要装出很高兴的样子，要对他们进行祝贺。还有，今天我们戏班子要为鬼子唱戏祝贺，你知道我为什么这么做吗？主要是为了见你，怕你做傻事。”

雪燕说：“死了那么多兄弟，还有十多个队员被抓，俺心里难受。”

一品红说：“难受解决不了什么问题，我们现在需要做的是想办法营救被捕的同志。如果你今天暴露了身份，性命都没了，还怎么替死去的人报仇。听我的，高高兴兴地跟我去，高高兴兴地向他们祝贺。”

一品红领着神情沮丧的雪燕来到大佐的办公室，龟田站起来说：“我代表皇军向您表示感谢。”

一品红款款地回礼道：“大佐，您平时那么照顾我们戏班，我们一直想报答您却没有机会，今天一听说您旗开得胜，还抓了几个土八路，我就跟班主提议前来为皇军唱戏，庆贺胜利。”

龟田突然发现雪燕眼睛有些红，便问：“许君，好像你不太高兴？”

雪燕说：“没有，我挺高兴的。”

一品红忙说：“大佐，我们家许剑确实不高兴，刚才他对我说，都跟随您大佐这么久了，有啥重要的任务、重要的战事，从没让他参加过。就比如这次战争，他摩拳擦掌，想为皇军出力，结果还没出发，就打完了。他认为，皇军并不信任他，因此心情不好。”

龟田问：“许君，你真是这么想的吗？”

雪燕说：“当然，你们从来都没有相信过保安队，每次有任务都瞒着我们，把我们当外人看待。兄弟们都说，我们就是小娘养的。”

龟田疑惑道：“小娘养的，什么的意思？”

小野马上解释：“许君的意思是说，是小老婆养的孩子，名分不够，是受不到重视的。”

龟田“哈哈”笑几声，说：“许君的有意思，放心，我的重用你。”

接下来，龟田命令日本的樱花舞与秧歌戏联合会演，共同庆祝这场盛大的胜利。他们还通知蔚州名流富商，让他们前来共享胜利。为让这个庆祝产生震慑作用，还在会演场地埋进十三根柱子，把抓来的游击队员捆在上面。一品红唱戏时，声音比平时更加欢快与嘹亮，就像捆在柱子上的不是同

志，而是他的仇人。

雪燕基本没有听进去一品红唱的什么，她不时用余光看看那些被俘的队员，心里产生了罪恶感。现在她只想找个没人的地方痛哭，然后抹抹眼泪直接到大南山找姐妹，过那种隐居的生活。

当一品红唱完之后，龟田对小野耳语几句。小野站到场子中间，对大家说："我皇军保安大队的大队长许剑君，因为没能够参加这次战斗，没能为皇军效力，感到非常沮丧。他这种精神，是值得大家学习的。为表达对他的信任，我们决定，让他亲手枪毙一个游击队员助兴，也表达了皇军对他的信任。"

此话一出，一品红暗惊，开始后悔自己之前为雪燕开脱了。雪燕听到这里直接愣了，木木地坐在那里。大家所有的目光都聚焦在她身上，但她愣在那里像泥塑。一品红暗暗着急，他不得不站出来说："夫君，你可不要辜负了大佐对你的栽培，站起来，拿起枪来，把他们统统杀掉，让为妻也感到骄傲。"

雪燕还愣着，没有任何动静。

龟田与小野目光对视，嘴角上泛出了冷笑。

一品红说："听到没有，夫君，拿起枪来把他们全部给杀掉。"

雪燕似乎明白了一品红的意思，腾地站起来，掏出手枪对准柱子上的队员，高声说："大佐，这十三人不用别人动手，俺要统统地把他们杀掉。"说着，拉响枪栓。

小野忙说："慢着，慢着，许君只能杀一个。"

雪燕并未回头，冷冷地问："为啥？"

小野忙说："我们还要留着他们进行审讯，不能全部的杀掉。你的只能杀一个的干活。"

一品红故意叹气说："既然让我们家许剑杀一个，那也得杀个大点的吧。请问小野君，他们中间哪个是当官的，让我们家许剑杀个当官的，也值得骄傲啊，杀个小鱼小虾的，多没劲。"

龟田突然意识到，并未审讯，还不知道其中有没有游击队的领导，如果正好把当官的打死了，这可不是个小损失，于是站起来说："这个……这个……小野刚才的提议大大的不好，今天是欢庆的日子，本来大家大大的高兴，搞得太血腥了，会坏了气氛。来人，把他们统统地押下去，连夜对他们审讯。许君不要沮丧，以后还有的是机会吗。相信我，本佐一定会重用你的。”

一品红说：“大佐，我终于明白我们家许剑的难处了，要是不杀，您可能会说我们家许剑对皇军不忠；要是真杀了，说不定你们又赖我们家许剑是杀人灭口。”

龟田忙说：“夫人，事情不是这样的，蔚州的，许君与夫人对我皇军的忠诚，是有目共睹的。今天，我代表日本帝国，对您表达诚挚的敬意。我的决定再赏给戏班五百块大洋，从今以后你们的要大大的宣传，我们帝国对于中国的拯救义举。”

庆祝会结束后，龟田给许剑放假，让他同夫人回去团聚，并专门派车把他们送回戏园。雪燕与一品红回到那个小房，便扑在床上哭起来。一品红见她哭得伤心，心里也难受，眼圈便红了。

他能够理解雪燕此刻的心情，雪燕毕竟只是个姑娘，没经过多少历练，也没有接受过培训，她能够做到现在这种程度已经很了不起了。至于情报的错误，这不是她的错误，就算是资深的情报员也不能保证每条情报都是真实可靠的。他坐到床边，轻轻地拍着雪燕的肩说：“没事的雪燕，哪有常胜将军，偶尔失败也是正常的。”

雪燕坐起来，扑到一品红的怀里，哭着说：“一品红姐，俺不回去当汉奸了，还是让俺当八路军去吧，俺为那些死去的兄弟报仇。”

一品红轻轻地拍着她，说：“雪燕，不能在这种时候放弃，放弃了，那些同志就会白白牺牲。要把这个疼忍住，想办法搞清他们的阴谋，给他们致命一击。现在，我们十三名同志还在敌营，你得利用你的身份想办法把他们救出来才是。记住，无论想什么办法，都得保证自己的安全，不能做傻事。救一个再搭进一个等于徒劳无功。好了，不要再哭了，我告诉你一件喜事。”一品红感到可以告诉雪燕母亲与姐姐的事情了。

一品红说：“还记得那天晚上，你要去打鬼子报仇，我跟你说的话吗。我说你的母亲与姐姐还活着，可是你并不相信。其实，这是真的，她们并没有死，现在生活得非常好。”

雪燕猛地弹起身体，瞪着红肿的眼睛问：“啥？你说啥？”

一品红话到嘴边又感到为难了，怎么说好呢？虽然这只是特派员的擅自主张，但这么说出来，雪燕会怎么想？他停顿了一下，说："雪燕，是这样的，你进入鬼子营后，我们就暗中保护你的母亲和姐姐。当发现鬼子要潜进你家之前，就把你母亲与姐姐救出来了，并把他们转移到八路军后方了。现在你姐姐春燕已经是八路军护士了。她们听说，你现在当了皇军大队长，为八路军做事，为你感到骄傲呢。"

雪燕叫道："俺不信，你是故意骗俺，哄俺高兴哩。"

一品红摇头说："雪燕，在这件事上我没有骗你。"

雪燕说："俺亲眼看到房里有血，还问过邻居，她们都说，娘和姐姐被鬼子给杀了，你却在这里骗俺。"

一品红说："邻居们听到了枪声，第二天不见了你娘，可能认为被害了。"

雪燕哭着说："可是他们说，是他们帮着埋的人。"

一品红感到这谎撒得有些困难，不过他必须继续圆自己的谎，硬着头皮说："跟你说实话吧，这件事呢是这样的。主要是为了造成这种假象，不会让鬼子再惦记你娘了，我们的人教邻居这么说的。"

雪燕止住哭声，想了想，说："那你为啥不早跟俺说哩？"

一品红张口结舌，叹口气说："雪燕，为了抗日救国，为了我们的信仰，我不能告诉你啊。对了，你母亲是个慈祥的母亲，也是个伟大的母亲，她为了不给日本鬼子铰窗花，用剪子把手指给剪去了。你的姐姐春燕很老实，人很善良，说实话，长得可比你漂亮。对了，对了，听说有个八路军首长看上你姐姐了，没事就往医院里跑。"

雪燕梗着脖子，冷冷地盯着一品红，说："编吧，你就继续编着骗俺吧。"说着，扭过头去，不看一品红。

一品红说："真的，谁要说假话，是小狗行了吧？"

雪燕哼道："没见着人，俺不相信。"

一品红苦于拿不出办法证明剪娘与春燕还活着，他说："这样吧，雪燕，我想办法让你姐姐来跟你见个面，这样你就相信我说的话了。不过，你回去耐心等着，因为这得向上级请示，安排合适的时间。再则，来回需要时间，要是你自己跑了，可就真的见不上了。"

雪燕依旧没扭头说："要是真见不上，那俺就不会再为你们干事了。我们又不是亲戚，又不是受了你们什么好处，为啥为你们当这个被人骂的汉奸。要为了打鬼子，俺在哪里也能打。俺个大闺女，在那么多汉奸堆里装男人，得处处小心，把自己包裹得严严实实的，每天听他们满嘴喷粪，还要被迫看他们难看的身体，你说俺容易吗？”

游击队遭受重创后，他们开始怀疑窗花情报的线人叛变了。失败后，他们回想起窗花情报，感到有很多疑点，好像怕他们看不懂，还在窗花情报上写了个“佛”字。正是由于这个“佛”字，他们才联想到南安寺塔，成功地把情报给破译了。这说明，是怕他们不能上当，故意引导的。由于大家议论纷纷，玉欣说：“我们不要在这里乱猜了，我进城一趟，问问情报的事情，更主要的是想办法营救咱们的同志。”

大家分析说：“如果线人叛变，进城是非常危险的。”

玉欣叹口气说：“就算危险，也不能置被俘的队员于不顾。”

为了确保进城时的安全，李玉欣用醋泡了两天手，把握枪磨出的茧子刮拉掉了。鬼子在检查的时候会特别留意用枪留下的特征，并通过手上的茧子判断职业。据说，有从事雕刻的艺人，由于长期握刻刀，手上留下的茧子与长期握枪留下的相同，结果被鬼子抓去，审讯的时候给折磨死了。为避免进城门时被鬼子摸得难受，她还在自己身上撒了些臭豆腐水，把自己整得臭不可闻。临出发时，大力要求说：“指导员，能不能让俺跟你去？”

李玉欣摇头说：“你用树花打过鬼子，又长的有特点，进城很容易被鬼子认出来。再说，这次入城去还不知道什么情况，我谁都不带，你就老实待着吧。”

大力说：“俺有个徒弟名叫柱子，从小失去父母，一直跟着俺长大的，要俺能进城，就把他带来。

李玉欣说：“你把地址告诉我，到时候我过去看看。”

大力说：“俺家在三街胡同第三家，院里有棵老槐树，据说俺奶奶就是在那棵树上吊死的。整个胡同就是俺家的槐树大，老远就能看得到。”

李玉欣点点头说：“好的，我记住了。”

李玉欣身穿蓝色蜡染白花的褂子，灰色布裤子，脚上穿着千层底布鞋，挎着篮子出发了。篮子里装的是山果，主要用来掩盖身份，也可以分散鬼子的注意力。

来到南门外，玉欣跟随进城的人，排队等着检查。这时，传来女人“嘤嘤”的哭声，玉欣歪头看去，有个鬼子将一个小媳妇搂在怀里，小媳妇捂着脸哭着，晃动着身子。

当玉欣来到关卡前，鬼子把篮子夺去，抓起里面的干枣就啃，并往兜里装。另一个鬼子搜李玉欣的身，却被她身上的味道呛得打了两个喷嚏，捏住鼻子叫道：“你的滚。”如果不往身上洒这些臭水，小鬼子就摸起来没完没了。进城后，玉欣的心情沉重起来。如果同志叛变，很可能就回不去了。可是，十三个同志在鬼子营里押着，时刻有生命危险，她必须要冒这个险。

南门通鼓楼的街道，是蔚州最宽的街道。在鬼子没来之前，街道两侧的那些商户，很是热闹的。现在，整条大街上没有几个人，路边堆着很多垃圾，苍蝇嗡嗡的，耗子也不怕人了，在垃圾堆里追逐着，发出“吱吱”的声音，风里裹着热熏熏的腐臭味道。城里，不时传出几声枪声。行走的人被这枪声吓得抬头张望一番，又把头低下，匆匆地走着。

来到戏园子里，玉欣找个角落坐下，静静地盯着戏台。经过这次战斗，玉欣消瘦了很多，脸色有些蜡黄，眉宇出现了深深的“川”字。她的眼睛里布满了血丝。旁边桌上的老票友对她翻翻白眼，捏着鼻子躲到远处。

玉欣的老家是在张家口，生于富裕人家，女中毕业后，父母逼她嫁给督军作小老婆，她跟自己的男友逃出去。由于他们都读过书，受到重视，玉欣后来成为妇救会会长，丈夫当了八路军的首长。遗憾的是丈夫在战斗中牺牲了。他们有个五岁的儿子，寄养在娘家。当初游击队队长牺牲后，她主动要求前来游击队担任指导员，带着兄弟们打过无数次的胜仗，虽然也有伤亡过，但都没有南安寺塔之战惨重。

当一品红出场后，玉欣抬头看看他，手下意识地碰了碰挂枪的地方，但进城是不敢带枪的。她不确定一品红是否叛变，如果发现异常，她需要撤离，然后转移到另外的联络点。一品红看到玉欣后，在唱段里掠过了很大一段，几个老票友不让了，嚷道：“一品红你现在越来越糊弄人了，竟落下这么一大段。”

一品红也不理会，匆匆唱完，回到了后台，对小石子说：“娘家来人了。”

小石子出去没多大一会儿，把玉欣给领进来。玉欣进门坐在凳子上，眼里含着泪水，没有说话。一品红能够想象到玉欣此刻的心情与疑惑，他边卸妆边说："玉欣，你可能会怀疑窗花的问题，甚至会怀疑上面的铅笔字，上面的字是我添上去的。"

李玉欣抹抹眼泪："死了那么多兄弟……"

一品红叹口气说："有件事情我可以证明，雪燕不会有任何问题，昨天要不是我及时赶到司令部，差点就出事了。她和我们同样，为这次的事件承受着压力与悲痛，并且雪燕把所有的责任都揽到自己身上。我们不能因为牺牲了同志，便失去对其他同志的信任。整件事件的问题，是由于我们忽略了一个重要问题，就是鬼子在接连遭受打击之后，肯定怀疑出了内奸，肯定会利用内奸诱发咱们上当。雪燕还年轻，没经过特别训练，无法分辨这个情报的真实性。再说，就算我们训练有素的情报员也不能保证每次搞的情报都是真实的。不过，我可以证明雪燕并没有叛变。再说，她自始至终，都不是我们组织的人，是凭着朴素的爱国情怀与认识，帮助我们搞情报，她能够做到现在这种程度，已经很了不起了。"

李玉欣叹口气说："我可以相信她没问题，毕竟因为这次的窗花情报牺牲了这么多兄弟，我心里难受。这次进城，是想问问哪个环节出了差错，再就是想办法把被俘的同志给营救出来。"

一品红说："已经确定是十三名兄弟，我已经跟雪燕说了，让她想办法营救兄弟们。不过还有个问题，雪燕这次受到打击，不想再当那个汉奸大队长了。为了稳住她，我只好告诉她的母亲与姐姐还活着，她这才同意等几天。你们想办法把她的姐姐春燕接过来，让她们见一面，否则雪燕不会再为我们搞情报了。"

玉欣问："难道她不知道自己母亲与姐姐的情况？"

一品红把特派员策划的事情说了，李玉欣皱着眉头问："这种事组织上知道吗？他怎么可以这么做呢，这也太不人道了，这和敌人的做法有啥区别？也不是我们的做法啊！"

一品红苦笑道："相信组织是不会这么决定的，肯定是特派员急于求成，擅自做主。虽然他的动机是好的，但方式确实有些可恶。"

李玉欣深深地叹口气说："一品红，跟雪燕说，我们都相信她，不要产生消极情绪。还有件事，如果我们继续采用窗花情报，要跟雪燕进行更深一步的修订，要更有概括性与准确性。毕竟，在当前这种形势下，本着蔚州的特殊环境，窗花情报还是有它的优势的。这样的情报就算出了问题，我们也能知道出在哪儿，因为传送的人并不知道情报内容。如果是口头与书信传送，一旦出现意外，我们就很难知道，是哪个环节出现的问题。我们不能因为这次的意外，否认了窗花情报。我回去后，马上派人去和组织取得联系接春燕，让他们尽快见上面。”

一品红说：“是的，窗花情报还是有其相当大的优势的。”

玉欣说：“如果营救同志们的行动中需要配合，告诉我们。”

和一品红告别之后，玉欣问到三街胡同，抬头便看到大力说的那棵槐树了。这棵树在破旧的院里狰狞地长着，有一条粗枝就像举着的臂膊，回想大力说的，奶奶是在这棵树上吊死的，那么肯定就是在这歪枝上挂起来的。来到门前，玉欣敲了敲破旧的木板门。院里传来稚嫩得像女人样的声音：“谁啊？”门开了，有个身材瘦细、浑身脏兮兮的男孩，瞪着大眼睛问：“您找谁？”

李玉欣问：“你是柱子吗？”

柱子用力点头。

李玉欣说：“你认识一个叫大力的铁匠吗？”

喜柱惊喜道：“俺师父，那是俺师父哩，他在哪？在哪啊？俺天天在找他，俺已经帮他收集了很多废铁，都快够打树花了。”喜柱眼里含着泪把玉欣领进院里，走到墙根，把一块草帘子揭了，下面是堆锈红的废铜烂铁。里面有废掉的铁壶、钉子、门鼻、铁丝，大大小小叉在那里。

喜柱的泪脸上挂着喜悦，说：“跟俺师父说，俺已经收集了很多铁了，他又可以打树花求亲了。”

玉欣回想到大力刚到游击队时，偷着把头盔与刀具都给藏起来，说是要打树花求亲，便问：“喜柱，你师父求亲的是什么人？”

喜柱抽抽鼻子说：“人家是大家的闺女，后来俺才知道，那闺女是剪娘的女儿。剪娘可是很有名的。当时俺就跟师父说过，人家是大家里的闺女，可是他非要打树花求亲。”

玉欣听说是剪娘的女儿，愣了愣，问：“那闺女叫啥名？”

喜柱说：“听说叫雪燕，爱穿着男人衣裳溜达，专门打坏人哩。”

玉欣哭笑不得，说：“你师父可真有眼光啊！”

喜柱难为情地用袖子擦擦鼻子说：“俺师父是有眼光，可是人家是大家里的闺女，人家不同意啊。邻居媳妇听说俺师父向剪娘的闺女求亲，她撇嘴说：‘你师父是癞蛤蟆想吃天鹅肉哩。’气得俺用小刀把他家的树给剥圈皮。”他指指邻居门前的杨树，“你看，你看，叶子都蔫了。”

玉欣说：“喜柱，你师父想让我把你带走。”

喜柱说：“你等着，俺把铁装进车里一块儿带走。”

玉欣摇头说：“不能带铁，带铁出不了城门。还有，过城门的时候不要说话，更不能说你师父的事。你师父是打树花时用铁水浇了鬼子后逃走的，让鬼子知道就麻烦了。”

喜柱点头说：“俺不说，俺装哑巴。”

十二　极刑审问

对于龟田来说，虽然在南安寺塔取得了胜利，但胜利是在情报外泄的情况下获得的，这已经表明他们之中确实有内奸。太可怕了，查不出内奸，别说落实“双核计划”，以后都不敢出大门了。他们不可能总是侥幸得胜，游击队也不可能每次都上当。如果不慎让两个专家丧命，他龟田就会变成帝国的罪人。

龟田命令小野，把南安寺塔战斗之前所有出入司令部的人找出来，对他们进行审查，一定要把内奸找出来。

南安寺塔开战前的两天，单独出入司令部的总共四人：一个是后勤小分队的井上太郎，出入过两次，一次给食堂送了两头猪，一次是向龟田汇报工作；负责大南山施工的三岛进出司令部一次，索要经费。这两位基本可以排除内奸可能。还有位低级军官到司令部外买酒。店里的掌柜也证明他确实买过酒，但谁都无法证明在商店与据点之间，是否与人有接触，因此被小野给隔离审查。

最让小野怀疑的是保安队的队员麻子，在对他进行审问时，听说是为队长卖窗花去了。小野的嘴唇颤动几下，皱起眉头来。小野的脸色是蜡黄的，一双鸡眼在眼镜的包裹下，像大圆套小圆。他的嘴唇薄薄的，上唇有个黑痣，痣上长几根黄毛。

他用鸡眼死死地盯着麻子问：“什么窗花，卖到哪儿去了？”

麻子领小野等人来到窗花铺子，刘掌柜问：“太军，有事吗？”

小野也没答话，细致地观察着。墙上到处都挂着窗花，把整个房间映得红彤彤的。靠窗处有两个妇人正在铰刻窗花，地上铺满碎纸屑。当刘掌柜听说是买窗花的事情，哭丧着脸说：“太军，俺也不想买这个，俺自己会铰，为何要买别人的？不年不节的又没人买。不是这位爷拍着枪跟俺说，窗花是大队长剪的，不买就用枪打俺，俺没法啊。”

小野问：“队长的窗花呢？”

刘掌柜从案子下面掏出几沓窗花，放到柜台上，说：“这不都陈在这里了。”一般铰窗花时都会同时剪几层，这不只是为追求数量，而是单张红纸更不容易剪好。刘掌柜每次把窗花情报送走会把剩下的留着，他知道早晚会有人来问这些窗花，拿不出来，就真麻烦了。

小野问：“掌柜的，你说这些窗花的什么意思？”

刘掌柜说：“都是些陈年老题，无非是吉祥、丰收、庆祝。”

小野说：“这些窗花，我的全买了，钱的多少？”

刘掌柜说：“太军，钱不要了，您回去帮着跟大队长说说，以后别卖给俺窗花就行了，俺卖不动啊。”

小野点头说：“不过你得跟我走一趟。”

把刘掌柜带回到司令部，小野与龟田进行汇报说：“大佐，有件事我们忽略了，最近许剑竟然铰窗花去卖。据说嫌军饷太少，剪了窗花逼着别人买，卖得很贵。”说着，把窗花摆在桌上。

龟田盯着那几幅窗花，发现还剪了日本国旗，还剪上日本万岁，便说：“小野君，卖窗花的人带来了吗？”小野点点头，让卫兵把刘掌柜带进来。龟田忙说：“你的，请坐。”说完，从抽屉里掏出两封大洋扔到桌上，“你的说说，窗花的意思，不要说表面意思，是说它们另外的意思。”

刘掌柜说：“本意就是窗花，意思就是些吉祥啦，丰收啦，庆祝啦，年相啦。蔚州的窗花大多是这种意思。”

龟田问：“年相的什么的意思？”

刘掌柜说：“比如说鼠年或者猴年，大家就会剪这些动物。”

龟田想了想说：“如果有其他的意思，你的说出来，大洋的统统给你。比如说，这里面暗示了什么？”

刘掌柜说：“俺就知道暗示了吉祥，别的俺看不出来。还有，大佐您跟大队长说说别再卖给俺了，俺自己会铰。再说现在又没有人买，硬逼着俺买下来，俺都压下了。”

龟田把美代子叫出来，让她看看这几张窗花是什么意思。美代子一打眼便看出是许剑铰的，知道龟田他们开始怀疑许剑了，不由为他担心。她

说："第一张是早上清竹，第二张是丰收之年，第三张是日本万岁。"

龟田想了想问："你再看看这些窗花象征了什么？代表了什么？是不是还有别的意思？"

美代子不耐烦地说："不是说象征了吉祥如意，没别的什么意思。"她故意问："谁剪的窗花啊？比我老师许剑剪得可差远了。"

小野说："正是保安队长许剑剪的，卖给窗花铺子的。"

美代子点头说："许君卖窗花的事情我是知道的，现在我明白这几幅窗花的意思了。"

龟田急忙问："什么意思？"

美代子讥笑道："这不是明摆着嘛，这张日本国旗说明我很爱日本。这张有房子有玉米的窗花说明我住不好吃不好。至于这张竹子吗，是说明自己高风亮节，并未感到心理不平衡。其实，综合起来就是说，我真的很爱日本帝国，可人家并不重视我，也没有给我提供好的生活，但我心态好，并不计较这些。"

龟田疑惑道："是这样的意思吗？"

美代子说："也不是我说你们，你们既想利用人家又怀疑人家，既想让人家出力还不肯下本钱，你们这么做是不会有朋友的。对于许君我还是比较了解的，他非常正直，对皇军非常忠诚，不会有任何问题，有问题的是你们。"

龟田说："小野君，把人放掉，这件事不要再问许剑了。"

事情过后，美代子拿了五十块大洋，塞给雪燕，说："许君，我知道他们对你不公平，如果你缺钱花了，跟我说。"

许剑笑道："夫人，其实我并不是缺钱花，我是让他们知道应该重视我。"

美代子点点头："他们都猜不透什么意思，我借着这几张窗花把他们说了，说他们既想利用你又怀疑你，既想让你出力还不肯下本钱。龟田当即就对小野说，把抓来的人给放了。"

雪燕忙抱拳道："谢谢夫人为我说话。"

美代子羞涩地笑笑，问："能用另一种方式吗？"说着，闭上眼睛，长长的眉毛苦着，蠕动着红润的嘴唇。雪燕明白美代子想的是什么，她羞得脸就像挂在树上的红果子，可她今天却不能推辞，因为她想通过美代子把十三个游击队员给救走。她捧着美代子的脸，轻轻地在她的额头上吻了吻。

美代子睁开眼睛，惊喜地摸摸额头说："许君，谢谢你。"

雪燕羞涩地说："应该谢谢你才是。"

美代子激动地说："许君，你相信爱情吗？"

雪燕用力点头："我相信。"可心里却说：见你的鬼去吧，恶心。

美代子说："许君，我可以为你去死，你……信吗？"

雪燕点头说："俺信，俺真的相信。"心里又说：信你个大头鬼，你们小鬼子都死了才好哩，省的俺们挖空心思想着咋打哩。

美代子拉过雪燕的手紧紧地握着，两眼含情脉脉，声音柔柔地说："许君，爱情是没有年龄界线的，也没有国际界线；爱情甚至是超越死亡的，爱情会让人生更加有意义。许君，美代子真的真的很爱你，只要你愿意，我愿意随你走遍天涯海角……"

由于美代子越来越激动，身子也直往雪燕身上靠，这让雪燕感到特别难受。她现在很期望有人前来敲门打破这种局面。美代子竟然靠在雪燕的怀里，双手搂住她的脖子。就在这时，外面传来麻子的叫声："队长，我回来了。"

美代子忙把身子竖起来，整了整衣裳，在雪燕的脸上吻了下，低着头走了。麻子进来，低着头说："队长，小野把俺给抓去追问窗花的事情，俺对他们说，您没钱花了，才铰窗花卖的。"

雪燕点点头说："好，你来得太是时候了……"

在审讯抓来的游击队员时，龟田的期望值非常高，他想通过俘虏知道游击队的根据地，以及八路军布在蔚州的地下组织，甚至要挖出皇军司令部中的内奸。他对负责审讯的井上太郎说："不论用什么办法也要把他们的嘴撬开，得到我们需要的信息。"

井上太郎动用美女、金钱、竹签、辣椒水、老虎凳等办法，游击队员终于开口了，说："俺日你亲娘的小鬼子。"井上用尽心机，最后逼出来的口供竟然对不起娘，感到一筹莫展，现在已经用了极刑，他们身体很弱，再用刑怕是会死人。没有办法，他只得去向龟田汇报："大佐，他们死活不说。"

龟田撕住他的领子，在他脸上放了挂火鞭，脸都给抽肿了。旁边的木村把指节摁得"叭叭"响，撇嘴说："我就不信游击队的人是铁嘴钢牙，这件事交给我，用不了两天我就能让他们统统说出来。"

龟田说："那好，这件事就交给你了，一定要从他们嘴里，掏出我们需

要的情报来。”

木村随井上太郎来到牢房，进门闻到股异样的焦煳味。这种味道让木村感受到了战争中焚尸的味道，让他感到兴奋。十三人已经被折磨得奄奄一息，身上没几块好皮肤，这种情况是不适合再用重刑了。他对井上太郎说：“去外面弄几条没毒的小蛇，再抓些蚂蚁，我要用最轻的刑罚让他们说出最重要的情报。”

东西找来，木村抓起条蛇来，那青绿色的小蛇在雪白的手套上蜿蜒，吐着闪烁的芯子。他把蛇举到队员的脸庞上，让蛇头在他的鼻孔前游动，满脸狰狞着笑容，说：“快快说，游击队的哪里？地下联络的哪里？不说的，蛇的钻进你的鼻孔。”那队员猛地张口把蛇头咬掉，呸在木村脸上，把木村吓得打个激灵。他把手里那条没了头还在扭动的蛇扔到地上，用皮鞋猛地蹴上去，叫道：“来人，把蛇放进他们的裤筒里。”他们把蛇放进队员的裤腿里，用绳扎好口，然后用鞭子抽，那些蛇遭到鞭抽之后四处游走，乱钻乱咬，有位队员实在受不了这种痛苦，把舌头咬烂啐在木村脸上。

木村抽出战刀，以劈山之势把他分开，让大兵把人拉出去喂那几只狼狗。站在旁边的井上太郎心中暗暗得意。从内心讲，他并不希望木村能审出什么来，让他审出来了，就证明他井上太郎没用。同时，他又担心木村审死队员，赖到他的头上。

木村命令在队员的敏感处抹上蜂蜜，把蚂蚁倒上去，让它们去游动。他得意地说：“你们坚持半个小时，我的叫你爷爷。”

那些蚂蚁在敏感处攒动，让队员痛苦不堪。这时，有位队员喊道：“我说，我说。”此话一出，其他队员眼里都喷出怒火，用血红的眼睛盯他。

井上太郎用水把队员下身处的蚂蚁冲掉，给他松开绑，笑着说：“你的说，皇军的大大的有赏。”

那个队员说：“我想喝水，先给我喝水。”

井上太郎把水壶递给他，那队员双手捧着水壶咕嘟了几口，长长地舒口气，对木村说：“你过来，我告诉你。”

木村回想之前那个老头让他过去，结果差点把他耳朵咬掉，哪敢过去。队员冷笑说：“你连听的勇气都没有。”

木村往前走几步，跟队员保持一步距离，说：“你说出来，马上把你的放了，给你多多的大洋。”队员握住水壶的带子猛地甩到木村头上，只打得他满眼金花。他掏出枪来对着队员搂火，队员的胸部不停地跳动，鲜血喷射而出。木村的眼睛已经变得乌青，“哇哇”叫道：“你们的不说，死啦死啦的。”

井上太郎看到这里不好了，要是木村把人都给杀了，将来龟田追问起来，木村肯定把责任推到他的头上，他的头就保不住了。他拔腿就往外跑，跑到龟田的办公室，喊道：“不好啦，木村中佐已经杀了两人，再这样下去其他人也会没命了。”

龟田当即就火了，叫道：“八嘎！”他带着小野匆匆赶到牢房，见十三个人还剩十个，便照着木村的青脸抽了两巴掌，叫道：“八嘎，是让你来审讯的，不是让你判他们的死刑的，滚出去。”

当雪燕得知鬼子已经杀害了三个游击队员，不由心急如焚，又苦于没办法营救。她想：现在得想办法争取营救的时间，别到时候办法有了，人没了。雪燕来到龟田办公室，见龟田满脸的气愤，便问：“大佐，听说你们把抓来的队员给杀了三个？”

龟田愣了愣，问：“许君，你的意思是？”

雪燕说：“俺的意思是你们这么做非常愚蠢。”

龟田皱皱眉头，冷笑道：“你是让我们放了他们？”

雪燕摇头说：“大佐，俺有什么理由这么要求，您有什么理由放掉他们呢。俺的意思是他们说不说并没有关系。因为说出来对你们也没有什么太大的帮助。”

小野疑惑地问：“许君，你的到底什么意思？”

雪燕说：“你们不就是想知道游击队的老窝吗？就是告诉你们了有用吗？你们知道什么叫游击队吗？就是说，他们打一枪换一个地方，今天住在这里，明天住在哪里还不知道呢。再说了，他们的人刚被咱们抓了，你认为他们还会在原地待着吗？还有，你们想通过审讯知道蔚州城内的八路地下组织，他们招了，有用吗？想想吧，他们的人被捕后肯定会在第一时间对地下组织进行调整，防止有人叛变后遭到破坏，所以，俺认为你们的想法是愚蠢的，是徒劳无功的。”

龟田点点头说：“明白了，你的意思是把他们杀掉。”

雪燕说：“你们想杀，俺管不着，但请大佐想想这些俘虏的价值在哪里。

打个比方，如果小野或木村被八路抓走，大佐您是希望他们尽快被杀呢，还是希望八路军留着他们？相信您会希望他们马上杀掉。同样，游击队最想的事情是你们尽快把俘虏杀掉，以防被你们审出什么，或者再麻烦去搭救了。俺的意思是，好酒好菜伺候他们，把他们养得白胖胖的，抽空拉着他们游行，牵动游击队的精力，在此同时呢，赶紧去做点正事儿。”

龟田点头说：“许君说得非常有道理，我们利用他们来分散游击队注意力，然后去做咱们的事情。小野君，去跟军医说，给他们治疗身上的伤，改善饮食与住所，让他们好好活着，让游击队难受。木村，你带领你们的人保护……”他突然把话打住，看看雪燕，笑着说：“许君的建议非常好，这个必须要赏的。我决定赏给你们保安队二百块大洋，改善你们的生活。”

当李玉欣派人把春燕接到游击队，就在考虑怎么把她安全带进城，李玉欣看着春燕白净的皮肤，打扮成庄稼人不像，对她说：“春燕，你只能扮成小姐模样，我扮作你的奶妈，就说咱们入城到观音庙还愿。问题是，打扮成小姐之后，怕鬼子对你有歹心了怎么办？”

春燕感到有些胆怯，她知道小鬼子无恶不作，祸害妇女。想想医院里，每天都抬下那么多受伤的战士，给他们脱衣裳擦洗身体上药，他们无论伤得多重，都克制着自己不叫喊。有时候没有麻药，咬条毛巾就动手术，自己现在就胆怯了，怎么对得起那些兄弟，这也太懦弱了。她抬头说：“玉欣姐，就按你说的办吧。”

这时响起敲门声，玉欣把门打开，见是大力站在门外，就问：“大力，你有事吗？”

大力挠头说：“指导员，俺看着来的那女的面熟，是不是雪燕的姐姐？”

玉欣把他拉到一边，说：“你想做什么？”

大力抽抽鼻子说：“俺想让她告诉雪燕，打走鬼子俺要为她好好打场树花哩。”

玉欣点点头，说：“我会跟她说的，这件事不要再对其他人说了，如果大家都知道了，会影响雪燕的安全，你懂吗？”

大力用力点点头说：“放心吧，指导员，打死俺都不说了。”

早晨，玉欣把春燕打扮成小姐模样，自己打扮成下人，找个竹篮，在里面放上进香的物品，向县城南门方向走去。路上，玉欣说：“春燕，我们游击队有个队员叫大力，每天都想着给你妹妹雪燕打树花，你认得吗？”

春燕吃惊道：“他在你们这里？俺当然认得，死缠着俺妹妹，向她求婚，把俺娘都烦死了。不过，他打的剪子太快了，俺用到现在也没磨过。后来他去俺家打树花求亲，被鬼子抓走了。”

玉欣笑道：“雪燕会嫁给他吗？”

春燕想了想说：“这可说不准，雪燕吧，别看她挺横的，其实心可软哩。再说在尼庵里读的经书多了，她的想法跟咱们就有点不同了。”

玉欣说：“大力虽然长得粗，但心思还是挺细的。他打的刀子，确实快，队里的男同志都用来刮胡子。”

春燕笑着说：“大力打树花打了鬼子，雪燕痴迷了几天，叨念说，也不知道他现在是死是活，看上去好像挺关心他的哩。”

来到县城南门外，她们发现进城的十多人排着队，接受守城鬼子兵的检查。玉欣小声说：“到时候他们检查时，你要装着哭。”

春燕歪头看看，发现鬼子在女人身上摸来摸去，手还往怀里掏，胸部就像装着小兔子，想想马上就轮到自己，不由感到害怕。轮到她们了，有个鬼子看看春燕，便色迷迷地说：“花姑娘的，大大的漂亮。”

另一个鬼子说：“你的，手的举起来。”

玉欣忙上去解围道：“太军，这是俺家小姐，天生害羞，求你们手下留情。”

那鬼子蹲下去，用手握住春燕的脚捏了几下，双手慢慢地捏着往上攀。当手捏到大腿时，玉欣忙掏出块大洋，蹲到地上塞到那鬼子手里。

鬼子把银圆握在手里，站起来，说：“你们的，过去。”

另一个鬼子说：“慢着，我的搜。”他来到春燕面前，伸手去捏春燕的胸，春燕晃了晃身子躲开。鬼子正要发作，看到有只手挡在面前，手心里摆着两块大洋。他抓起大洋来，笑嘻嘻地说：“放行。”

两人进城后，春燕还心有余悸，小声说：“玉欣姐，谢谢你了，要是让这帮畜生摸了，俺就对不起小赵了。”说完，羞涩地低下头。

玉欣笑笑：“这些小鬼子，要不塞钱，搜查起来就会没完没了的，是想借机耍流氓。我平时进城，都是在身上洒上臭豆腐水，让他们近不得身。对了，你跟小赵怎么样了？”

春燕羞涩地说：“他啊，没事就想往医院跑。”

玉欣说：“等你结婚时，可别忘了告诉我，我得去喝喜酒呢。”

春燕的脸红了：“谁知道他是咋想的哩？”

玉欣把春燕带到戏园子后边，见到一品红，一品红领她们回到自己的住处，给她们泡上茶水。玉欣说：“这次我派人去组织那里，把特派员的策划跟首长汇报了，听说首长把特派员批评了，还捎信说，向雪燕赔礼道歉。”

一品红笑道：“我哪敢跟雪燕直说啊，只是说我们怕鬼子惦记，所以跟邻居交代说已经被杀害。要让她知道实情，那她会怎么想咱们啊。”说着，用眼瞄了瞄春燕。从她的脸上，能看出雪燕的某些特征，但又与雪燕是不同的，是两种不同的美，春燕是属于漂亮温柔的那种，而雪燕却是清秀、有个性的那种。

春燕说：“一品红姐姐，雪燕可崇拜你哩，她多次跟俺娘说要跟你学戏，被俺娘给挡下了。”

一品红笑道：“你娘是不是说，戏子是下九流呢？”

春燕不好意思地笑了，说：“她又不知道你是八路军。”

玉欣说：“组织上通过你提供的情报，已经判断出日军驻扎蔚州的真实目的了。极有可能是利用蔚州丰富的矿产资源，建立能源基地，把蔚州变成他们的兵工厂。上级要求咱们密切配合，想办法阻止他们的行动，不让他们的阴谋得逞。等证实了鬼子的目的之后，再想办法阻止，并将鬼子赶出蔚州，解放蔚州。”

一品红说：“这都是雪燕的功劳，没有她，我们不可能这么快就能搞清鬼子的阴谋。对了，我想办法去叫雪燕，等她来了，你们藏在帷帐后面，到时我给她大变活人，来个惊喜。”

对于怎么把雪燕叫来，一品红也是颇费心思。她来到戏园，对小石子说：“你去找雪燕，就说有人到戏园子闹事，让他马上回来。”一品红相信这样的理由还是充足的，不会引起鬼子的怀疑。毕竟他与雪燕是名义上的夫妻，戏园子里出了事，找他回去撑着，是合情合理的。小石子来到鬼子司令部前的哨卡，跟负责翻译的汉奸说了说，汉奸马上给雪燕打电话。

雪燕接到电话后知道有事情，就去向小野汇报说：“小野君，俺得带几个人去趟戏园子，俺媳妇让人来说，有人闹事。”

小野说："要不要我派几个皇军同去？"

雪燕说："这件事没必要弄得太大，我带几个人去看看。说实话，自从我为皇军服务以来，戏园子越来越不安宁，常有人去闹事，骂一品红是汉奸的婆娘。"雪燕之所以跟小野说这些，是怕小野到时候找不到自己，又去戏院子里找。

雪燕带着几个人来到戏园子，一品红见到她就抹眼泪，说："夫君，指望你当上大队长我们会安全的，可是老有人来闹事，说要把戏园子给砸了。"

雪燕瞪眼道："谁啊？活得不耐烦哩，人呢？"

一品红说："他们放下狠话就走了。"

雪燕回头对几个队员说："看到没有，这就是当汉奸的结果，当了汉奸，老婆都被人瞧不起。"

麻子挠挠头："队长……队长，要不俺们几个每天来守着戏园子吧。"

雪燕说："这哪行，守着戏园子谁还来看戏啊。好了，你们回去吧，跟弟兄们说，俺不在的时候不能惹事儿，要是有啥重要事，就来通知俺。"

等麻子他们去后，一品红把雪燕带到化妆室，说："雪燕，你猜为什么把你叫来？"

雪燕耷下眼皮说："为啥，为你们救人呗。"

一品红摇摇头说："再猜。"

雪燕想了想说："又让俺铰窗花情报呗，俺可说了，以后俺再也不铰了，别到时候再出啥事儿，埋怨俺哩。"

路上，一品红脸上泛着得意的笑容，想象着雪燕与春燕见到后的场景。雪燕歪着头看看一品红的表情，看到她笑得有些怪，便问："一品红，是不是要嫁人了，看你高兴的。"

一品红说："说什么呢，谁要嫁人了，我高兴是我今天学会了魔术。"

雪燕无精打采地说："一品红，俺快为了救被捕的人快急死了，你还在这里学玩意，还笑哩。"

她们来到一品红的住处，进到房里，一品红指着帐幔，说："雪燕，我开始给你大变活人啦。"

雪燕叫道："烦死了，你有完没完了。"

一品红还是指着帐幔，说："变。"春燕从帐后出来，雪燕顿时愣住了。

一品红又指着帐幔说："我再变。"

春燕说："一品红姐姐，别变了，玉欣姐说有点事，先走了。"

雪燕压抑着内心里的喜悦，故意眨巴着眼皮问："哎……一品红，这闺女是谁啊？咋看着有点面熟哩。"

春燕咋舌道："哟哟哟，雪燕，你就装吧你。"

雪燕问："咱俩……认识吗？"

春燕说："别装啦雪燕，说说有没有想俺？"

雪燕说："没想你，倒是想你娘了，你娘还好吗？"

春燕说："哼，没想俺，那就不告诉你。"

一品红笑了笑说："你们姐妹俩说话，我出去买菜。"

一品红刚迈出屋门，就听到雪燕喊："姐，你真的还活着哩？"随后就是雪燕的痛哭声……

十三 架空雷区

由于这段时间游击队没有任何行动，鬼子的“双核计划”落实得很快，大南山的基础设施已经基本完工，西北山区的采煤厂也开始动工。当龟田把落实情况向上级汇报后，山本副司令决定前来视察工作，慰问驻扎在蔚州的官兵。

龟田接到这样的电报感到有些沮丧。从内心讲，他不希望山本副司令前来。因为蔚州并没有他汇报的那么安全，游击队的风平浪静并不是说他们已经解散，而极有可能是蓄势待发，可能会有更大的阴谋。如果山本副司令来了，他们给闹点事，蔚州的不安全因素会全部给暴露出来，上级会认为这是巨大的隐患。

针对山本前来视察这件事，龟田召开了专题会议，商谈安保措施。他说：“自南安寺塔之战胜利后，虽然游击队没动静，但并不表明他们甘心认输。如果在山本副司令来到蔚州之后游击队有什么行动，就会暴露了咱们的问题，我们的功劳就没有了。我宁肯相信，游击队如果知道我们的副司令员亲临蔚州，决不会无动于衷，极有可能联合其他团伙，危及上峰安全，请大家谈谈，如何应对。”

小野担忧地说：“既然这样，直接回电让他别来了。”

龟田瞪眼道：“你这话说的，他要亲临基地视察并慰问驻军，是抱着对咱们的工作肯定的态度来的，我们怎么说，难道说蔚州不安全，你别来了。之前，我们多次汇报都说，蔚州在我们的掌握中，我们与土著的关系达到鱼水之情，现在说不安全，不是打我们自己的脸吗？我想要的效果是，在山本副司令来蔚州期间，游击队不给咱们惹事儿。山本副司令的行程，只有一天，你们有办法保证这一天的安全吗？”

小野用小指顶顶眼镜框，说：“山本司令前来蔚州，我们必须作为机密

对待。但我们也要考虑，八路的地下组织并非只有蔚州有，极有可能在我们帝国上层也有潜伏。所以说，无论我们怎么保密，都有可能被游击队知道。为防万一，我们不如把抓来的十个俘虏杀掉，借此吸引游击队前去搭救。反正也没办法撬开他们的嘴，还得有人看守，还得管饭，挺麻烦。我们可以放出风去，在城西河畔对他们进行枪决，然后布上地雷，让保安队前去执行枪决，等游击队出现，他们佯败而退，让敌人进入雷区。”

龟田点头说：“这倒也是个好办法。现在我们既要保护山本副司令，还有两个基地需要保护，兵力确实不够，让保安队去执行这次的任务是合适的。另外命令工兵小队要达到这样的效果，游击队进入雷区后，牵一动百，同时要把俘虏全部解决掉。”

木村不屑地说：“游击队又不傻，他们能上当吗？要是他们不去营救俘虏，这个计划不就落空了。再者，面对山本副司令与解救俘虏，他们会舍大求小吗？如果确定他们去营救俘虏，我们为什么不埋伏重兵，趁机把游击队给剿灭？”

龟田气愤道：“木村君，你听懂没有，山本副司令来蔚州是视察与慰问，不是来当诱饵的。我们不能在这期间与游击队开火。再者我们不能确定他们就一定去营救俘虏。”

当他们策划好这件事后，他们又开始担心司令部里有没有内奸，会不会把处决俘虏的情报传送给游击队。雪燕听说这个消息后知道是个陷阱，根本就没想通知一品红。可是当美代子找过她后，才知道这是个比较重要的消息。爱这东西也是真怪，它是不分国界的，爱又像是心里的魔鬼。当美代子得知处决俘虏的场地布上了雷，并让许剑带领保安队押送，不由为许剑的安全感到担忧。

她跑到保安队对雪燕说：“许君，听说要派你去押送俘虏，引诱游击队前来救人，你可千万要小心，要记清雷区的位置，千万别踩到雷上了。”

雪燕还没有接到押送俘虏的命令，听美代子这么说，握住美代子的手，故作激动地说：“夫人，谢谢你这么关心俺。”为了让美代子说得更多，雪燕故意说：“对了，前天俺在外面给你加工了一副手镯，你肯定喜欢哩。”

美代子激动地说：“真的吗？许君。”美代子太高兴了。

雪燕问：“对了，夫人，以前任何行动都不让我们知道，这次怎么想到我们保安队了？”

美代子说：“由于山本副司令……”忙又改口道，“这个……我……我不能讲的。”

雪燕说：“什么不能讲？”

美代子摇头说：“我还是不说了吧，这件事情事关重大。”

雪燕把手抽出来说：“既然夫人不相信俺，那就不要讲了。”

美代子见雪燕有些不高兴，忙把嘴凑到雪燕耳边，小声说：“明天山本副司令要到大南山基地视察，为了他的安全，龟田把主力都派往大南山，以防游击队惹事，故意放出风说杀俘虏，吸引游击队的注意力。其实，让你带队去也是幌子，会让你跟游击队一交手就撤退。游击队救人时踩响雷，连同俘虏全部炸死。”

雪燕吃惊道：“噢，是这样的啊？”

美代子说：“我听说要布那么多雷，不是担心你吗，所以就跑来了。许君，美代子真的很爱你，真的很爱。”

这个情报太重要了，雪燕猛地把美代子搂在怀里，在她额头上亲了亲说：“许剑也非常喜欢美代子。”雪燕说了“喜欢”，而不是“爱”。美代子闭着眼睛，脸上泛出幸福的表情。雪燕静静地看着美代子的脸庞，虽然远处看上去那么白嫩，但近了可以看到那些粉底及眼角的细纹。雪燕突然感到这个女人非常可怜，真的不知道，有一天她突然发现自己深爱的人是个女的，而且还是个和她们对立的人，会不会疯掉？她轻轻地拍拍美代子的肩，说：“夫人，你先回去吧，马上就有任务，说不定会来人的。”美代子直起身子，含情脉脉地看着雪燕，突然抱着她的头，把嘴往她的嘴上一碰，然后幸福地走了。雪燕忙拿起毛巾来沾着水往嘴上擦擦，“呸”了几口，自言自语道：“看来这女人真要疯哩。”

雪燕心想：得尽快走人了，每天跟这群粗汉子生活在一起，遮遮掩掩的就够累了；美代子已经痴迷，再这样暧昧下去肯定会露馅的。接下来，雪燕铰了几幅窗花，借着去厕所时把纸团扔到墙外。她想，他们捡到捡不到跟俺没关系，是不是去救被俘的同志你们自己决定，反正俺把危险都说了，别到时候出了事又埋怨俺……

每天天色蒙蒙亮的时候，在天擦黑的时候，会有一位五十多岁的老乞

丐，蓬头垢面，背着斑驳着补丁的布袋，手里握着一根棍子，来到保安大队厕所外的墙根，目光细细地扫描着那堆垃圾。这个乞丐就是一品红派来接收情报的联络员，是专门来捡雪燕的窗花情报的。一连几天他都没有任何收获，垃圾堆里还是以前的灰色。

终于，他的目光接触到几个新鲜的纸球，脸上顿时就泛出喜悦。他目光扫尽了巷子，看到没有情况，弯腰把纸球捡起来放进袋子里，再四处看看，提着棍子去了。随后，他借着去店里乞讨之机，把情报交给了联系人。这件东西转了几道手，终于来到一品红手里。一品红把化妆室的门插好，把纸团展开在桌上，开始破译雪燕扔出来的窗花情报。

窗花都是阳纹，第一张窗花上有个大公鸡飞在天空，公鸡的冠子有些夸张，它的眼睛是整幅窗花中唯有的圆点，在十二点钟的方向。鸡的下部有个山形，山根有几个小房子。一品红可以断定，十二点钟，日本有个大官坐飞机到大南山基地。

第二张剪的是，有个小男孩手拿一串糖葫芦，上面十个山楂。小男孩坐在小河边吃着，面带怒色，面向西方，身边有很多萝卜，还卧着条小狗。一品红猜想是小鬼子同时要在城西河畔枪决被俘的十名同志，将会在现场布上雷区，并由保安队负责执行这次行动。

第三张窗花铰的是丝瓜攀在井字架上。一品红明白，雪燕告诉他们是陷阱，要慎重思考。这个情报太重要了，一品红掏出怀表看看，已经八点钟，时间比较紧急。为不让游击队再浪费时间破绎窗花，他让小石子亲自把情报告诉玉欣，由她决定是否采取行动。

小石子出发后，一品红怕沿途有什么意外，他换上男人装跟在小石子后面，直到看着他安全出城，这才松了口气。

游击队与联络员之间的接触是递进性的，小石子并不知道游击队在哪里，他只知道跟游击队直接联系的联络员。他必须到村里找到游击队的联络员，带着他前去找玉欣。由于小石子怕时间不够，几乎是跑去的，当他在联络员的引见下看到李玉欣后，气喘吁吁地把情报重复了两遍，人像抽去衣架的湿衣那样摊在地上。玉欣打发卫生员去照顾小石子，看看表，感到时间紧迫，必须尽快地作出决定，是否采取行动。

玉欣明白，日本有个官员坐飞机到大南山基地，由于长官要来，龟田肯定全力保证他的安全，所以派保安队负责执行被俘同志的死刑并在刑场布雷，是引诱游击队前去救人，落入他们的圈套。如果前去图谋日本高级官员，凭游击队现在的实力不可能成功，最终她决定救队员。她留下了看守营地的人，带领其他兄弟火速赶往城西河畔。路上，李玉欣跟几个骨干商量营救方案。

有人说："我们到附近村里买群羊，赶着他们去救人，让羊先把雷给踩踩。"

玉欣摇头说："鬼子是不会让咱们轻易就把人救走的，他们肯定会在同志们身上做文章，如果引发地面的雷，极有可能会带响同志们身上的炸弹，让我们徒劳无功。"大家商量来商量去，也没有什么好的办法。玉欣说："我们还是到现场再看吧。"

当他们看到城西蜿蜒的河流时，李玉欣担心沟里有雷，让大家捡高处走。这就是战场，工兵布雷之时首先要考虑隐蔽物，知道发生枪战，大家都找隐蔽物去躲，一躲正好会碰响雷。当他们影影绰绰地看到树上绑着的人时，突然响起枪声。李玉欣喊道："卧倒，不要找隐蔽物。"有个队员听到枪声习惯性地滚到沟里，结果传来一声巨响，胳膊握着枪，被炸飞了。

双方打了几分钟，对面没动静了。李玉欣用望远镜看去，发现保安队已经撤离。现在鬼子主力部队到大南山，汉奸保安大队又撤兵，有充足的时间救人，但这人是不好救的。玉欣细致地观察了被绑在树上的同志，分别被捆在十棵杨树上，嘴里都塞着东西，而对着几百平方米的荒地，背靠几丈宽的河流。

有人说："指导员，鬼子已经跑了，现在过去救人吧。"

李玉欣说："不要乱动，我们没有排雷设备，也没这方面的人员，决不能从前面靠近他们。前面的那片荒地肯定是雷区，并且是连环雷，一旦引发势必会引爆捆在我们同志身上的雷。那样，我们就等于和被俘的同志们一块儿送死了。"

由于他们的战友兄弟就在几百米之外的树上捆着，他们却无法过去救援，大家都显得有些焦躁不安，甚至有人情绪冲动，要试着去排雷。喜柱也凑到玉欣面前说："玉欣姐，俺人小身子轻，也许踩不响雷，让俺过去吧。不过，咱得说好，到时候把地雷爆炸后的碎片给俺师傅，让他留着打树花。"

李玉欣哭笑不得，在他头上弹个响，说："你要过去，不用你师父打树

花了，你自己就变成树花了。”

最终，玉欣决定绕到河对面再想办法，毕竟那儿离队员们要近。她带大家绕到远处，再绕过河，又绕到河上游，商量怎么靠近队员们。问题是鬼子这么狡猾，肯定在河对面甚至在河里布上接线。如果扎伐子过去，必然会触动拉线，最终还是失败。

大家一筹莫展，都在那里嘞牙花子，此起彼伏。喜柱又插嘴道：“不会弄些钓鱼勾举着，有拉线就会被钓鱼钩挂住，这么轻的线不会拉响地雷。”

玉欣听到这里不由惊喜，伸手搓搓他脏兮兮的头发，说：“还真不能小瞧了你这个小不点儿。”

喜柱得意地笑笑，把淌在唇上的鼻涕吸进鼻孔里。

玉欣说：“大家找几根线来，上面绑根鹅毛，下面系的重量刚好拉住线，还不至于把浮标拉沉，放进水里，跟在线后，发现河面有拉线轻轻剪断。前进的时候，要密切注意水上方是否有拉线，别老盯着浮子，把水面上的拉线给忽略了。你们到了那几棵树的后面，不要上岸，等我们放下木筏后再商量对策。”

大家分头行动，到附近去找必备的用品。老百姓听说要营救游击队的同志，自发地来了几十人。探雷的队员下水后，玉欣与村人开始扎竹筏子。几个队员把绑了鹅毛的线放进水里，跟着飘浮的鹅毛在后面往下游。每当看到鹅毛被挂住，仔细分辨是否有拉线，有的话，就用钳子剪断。他们剪断了几根拉线，终于来到捆着同志的杨树跟前。为能够彻底清除掉水里的危险，便于撤退，几个人又往下游探了两百米，确定再没拉线，才对上游招手。

李玉欣他们把扎好的木筏子顺下来，用木棍把木筏子撑住河底，把几个木筏子串成浮桥。大家蹲在浮桥上研究怎么才能把树上的同志营救下来，还不至于牵动地雷。玉欣用望远镜细致地观察树上被捆的同志，见他们身上果然都捆有地雷。她相信，地雷肯定都有拉线牵到地上，下面的雷爆炸会牵动队员身上的雷。她决定把绳索扔到树枝上挂住，顺着绳子腾空到树上，先把同志们身上的雷拆掉，再把他们顺到木筏上。问题是把带有钢爪的绳子准确地扔到树上，这不只需要力气，还需要准头。一旦绳头上的铁爪落地，极有可能把地雷砸响，营救会彻底失败。

李玉欣让队里掷弹最远的队员，把钢爪准确地扔到队员上方的树枝上，并且挂牢。那同志接到命令后，手里抓着铁爪，手有些抖，脸上泛出细汗。在以前的战斗中，他曾成功地把手榴弹扔进鬼子的碉堡眼里，因此被队员们誉为最牛的破爆手，可是现在情况不是炸碉堡，而是自己的同志。

玉欣说："不要再犹豫了。"

那队员猛吸一口气，嘴里发出"啊"的一声，挥臂猛地把钢爪掷出去。钢爪拖着绳子奔向树头。由于用力过猛，钢爪竟然钻过树头耷在那里。他们慢慢地拉动绳子，让钢爪抓住树杈，又把这端固定在木筏上。李玉欣用望远镜观察过后，发现钢爪钩住的枝子有些细，根本不可能承受一个人的重量，想重新投掷，又没办法把钢爪收回来。正在一筹莫展时，喜柱说："指导员，俺轻，让俺上去。"

李玉欣问："喜柱，你行吗？"

喜柱说："当然行，俺是打铁的，有劲哩。"

李玉欣说："好吧，那你就试试。只要你能够上去，到时候你师傅打树花的铁我包了。不过，你得小心些，千万小心，知道吗？"

喜柱惊喜道："真的，真的？"

李玉欣拍拍他的肩，说："我什么时候跟你说假话了，前提是必须安全才行。"

为防喜柱抓不住绳子会掉到下面砸响地雷，李玉欣把自己的武装带解下来，把喜柱的腰与绳子扣到一起。喜柱抽抽鼻子说："说好了，俺师父打树花的铁，你包了。"

玉欣用力点头说："这是肯定的。"

喜柱双手抓住绳子，慢慢地往上攀。他的双手每捣一次都会喊声"打树花"。这要是在平时，大家早哄笑了，可现在这种情况，喜杜喊出"打树花"，大家却产生了沉重的感动。

由于离树太远，绳子又细，当喜柱攀到离树头三米的地方没劲了，停在那里。玉欣说："不好，要往下滑。"

大力突然喝道："打树花……打树花……"

喜柱猛吸一口气，喊道："打树花，打树花……"双手艰难地往上挪着，两条腿用力地挥舞着。

李玉欣的眼里变得潮湿了，她深深地呼口气，跟着大力喊："打树花，

打树花……”喜柱终于攀到树杈上，他趴在树枝上，就像挂在上面的衣裳。

李玉欣用望远镜看去，见喜柱面色苍白，正呼呼地喘气，扶着树枝的手在滴血。她喊道：“喜柱，你先休息一会儿再到下面，细致地检查牵在同志身上的细丝儿，剪的时候不要犹豫，要果断。你放心，我保证多给你师傅弄些铁，让他打场最好看的树花，一是向姑娘求婚，二是庆祝咱们抗日胜利。”喜柱向玉欣握握拳头，表达了自己的决心。他慢慢地往下攀，来到队员上方，想伸手把队员嘴里塞着的布拿掉，见队员的眼睛瞪圆，用鼻子发出“嗯”一声，吓得他把手缩回来。这才发现，队员的嘴角被条细钢丝勒了条沟，钢丝牵着背上捆着的地雷。他掏出钳子从队员耳旁把线剪断，把队员嘴里的布撕出来，那队员声音微弱地说：“告诉指导员，不要上岸，下面都是地雷，一个响了都会响。”

喜柱喊道：“同志说了，树下都是雷，不能上岸。”

玉欣喊道：“喜柱，再仔细观察同志身上的任何线或钢丝绳，把它们全部剪断，然后再去解除他们身上的地雷，不要把地雷扔到地上，要扔进河里。”

喜柱喊道：“俺知道了。”喜柱慢慢地检查几遍队员的身体，确定没有引线了，把队员身后的地雷解下来，用力扔向河面。由于劲小，落在靠岸的水草上，吓得大家“啊”的一声。

喜柱不好意地说：“下次俺再用力些。”

喜柱把队员身上的绳子解开，把钢爪重新固定好，用皮带把队员连同绳子固定住，再把队员放下去。由于队员太重，又没有力气抓紧绳子，人迅速地下滑，把下面拉绳子的几个人全撞倒了，差点把木筏给砸翻。当他们把全部的队员救下来，大家都已累得精疲力竭，特别是喜柱，脸色苍白，浑身湿透，两只细胳膊抖得厉害，但他脸上的表情却是喜悦的，因为师父有铁打树花了。

李玉欣说：“马上带伤员撤离。等鬼子从大南山回来，肯定来看他们的成果。为了让鬼子确定我们闯进雷区遭受重创，大力你们几个到上游，等我们离开后把木筏子放下来。”

大力几个人拉着竹筏子去上游了，李玉欣让队员把河面上剪断的拉线接起来。玉欣她们撤到远处，她对那些前来援助的乡亲说：“你们回去后记得和乡亲们说，尽量不要到前面那片空场，以防踩着地雷。还有，以后如果有事想在那里办，要先扔些东西砸一砸，确定没有危险才能去。”这时传来轰轰的炸响。李玉欣说：“好了，就当庆祝我们的成功了……”

一直陪同山本副司令在大南山基地视察的龟田，一整天都在提心吊胆，生怕会出现什么情况。在陪同山本参观基地建设时，劳工从房顶上扔下个工具，都把他吓得打激灵。庆幸的是，山本视察完了，坐飞机走了，也没有出现担心的事情。龟田如释重担地说：“今天无比的成功，今天改善劳工的伙食，鼓励他们继续努力。”

当他们回到县城住处，龟田马上派人把雪燕与工兵小队的队长叫来，问西河畔的情况。雪燕汇报说：“我们遵照您的指示，跟游击队交火后，就迅速撤离现场了。直到刚一会儿前，才听到西河畔传来阵阵轰鸣。必是他们千方百计想营救那几个俘虏，触发雷区，行动失败了。”

工兵队长点头说：“许君分析得没错，他们肯定行动失败，遭受重创，因为那样布置设计，他们是不可能成功的。”

龟田点点头说：“好，那太好了。你马上前去现场察看，统计游击队所受的损失。”

小队长带人来到西河畔，发现整个刑场布满麻坑，知道他们成功了，但让他们疑惑的是地上没有半点血迹，也没任何布料或遗物。当他们发现捆绑游击队员的树没有被炸过的痕迹，感到不好。显然，游击队成功地把人给救走了，没有伤亡，临走时还把雷区引爆。这充分说明了，为什么在保安队撤回几个小时后，才听到爆炸声。小队长蹲在树下眨巴着小眼睛，在思考游击队是通过什么办法把人救走的？难道真像传说的那样，他们是飞虎队，会飞？如果不会飞，这种情况又怎么解释呢？

不管人家用什么办法救走了人，小队长都明白，让龟田知道没有达到预期的效果，他就没有好果子吃了。他把大家集合起来，说：“你们都看到了，我们的布雷是失败的，游击队已经成功地把人救走了。这件事如果让大佐知道，我们都会受到处罚。大家回去后，无论谁问起来，都要说俘虏已经被炸死，现场到处是血迹与遗物，可以断定游击队伤亡惨重。”

大家满脸的惶恐，都用力点头。

回到司令部，小队长把虚假的情况进行了汇报，都没有敢去看龟田的眼睛。龟田却高兴地说：“太好了，真是太好啦。小野君，今天我很高兴，

让许剑通知他的夫人，我们今天晚上去听戏。”

小野看看窗子，说：“大佐，马上就黑天了，明天吧。”

龟田摇摇头：“必须的今天。”

雪燕并不知道游击队已经成功把人救走，自她听到传来轰鸣声时，心情就很沉重。她认为，那些轰鸣声表明，游击队进入雷区，蒙受损失了。当雪燕听说大佐要去听戏，心情就更沉重了。龟田奔波了一天，这么晚了，还有兴致去听戏，这样的兴致是哪来的？肯定游击队受到重创后，心里高兴啊。

雪燕来到戏园子，直接闯进一品红的化妆室，见一品红与小石子都不在，便感到事情真严重了。正在她坐卧不安时，一品红来了，雪燕腾地站起来，瞪着眼睛问：“是不是游击队又中招了？”

一品红摇摇头说：“现在没有得到消息。”

雪燕说：“这可不怨俺啊，俺明明跟你说是陷阱，你们还去踩雷，跟俺可没关系。”

一品红说：“放心吧，雪燕，无论行动成功与否，都跟你没有关系。你的任务是搞情报，并不能决定是否执行。所以，你放心就好了。”

雪燕说：“龟田今天特别高兴，说要来看戏，俺感到游击队肯定是惨了，要不他咋会这么高兴哩？要不，你马上安排人把他给干掉。”

一品红忙摇手说：“不行……不行，现在杀掉龟田没有任何用处，他死了，还会有新的人来上任。再说，他每次行动都会有专人负责安全，也不容易下手。如果盲目动手，戏班子这么多人就遭殃了。谋杀龟田的事情，你无论在什么时候都不要想。”

雪燕叹口气说：“你们爱杀不杀，跟俺有啥关系哩？”

一品红跟班主商量安排戏场，雪燕估计龟田一时半会儿来不了，就回小房里休息了。由于每天都在鬼子营里，面对一百多号粗野的男人，雪燕遮遮掩掩的，干什么都不方便。只有来这个小房，雪燕才可以放松自己，才可以尽情地恢复女人身份。她烧了些水，洗了澡，换上一品红的女装，站在镜前看里面的闺女，然后再看看一品红的画像，便把嘴噘起来了。因为镜里的闺女并没有相片里的一品红漂亮。这时院门被敲响了，雪燕皱起眉头对着门外喊：“谁啊？谁啊？”

门外传来一声女性的细腔：“公子，一品红姐让你过去，说皇军到了。”

雪燕说："知道啦，知道啦。"又看了看镜子里的女人，轻轻地摇摇头。

由于龟田前来看戏，蔚州的富商豪绅都来作陪，戏院子里坐满了人。龟田与美代子、小野、木村、会长等人坐在最靠前的那个桌上。桌上摆满瓜果。龟田正与会长谈今天的胜利，他们谈笑风生，显得极为开心。美代子四处瞅寻，想看到雪燕的影子，可并没有看到，心里感到有些不快。在认识雪燕之前，美代子还是挺爱看戏的，因为她本来就是个富有艺术气质的女性，对艺术有着良好的感觉。自爱上这个假许剑之后，她突然对秧歌戏产生了反感，这种反感主要因为一品红是许剑的夫人，因为爱情是自私的。美代子实在憋不住了，问："许君哪去了？把他找来给咱们讲戏。台上唱的我们又听不大懂。"

龟田点点头："小野君，去把许队长找来。"

小野走到台上，对正在那里布置的班主说："把许队长的，找来，就说大佐有事。"

班主跑到化妆室里，说："公子，大佐让您过去。"

雪燕来到前台，见台下这么多人，突发奇想，也想唱几句。其实是因为心里不痛快，想发泄发泄。她说："女士们，先生们，在正戏之前由本大队长给你们表演表演。"顿时掌声如潮。雪燕首先在台上连打几个空翻，博得大家掌声不断。随后，雪燕咿咿呀呀地学着唱起来，下面又传来掌声。雪燕发泄够了，在台上又转了几圈，这才来到龟田面前。美代子含情脉脉地看着她，见她脸上有汗，掏出手帕来说："许君，谢谢你为我们表演，擦把汗吧。"

雪燕接过美代子的手帕，见上面绣着朵樱花，笑道："这么漂亮的手帕哪能用来擦汗呢，我收藏了。"说着，就装进自己兜里，用袖子抹抹脸上的汗水。

小野说："美代子夫人说，怕听不懂唱词，想请你介绍。"

雪燕点头说："没问题，到时候俺给你们介绍唱的内容就是了。"

每当有演员上场，雪燕就给他们介绍这出戏的出处，以及戏里的内容。美代子并没去看戏，静静地盯着许剑，眼睛里充满柔情。小野不时用小指顶顶眼镜，偷着瞄一眼美代子，似乎看出什么端倪。一品红是最后上场的，自上场后大家的掌声就不断。大家不停地鼓掌、呐喊，让她加场。美代子冷冷地看看穿着光鲜靓丽的一品红，对龟田说："时间不早了，我们该回去了吧？"

龟田点头说：“好吧，今天就到这里了。”

一品红与班主、雪燕把龟田等人送出戏院。美代子对小野低声说：“你说有事，让许君跟回去。”

小野愣了愣，似乎明白了什么，他回头对送行的雪燕说：“许君，一同回去，有重要的事商量。”

龟田摆摆手说：“今天让许君的留下，跟一品红小姐小别胜新婚，别让他回了……”

十四 古墓内情

由于日军在蔚州伸的手太长，铺得摊子太大，每天需要大量资金投入。虽然他们用抓来的劳力干活，从没有想过要付工钱，但这些劳力的吃饭是笔不小的开支。他们在蔚州很难搜到粮食了，开始向上级申请经费，调拨粮食。上峰的来电很简单：帝国的战争全面铺开，经费紧张，粮食短缺，一切请当地解决。

龟田又回电说：已经多次向当地富商集资，再施压力，会破坏之前建立起来的信任与友谊。当地百姓已经开始食用树皮，再无粮食可寻。上峰的回电是：请当地解决。龟田感到气愤，你既不让鸡吃米，还要让鸡下蛋，这叫什么事儿。生气归生气，工作还是要做的。他把商会会长叫来，跟他商量筹款筹粮支援皇军建设。会长苦着脸说："大佐阁下，您想过没有，自皇军进驻蔚州以来，我们多次巧设名目向商户与百姓集资，再伸手跟他们要钱要物，怕是不好吧。"

龟田瞪眼道："有钱出钱，没钱出粮，谁敢抵抗，抄家问斩。"

会长内心气愤，说："大佐，大旱之年，粮食颗粒无收，百姓都在吃树皮。战争不断，商业不利。在这种时候，老夫实在没有办法了。我虽名义上是会长，其实并没实权，也没威信。在蔚州，我既不能为民谋福，也不能为皇军做出多大的贡献，实在惭愧。不过，有个人可以堪当重任，他不只富可敌国，在蔚州商界有着较高的名望，如果重用此人，相信对皇军有较大的帮助。"

龟田点头："那你说说，是谁的干活。"

会长说："此人您也认识，他就叫赵百发。"

据说，赵家的发迹是因为一个太监。光绪年间有个太监告老还乡，带着大宗物件途经蔚州。赵百发身为土匪的爷爷劫持太监，收获颇丰，因此发家。经几代经营，现在赵百发不只在蔚州拥有大量的土地与店铺，已经悄无

声息地将生意做到张家口、石家庄，以及京城、山西一带。

在日军进驻蔚州后，赵百发看风使舵，向鬼子捐了两车小麦，十匹绸布，一千块大洋，并大摆宴席表达对皇军的欢迎。私下里，他还送给龟田两件明永乐年间的青花盘子，两件清代釉里红花瓶。

龟田把赵百发请来，对他说："会长推荐你来担任我们的商会会长，负责为我们皇军筹钱筹粮，请赵君多多费心。"

赵百发心中气愤，会长这是把他往火坑里推。战争不断，无法经商，粮田荒芜，家家都在吃老本，跟谁要钱，都比挖谁的祖坟还要严重。他忙推辞道："老夫年龄大了，威信渐差，不能胜此重任，还是请大佐另请高明。"

龟田拉长了脸说："赵君，你如此推辞，交情的，可就没了。"

赵百发本来以为自己把龟田收买住了，两人已经变成真正的朋友，没想到龟田这个人如此无赖，脸说变就变。赵百发经营着如此大的家业，自然也不是善辈，忙说："大佐，其实你们没有必要向商户要钱要粮，现在到处都在打仗，无法从商，大家都在坐吃山空，不会有多少余钱余粮。要紧了，大家说不定会联合抗击你们。以老夫之见，不如去跟死人借点钱花。"

听说跟死人去借钱，龟田的脸当即拉长，把军刀摘下来拍到桌上，眼里露出凶光，厉声叫道："赵百发，你的，大大的不够朋友，是不是想咒我们死呢。"

旁听到的小野早忍不住了，冷笑道："赵君的建议非常好，我们已经跟死人讲好，他们愿意出钱，请赵君帮我们拿来。"

赵百发忙摆手说："小野君误会我的意思了，老夫的意思是说，蔚州拥有数量较多的古墓，陪葬品非常丰厚，比如金银玉器，这些都不是钱吗？你们可以把东西挖出来，运到别处卖掉，换你们所需，既解决了困难，也不至于与百姓闹得太僵，岂不一举两得。"

龟田轻轻地点头，说："赵君的提议非常好，请问，哪儿有古墓？"

赵百发说："听老人们说，代王城下肯定埋着大量的宝贝。"

小野整夜未睡，在那里翻查史料。自他来到蔚州，就对后勤小队长井上太郎交代过，发现谁家有关于蔚州记载的古书，要给他带回来。现在小野的房里到处都堆着线装书，还有古籍善本。小野终于在一本老的县志上，看到了有关代王城的记载。

古代王城城池周长25华里，城垣两道，分外城与宫城两层。城设九门，城内平面布局椭圆形。东城门侧，水神塘幽深别致，清澈见底。内宫西墙下树林边的金波泉流水淙淙，浮光掠影。城西南的涌金泉溪水汇聚而成钓鱼池，是当年代王休闲钓鱼的地方。不远处是代王阅兵的阅兵台……现在，代王城、马家寨、北门子、城墙碾四村坐落在古城遗址之上。

小野向亀田汇报，说："属下整夜未睡，查找资料，发现此地果然有代王城，说不定真有大型古墓。"亀田决定，前往代王城寻找古墓，向死人要钱。他派保安大队跟随后勤保障小队，共同保护地质专家，带仪器前去代王城探测地下古墓。

由于命令来得突然，雪燕没来得及铰窗花情报，如果能把消息送出去，可以让游击队把井上太郎解决掉。这个井上无恶不作，每天都去向老百姓搜集粮食，抢劫钱财，夜里去偷人。雪燕当上大队长时，曾去慰安所调查自己的表姐，根本就没有查到她的下落。可是，慰安所每天都有被折磨死的女人，死了就扔到城外的沟里，被野狗给咬了。她相信表姐已经被害了。

当雪燕陪同井上太郎来到代王城时，井上带领鬼子进入村庄抓来几个老年人，逼问古墓位置。有个老人气愤地叫道："盗人祖坟，猪狗不如，你们这帮猪狗不如的畜生。"井上太郎举枪把他打死了。看着老人瞪着绝望的目光，捂着弹眼，慢慢地倒下，血从手指里喷射而出，雪燕感到就像自己中弹那么痛苦。

亲眼看到鬼子杀害中国人，却无法阻止，还要装出漠然的样子，这让雪燕实在难以忍受，她的心都在滴血了。他们押着几个老头、老太太，来到马家寨东边的古墓群。井上太郎看看那些大大小小的土堆，还有草丛里横着的几块断裂的石碑，以为找到古墓了，下令要把几个老人全部杀掉。雪燕忙站出来阻止道："慢着，现在杀掉他们，不是时候。"

井上太郎道："不杀，他们出去乱说，麻烦的有。"

雪燕解释道："如果这里没有宝藏，还得让他们带着另找地方，不如等把古墓找到再杀也不迟。"

井上太郎点头说："许君说得对，暂且留他们的性命。"

雪燕对麻子偷偷地说："你带几个老人到旁边，等鬼子进入墓地之后，把他们全放了，让他们回去告诉村民，以后再见着鬼子来，要找地方躲躲。"

井上让雪燕他们在墓群外等候，他陪着专家到墓地里用仪器探测。专家的脸上露出得意的表情，说下面有很多古墓。当他们把整个墓群跑遍了，掌握了地下建筑面积较大的几个墓，并画出示意图来。四际里已经泛出暗色，夕阳悬在天边，像烧红的铁球。井上太郎怕不安全，说：“我们明天再来。”

雪燕迎上去问：“井上君，找到大型墓室了吗？”

井上高傲地说：“你的不用管。”

雪燕看到那牛样儿心想：你就牛吧，俺让游击队在这里埋上地雷，让你们也尝尝雷的厉害。回到司令部后，井上跟专家去向龟田汇报去了，雪燕带队回到大院。她没来得及洗脸，独自回到房里铰窗花。第一幅剪的是老虎正在用爪挖地，地下有元宝。第二张剪了太阳露出刚探出半边脸和几个蘑菇，表明在马家寨东方的墓地。第三张铰的是萝卜，表明让他们埋地雷。雪燕把窗花揉成团装进兜里，抽空把这些窗花扔到墙外，然后想象明天的光景，脸上泛出得意的表情。

早晨，雪燕刚吃过饭，井上太郎来了，梗着脖子叫道：“你的，带领我们去马家寨的挖宝。”

雪燕明白，游击队极有可能在墓地里埋上雷了，摇头说：“俺们帮皇军寻宝就行了，挖宝的事你们自己去，反正你们挖出来也不会分给俺们。”

井上太郎说：“必须去，你得保护我们的安全。”

雪燕心想：跟着他们去看看被炸的样子，就当看戏了。

井上太郎他们二十几个鬼子坐着卡车，从他们身边“呼隆呼隆”过去，留下一股很难闻的烟气。麻子吸吸鼻子说：“队长，这不公平。他们坐车，咱们步行；他们吃肉，咱们喝汤。凭什么咱们就低人一等。”

雪燕说：“因为咱们是汉奸。”

麻子“嘿嘿”笑道：“队长，你净说实话。”

雪燕带领大家还没有到马家寨，听到传来“呼隆呼隆”两声巨响，便知道他们踩地雷了。心想，最好把那个讨厌的井上太郎给炸死，看你说话还梗脖子，最好死得挺挺的。雪燕他们来到古墓群外，见井上太郎他们在墓群边上站着，墓地里横着几具鬼子尸体，姿势扭得非常有花样。井上太郎喊道：“我们的休息，你们的挖墓。”

雪燕到这里愣了，问：“井上君，那几个太军躺在那儿干吗哩？是在休息吗？”

井上太郎叫道：“这是命令，你的必须要去。”

雪燕瞪眼道：“井上君，你什么意思，是不是想让俺们去踩雷？”

井上太郎掏出手枪，冷冷地说：“你们必须去。”

雪燕恨得牙根都痒了，明知道有地雷还让俺们去送死。她说：“好吧！好吧！我跟兄弟们说说。”他把麻子叫到旁边，小声说：“通知大家，墓地里有地雷，他们让咱们去踩雷当炮灰，想活命的就看俺的。俺开枪之后，大家要向鬼子开火，决不能留活口。”麻子的眼睛瞪得老大，满脸惊恐的表情，用力点头。雪燕来到井上太郎跟前，说：“井上君，不如这样，咱们请工兵小队来排雷后再挖宝。”

井上瞪眼道：“时间的没有，现在的就挖。”说着，挥挥手。

两个鬼子大兵架着一个保安队员就往墓地里推，那队员喝道：“队长，救命啊，救命啊。”雪燕冷冷地盯着井上，见他挥舞着战刀“哇哇”大叫。雪燕掏出手枪对井上太郎的后背搂火，井上慢慢地回过头，见是雪燕开的枪，眼睛越瞪越大，“嗵”地砸到地上，腿不停地抽搐。鬼子兵见队长死了，抱起机枪来向游击队员扫。

雪燕扑倒在地，喊道：“还击。”回头见队员们愣在那里，根本没人举枪。雪燕的胳膊挂彩了，顾不得疼痛，叫道：“再不还击，就死定啦。”大家这才醒过来，趴到地上，向鬼子开火。

由于保安队的人多于鬼子，鬼子被火力逼得逃进墓地，踩响地雷，几声巨响，几个鬼子腾空而起。他们没办法，又翻回来与保安队对峙。由于人数相差太多，鬼子无法抵抗，最后全部被歼灭。战斗结束，雪燕从地上爬起来，盯着墓地里横七竖八的鬼子尸体，还有七名被打死的保安队员，回头骂道：“该死的，怎么跟你们说的，让你们看到俺开枪后，马上还击，你们待在那里等着挨枪子哩，要是你们早出手，至于搭上七条人命吗？”

大家都低着头，不敢吱声。麻子见雪燕的胳膊挂彩了，跑过去为她包扎起来，说：“队长别生气了，事情发生得太突然，我们一时没反应过来。经过这事，以后就知道怎么办了。”

空气里洋溢着浓烈的火药味，还有血腥气。几个受伤的队员，正在那里换着包扎。雪燕回头看了看城里的方向，知道今天的事整大了，他们把龟田最宠爱的井上太郎打死了，没法再回据点。她对大家说：“今天咱们杀了鬼子，不能再回去了，大家散伙吧。”

队员们都低着头站在那里，不吱声。

雪燕说：“走吧……走吧，回去当乞丐，也别当汉奸了。今天的事你们还不明白吗？鬼子明知道墓群里有地雷，非逼着咱们踩雷，他们根本不把咱们当人看，是把咱们当敢死队、当炮灰，再跟他们干，早晚都是个死。”

麻子哭丧着脸说：“队长，他们早把兄弟们的家里地址登记了，要是走了家人，就遭殃了。”

大家七嘴八舌地说：“队长，俺们不走，走了鬼子肯定杀了俺的家人。”

问题严重了，是啊，当初鬼子把每个队员的家属与亲朋掌握起来，就是以防逃跑或者叛变。雪燕恨恨地骂道：“怪不得鬼子喊你们猪呢，就是猪脑子，谁让你犯贱把家庭住址告诉他们哩。”生气归生气，但办法还是要想的。想来想去，雪燕感到不回去也不行，就算要解散，也得先把队员的家人安排好。

她叹口气说：“我们可以回去接着当汉奸，不过大家要记住，任何人问起这次战斗，都要说，井上太郎他们坐车快，咱们半路上听到枪声与爆炸声，赶到古墓群时，发现井上太郎他们已经被游击队给消灭了，把卡车炸了。我们正想撤退，没想到中了游击队的埋伏，实在无法与他们抗衡，只得逃离。你们现在就背下这段话，一会儿俺问到谁，谁他娘的说错了，立马枪毙！”

雪燕蹲在那儿思考怎么向龟田解释。回头看去，见队员们都在那里交头接耳。雪燕知道，就算他们背得再熟，鬼子也不会相信他们。雪燕抽查了几位队员后，对大家说：“都给俺记住了，咱们回去后，鬼子肯定单独问话，会拿出大洋，甚至会说给你们日本娘们，说不定还会严刑逼你们。你们都要记住喽，一旦说出真相来，不只自己的命保不住，咱们大家的命都保不住。”

有人说：“俺要是说，俺就是狗娘养的。”

又有人说：“俺要是说了，天打五雷轰。”

还有人说：“俺要说出来，俺就是他妈鬼子养的。”雪燕照着他的屁股就是一脚。

他们把鬼子的尸体扔进沟里，从汽车里放油浇上烧了，又把汽车给炸掉了。雪燕知道，这些不成器的人极有可能会受不了威逼利诱把实情说出来。她把黑塔与猴子叫出来，对他们说：“你们俩先不要回去，在外面听着点。如果有人跟鬼子泄露了实情，把兄弟们害死了，就把他给俺杀了，为兄弟们报仇。”然后，把两个人叫到旁边，小声说：“你们回城后找个地方住下。回去后，我就说让你们出去打探情报去了，你们明天再回队里。”

保安队抬着七具尸体走了。不久，有个鬼子像鼹鼠似的从墓穴里伸出头来，四周看看，爬出来，跑向旁边的树林……

听完了雪燕的汇报，龟田的头低着，就像在默哀。他的嘴唇不停地颤抖着，呼呼地喘着粗气。小野已经把脖子缩没了，满脸惊慌的表情，在等着龟田爆发。果然，龟田突然就像狼咬着似的“哇哇”大叫，掏出枪来对着顶棚搂了几响，顶棚被打了几个黑筒，落下了灰尘，把桌子都给覆盖住了。最后，他举枪的手就像被打折了，垂下来，眼里蓄满了泪水，身子剧烈地晃了晃。小野忙跑上去把龟田扶住，架到了座位上。

至于龟田的愤怒，雪燕早就想到了，只是没有想到如此的癫狂，竟然比死了亲娘老子还冲动。她抬头看看小野，用目光问寻是不是可以走了。小野似乎读懂了她的眼神，点点头说：“许君，你去把胳膊包扎一下，有什么事再叫你。”

雪燕走后，龟田把双手摁在桌面上，勾着头，盯着小野问：“你认为许剑说的是真实情况吗？”直起腰来，桌上的灰尘里留下了两个手印。

小野轻轻地摇摇头说：“这个不好判断，不过可以看得出她确实经历了战斗，还因此挂了彩。”

龟田叫道：“你马上派人去现场进行察看，推测当时战斗的情景。另外去保安大队看看，是否真的死了七个人，并对他们进行抽查，审问当时的情况。”

小野来到保安队，发现院里摆着七具尸体。他要求把大家集合起来。雪燕心里开始打鼓了，知道鬼子开始对他们审问了。当大家站好队后，雪燕见队员们个个都像霜打的茄子，那样子就像此地无银三百两，心中暗暗着急，在衡量能否度过这个坎儿。

小野挑出十名队员，对雪燕说：“许君，我把他们带回去交流交流，没别的意思，就是想了解当时的情况。”

雪燕高声叫道：“你们，如实回答，否则性命难保。”

小野把几个人带到审讯室，分别对他们进行了威逼利诱，让他们描述

前去马家寨的情景，见大家都说得如此相似，好像提前就串通好的，便感到疑点更大了。把人放掉后，小野来到龟田的办公室汇报，说："大佐，确实死了七个人，就摆在院里。我对十个队员进行了审问，他们的口径如出一辙，我怀疑有串供之嫌。"

这时，门卫进来汇报说："报告，有个士兵前来汇报情况。"

龟田叫道："让他滚。"

卫门说："他说是井上太郎的兵。"

小野说："快把他带进来。"

士兵进来后，对龟田弯了弯腰，脚下踉跄几下，差点摔倒在地上。他浑身沾满了泥土，脸上有几块擦伤，腿上还被子弹刮伤了，有块布奋着。他哭咧咧地说："我们坐车走到前头，来到墓地，井上队长下令我们挖古墓，走在前面的两个中士踩响了地雷，我们就退出墓地。等保安大队来到，队长让他们前去踩雷，保安队大队长不同意，就对我们开火了。由于我们的人少，只得向墓地撤离，结果进入雷区。我是一脚踩空，跌进了墓洞里，才保住了性命。"说着，说着，身子剧烈地晃了几下，歪倒在地上不省人事了。小野马上让门卫把军士送去治疗。

龟田说："事情真相大白，小野，马上包围保安队，统统杀掉。"

小野忙说："大佐，这件事情不能操之过急，还有很多疑点未解。您想过没有，一，如果许剑真造反，消灭井上太郎之后，为何不带人离开？而选择回来送死。二，就算他真与井上开火，也是有原因的。井上明知道墓地里有地雷，还逼保安队的人去踩雷送死，这换了谁也会反抗的。三，如果这个士兵被游击队俘虏，进行威逼收买，故意挑拨，想通过咱们的手除掉保安大队，岂不中计。四，帝国的士兵把被俘作为耻辱，为了荣誉，掩盖被八路军被俘的事实，完全有可能把责任推到保安队身上。五，现在我们铺的摊子太大，正是用人之际，如果错把保安队剿灭，是巨大的损失。所以，不能操之过急！"

龟田点头说："小野君说得不是没有道理。这样，你要对这件事进行彻底调查，争取查到真相。我们要确保许剑对天皇的忠诚，否则我们是养虎为患。"

小野走后，龟田的心情变得非常沉重。想起自来蔚州，井上太郎每弄到好东西都会偷着送来，把他的保险柜里塞得满满的。在这次挖宝之前他还说，如果弄到好东西一定会送过来，现在竟然就这么不明不白地死了。龟田突然感到有些累，便回住所休息了。

美代子正在家里铰窗花，见龟田的脸色灰暗，脸拉得老长，满脸不高兴，便问："龟田君不舒服吗？"

龟田叹口气说："井上太郎为天皇尽忠了，我感到惋惜。"

美代子说："是的，非常令人惋惜。他是遭到游击队的伏击了吗？"。

龟田坐在沙发上，身子畏缩在那里，闭着眼睛，有气无力地说："此事至今还不明朗。今天他跟保安队前去挖宝，据许剑说是遭到游击队的伏击。事情复杂，到底是什么原因现在还不清楚。"

听说关系到许剑，美代子心中暗暗着急，对龟田说："龟田君到榻上休息好吗？"见龟田没有动静，便坐在那里眨巴眼睛。当她听到龟田传出响亮的鼾声，便轻轻地爬起来，到门口换上鞋，出门了。

美代子东打听西询问，终于知道了事情的经过，原来大家都在怀疑是许剑把井上太郎给杀掉的，便开始为她担心了。

雪燕正躲在自己的休息室里，预测接下来将要发生的事情。她认为把龟田最信任的人给杀掉了，这件事是不会轻易过去的。她想跟一品红商量此事，接下来怎么办？但在这种时候又不敢离开，正在为难。门外传来麻子的喊声："队长，美代子夫人来了。"

雪燕把门打开，见美代子站在外面，满脸的焦急。美代子进房后抓住雪燕的胳膊问："许君，听说你伤了，伤得重吗？去看医生了吗？快让美代子看看。"

雪燕摇摇头说："就是皮外伤，不碍事的。"

美代子把门关住，小声说："许君，有件事你可要心中有数的。有个名叫野口敬一的士兵从墓地里逃回来，说你们保安队造反，把井上打死了。现在小野正在调查这件事。许君，告诉美代子，这不是你们做的，对吧？"

雪燕听了这话心中暗惊，他们把尸体全部烧掉了，怎么还会有活人回来。现在想来，当时的事情紧急，他们并没有清查尸体的数量，以至于让鬼子成了漏网之鱼。她强作镇静，问："夫人，您是不是也认为俺会造反哩？"

美代子摇头说："无论什么时候，美代子是相信许君的。"

雪燕问："那么说，大佐也怀疑是俺们保安队打了皇军？"

美代子摇头说："他们并不只怀疑你们保安队，听说小野君把那个野口敬一也给看起来了，主要怀疑他是被游击队俘虏之后，为自己的声誉故意栽赃你们。日本的将士就是这样，他们把被俘虏当成耻辱，所以宁死不屈。许君我真的好担心你，真的，美代子好担心许君，真的很担心许君。"

雪燕拥抱住美代子说："谢谢你。"

美代子说："许君，请不要对美代子客气，客气就是把美代子当外人了。许君你放心，有我美代子，我不会让别人伤害你的。"雪燕用力把她搂紧，心里突然产生了感动，心想：如果在和平年代，她完全可以与美代子成为最好的姐妹，但是战争把什么好东西都给糟蹋了。

美代子说："许君，我得赶回去了，龟田在家里睡了，醒来知道我这时候来找你，怕对你有影响。"

送走美代子，雪燕回味美代子刚才说的话，感到不能被动地等结果了，应该主动地扭转局面。他们不是怀疑那个叫野口敬一的鬼子被俘过吗？那就让他们相信他被俘过，这样自己也可能会逃过此劫。雪燕想铰一组窗花情报，让游击队放出风去，曾袭击过马家寨东挖墓的鬼子，并俘虏了鬼子大兵，借以把目标引到野口敬一身上，但由于事情过于复杂，又关系到鬼子姓名，用窗花情报实在不容易表达。写文字又怕不慎被别人发现，这又是个麻烦。晚上，雪燕考虑再三，还是用笔写下今天发生的事情与自己的策划，准备明天早晨把纸团扔到墙外。

整个晚上雪燕都没有睡好，勉强睡着，也被噩梦惊醒了。窗外的月光打进来，直直地顶到地上，像把利剑。雪燕把灯打开，看看怀表，离天亮还早。她想：如果鬼子真断定他们保安队杀掉了井上太郎，将如何脱身？她相信，如果大家都齐心合力，脱身也不是问题，但是这些队员们死狗扶不上南墙，就像在墓地，提前跟他们说好的，结果开战后，他们愣得不知道姓什么，结果被鬼子白白打死了几个兄弟。在天刚蒙蒙亮的时候，雪燕爬起来，把昨夜写好的情报扔到墙外，然后在院里打了套拳……

当一品红收到皱巴巴的纸团后，把纸展开，发现并不是窗花情报，而是用笔写的。一品红看完文字脸色就变了，现在雪燕的处境非常危险，他要亲自去趟游击队，跟玉欣进行策划，解除鬼子对雪燕的怀疑。小石子摇头说："你是蔚州名人，大家都认识你，出去目标太大，这事就交给我吧。"

一品红说："小石子，路上小心点，见到玉欣后，让她一定想办法解除鬼子对雪燕的怀疑。雪燕的人身安全对于完成上级交给我们的任务是非常重要的。"

小石子见到玉欣后，把事情的经过说了一遍，玉欣感到这个问题非常严重，马上把骨干召集起来，开会商量如何解除雪燕的嫌疑。大家七嘴八舌地讨论，争得脸红脖子粗的，也没有拿出个好主意来。玉欣说："这样吧，我给会长写封信，派两名兄弟潜进城内，把信送到会长家。由会长去向鬼子说明，效果将会更好。"

她在信里写道："会长大人，我们在代王城马家寨东的古墓群伏击了鬼子，抓到一名叫野口敬一的鬼子，经审讯得知，鬼子前去墓地盗挖古墓。你身为中国人，又是蔚州父母官，如果不管此事，我们会取你的狗命……"

事情就像玉欣预想的那样，会长早晨见大门上用匕首插着信件，本来就胖的脖子缩得堆起几道折子，像有多重的下巴。他抖着胖手把匕首拔下，打开纸团，首先见上面有几朵血迹，顿时吓得脸色苍白，大汗淋淋。会长没来得及吃早饭，就赶到鬼子司令部，哭丧着脸对龟田说："大佐，有件事不知道我当讲不当讲！"

龟田问："什么的事情？"

会长深深地叹口气，嘴角颤动几下，说："您可知道，中国人向来对祖坟极为看重，如果谁动了他们的祖坟，他们是不惜流血，也会讨个公道的。这个，不管你们来蔚州想做什么，通过你们的作为，老夫感到你们想长居此地。您想过没有，如果皇军把蔚州百姓得罪透了，群起反抗，您认为皇军会好过吗？"

龟田不解地问："你听谁说，我们的挖老百姓祖坟了？"

会长从兜里掏出那封信，放到桌上，说："这是早晨在我家门上发现的，是用匕首插在大门上的。大佐，关于挖坟的事情还请慎重为好，如果把事情做绝了，必然物极必反。良药苦口利于病，听不听是你们的事，老夫话已至此，告辞。"

龟田盯了这封信半天，脸上的肌肉颤动几下，对门卫喊道："把小野君给我叫来。"当小野来到办公室，龟田问："墓群事件调查的怎么样了？"

小野摇头说："派往墓地察看的人回来说，井上太郎的人多是被地雷炸死的，但尸体已经被焚烧，无法对他们的伤口进行查看。"

"对那个逃回来的士兵审问了吗？"龟田问。

小野点头说："是的，经过对他的审讯，他咬定是保安队的人造反。"龟田把桌上的信递给他，说："刚才会长来过，规劝我们不要动老百姓的祖坟。"

小野看了看信，点头说："通过这封信，看来我之前的预测是对的。如果说这封信是假的，游击队如何能够准确地知道这位军士的姓名，这个怕是保安队的人也不见得能够知道。看来他并没有说实话，我会对他加大审讯力度。"

龟田意味深长地说："虽然这封信证明了保安队的清白，但我们仍然不能放松警惕。小野君，你想过没有，我们的人都对我们说谎，何况保安队的中国人呢？最近，我们的兵力需要保护几处基地，越来越不够用。你想办法对许剑进行考验，如果确定他对大日本天皇是忠诚的，我们将对他委以重任，缓解我们兵源不足的问题。如果他们对我们背信弃义，早点把他解决掉，以防养虎为患。"

小野突然问："好像夫人跟许剑走得较近。"

龟田皱了皱眉头问："难道你怀疑我的夫人？"

小野忙摇头道："不不不，我只是随便问问。"

龟田说："夫人去向许剑学习铰窗花，并不是她喜欢铰窗花，主要目的是接近许剑，帮助我们观察他的行踪，更好地了解与把握他。本佐为了帝国的事业让爱妻去跟中国男人接触，这是对天皇何等的忠诚，对于帝国的大业是何等的贡献。"

小野点点头："是的，夫人此举，令人钦佩。"

龟田想了想叹口气说："据夫人了解，许剑不喝酒、不抽烟，不爱好女人，非常的洁身自好，唯一的爱好就是铰窗花，练武功。这样的人太干净、太优秀，优秀的人就会有自己的信仰，做事有自己的原则，会有自我约束力。他这种品质既让我们尊重，也让我们不安。记住，面对这样的人，在对他进行考验时，要把事情设计得巧妙点，太明显了，是没有用的。"

十五　内伤考验

对于怎么考验许剑，小野颇费心思。如果用美女，一品红如此美艳而优雅，很难找到比她更优秀的女性了。用金钱来测试人的忠诚根本就不会起作用，不忠诚的人，拿了你的钱，还是会出卖你。小野感到应该让许剑对皇军感恩，比如假冒游击队把一品红绑架，以游击队的名义要求巨资赎人，由皇军出钱把人救出来，让许剑憎恨游击队，感恩皇军。问题是，如果许剑暗通游击队，此举就会弄巧成拙。

最终小野决定，真刀实枪对他进行考验，看他许剑敢不敢与游击队开火，只有这样，才能看清他的真实面目。具体的方案考虑成熟后，小野前去向龟田报告说："大佐，属下再三考虑，要想知道许剑是否忠诚，必须策划一起实战演习，看他与游击队作战时的表现。"

龟田的手指轻轻地扣着桌面，问："具体怎么做？"

小野说："明天早晨我对许剑说，皇军兵力不足，由他带领保安大队，同我保护考古专家前去城外寻宝。事先让我们的人冒充游击队对我们进行伏击，真刀实枪地干，不顾专家的生命，这时候观察许剑的表现，才是真实的。"

龟田没听完，就开始摇头，光头上的亮点变化着位置。他说："万万不可，如果许剑真是内奸，在这种情况下极有可能会把你与专家消灭掉，太冒险了。本佐已经失去井上太郎，如果你再有什么损失，那本佐就更加被动。"

小野面无表情，目光坚定地说："大佐，为了帝国的大业，我已将生死置之度外。如果属下有什么损失，也是光荣的。"龟田还是摇头，因为他明白，小野对于中国的研究，对于落实"双核计划"是非常关键的，如果为验证一个保安队而遇害，这是得不偿失的。

小野鞠躬道："请大佐成全小野。"

龟田见他如此坚持，便说："小野君，你多带些人同去，如果许剑不积

极作战，或有造反嫌疑，可内外夹击把他干掉。”

小野摇头说：“大佐，我方只有我跟专家，还有三名汽车司机。只有这样，他才有可能铤而走险，露出原形。当然，我们并不希望许剑是游击队的人，也许我们的考验是多余的，但我们有必要知道他的真实面目，才可以放心地让其为我们做事。”

面对小野的坚持，龟田沉默了一会儿。他的手指不停地敲着桌面，嘴里弹着响舌，犹豫是否下这个决定。有时候，锋利的器具不只可以伤到对方，也可以自伤。同样的，过于凶狠的考验策略同样是双刃剑，效果有多么好，就会有多么大的风险。随后，他想也许许剑并无叛乱之心，用这种办法检验出忠诚，将来用着也是放心的。如果真知道他是内奸，这样的风险也是值得做的。

当天夜里，小野就把一个加强小分队埋伏于城外五里处的村庄南面的古墓群周围，跟他们交代，明天我将带保安队前来探墓，你们要开枪打死专家，并向保安队员进行射击，不要顾忌他们的生命，当然，不要伤了许剑，我们主要是要知道他的真实身份，加以利用。如果保安队反抗激烈，要迅速撤离，到时我会及时阻止保安队对你们追击。这样我们就得到了想要的答案……

早晨，天刚放亮，雪燕听到院里传来“嘀嘀”的哨子响，以为木村从大南山回来了。最近这段时间，木村负责大南山基地，很久都没有听到哨子声了。雪燕起床后，让麻子把弟兄们全都叫起来，到院里集合。走出房，雪燕扭头看看东方，太阳还没有出来，而西方还被黑暗给压着。小野站在院子里，挺着肚子，在吹哨子。雪燕叫道：“哎哎哎，不要吹了，多聒人！”

小野严肃地说：“皇军主力部队都派往各基地，大佐命你带领全队随同我保护考古专家，前去城南处的墓地检测地下是否有大型墓室，准备挖掘，以解决我们的经济问题。”

雪燕故意问：“小野君，你不怕俺造反吗？”

小野严肃地说：“大佐从未怀疑过许君，所以委以重任。”

雪燕听了这话，心想：这是睁着眼说瞎话呢，你们啥时候相信过俺了，无时无刻不在怀疑俺，重要的会议不让参加，重要的行动不派俺去，还说对俺信任。

当队员们站成方队，小野不由吃惊。他以为保安队只是乌合之众，散漫而懒惰，没想到还能站出这么整齐的方队。他相信，一支部队是否训练有素，只要从站队的速度与整齐度，就可以看得出。小野意味深长地说："没想到许君如此会训兵。"

雪燕说："俺哪会训兵，俺就会刻、铰窗花，会把式。这都是木村中佐的功劳。木村中佐在时，每天早晨都来吹哨子，逼着我们起来练习，硬把我们散漫的人给训得方正了。"

小野点头说："是的，木村中佐是最好的教官。"

雪燕心里感到狐疑，井上太郎刚被干掉，小野就让他们护送专家去墓地探测，这难道真的是信任吗？当雪燕带队来到院外，见路上停着一辆吉普车，两辆空卡车，没有日本兵，小野与专家司机加起来总共五人，这太不正常了。不正常的是小野太相信他们保安队了，这种相信是没有任何理由的，因为刚出了大事。

自保安队成立以来，他们保安队就是狗腿子，每次行动都是跑腿的，从没坐过卡车。保安队倒是有辆偏三轮，大家轮着骑过。那辆摩托可以把头发吹成背头，还能把帽子甩掉，上面的膏药旗会呼呼作响。大家第一次坐车，用手拍着车帮，感到非常新鲜。有人还故意把帽子摘掉，在风中摇着。

小野坐在吉普车的副驾上，让雪燕与专家坐在后座。雪燕见那专家只有三十岁的年龄，穿蓝布工作服，胸前印着日本字。小野介绍说："这位是帝国派来的考古专家和田君，他对亚洲各国的墓葬习惯、墓室构造都非常了解。上峰特派和田君前来找出蔚州地下的所有宝藏，统统挖出来。"

雪燕说："小野君，蔚州的宝藏何止在地下、在墓中，事实上，蔚州有着丰富的矿产，还有着珍贵的宝藏，如窗花、砖雕、打树花、黑陶等，你们是挖不尽的。"

小野点点头说："我们只挖需要的宝贝。"

路上，雪燕眯着眼睛假睡，在考虑这次行动的真实目的，她越想越感到疑惑了。小野与那位年轻的专家不停地用日本话交流着。雪燕来到鬼子司令部，日本话听多了，有时候，美代子也会教她几句，因此她能够听懂些。她听出说到日本的樱花、富士山、东京、红灯区什么的。以前雪燕曾问过美代子，红灯区是不是专门挂红灯的，经美代子解释后才知道，原来全是妓院。

雪燕的注意力并不在他们的交流上，她在思考这次行动的原因。如果说是对她的信任，是站不住脚的。如果说真得抽不出人来，倒可以理解。他们同时建设三处基地，需要大量的兵力前去保护，防止被游击队给破坏，确实人手不够。

车子来到城南门处，守门的鬼子把横在门前的栏杆挪开。雪燕抬头看看城门楼子那些灰砖，不由回想到刚从尼庵回来时，曾跟姐姐去外面挖野菜，经过门楼时对姐姐说："俺能攀到城门楼子上。"

姐姐说："俺也能。"

雪燕说："不走砖梯，俺从墙上攀。"

姐姐歪着头说："俺不信哩。"雪燕把筐放下，抠着青砖浅浅的缝隙往上攀爬，当她爬到两米高的时候，姐姐喊道："俺相信，俺相信了，雪燕你快下来。"雪燕继续往上爬，姐姐在下面哭了："雪燕，雪燕，你快下来，求你了，快下来吧，别摔着。"说着，把手张开，想要把她给接住……

这时小野突然说："许君，大佐曾私下里对我说过，等蔚州局势稳定之后，就把你送到帝国的陆军士官学院进行深造，将来对你委以重任。"

雪燕说："谢谢大佐的栽培，感谢小野君的照顾。"

小野脸上泛出意味深长的笑容，戴着雪白手套的手指不停地抖动着，问："许君，我的发现，美代子夫人好像对你非常照顾。"

雪燕心里开始化魂了，美代子由于对她产生了扭曲的爱情，有时候忽视了掩饰，像小野这么贼的人肯定会看出什么的。她说："俺认为美代子夫人对俺非常不好，她跟俺学习铰窗花，肯定是有目的，是你们让她来监视俺哩。"

小野轻轻地摇头说："不会的，不会的。"

汽车在凹凸不平的土路上摇晃着，一直晃到城南村庄的南部。雪燕抬头看去，在山岭的凹处有一块平整的荒地，几个缓而高的土堆。那是曾被盗过的古墓。据老人们说，两个古墓里住着狐仙，会变成可俊的闺女出去迷惑男人，吸男人的元气。前些年，雪燕曾跟姐姐来这里摘过酸枣，到墓地看过，有几个井口粗的黑洞，露着青灰色的砖。她还蹲在那个洞前喊："狐仙你出来让俺看看，是你俊，还是俺俊。"结果有只兔子从草层里蹿出来，把姐姐春燕吓得"扑通"坐在地上，"哇哇"大哭。时间过得真快，一眨眼四五年过去了，姐姐都快订婚了。

雪燕说："小野君，这些古墓，据老人说，在清末就被挖过了，我们来这里不是白费劲吗？"

小野摇头说："这只是表面现象，和田君讲过，中国非常注重风水堪舆，在风水好的地方可能会有几层墓室。再者，大型的墓室非常注重防盗，就算进得了外室，也无法进入内室取走宝贝。想必，这里面肯定还有没被盗走的墓藏。"

由于有条深沟，车子无法过去，小野让车停在那里，让大家下车步行向墓地走去。雪燕以为草丛里有兔子，不远处的林子里会有乌鸦叫，可好像周围并没有啥活物，便感到奇怪。还记得跟姐姐来这里时，曾听到不远处的树林里乌鸦异常聒噪，草丛里常会蹿出兔子。有一次，她还用飞镖打了只兔子，回去收拾好炖了整锅，吃得满嘴香。如今，草丛里没有兔子与山鸡，周围的树上没有鸟叫，这是不正常的。按军事实践理论来说，这种情形说明可能刚刚有队伍走过或者有埋伏。

雪燕心想：如果有埋伏的话，也是游击队，不会对他们保安队有害，就没有提出这个疑问。

来到墓地，雪燕盯着几个黑洞问："谁有胆量进去看看？"大家都摇头。专家抱着仪器在墓地里游走。雪燕对小野说："小野君，咱们进这个洞看看？"话刚说完，一声枪响，专家身子晃了晃"扑通"跪倒在地上，一头顶进草丛里。雪燕喊道："有埋伏，卧倒。"队员们愣了愣，马上卧在地上。坡上传来密集的枪声，并夹杂着机枪拉肚子的声音。雪燕对身边趴着的小野说："是不是碰到游击队了？"

小野用力点头，问："许君，我们是撤，还是打？"

雪燕说："先不急，看看情况再说。"

坡上传来喊声："我们是八路军游击队，你们已经被包围，缴枪不杀，我们会宽大处理……"

雪燕喊道："我们是皇军保安大队，永远都不会不投降的。"她的意思是告诉游击队不要真打。话音没落，枪声越来越密集，几个队员被打中，在地上滚着惨叫。雪燕喊道："大家做好隐蔽，还击。"说着，掏出手枪向前方的土坡上开了几枪，又怕伤了游击队的同志，又怕不还击，小野会怀疑，心中

暗暗着急。她本来想把小野解决掉，但想到这次的行动有些反常，就没有擅自行动。

雪燕回头去看小野，见他握着手枪，趴在断裂的墓碑后面，并没有还击。雪燕环视四周，见左前方有片树林，右方有条沟。就在这时，她发现不远处的停车处，三个鬼子司机正倚着吉普车吸烟，朝他们这边看。雪燕的心里“咯噔”一下，他们这么悠闲观战，说明他们并不认为这场战斗对他们有威胁。雪燕突然明白，坡上的人决不是游击队，是鬼子冒充的，是用来考验她的。正因为这样，司机们才会如此悠闲。雪燕确定了鬼子的目的后，回头对两个队员说：“把小野扔进墓洞，保护好他的安全。”

两个队员拉着小野，把他猛地推进那个黑乎乎的洞里。雪燕心中暗想：不是想考验俺吗？那俺就表现好点呗，把鬼子全部消灭掉，让你们知道俺多忠诚。他对麻子说：“俺在这里牵制敌人，你带二十人、两挺机枪，摸进左前方的树林里对他们进行打击。”又对二排长说：“你带着一部分兄弟到右边的沟，到村子东部的破庙处埋伏，等敌人逃跑时对他们进行阻击，狠命打。”

趴在墓洞前的队员喊：“队长，小野君命令我们撤退。”

雪燕说：“跟小野君说，我要把游击队全部消灭掉。”

埋伏在坡上的鬼子见保安队跟他们玩命，认为对保安队的考验已经达到效果，下令撤退。当他们刚从坡上退到沟里，林子里突然响起密集的枪声，把他们打了个措手不及，顿时乱作一团。小队长暗暗叫苦，因为小野对他说只是实战演习，目的是考验保安队是否忠诚，因此并没有对周边环境进行侦察，也没考虑到其他作战因素，所以造成了现在的被动局面。

由于两面夹击，火力太猛，他们无法脱身，再战下去必然伤亡惨重。小队长喊道：“别打了，我们是皇军，我们是皇军，这是实战演习，演习结束……”并命令部下把枪扔下，把手举起来……

雪燕见对方不还击，趁机带大家冲上去。

小队长喊道：“许队长，我们是皇军，这是场实战演习，停止作战。”

雪燕叫道：“敢冒充皇军，打，全部消灭。”小队长见自己的人纷纷倒地，只得命令开枪反击，由于死伤过半，又失去斗志，根本无法抵抗保安队的两面夹击。小队长带领剩下的士兵逃亡，保安队在后紧追。当鬼子逃到破庙前迎头又遭到火力打击。

小队长只得又命令部下举起枪表示投降。

雪燕心想：想得倒美，想着投降保命。她喊道："弟兄们，把他们统统消灭掉。"

小队长喊道："我们是皇军，我们是皇军，我要见小野。"

雪燕对着小队长开枪，小队长脸上泛着惊异的表情，一头栽到地上，一股血象红蛇般蜿蜒出来。战斗结束后，雪燕让大家对伤残人员进行检查，要求不留活口。队员们明白，上次在马家寨由于一个鬼子的逃跑差点把他们害死，他们在清理尸体时，格外认真，几乎把尸体重新加工了。

雪燕问："刚才他们喊什么来？"

麻子说："队长，他们喊自己是皇军。"

雪燕瞪眼道："胡说，俺咋没听到，你们听到了吗？"

麻子说："俺，俺没听清楚。"

大家纷纷说："俺也没听到。"

雪燕来到墓地，抬头去看辆车，几个司机都钻进了车里。雪燕对两个看守小野的队员说："战斗已经圆满结束，找根绳子把小野君拉上来。"

小野在下面喊："许君，游击队是不是逃跑了？"

雪燕说："想跑，哪这么容易哩，已经被我们全部歼灭，从此蔚州没有游击队了。"说完这句话，墓洞里再没动静了。雪燕心想：看来小野晕死过去了。她跳进墓穴，发现小野真晕在地上，伸出手指，掐住小野的嘴唇，把他给掐醒，说："小野君，已经安全，咱们打道回府。"

小野问："你，真的把他们消灭了？"

雪燕说："那当然，咱们保安大队也不是吃素的。"

小野抬起来的头又重重地砸在地上。

雪燕把绳子捆在小野的腰上，让地面上的队员把小野拉上去。雪燕想看看墓室到底是啥样儿。她把手枪弹匣拉出来，抠出颗子弹，把头卸去，装进弹匣，对着深处搂火，见深处盘着条大蛇，正竖着头看她，吓得她喊道："娘哟！"纵身跳起来，扒住洞沿翻身上去，说："里面有条大蛇，快扶小野君离开这里……"

在半路上小野被车晃醒了，面如死灰，目光呆滞，他可怜巴巴地问雪燕："你真的把游击队统统消灭了？"

雪燕心里都乐开花了，她仰起头来，大声说：“当然了，统统的，全部的被消灭掉了，从此蔚州再没有游击队了，我们可以大胆地去干我们的事了。”

小野闭上眼睛，像高烧到了极点一样哆嗦着。

雪燕问：“小野君，你怎么了？”

小野说：“我的昨夜受凉，惹了伤寒。”

可怜的小野，脸色白得像张纸，嘴唇发青，眼睛里蓄着泪水与绝望的神情。他由于紧张，衣服早已湿了，沾了很多土，浑身哆嗦，蜷缩在车里，就像一只斗败的癞皮狗。雪燕放眼看去，那些往后跑的村庄与风景，都是那么好看，从未有过的好看。

当车子进入据点，经过保安队时停下来，小野随着雪燕下车，对她深深地鞠躬道：“许君，感谢您对小野的保护，感谢您对皇军的忠诚，请带队回去休息，我前去向大佐汇报，并为你们邀功。”

看到小野那种死鱼的表情，雪燕心里早就响亮地笑了，却绷紧脸皮，压抑着心中的喜悦，说：“小野君不必客气，这是俺们应该做的。”

可怜的小野就像被抽去了两根肋骨，遗失了三个魂魄，迈着拖泥带水的步子，像只斗败的小狗夹着尾巴那样来到司令部，目光游离地划过龟田的脸，沮丧地说：“报告大佐，考验是成功的，可以断定许君是忠心于天皇的，并具有非凡的作战能力，能胜任比较艰巨的任务。”

龟田点头说：“好，这样我们就放心了。”龟田笑着说：“小野君，说说实战演习的情况，双方的伤亡情况。”

小野有气无力地说：“保安大队阵亡十人，五人受伤。”

龟田就像听到死了几只狗那么平静，微微点头说：“损失这些人，让我们知道许剑的诚意，是非常值得的。只要许剑是忠诚的，我们可多召保安队队员，让他们为我们看守基地。对了，我方的人呢？他们有没有受伤？”

小野就像面对一道无法破解的难题，迟疑了好久，鞠躬道：“请大佐处分小野！”

龟田愣了愣，问：“小野君，这是何意？”

小野又鞠躬，低声说：“他们……全部……都……阵亡了。”

“什……什么……什么？”龟田腾地从座上站起来，双手撑着桌面，头勾着，眼睛瞪得圆圆的。

小野的身子已经变成伞把了，悲痛地说："本来计划，许剑敢于还击，小队迅速撤离。没想到许剑兵分三路对他们进行包抄，把他们全部歼灭了。"

听到这里龟田算明白了，他们为验证保安大队的忠诚竟然搭上整个小分队的性命，并且是个战功赫赫、装备精良的小分队。龟田都不敢相信自己的耳朵，他愣了好一会儿，蹿到小野面前，左手撕住领子，右手像飞快的轮子那样，在小野的脸上放了挂爆竹。小野的鼻口里开始蹿血，落在地上就像未穿枝的梅花。他突然掏出手枪来抵到自己的脑袋上，说："小野只有自尽谢罪，请大佐就说小野阵亡，以免给家族丢脸。"

龟田叫道："把枪放下。"

小野说："小野没有脸面再活了，只有自裁谢罪。"

龟田喝道："这是命令，把枪放下。"

小野举枪的手落下来，像有千金之重，把身体赘倒了，躺在地上，已经昏过去，泪水顺着眼角流下来，蓄积在耳窝里。龟田让卫兵把他送去医院，然后像头困在笼子里的豹子来回走动，龇牙咧嘴，"哇哇"大叫，有种非常强烈的想杀人的冲动。他掏出手枪，在房里一阵乱打，卫兵露露头，吓得缩回去了。本来他们的兵力就紧张，竟然为了验证保安队搭上整个小分队，这不等于用一百条狼的性命，证明了一百只狗的存在吗。

慢慢地龟田冷静下来，双手扶着桌沿，勾着头，嘴角挂着深深的纹路，眼白上浮着黑眼珠，样子显得非常狰狞。他用这样的表情坚持了几分钟，在这几分钟里他在想几个问题：许剑为何突然变得如此勇敢？并变成卓越的指挥家了，竟能把训练有素的小分队给吃掉。这本来是场演习，在必要的时候小队长完全可以报出真实身份，终止这场演习，虽然有所伤亡，但也不至于损失全部。龟田感到这次的演习有很多疑点，是需要搞清楚的。

回到家里，龟田对正铰窗花的美代子说："你，去保安队转转，听听队员们的议论，并且跟许剑聊聊，让他谈谈今天的战斗，回来如实向我汇报。"

美代子心中窃喜，忙说："好的，美代子这就去。"

她是抱着约会的心情去的，像一阵春风刮进保安队大院，见队员们在那里谈笑风生。她哪里有心思去听他们讲话，心早就飞进雪燕的房里了。这时，雪燕正在房里，躺在床上，枕着双臂，盯着房顶，脸上泛着喜悦，两只脚不停地抖动着，表达着自己喜悦的心情。听到麻子喊美代子夫人来了，她坐起来。美代子进房后，坐到床上，握住雪燕的手问：“许君，听说你去打仗了，没受伤吧，快让美代子看看，美代子可担心了。”

雪燕摇头说：“请夫人放心，我没有受伤。这次我们消灭了一百多个游击队，大佐肯定给我们奖励吧…… ”

美代子说：“我回去就替你们邀功。”

雪燕说：“俺自担任保安大队长以来，一直想找机会报效皇军，今天终于做出了点成绩。”

美代子用力点点头，说：“亀田让我来，听听有关这次战斗的事情，你就说说，我回去好说给他听。”

雪燕就像说书那样，声情并茂地描述了这起战斗，美代子不时说：“许君你太优秀了，美代子太高兴了。许君是个天生的指挥官，许君是真正的文武双全。”美代子逗留了很久，恋恋不舍地告辞了。

美代子回到家里，对亀田说：“保安队的人都在议论呢。”

亀田眉毛扬了扬问：“议论什么？”

美代子说：“他们都说这次消灭了游击队，大佐肯定会有奖赏，看来您应该给他们奖励的，有功不赏，是不对的。”

亀田苦得就像喝了黄连，叹口气说：“奖励是肯定要给的，等小野出院后，我们一同去发奖赏。”他心里无比悲哀，整个小分队被保安队干掉了，还要给他们发奖赏。这颗牙自己打掉后，自己下咽，但这牙太大了，太难以下咽了。

第二天，亀田来到医院看望小野，见他倚在枕头上，目光呆滞地盯着窗子，就像刚刚死了父母一样沮丧。亀田顺着他的目光看去，窗子外只是堵灰墙，没别的什么。

亀田叹口气说：“小野君，事情已经发生，无法挽回，不必跟自己较劲。不过，有些事情我并不明白，请小野君解释。”见小野点点头，亀田问道：“就算他们是真正的敌人，相互对决，保安队怎么可能把我作战经验丰富的小分队全部剿灭呢？请小野君描述当时的情景，并告诉我当时你在做什么？”

小野叹口气说：“当我们来到墓区后，在我们的计划下赝品专家中弹身亡。许剑命令大家还击，他为我的安全，下令把我藏在墓洞里。由于墓室太深，我无法回到地面，无法掌控上面的情况。据说，许剑兵分三路对我小分队进行包抄，让他们无法撤退，因此全部被击毙了。”

“我还是不明白，就算被包围，他们也是可以突破的。”

小野叹口气说：“问题是许剑认为对方是游击队，斗志很高。我们的人以为只是演习，之前对周边的地形并未详细观察，准备也不充足，所以导致这次的失败。”

“许剑并未受过训练，怎么会有这么好的战术？”

小野苦笑道：“保安队的作战能力是由于木村中佐训练出来的。木村有训兵的痴好，在未去大南山基地之前，每天早晨前去训练保安队，并以此为乐。据说就算他去了大南山，每天早晨还要训兵。所以，保安队在木村的严格训练下，有了与我们正规军同等的作战素质。”

“我方为什么不报出实情，终止战斗？”

小野叹口气说：“当时我被困在墓洞之中，上面的情况我不太清楚。不过据我推测，可能有这样几种情况：一是枪声嘈杂无法听清；二是许剑听到了并不相信他们是皇军；三是许剑受木村的影响，不留活口。木村在历次的战斗中都会把降兵杀掉，因为他感到把俘虏押回营地，不但没有用处，还要牵涉兵力看守。所以，我认为许剑可能受他的影响才会变得如此残暴。”

龟田恶狠狠地说：“这件事情，决不能透露出去，如果让上峰得知，我们用整个小分队去测试保安队的忠诚，我们会上军事法庭的。另外，几个知情的司机要对他们进行封口……”

小野出院后，人消瘦了很多。他的衣裳显得有些大了，就像挂在了衣架上。他陪同龟田来到保安队，对他们进行了奖励。龟田有气无力地给大家讲话说：“保安大队在许君的领导下，面对强大的游击队，对他们进行了沉重的打击，获得绝对的胜利，其功劳是大大的。本佐决定，奖励每个队员两块大洋，特别奖赏许队长一百块大洋，并授予他皇军指挥刀一柄，希望你们再接再厉。”

龟田讲完这些话后，没等发奖赏，就跟小野匆匆走了。雪燕望着他们失望的背影，能够想象到他们的心情。是啊，打掉这么大的牙往自己肚子里咽，实在是难以下咽。雪燕心里高兴，对大家说：“本队长对你们奖励，我决定从我的赏金中拿出五十块大洋，请大家喝酒抽烟。不过不能喝酒闹事，也不能出去找女人……”

雪燕骑着那辆破旧的偏三轮摩托，向秧歌戏园奔去。戏园子里坐着几个老头，都是熟面孔。他们围着桌坐着聊天，台上的花旦有气无力地唱着。雪燕走进戏园，见演员的状态就像小野那么沮丧，便跳上台对他们说："没吃饱，还是丢钱了，唱得这么稀松。"说着，伸手从兜里抓出几块银圆放到琴师面前，说："要唱得响亮点，要让我在后台都能听到。"

几个演员的目光被银圆映亮，他们对雪燕施礼道："谢谢许公子。"雪燕来到后台，果然听到前台传来嘹亮的唱腔，看来钱的作用还是很大的。她笑着摇摇头，蹿进一品红的化妆室，见只有小石子在里面。

小石子说："公子，今天一品红姐没过来，在家呢。"

雪燕迈着弹簧腿，向那个小院奔去。

这时一品红正在房里洗澡，用小木瓢往身上浇水，忽听门外传来雪燕的喊声，吓得他没来得及擦拭就开始穿衣裳。

一品红虽然装扮上显得非常女人，但去掉衣裳，胸上还是有肌肉块的。平时他为解决胸小的问题曾专门锻炼过胸肌。毕竟胸部是女性的重要特征之一，如果老用棉布加工馒头，既麻烦，也容易暴露。一次，他在唱红时，由于动作过大了，胸部的棉花掉下来，她只得捡起来说："咦，六月里下雪了啊。"说着，把棉花撕开，抛到天上，然后伸手去接，非常狼狈地救了自己的场。那天，他回到小房专门缝了两个兜兜，戴上兜兜，照照镜子，委屈得差点哭了。后来，由于雪燕经常来过夜，他不敢再用那两个兜子，索性扔掉，每天练胸肌。

一品红刚套上衣裳，听到院里传来脚步声，便知道雪燕又翻墙而过。雪燕太调皮了，武功又好，动不动就跳墙进来，把他吓得不轻。一品红听到雪燕来到门口，说："雪燕，我正洗澡，你先在外面等着。"

雪燕说："打开门，俺给你搓背。"

一品红说："你别偷看。"

雪燕说："俺才没那么流氓哩，再说了，都是女人，你有啥好看的？"

一品红坐在化妆台前，手忙脚乱地化妆。虽然他刻意模仿女人的说话与身姿，但身上的男性特征还很明显，是需要化妆掩饰的。当他看到镜子里的人已经像女人了，才把门打开。雪燕进房后，猛地搂住一品红的脖子，蹦着高说："有个天大的喜事跟你说哩。"低头看看一品红的胸说："一品红姐，你的咋比俺的还平哩，就是比俺的结实些。"

一品红忙把她推开，转过身去，说："一个大姑娘家，没个正行。"

雪燕走向床，身子腾空而起，"嗵"地落在床上，把一品红吓了一跳。回头见雪燕躺在那里，脚后跟敲着床板。雪燕说："一品红姐，有个大喜事，想不想听？"

一品红端起水盆来，问："是不是喜欢上哪个男人了？"

雪燕说："你把水倒了，回来说。"一品红回到房里，雪燕说："你说谁喜欢男人了，你才喜欢上男人哩，俺说的是正经事。得得得，不想听拉倒，俺还不想说了哩。"

一品红知道她憋不住，笑着说："雪燕，讲吧，讲吧，谁说我不想听了，我现在很想听，快说吧。"

雪燕眉飞色舞、手舞足蹈地讲完她们打的胜仗，调皮地说："一品红姐，俺想喝点酒庆祝。"一品红也非常高兴，从这件事上，他看到雪燕变得成熟了。他到外面买了几个菜，但没买酒。他怕雪燕喝了酒会更活泼，会更闹，也怕自己喝了酒，会情不自禁地暴露了。这段时间，他用思念与牵挂印证了自己对雪燕产生的爱，并且深深地爱着，爱到距离变成疼痛了……

雪燕发现一品红没有买酒，不高兴地说："一品红姐，你这么小气啊，俺自己去买，反正俺有钱。"

一品红说："今天不喝酒了，吃完饭有正事跟你谈。"

雪燕噘着嘴说："好，那就谈完正事再吃饭呗。"

一品红说："谈完正事，也不能喝酒。"

雪燕不高兴地说："又不花你的钱，干吗这么抠哩？"

一品红说："好了，别闹了，咱们谈正事吧。玉欣她们前去小五台山侦察时，发现山里有建筑，有重兵把守。据当地的老百姓说，方圆两百米内有狗跑进去，也会立马被机枪扫了。玉欣让你搞清那里是做什么的，鬼子在搞什么阴谋，怎么才可以进入？游击队要把它给端了……"

十六　触动底线

几个基地即将竣工，龟田正准备形成报告要求运输设备以及技术人员进住，没想到西北山采煤厂遭到游击队破坏，虽未造成大的损失，但也让他捏了把汗。现在，他越发感到应该先把蔚州的游击队彻底消灭掉，否则将会事倍功半。你在前面建，人家在后面跟着破坏，“双核计划”永远都是几张纸。

由于龟田每天亲自带兵搜剿游击队，常常几天不回司令部，美代子就方便与雪燕接触了。这让雪燕感到苦不堪言，因为美代子的目的性越来越强，已经不是拉拉手那么简单了。

雪燕苦恼的是，你想通过人家搞情报，你就无法与人家保持距离。一天，当美代子又来到雪燕的房里，雪燕伸手握住美代子的手，说：“美代子有件事俺想问问，有个亲戚住在小五台山附近，最近到山上拾蘑菇被枪打了，是不是那里驻着皇军哩？”

美代子说：“这件事情我不知道，不过我可以帮你打听。”

爱情就是这样的，很容易让人变得不理智，变得冲动与义无反顾。美代子为了雪燕的问题，想尽办法从龟田那里套话，终于知道，小五台山基地是他们决定在蔚州落实“双核计划”之后，秘密建造的，并且全由军方施工，工作完成任务后全部都调回本土，以防有人走漏风声。小五台山坐落在蔚州东南，主峰海拔 2882 米，此山为石英云石斑岩构造，岩石坚硬，节理发育，致使山峰峻峭，谷深坡陡。它处在恒山、燕山、太行山三山余脉交汇处，连绵起伏，峦峰叠嶂。

基地在小五台山的腹地，被丛林深掩，如果不深入，是不容易发现的，但很少有人能够接触到基地，因为周边设有几层岗哨。该基地设有规划、生化、武器、矿产等十多个科研项目与科研室，还要往里边运大量先进的科研设备，几十名研究员。可以说，这个基地是落实“双核计划”的核心基地，将会在未来给各基地提供技术支持。

对于雪燕来说，最重要的消息是，每个月都会有辆车向基地送粮送菜。她高兴地拉着美代子的手说："美代子，太谢谢你了，这样我就可以跟亲戚说，以后不要再入山采蘑菇、砍柴、打猎了，以防把命给搭上。"

美代子不由惊喜，她突然听出了变化。以前雪燕都会说夫人，或者说美代子夫人，现在竟然直呼其名了，这说明他们的感情又进一步了。在美代子的心目中，她认为客气是种距离，她对龟田就很客气，从来都是用您或龟田君。因为在她心里与龟田是有隔阂的，她从来就没爱过龟田，客气是种隐蔽的拒绝。

美代子的脸色变得有些红润，双腮像涂了胭脂，嘴唇红润而富有光亮。她羞涩地说："许君，龟田今天早晨走的时候，说这两天不回来了。"说完这话，低下头，轻轻地咬着下唇。雪燕明白美代子的意思，是说龟田不回来，你到我家里去是很安全的。雪燕都有些害羞了，她从没想到女人喜欢上一个男人会是这样，她不知道自己将来会不会是这样？忙说："美代子，俺也想过去，可这几天不行，小野来过，让俺到街上捉拿贴反日标语的人哩。"

美代子说："你可以晚点去，我等你。"

雪燕说："看情况吧，如果晚上没有行动，俺会过去哩。"

美代子用力点头："许君，那我做好饭等你。"说着，伸手摸了摸雪燕的脸，低着头，迈着碎步出去了，走到门口，回头媚媚地挤挤眼，然后把门轻轻关上。雪燕像被数九天的风吹了一般，打了个激灵，摸摸被人家摸过的脸，还能记得美代子手的温度。雪燕低着头，嘴里发出唤叫鸡的"吱吱"声。她从没有谈过恋爱，也从没有喜欢过男人，但她分明看到，爱情会把人变得这么疯狂。她自言自语道："亲娘哟，俺最好别喜欢上谁。"

雪燕带着保安队来到街上，打发队员们去撕抗日标语，自己带着麻子来到戏园子，让他进戏园子里看戏，自己来到一品红的化妆间。一品红见到雪燕后，脸上泛出压抑不住的喜悦，那是种羞涩的，压着惊喜的表情。雪燕对这样的表情太熟悉了，因为美代子每次见她就会这样，她歪着头盯着一品红，把他盯得很不好意思。

"你干吗？这么盯着我？"一品红眨着眼问。

雪燕说："一品红，你说实话，你是不是喜欢上谁了？"

一品红的脸腾地就红了，说："你胡说什么呢？"

雪燕摇摇头说："一品红，你别撒谎了，你要是没喜欢上人，才怪哩。"

一品红心里"嗵嗵"直跳，说："雪燕，你怎么突然问这个？"

雪燕得意地笑笑，说："俺猜得对吧，那人是谁？"

一品红心里在说：我爱上你了啊，我已经深深地爱上你了。但是他只能掏出钥匙，说："你先回去吧，我唱完了，就回去。"

小屋里的气息让雪燕感到温馨而舒适。房里挂着一品红鲜艳的戏装，柜子上放着化妆用的粉脂与油彩，散发着淡淡的脂粉味儿。床上永远都是整洁的。这对于身处保安队的雪燕来说，这里已经变成她的天堂了。她躺在床上，枕着双臂，回想美代子最近的表现，感到自己不能再待在那里了，就美代子急切的心情，再待在那里，肯定会出事的。想到这里，她感到心烦，用脚后跟当当地磕着床板，大声叫道："烦死俺了，烦死俺了……"

一品红回来时，雪燕已经睡着了。她的睡姿非常夸张，就像个扭曲的大字，几乎把整张床都给占了。就算睡着了，她的倔强与调皮还挑在唇间。一品红轻轻地坐在床沿，目光细细扫着雪燕的脸庞，手情不自禁地伸出去，像小孩子在集市偷苹果似的，慢慢地伸着，当接近雪燕的脸时，五指却收拢起来，又慢慢地缩回去了。

他就坐在雪燕身旁，听着雪燕均匀的呼吸，感受着她的气息，心情却越来越沉重。他不确定，当雪燕突然知道他是男扮女装，会不会用枪打他，像雪燕这样的脾气，他认为是有这种可能的。如果说以前是为了工作的需要不敢告诉雪燕，现在一品红是真的不敢告诉雪燕了，因为时间太久了，雪燕在这个房里，展示了太多的女性隐私，已经展示到不可能原谅他的地步了。

沉浸在睡梦中的雪燕做了个梦，梦见美代子就像条蛇那样紧紧地缠着她，伸着舌头舔她的脸。她突然惊醒了，发现一品红坐在跟前，目光怔怔地盯她，叫道："吓死俺了，为啥这么盯着俺？"

一品红显得有些手足无措，站起来说："我，我正想把你叫醒，谁想到你突然醒了，也把我给吓着了。"

雪燕坐起来揉揉眼睛，说："叫俺，用得着用那种眼光盯俺吗？真吓人，就像老鹰盯着小鸡。俺在庵里时，亲眼见过老鹰盯着野鸡，就像你的眼神。俺说俺做噩梦呢，原来是因为你盯着俺看哩。"

这通话把一品红给说的，就像在集市偷东西被人当场抓住，燥得脸都红了，说："雪燕，瞧你说的，我不就是看看你醒了吗，你把我说成老鹰，真是的。"

雪燕跳下床来，蹬蹬脚说："这段时间俺被美代子给盯烦了。现在见着她，俺就心跳。俺实在受不了她。"

一品红说："你没喜欢过谁吗？你当初就没有爱过你师哥？你说说爱上男人是什么心情？"

所有的心情一品红都知道并正在品味着，但他只能在心里说：傻丫头，我已经爱上你了，深深地爱上了，爱得很苦很累，因为我无法向你表白。但他说出来的却是："我哪知道，等我回部队见了老赵问问，爱上春燕后是什么滋味？"

雪燕皱着眉头说："别爱啊爱的没完了，俺听着就烦。反正俺不想在鬼子营了，再在那里俺会烦死的。"

一品红说："你看你，不是你提起来的吗？"

雪燕说："行啦，行啦，说正事吧。美代子给问了，小五台山那个基地主要为鬼子实施一个啥"双核计划"提供各项服务的，好像是个研究所。他们每个月都往那里运送粮菜，至于哪天运？这个就不知道了。"

听到这里，一品红感到这个情报太重要了。如果把大南山那个基地端了，不异于对鬼子致命一击。他说："雪燕，你马上铰窗花情报，我打发人送出去，让玉欣她们想办法把情报送给组织，将情况向上级首长汇报。这个事情太大了，我们得慎重呢……"

让龟田做梦都没想到的是，他亲自带兵，风餐露宿，全力搜剿游击队，不但没有任何效果，却传来了大南山基地被游击队毁掉的消息。他们所有的付出都成了泡影，几十个专家生死不明，运来的一些设备全被炸毁。那天，龟田站在那片狼藉的基地前，盯着废墟里冒出的狼烟，像一匹失去崽子的母狼，狂叫几声，掏出枪对着天空不停地搂火，直到把子弹打光，然后用枪抵住脑袋说："本佐有负重望，只能自裁谢罪，请大家不要阻拦。"

小野忙劝道："大佐冷静，不能冲动啊。"

木村冷冷地瞅着龟田，嘴角上泛出一丝讥笑，心想：枪里没有子弹，你顶到头上演戏呢，便说："大佐，把枪放下吧，枪里又没了弹，举着挺累

的。”龟田摁掉空弹匣，重新摁进饱满的弹匣，顶到木村的头上，歇斯底里地叫道：“你敢说没有子弹，你再说没有子弹！”

木村吓得脸色苍白，说：“大佐，您冷静，冷静。”

龟田把枪插进枪套，大喝道：“从今以后，停止“双核计划”的实施，调集所有兵力，就是把蔚州给翻个底朝上，也要把游击队给歼灭。否则，“双核计划”永远都不可能落实。”

小野说：“大佐，我们还是回去想想怎么向上边汇报吧。”

这句话顿时把龟田变成泄了气的皮球，梗着的脖子与僵硬的表情顿时软塌了，整个人好像矮了半头。在回去的路上，龟田紧紧地闭着眼睛，眉头上聚着个疙瘩，脸皮纠结地变成了苦瓜。怎么汇报？大南山基地是落实“双核计划”的核心所在，现在没有了资料，没有了科研成果，专家也都没有了，怎么来保证“双核计划”的进行？

回到司令部，龟田召开军官会议，在会上他有气无力地说：“我想让大家明白一个道理，这决不是游击队所为，而是八路军主力部队途经蔚州，发现了咱们的基地后所为。”

木村吃惊道：“大佐，您没问题吧，哪有八路主力啊？”

龟田怒道：“你知道什么？如果这是游击队干的，就是我等最大的失败。小野君，你负责拟文给上峰发电报，就说八路军主力部队途经蔚州发现我大南山基地，全力攻打。虽我方坚守，采取了各种援救措施，终因实力悬殊，导致大南山基地损失惨重……”

木村说：“大佐，这是谎报军情。”

龟田冷笑道：“木村君，那我怎么汇报？难道要对上峰说：我部自来蔚州，由木村中佐负责打击游击队，并声称已经把游击队全部歼灭。遗憾的是，大南山基地却被游击队给摧毁了。如果你感到这样的汇报有利，那我们可以这样。”

木村低下头不再说话了，脸涨得红红的，就像喝了酒。

龟田伸手抚抚光亮的头顶，说：“大家要记住，大南山的失败不只是本佐的失败，大家都是有责任的。大难当前，我等应同心协力，共同面对，争取时间，挽回损失。”

散会之后，龟田带着小野，迈着沉重的步子来到自己的办公室。他双手扶着桌面，一动不动。由于表情凶狠，那样子就像庙里凶神恶煞的塑像。小野就坐在不远处，不时怯怯地看看龟田，不停地擦拭着眼镜，最后终于忍不住了，说：“大佐，事情已经发生，再难过也无济于事，还是先回去休息吧。”

木村说：“大南山基地，如此机密，游击队是如何知道的？”

小野分析说：“这个与内奸没有关系吧，如果有关系的话，早就出事了。大南山基地，虽处在深山中，但周边生活着很多猎人。他们上山打猎时，发现我们的岗哨，极有可能给游击队通风报信了。但是，游击队咋会有这么大的战斗力？难道真是八路军干的？”

龟田深深地叹口气，说：“小野君，现在想来，我们与中国亲善是极其错误的思想。从明天起，我们留下部分兵力守卫基地，把其余兵力全部用来追杀游击队和八路军。他们不是爱打扮成农民的模样吗？那么，我们就让农民付出惨重的代价，逼迫他们现身。”

小野担忧地说：“大佐，这件事要慎重。我们不可能把蔚州的老百姓全部杀光，再说也杀不光。如果把他们给逼急了，真正促成了全民皆兵的局面，我们这些兵力，是远远不能与其抗衡的啊！”

龟田冷笑道：“你至今还认为我们需要亲善吗？”

小野听出话里的讽刺，忙说：“大佐，您的办法也未尝不可，对于游击队出没的村落进行杀一儆百，游击队必然不能袖手旁观，会出面阻击，只要他们露面就好办了。”

早晨，雪燕醒来后并没有想起床，她在考虑今天可能发生的事情与解决的办法。自她担任保安队大队长以来，已经养成这样的习惯，临睡前会回顾一天的事情，看有没有哪个方面忽略了？如果有不妥之处，采用什么办法补救？早晨会对今天的计划作个初步判断。”

当雪燕接到开会的通知，感到这与大南山基地被毁的事情有关。昨天，当她得知大南山事件之后，可着劲地绷着脸，生怕内心的喜悦会情不自禁地泛到脸上。雪燕的喜悦是双重的，一是因为一品红已经答应，此事过后，会向组织申请，不让她再当保安大队长了，从此她就可以过新的生活了。

会议是个扩大会议，少佐以上的军官全部到会了。由于会议桌旁座位不够，过道里加了几把椅子。雪燕找个空位坐下，龟田却说：“谁让个座，让许君到前边来。”小野马上站起来，笑着点点头。雪燕坐到前边，目光掠过大家的脸，见大家就像吊唁似的哭丧着脸。她便刻意地绷着脸，尽量与大家保持一致。

龟田的声音有些沙哑，他说：“经过我们对保安队许队长的多次观察与考虑，可以肯定的是，他们是忠于我大日本帝国的，并为我们在蔚州的计划，做出了应有的贡献。本座决定，今天授予许君正规军装，少佐军衔，享受正规部队少佐的所有待遇，从此把保安队作为正规军对待，让他们在剿灭游击队的行动中，发挥他们对地形熟悉、语言畅通的优势，便于更快地将游击队与潜伏在这里的八路军一举歼灭。”

大家鼓掌过后，小野从角落里的柜子上抱起军装，说：“请许君接受大佐的奖赏。”雪燕心里暗暗着急，因为她看着这身衣裳就恶心，怕是照镜子时会吐的。在这种情况下拒绝，更是没有任何理由，她走到小野面前，弯腰道：“感谢大佐的信任，俺一定会完成大佐交给的任务，为天皇贡献俺的力量。只是俺现在不会说日语，穿上这身衣裳，感到十分惭愧。”

龟田说：“许君不必担心，你想学日语，本佐让我的夫人亲自教你。保证让你在最短的时间内，说一口流利的日本话。”

雪燕听说让美代子教，忙说：“别……别……别，反正现在也用不着，等把八路军、游击队给剿灭了，再学也不迟。”

龟田点头说：“等把游击队、八路军剿灭之后，本佐把你送往日本东京陆军学院去进修，相信凭着许君的天赋，肯定会成为最好的指挥官。好了，下面本佐说说，这个会议的内容。由于之前，我军过于善良，一心想着与土著搞好关系，但是土著很不友善，勾结游击队、八路军，对我基地多次袭击，给我们造成了巨大的损失。本佐决定，暂停我们“双核计划”的推行，全力打击游击队。本佐的计划是，在游击队、八路军出没的山区，要逐村把村民拉到空地，让他们交出游击队，否则，统统杀掉，让他们为游击队付出生命的代价。”

雪燕说：“大佐，这样不太合适吧。”

龟田皱着眉头问：“有什么不合适的，许君请讲？”

雪燕说：“这样势必会造成全民皆兵的局势啊。”

龟田冷笑说：“既然本佐这么决定，就不怕他们全民皆兵。本佐要把蔚州杀得一个人都不留，然后安心去推行“双核计划”。否则，我们的任何建设都会徒劳无功。好啦，就这么决定了。”

现在雪燕终于听明白了，龟田这是用屠村的方式逼迫游击队出面，这太严重了。会后，她回到大队把自己关在房里，绞尽脑汁想着怎么表达这次情报的准确性，最后她决定用刻纸的方式刻幅窗花情报。她熟练地叠好雪白的纸，订好。首先刻下的是，有个山，山上几个小房被战刀串起来。太阳放在早晨七八点钟的方向。这张里表明，鬼子要在明天七八点去屠村，并且是从大南山附近开始。随后刻下的是，狗与狼并肩在山下叫唤，表明他们保安队要与正规军配合。然后又刻下一颗心上有个窗户，是说赶紧通知玉欣，让他们想办法。最后刻下的是，一对男女领着孩子行走，意思是要求及时把村民进行疏散，以防受害。接着，她又用蔚州独特的点染方式将窗花上了色，在终点处，颜色特别突出靓丽。

当她把窗花扔出去后，独自在房里思考，有什么办法阻止龟田的行动呢，以免老百姓受到伤害。这办法还真不好想，大南山基地被毁后，龟田已经达到了疯狂的地步，现在没有人能劝他放下屠刀。雪燕躺着想，坐着想，把头发挠得“哧哧”响。最终，她还真想出了办法。她马上换上军装，来到院里，叫道：“麻子，召集大家集合。”

麻子惊异地看看雪燕这身崭新的军装，吃惊道：“队长，队长，从哪儿弄来的这身衣裳？”

雪燕叫道：“别废话，马上集合。”

麻子喊道：“队长命令，集合，都他娘的快点。”

自从麻子被雪燕重用之后，所有的命令都是麻子传达，现在他在队里的绰号是二队长，背后的绰号是马屁精。队员们站好队后，盯着雪燕的军装眨巴眼睛。雪燕说：“看什么看，一条狗秋天换身毛，还是狗。”大家听到这里都“嘿嘿”笑了。雪燕说：“咱们明天有重要的任务，说不定就得打仗，今天俺把木村中佐请过来，让他再给咱们讲讲实战经验，这对保住咱们的小命是有好处的。”

雪燕骑上那辆破三轮摩托车来到司令部，见到龟田后，打个敬礼，说：“报告。”

龟田眯着眼睛，从上到下瞄着雪燕，点头说：“好，大大的好，穿上我

们的军装，非常的英俊。”

雪燕说：“俺已经把队伍集合起来了，想让木村君去给我们讲讲实战经验，更好地为天皇服务。”

龟田对小野说：“木村呢？让他过去讲讲。”

雪燕回到队里，见大家都散开了，叫道：“混账，谁让你们解散的，你们还有没有纪律，马上站队。”大家又忙着排成方队。雪燕倒背着手，感到左侧的战刀晃晃荡荡的有些碍事，便咋舌道：“真他娘的，穿上这身衣裳，不成了披着狼皮的羊了吗？”大家又“嘿嘿”笑。没多大一会儿，木村骑着摩托来了。

雪燕迎上去说：“木村君，您在皇军中是最有实战经验的，是最勇敢的，我们请您给我们讲讲实战经验。”

木村本来就对训兵有癖好，听说让他给讲讲，来劲了。他站在队伍前，喊道：“立正，稍息的干活。”他站得笔直，满脸的严肃，说：“今天，我的给你们讲讲，打仗最关键的几个要素，一、先发制人。二、勇往直前。三、永绝后患。所谓先发制人，就是要主动出击，不能犹豫，遇到敌人要先开枪。至于勇往直前，这是每个战士必有的素质。实战中，谁越怕死，谁就死得越快。你们要明白个道理，就是工兵在布雷时，专门会把雷设在隐蔽物后面，为什么？因为两军开火，都会找隐蔽物。所以说，勇往直前生存的机会更大。至于永绝后患，就是说不要有妇人之仁，就算对方投降，也要把他干掉。因为有了俘虏需要看守，需要管饭，这是非常麻烦的……”

由于木村的发表欲太强，而且每次说的都是这一套，大家已经站得腰酸腿疼的，他还在那里喋喋不休。队员们不时地去看雪燕。雪燕说：“木村君，酒菜已备好，咱们歇歇，边喝边聊。”

木村说：“好，我最后要讲一条，那就是军人必须要服众命令，长官指到哪儿，打到哪儿，就是前面是刀山火海，让你冲，你也得冲。”

雪燕说：“大家听好了，谁不服从俺的命令，枪毙。木村君，菜都快凉了。”

木村说：“我再讲最重要的一点，在战场上，有人胆怯，不往前冲，当场打死，否则会影响大家的斗志……”

在雪燕的几次催促下，木村才意犹未尽地来到办公室。麻子把几个碗摆到桌上，黑塔抱起酒坛来，把几个碗给倒满。雪燕说：“你们两个先出去一会儿，俺单独跟木村君说句话。”两人出去后，雪燕压低声音说：“木村君，据可靠消息说，在向上级汇报时，听说大南山遭到摧毁是由于您的问题。听到这个消息，俺感到非常气愤，您一直在大南山基地，为啥把责任往木村君头上按呢，这太不公平了，太让人气愤了。”

木村抽抽鼻子，眼睛瞪起来，问：“谁说的？”

雪燕看看门，小声说：“谁说的并不重要，木村君得根据自己的判断去想。您也知道，俺经常教美代子夫人和几个军官太太铰窗花。听说那些妇人中，就有电报室的小队长的夫人。听到这个消息后，俺就开始为您担心了，想想您为了把保安队给训练好，是费尽了心机，俺心存感谢，所以提醒您千万别成为替罪羊哩。”

木村点头说：“感谢许君，你说的这些并不是没有可能。有些人为了推卸自己的责任，完全有可能把责任推到别人头上。其实，这事放到我身上，我也会找个替罪羊。不过，之前大佐好像说，要向上峰汇报是八路军主力部队路过蔚州，毁掉基地的。”

雪燕说：“木村君，这话你信吗？如果有大部队在蔚州出入，张家口前线指挥部能不知道吗？如果这样的情报都掌握不了，天皇的侦察兵与情报处不就成了一伙酒囊饭袋了，还怎么打仗？”

木村点点头，认为雪燕说得是对的。如果大部队转移，想必张家口指挥部肯定会掌握，这个谎言确实有些牵强。

雪燕小声问：“那您就心甘情愿作替死鬼啊？其实也难怪，木村君已经养成习惯了，听说，本来您与美代子夫人是相爱的，后来没有争过龟田大佐，再后来又成为龟田大佐的手下，可能寄人篱下都成习惯了，就算有再好的机会您也不会采取主动的。唉，不说了，不说了，咱们喝酒，喝酒吧，反正明天就去玩命了。您也知道，在战场上谁都不知道明天还有没有命喝酒哩。”

听了雪燕这些话，木村的脸色变得非常凝重，他说：“酒的先慢喝，许君，如果你是本佐，你会怎么处理？”

雪燕想了想说：“如果是俺，俺才不会这么被动哩，俺会借着这件事向上峰汇报，把对手给挤走，自己来掌握主动权。而不是任人宰割，到时候接到免职或降职的命令，或者被军事法庭给定罪。”

木村的脸色越来越难看了。

雪燕说："木村君，俺可什么都没说啊。"

木村说："许君的不必担心，本佐身为指挥官，对事情还是有判断力的。你说得非常正确，现在是最好的机会。酒的先不喝了，我的去做件事，以后再找许君，开怀畅饮。"

雪燕端起碗酒来，说："木村君，这杯酒就算祝您旗开得胜了。"雪燕心里想：喝上这碗酒，木村的勇气就会增高，就敢于去做这件事了。

木村把酒喝了，菜都没吃，匆匆离去，骑着摩托直奔大南山基地。路上，想着许剑说的那些话，感到自己现在确实危险。龟田为逃避基地被毁的责任，肯定会把责任推到他头上。就算龟田不推到他头上，说有八路军大部队经过，这也是谎报军情，罪过也是不轻的。如果把真相告知上峰，上峰极有可能把龟田调走，在蔚州就数他木村资格最老，有可能接替龟田。

回到大南山基地，木村来到刚修复好的电报室，说："向上峰致电。"

电报员吃惊道："中佐，我们没权力向上峰发电报。"

木村掏出手枪指着他的头："有重要的事情汇报，马上开始……"

早晨，龟田亲自率领中队大部分的兵力，由保安队开道向大南山方向挺进。一路上雪燕都在担心，如果窗花情报不能及时送达游击队，不及时地把大南山附近村庄里的百姓疏散，今天会是血雨腥风。雪燕还有个担心是，去往大南山的途中经过很多村子，如果龟田突然对其中某个村子进行洗劫，那又该如何应对。

最让雪燕感到担心的，龟田让他们动手杀村民。不执行，龟田肯定不会同意，如果执行，手上就会沾满乡亲们的鲜血，无论什么理由，在什么形势下，都会成为生命的污点，永远都没法清洗干净。就算去庵里当尼姑，每天念经也赎不了自己的罪恶，就是死上千百回也是千古罪人，铁杆汉奸了。

由于持续大旱，焦渴的草木黄兮兮的，就像用火烤过，已显出深秋的惨淡。田地干得已经发白，脚步踩上去会带起尘雾，弥漫出焦煳的气息。那些水地里布满龟裂，不规则的泥皮翘着边儿，踩上去有种瓦碎声。那些密麻麻的裂纹，就像雪燕此刻的心情，千疮百孔。

雪燕回头看看拖着尘烟的部队，后悔没有在昨天夜里逃离，如果逃离据点，今天就不会承受这种痛苦，不会变得如此纠结。

他们来到大南山脚下，在村外的场院里停下。雪燕看了看连绵的大南山，还罩着淡紫色的雾气，朦胧而神秘。龟田说："许君，把全村老少全部赶到这里，让他们把游击队给交出来。"雪燕没法拒绝，点点头，领着保安队向村里走去。她不时回头看看身后的鬼子，他们就像一群虎视眈眈的豺狼，等待着猎物；再回头看看被杂树笼罩的小村，她仿佛看到了村人惊恐无助的眼神，在身下铺开的不规则的血斑，仿佛听到乡亲们凄厉的哭叫声。

来到村边，雪燕让大家停下，说："如果咱们把村人赶到村外的场地，龟田命令咱们开枪杀人，咱们怎么办？"

大家都低下头，没有人吱声。

雪燕皱眉头说："咱们现在已经是人见人骂的狗汉奸了。如果杀了人，我们就是刽子手，甚至比日本鬼子更加可恶。鬼子杀人杀的是中国人，我们是中国人杀中国人，就像人吃人那么可恶。将来，鬼子失败了，在蔚州待不下去了，他们拍拍屁股可以回到日本。那我们呢？我们去哪里？我们以后还能在家乡生活吗？这里的人还能收留我们吗？这些问题，你们想过没有？"

大家都低着头不说话。雪燕怒道："你们聋了，还是哑了？"

黑塔抽抽鼻子，说："队长，你说咋办，俺们就咋办，听你的。真不行，咱就跟小鬼子拼了。"

雪燕说："进村后，咱们要带着村人往山里逃，进了山，小鬼子就不敢往里追了。然后，咱们分头通知家人，让他们躲起来。"大家纷纷点头，表示同意这个办法。

他们低头耷拉脑地来到村巷里，村子静得就像废弃的古堡，路上连条狗、连只鸡都没有，只有树上的麻雀在叽喳，还有几只乌鸦在"嘎嘎"叫，家家户护都锁着院门。看这种情况，村里的乡亲们应该是都逃走了。雪燕如释重负，抹把脸上的汗水，深深地呼出口气。她举起枪来，对着空中放了几枪，成群的鸟儿乌云般飞走，只有一条狗夹着尾巴，顺着巷子逃出去了。雪燕带人敲开几家门，到家里看了看，并没有发现人，知道大家真的都逃走了。

雪燕带着大家来到村中的老井旁，对大家说："今天算咱们运气好，乡亲们都逃走了。大家休息一会儿再回去，就说咱们挨家搜过，一个人也没有搜到。"黑塔把头盔摘下来，绑在辘轳的绳上，从井里打水喝。井旁有棵两搂粗的老柳树，树的腹部是空的，树枝上顶着绿色。雪燕把头伸进树的腹部看了看，见上面长满了青苔，有一只青蛙蹲在树洞里，鼓动着双腮。她把头

缩回来，蹲在树下，用手往脸上扇着风，看到队员们围着井在打水喝。麻子捧着头盔过来，说："队长，喝点水吧。"

雪燕问："谁的头盔，是不是黑塔的？"

麻子说："是他的。"

雪燕摇头说："哎呀！想想他枕头上的油，真恶心。"

麻子咧咧嘴说："那俺也不喝了。"

他们返到村外的空地，向龟田进行了汇报。龟田皱着眉头说："难道他们早就知道我们来，逃走了？"

雪燕说："浩浩荡荡的大部队，几里之外就能看到，能不知道咱们来吗？"

龟田眯着眼睛，往连绵的大南山看看，再回头看看村子，说："许君，去把村子烧掉。"

雪燕吃惊道："大佐，烧掉村子有用吗？"

龟田恶狠狠地说："必须烧掉，让他们知道窝藏游击队的严重后果，让游击队知道，他们给老百姓带来了多大的影响。"

雪燕没有办法，只得带着大家又回到村里。麻子说："队长……队长，把房子点了，村里人就没地方住了。"

雪燕叫道："俺怎么会不知道他们没地方住，知道了又有用吗？谁让咱们当汉奸呢。当初俺提出大家解散，都铁了心要当汉奸，不烧房子，龟田能放过咱们吗？就算放过咱们，他们还是会派兵来烧，村子还是保不住。"

黑塔问："队长，真烧？"

雪燕说："去吧。"

雪燕独自来到村口，找树荫蹲下，打根草棒掐着，满脸的痛苦。树上有几只乌鸦就像龟田似的哇哇叫，气得她掏出枪来对它们射击，一只乌鸦像块黑布从树上掉下来，摔在了地上。雪燕气愤道："你姥姥的，让你学鬼子说话。"这时，村里已经冒起狼烟，队员们从村里跑出来。有风，大火像山洪似的趟过村子，飞扬的灰垢从天空落下来。雪燕看看落在胳膊上的灰条，痛苦地说："他娘的，这汉奸真不能当了。"

当他们赶到相邻的村里，当龟田听说又是个空村，便命令把村子给烧了。雪燕说："大佐，不能再烧了。"

龟田瞪眼问："许君，你什么的意思？"

雪燕说："大佐，您想过没有？咱们把村子烧了，村里人无家可归，必然去参加游击队。想想吧，哪个村里没有几百口人，咱们烧的村子越多，游击队的人越多，这对咱们是很不利的。"

小野点头说："大佐，许君说得没错。他们变得无家可归，必然去投奔游击队，并且是抱着很深的仇恨去的，会变成我们强有力的敌人。"

由于大南山的基地遭到破坏，已经触到了龟田的底线，让他的前程变得很不明朗，他正处在极度气愤之中，哪肯听劝。一天的时间，他们烧了好几个村，直到天色渐晚了，他们才往回赶。在回去的路上，龟田恶狠狠地说："只要游击队不出面，我就见人杀人，见村屠村，让任何人都不敢窝藏帮助游击队，让游击队无处可逃……"

回到据点，雪燕就给大家开会说："我们连着烧了好几个村子，让许多乡亲变得无家可归，并失去耕种的农具，大家谈谈今天的感觉，是不是很过瘾啊？"

有个队员抽抽鼻子说："队长，俺姥姥家就在那个村里住着。"

还有个队员说："俺姨家也被烧了。"

雪燕问："俺说解散，你们同意吗？"

有个队员哭丧着脸说："队长，不是俺不想回，上次俺给家里送了点米，俺爹当场就给扔出门外了，抄起棍子对俺说：'滚，俺没有你这个汉奸儿子。'俺娘哭着对俺说：'孩啊，你当啥不好，为啥非去当汉奸哩。你赶紧走吧，要是让村里人把你抓住，非把你给生吞活剥了不可。'"

雪燕冷笑说："这就是咱们当汉奸的报应。"

在大家吃饭的时候，雪燕骑着偏三轮摩托去戏园子了。她来到一品红的小房里，把自己给砸在床上，用脚不停地去踹墙，把墙围了都给蹬掉了。当一品红回来后，雪燕爬起来，梗着脖子说："一品红，你们要的情报俺给你们弄了，俺已经仁至义尽了，俺不能再回去了。"

一品红问："雪燕，到底出啥事了？"

雪燕瞪大眼睛，叫道："出啥事了？龟田逼着俺们烧了几个村子，这种事俺不能再做了。"

一品红平静地说："雪燕，如果没有你的窗花情报，玉欣就不能及时对村民进行疏散，今天可能会死很多人的，烧几各村子算什么呢？"

雪燕吃惊道："唉，一品红，你说话不腰疼啊。敢情不是你住的村子，没你的房子，烧了村子房子他们住什么？没有了耕具，他们拿啥种地？"

一品红说："雪燕，人才是最关键的。"

雪燕说："一品红，你知道不？俺现在有点恨你哩。要不是你鼓动俺，要不是你骗俺，俺用得着去当汉奸吗？行啦……行啦，你他娘的，少说这些废话，俺听着你说话就生气。你马上通知玉欣，龟田把大部分兵力调出来屠村，其他几个基地守兵薄弱，趁机端几个，别在那里等着看鬼子再烧村。"说完，照着门踢了一脚，气呼呼地走了。

一品红自言自语道："什么时候学会骂人了，还他娘的。"说着，苦笑着摇了摇头……

十七 无间之道

在龟田屠村期间大南山基地遭到游击队破坏，雪燕是想着龟田会放弃屠村把兵力用到保护基地上，没想到龟田显得极为平静，就像没有发生这件事似的。在会上他说："我们连续几天行动，仅仅烧了几个村子，一个人都没抓住，这不是本佐想要的效果。从今以后，我们要换个办法。本佐决定，休整两天，然后出其不意，在夜晚进行偷袭，争取见血。"

有人说："大佐，游击队不是爱在山里隐藏吗？我们不如把大南山点把火，将他们全部烧死在山里。"

雪燕心中暗惊，如果把大南山放火烧掉，躲在里面的游击队与老百姓就真无处可逃了。她说："这个建议非常好，如果把大南山烧了，游击队、猎人、老百姓会无处可逃。但我们不要忘了，这么做等于逼他们破釜沉舟，与我们决一死战。据说，大南山上的猎人就有几百户，手中都有洋炮。洋炮，你们知道是啥吗？"

小野卖弄道："洋炮就是土炮，是最原始的枪，其威力很大。一般是在枪管里灌进土药，再灌进铁沙，发射后目标面积较大。"

他龟田倒不担心洋炮，而是他们正在大南山腹地要建一个秘密弹药库，如果放火烧山，就会暴露。这个弹药库建成后，主要供应华北战场，如果这里再出现意外，无论再怎么编，上峰也不会相信，这将会直接影响他。龟田摇头说："我们不能破坏蔚州的环境，因为将来这片土地是属于我们的。我们将继续屠村，给游击队施加压力，相信我们杀够一定数量的村民，从此再没有人敢支持游击队，让他们浮出水面，我们就可以将其剿灭。"

雪燕对这个决定暗暗着急，因为龟田肯定会让他们杀害村民。一旦杀了村民，汉奸名声就抖落不掉了，将会被蔚州人世代唾弃。雪燕突然站起来，说："大佐，俺认为不可。"

龟田狐疑道："许君，有何不可？"

雪燕分析道："咱们的任务不是来打仗的，而是要落实'双核计划'的。如果我们把大部分军队用来做这些毫无意义的事情，游击队趁机再去破坏基地，那么我们之前的努力全部化为乌有，这是得不偿失的。再者，屠村并不能让游击队出面，只能增加游击队的实力。所以，这是极不明智的做法。"

龟田脸上泛出狰狞的笑容，说："当前的形势是，如果不把游击队消灭掉，无论建到什么程度都有被炸的危险。与其在配套完成后被毁，倒不如现在被毁掉。等把游击队彻底歼灭后，重新开始。"雪燕听到这里牙根都痒了，真想掏出枪把这个恶魔干掉。

自雪燕产生了谋杀龟田的想法后，这种想法就渐渐地强烈起来，于是她开始想象各种谋杀的整个过程。最后，她想到一招：可以去家里请示工作，袖里藏着短刀，见到龟田后顺出来刺进要害。如果引起美代子尖叫，可以把她打昏，如果惊动了警卫，就挟持美代子离开……雪燕把整件事情考虑周全后，铰了几幅窗花告诉一品红，让他们做好逃离的准备，以防受到牵连。窗花情报第一幅是狼头脖子处有朵雪花，下面有几个人在跳舞。第二幅是唱戏的脸谱与一个大桃子。雪燕把窗花揉成团扔到墙外，便躲在房里检查自己的手枪，并把几个弹匣全部压满子弹。

在天擦黑的时候，雪燕出发了。天上阴沉沉的，有风。这样的天气让雪燕感到欣慰，没有月光的黑夜更有利于逃跑。当她来到美代子家门口，听站岗的警卫说龟田还在办公室，她在东侧的过廊里等着。这个过廊是龟田回住所的必经之路。

雪燕等到夜里十点多钟，依旧不见龟田回来，便感到今天晚上有些不顺。如果太晚，去家里肯定不合适。在过廊开枪，自己并没有一枪致命的把握。最终，她放弃了今晚的行动，想另抽时间再实施。

早晨，一品红收到雪燕的窗花情报，见雪燕想要谋杀龟田，顿时惊得目瞪口呆，额头上泛出一层细汗。他跑到戏园子里，对小石子说："通知班主带着大家找地方躲躲。"

小石子吃惊道："是不是咱们已经暴露？"

一品红说："雪燕想谋杀龟田。"

小石子也惊呆了，说："这……这……"

一品红说："早上收到的情报，说不定她昨天夜里已经动手，说不定鬼子正在来这里的路上了。"

小石子说："如果昨晚动手，怕早就追来了。"

一品红叹口气说："凭着雪燕与美代子的关系，可自由出入家里，她出其不意地杀掉龟田与美代子，至今未被发现，也是有可能的。"

一品红换身男装，来到据点门前不远处的茶馆里，他想听听有没有对龟田的议论，或者看到保安队的人出来。但他等不及了，最后决定涉险到据点的岗哨探探风声。来到第一道岗哨前，他对站岗的说："保安队的麻子是我的亲戚，我想去看他。"

说着，掏出两块大洋塞到他的兜里。鬼子说："非常的时期，进去的不行，电话的打。"走进岗楼里，他又塞给守电话的两块大洋，要通了保安队。

一品红问："我是麻子的亲戚，请帮我找他。"

电话里说："我就是麻子。"

一品红问："你们队长在吗？"

电话里说："队长开会去了。"

一品红终于松了口气，说："跟他说，家里让她今天务必回家一趟，有重要的事情。"

旁边的鬼子说："电话的可以了，你的出去。"说着，夺过电话摁上。一品红终于松了口气，这通电话至少可以证明，雪燕昨天晚上并没有动手。一品红并没有回去，他就在茶馆里等着。中午，小石子来到茶馆，坐到一品红的对面，对他点了头说，先生回了。

一品红如释重担，说："太好了，太好了。"

两人匆匆回到戏园子，　品红换上女装，匆匆回到小屋，见雪燕躺在小房的床上睡着了，眼里不由蓄满了泪水。他抹抹眼泪，叫道："雪燕，起来。"

正睡的雪燕爬起来，见一品红的眼圈红红的，吃惊道："咋啦？喊这么大声干吗？"

一品红没好气地叫道："你为什么要杀龟田？谁让你这么做的？你知道这么做多危险吗？"

雪燕没想到一品红这么大声说话，声音都变调了，她瞪眼道："你喊啥？他昨天在会上讲，要在今天晚上偷袭村庄，要杀人。我不杀他，到时候他让

保安队杀人，我杀了人，就永远都脱不掉这汉奸帽子了。与其背个汉奸名，还不如当个英雄哩。”

一品红说：“雪燕，杀掉龟田并不能解决问题，你杀掉他，会马上有新的龟田来。再说了，你杀掉他是不容易脱身的，如果你出了事怎么办？你有没有想过爱你的人，比如你娘、你姐姐，还有……还有，反正你不能做这件事。”

雪燕说：“昨天晚上我行动了，是他命不该绝。”

一品红吃惊道：“什么？你已经动过手了？”

雪燕把昨天晚上的行动说了说，一品红苦着脸说：“雪燕，就算我求你了，放弃这个想法，等于我求你了，行吧？”

雪燕皱着眉头说：“别假充关心人了，要是你关心我，早就不让我在鬼子营里了。可是你呢，千方百计利用我给你们搞情报。你这是关心吗？你这是自私。”

一品红感到有些脸红，他说：“如果你真不想在那里，就回来吧。”

雪燕说：“一品红，你算老几啊？你说回就回？”

一品红说：“雪燕，千万不要冲动，万万不能谋杀龟田。”

雪燕得意地说：“俺放弃行动不是因为不想杀他，而是俺之前的策划成功了。当龟田提出屠村，俺就暗里做木村的工作，说大南山基地被毁，龟田肯定会推到他身上，暗示他向上级发电，说明事实原因，趁机把龟田挤走。终于，今天龟田突接到上峰来电，让他停止屠村，把所有的兵力都用来保护基地，等待命令。俺就知道俺之前的策划有效果了，因此也就没有必要再杀他了。”

一品红说：“雪燕，我太佩服你了。”

雪燕撇嘴说：“俺不用你佩服，你还是买点酒菜吧，俺想喝点酒。”

一品红点点头说：“那好，我去准备。”在去往饭店的路，一品红犹豫着是否买酒，如果不买，雪燕肯定又会生气。这段时间，雪燕的脾气变得越来越大了，动不动就发火。如果雪燕喝了酒，还不知道会发生什么事情呢？酒菜买回去，放到桌上，雪燕抓起酒罐子，倒了满满一碗酒，说：“一品红，你也喝点？”

一品红用力摇头说：“不行，我不能喝。雪燕，你在队里，千万不要喝酒。喝了酒容易暴露自己。”

雪燕说：“有那么严重吗，俺在队里经常喝，也没暴露。”

其实，一品红并不知道，雪燕的酒量并不比男人差，当她感到自己喝多了，是可以用意念把酒逼出来的。保安队的人所以对她佩服得五体投地，并不只因为她的把式好，还有个原因就是她的酒量大。在男人的场合里，好像都善于用酒量来衡量一个人的气魄。在说书唱戏中，很多英雄都是海量之人。雪燕刚到保安队时，有几个队员想把她灌醉，结果他们醉得趴到桌子下面了，而雪燕却像没事人似的，这件事情为雪燕增加了不少威信。

雪燕端起酒碗来，就像喝凉水似的，没一会儿就把酒喝完了，伸手去摸酒罐子，被一品红用手压住。一品红说：“雪燕，别喝了，一会儿谈点重要的事情。”他从没见过雪燕喝了酒后是什么样子，怕她闹事儿。

饭后，一品红在收拾碗盘，雪燕洗漱后躺在床上，闭着眼睛问：“一品红，有啥事赶紧说。这几天跟着龟田到处烧村烧房子，累得不轻，现在俺有点困了。”连续几天，雪燕面对龟田的屠村计划，都处于焦虑紧张之中，这种累不只是身体上的，而更多是心理上的。

一品红说：“没重要的事情，你先睡觉吧。”

雪燕问：“你不睡？”

一品红说：“我看一会儿书再睡。”

雪燕哼道：“每次都这样，你真有病哩。”

一品红坐在椅子上翻着书，其实什么都没有看进去，所有的注意力都在床上。自己心爱的人，就躺在床上，只有咫尺之遥。他的心情变得很是复杂，扭头看看床上的雪燕，几乎是裸露着，便慌得回过头，心里“嗵嗵”直跳。一品红来到院里，深深地呼了口气。已经是初秋的季节，月亮有些高了，风里有些凉。

回到房里，一品红慢慢地凑近床，想给雪燕盖上被单。雪燕裸露的肌肤在昏暗的灯光下，呈现出银色，是那么的诱人。她浑身散发着酒香，还有女性特有的气息。一品红轻轻地伸出手，握住了雪燕的脚，感到脚有些凉。他就那么握着，感受着雪燕的温度，有一种冲动让他无法克制，竟然慢慢地俯下身，闭上眼睛，想去吻吻雪燕的额头。其实，一品红摸雪燕的脚时，她已经醒了。她见一品红的脸越来越近，已经闻到浓烈的脂粉味，她突然喊

道："一品红，你想干啥？"一品红惊得"扑通"坐在地上，愣在那里，说不出话来。

雪燕坐起来，问："一品红，你不睡觉？偷偷摸摸想干啥？"

一品红羞愧难当，结巴说："天……天有些凉了，我……我摸着你的脚有些凉，想试试你的额头，怕你感冒发烧了。"

雪燕并没怀疑什么，在家里时，每次发烧，母亲总是双手捧着她的脸，用脸贴到她的额头上，试试她的体温。雪燕打个哈欠说："几点了，还不睡？"

一品红从地上爬起来，说："你睡吧，我再看一会儿书。"

雪燕翻过身去，说："那你看吧，俺懒得理你哩。"

一品红走出小房，把门轻轻地关住，眼泪顿时流出来，把月光变成模糊的光斑。他感到很委屈，是种莫名其妙的委屈与自责。自己竟然想去亲吻雪燕，还想得更多，差点就会出了大问题。他明白，在现在这种时候，雪燕知道他是男的，会把他当成流氓看待的。一品红开始后悔没早些跟雪燕说出自己的性别，早说，说不定雪燕会原谅他，也许与雪燕是有未来的。事情到了现在这种地步，雪燕已经失去了宽容他的基础了，事情真相大白后，一定会恨死自己……

对于上级的来电，龟田隐隐感到不太对劲。之前他向上峰汇报说，基地遭到八路军过路主力的袭击，上峰一直没有批评他，也没有什么表示，现在突然让他停止屠村，这就说明上峰知道蔚州的情况，同时说明，肯定有人跟上峰通气了。

龟田感到这太被动了，自来到蔚州后，他多次谎报军情，掩盖游击队活跃的事实，如果上级知道此事，肯定会对他失望。龟田开始分析，谁最可能与上峰保持联系，大部分军官是不可能的，那么肯定是几个中佐。至于木村，龟田感到此人粗枝大叶，做事草率，上级是不会让他监视自己的。在所有的中佐以上的军官中，与上峰有过直接交往的只有小野。因为"双核计划"的选址就是小野提出来的。为查清真相，龟田来到电报室，让主管小队长搬出电报记录进行查看，所有的电报都是他签署的，并没有别人，但他还是不放心，问："来到蔚州后，有没别的人前来要求发电报？"

小队长摇头说："除了大佐，没任何人要求发过电报。"

龟田回到办公室，回想与小野合作以来，小野的行径确实让人怀疑。

首先，自来蔚州他就要求与土著亲善，并要求举办联谊会，并提出荒唐的和亲。在屠村的问题上，他又多次阻拦。可以断定，小野有意在保护蔚州百姓。难道他在北平住了几年，已经与中国人有感情了？还是他一直与上峰有联系，他之前的想法，是上峰的意思？龟田越想越感到小野可疑，于是把他约到家里吃饭，然后暗中派人潜进小野居室查看，看是否有发报机，或有别的什么。

当小野来到龟田家里，龟田叹口气说："小野君，今天叫你过来呢，是让你帮着分析一下上峰的电文，到底是什么意思？"

小野说："这说明上峰对蔚州的事情了如指掌，比如这次的屠村。至于上峰接下来的安排，属下就不知道了。"

龟田叹口气说："你说，上面会不会把我调走或怎样？"

小野摇头说："属下认为这种可能性不大，上峰应该明白，无论谁来做这件事情都不会顺利。在人家的地盘用人家的劳力挖人家的东西，制造武器再打人家，这无论在哪个国家，面对哪个肤色的人，都会有相同的境遇，民众起来反抗这是必然的。不过，既然出了这件事，我们要有心理准备。如果说中国人以前是在沉睡中，可是现在他们正在苏醒，以后，冲突事件将会更加严重。这些道理上峰是明白的，所以，您的失误他们也许能够宽容。"

饭后，龟田送走小野，来到办公室，等着查看小野居室的结果。前去暗查的人回来后，汇报说："大佐，没有发现类似发报机、书信什么的，但我们发现了几本书，感到有些异常。"

说着，把几本书放到办公桌上。龟田拿起来看了看，原来是几本中国的春宫图，便摇摇头说："这个小野，表面上看像个正人君子，私下里也不怎么样吗。"龟田回到家里，见美代子坐在那儿发呆，不由突然意识到一个问题，那就是最近美代子不铰窗花了，连与窗花相关的工具都不见了。记得从前，每次回来都会看到美代子聚精会神地铰窗花，有时候跟她说句话，她都顾不上回答。

龟田感到这不正常，便问："美代子，最近为什么不铰窗花了？"

美代子摇头说："不想铰了。"

龟田问："哦，这是为什么呢？你不是很喜欢吗？"

美代子急了，叫道："不为什么？我只是不想铰了。"

这段时间美代子的心情非常复杂，非常痛苦。自她告诉许剑大南山基地的情况后，基地就被游击队端了。回想之前，许剑问过的许多事情，好像都出了事，她感到许剑有问题。

美代子虽然深爱着许剑，爱情也许会让她变得冲动，但并不是说会影响到她所有的判断能力。她毕竟是上过正规军校的，虽然学的是通讯专业，但通讯专业也不只是背密码表，不只发电报，还是有共修课的。她冷静下来，感到许剑极有可能就是那个“内奸”，并利用她的感情在搞情报。但是，美代子又深爱着许剑，又不愿意承认这个事实，因此内心纠结，不知道怎么处理。这几天她既想见到许剑，又不想去见他……

不久，龟田便明白了为什么大南山基地被毁后上峰既没有批评他，也没有任何批示。因为上峰突然来电，电文空前地长，说：由于你在蔚州落实“双核计划”以来，错误行事，忽视与土著之间的关系，搞得怨声载道，几近全民皆兵，致使处处受阻，丢失了大南山基地，导致之前做的诸多工作都遭受重创，产生了无法弥补的重大损失，本应该把你交上军事法庭对你进行审判，但考虑到你对蔚州的情况较熟，上峰决定重新派人前去负责“双核计划”，你要全力配合他的工作，将功补过……

龟田接到这封电文顿时傻了。那天，他独自待在办公室里，想自来蔚州以后，苦心经营，努力做事，想做出成绩，得到提拔，光耀门庭，现在是这样的结果，让他难以接受。最让龟田不能接受的是新来的这个人，是自己在军校当教官时教的学生，并且是个女学生，名叫远藤优美。

远藤优美只有三十几岁，姿色超众。她小小年纪便成为陆军特训机构军事情报处的处长，拥有大佐军衔。上峰所以派远藤优美过来，电文里说的原因是：不只因为她是军事情报处的处长，还有个重要的原因是，游击队的头儿是女的，派个女的来，也许会有不同的效果。当然，还有个鲜为人知的原因是，远藤优美是总指挥部山本副司令的干女儿，这次到蔚州来是远藤优美自己要求的。

那天，远藤优美从飞机上下来，面对前来迎接的龟田表情冷漠，只是微微向他点点头，一路上她都在跟小野说话，并没有搭理龟田。回到司令部后，她马上召开会议，在会上对大家说：“上峰对于蔚州驻军的作为感到愤怒。特别是龟田大佐，多次向上峰谎报军情，误导上峰判断，以至于“双核计划”迟迟不能落实，并造成重大损失，影响了我军的总战略计划。在这里我要代表总指挥部对龟田提出严肃的批评。会后，请龟田大佐尽快形成报告交到我手中，经审核后上报司令部。”

会后，龟田与小野无精打采地回到办公室。龟田恨恨地说道：“她远藤优美曾是我的学生，如今见到我不但像陌生人，还对我如此苛刻，真让人难以接受。”

小野叹口气说：“据说远藤优美现在深有背景，我们没必要得罪她，还是积极配合她的工作为好。”

龟田叫道：“她什么背景，还不是用自己的姿色铺路子吗？否则，就凭着她那点本事，如此年轻就成为大佐，是没任何可能的。”

小野忙说：“大佐，这话可不能对别人说。”

龟田说：“小野君，麻烦你帮我写个报告给远藤优美，我感到有些累了，想回去休息。”回到住处，龟田见美代子在那里待着，便瞪眼道：“美代子，你究竟怎么了，每天失魂落魄的？”

美代子愣了愣，站起来倒杯水，放在龟田的面前，冷冷地说：“龟田君，我碍着您什么了吗？我身体不舒服，您就不能让我静一会儿吗？”

龟田问：“美代子，你知道最近发生的事吗？”

美代子说：“什么事？龟田君不说，我怎么会知道。如果龟田君想说，我就听着。”

龟田骂道：“上峰突然派来了人，你知道是谁吗？”

美代子摇头说：“这更不知道了，龟田君请讲。”

龟田说：“她就是我的学生远藤优美，上峰把她派来要我配合她的工作，这让人实在难以接受。在我当教官的时候远藤优美是个最差的学生，为了要成绩每天对我献尽殷勤，现在凭着自己的姿色得到大佐军衔，竟还跑到蔚州骑到我的头上指手画脚，一点颜面都不给我留，真是岂有此理。”

美代子说：“其实，您不必为此事生气的。”

龟田喷着唾沫星子叫道：“她不叫声教官也倒罢了，我不在乎，可她也不能给我冷脸子看，让我这个作老师的也太没颜面了。”

美代子叹口气说：“龟田君，不要生气了。”

龟田冷笑道：“我就看看她远藤优美有什么本事在蔚州立脚。”

本来龟田就对远藤优美的冷漠颇感丢脸，没想到远藤优美竟然瞒着他召开了军事会议，中佐以上的军官都参加了，唯独没有通知他。会后的第二天他才听小野说，远藤优美在这个会议上，主要是让大家发言，分析龟田在蔚州失败的原因。

龟田问："那么原因找到了吗？"

小野说："大家一致认为，您来蔚州后，最大的错误是既没有与蔚州土著搞好关系，也没给予游击队重创，草率建设，导致处处被动，并且多次谎报军情……"

龟田感到自己的地位受到威胁了，心情非常不好。他不想任人宰割，而想采取主动。为捍卫自己的地位，他让美代子准备饭菜，打发小野通知中佐以上的军官以及保安大队的许剑，都到家里用餐，想达成联盟，把藤远优美赶出蔚州。

小野去了半天，来的只有许剑。

美代子看到许剑后，目光躲闪，显得有些不太自然，但又忍不住偷偷地看她。她给许剑泡上茶端到跟前，深深地弯腰道，请您慢用。说完，低着头慢慢地退出去，坐在沙发上发呆。雪燕隐隐感到不好，因为她敏感地觉察到美代子对她冷漠了。之前每次来家里，美代子都会压抑着喜悦，参与他们的对话。想想这段时间，美代子都没到保安队找她，雪燕认为肯定有什么问题。

龟田见小野他们迟迟不来，有些急了，正要出门看看。小野打来电话说："通知已经下达，由于远藤优美大佐找他们有事，不能过来了。"

龟田放下电话，感到有些悲哀，因为远藤优美刚刚来到蔚州，他的旧部马上就重新调整方向站到远藤优美那边了。如今，龟田突然对雪燕感到有些感激，对雪燕鞠个躬说："关键时候，还是你们中国人有人情味，我们的人太势利眼了。好了，不等了，今天就咱们两个。"

美代子默默地把酒菜摆上，低着头坐在旁边。龟田喝了几杯酒，话就多了，说："许君，当初我在军校担任教官时，她远藤优美是我的学生，除了长得好看之外，没有别的什么本事。如今上峰把她派过来代替我落实"双核计划"，这是对帝国的不负责。"

雪燕故意说："大佐，远藤优美没把您放在眼里，更不会把俺这个小队长放在眼里了，我看还是把保安队解散掉得了。"

龟田忙说："许君，谢谢你对本佐的支持，不过没有必要解散。请你相信我，用不了多久远藤优美就会离去，蔚州会重新回到我的掌握之中。"

由于龟田的心情不好，喝多了，醉得像摊泥。美代子想把龟田弄到睡房，由于太重，弄不动，但也不叫许剑帮忙，而是自己在那里拖。雪燕帮她把龟田抬到榻上，从睡房出来，美代子对许剑鞠躬道："谢谢许君，请慢走，不送了。"

雪燕说："美代子…… "

美代子低着头问："许君，您有什么吩咐？"

雪燕发现美代子脸上竟然流着泪，问："美代子，请你告诉俺，谁欺负你了，是不是发生啥事了？"

美代子突然抹抹眼泪，说："请许君告诉我，你有没有利用我的感情搞情报，请你告诉美代子，要不美代子会郁闷死的。求你了，告诉我吧，我都快崩溃了。"

听了这话，雪燕心中暗惊，看来美代子已经发现什么了。她伸手拉过美代子的手说："美代子，你认为俺身为保安大队长，如果想得到情报，用得着从你的嘴里套吗？再说你是龟田夫人，我从你嘴里套情报，如果俺是内奸，这不是自我暴露吗？有一件事情俺可以告诉你，如果不是你美代子，许剑早就离开这里了，是不会当这个被老百姓称为汉奸的大队长的。"说着，伸手擦了擦美代子脸上的泪，说："不要胡思乱想了，事情不是你想的那样。"

美代子破涕为笑，说："美代子现在好高兴。"

雪燕伸出手来轻轻地拥拥她的肩，说："时间不早了，俺得回去了。一会儿你给大佐喝点水，这段时间他的心情不好。"

美代了点点头说："现在远藤优美刚到蔚州，肯定不会相信你，会对你进行考验，你要做到心中有数，确保自己的安全。"

雪燕点头说："放心吧，俺会的。"

告别美代子出来，雪燕感到很对不起美代子，她相信美代子的爱是真诚的。如果不是这场战争，她会同美代子成为很好的朋友，可是这场战争把人世间很多美好的东西都给破坏了，这场战争把她给推到如今这种尴尬的地步。想到这里，雪燕不由深深地叹了口气。抬头看看天，天空中的月亮被云彩挡住，发出钝钝的光。岗楼上的探照灯像雪白的扫帚，扫着整个营区。

躺在床上，雪燕久久不能入睡。远藤优美突然来到蔚州，还不知道会发生啥事哩？她感到应该尽快离开鬼子这里去过新的生活。现在，每次回忆起庵里的生活，雪燕都感到那么美好，没有纷争，没有欺骗，没有利益。姐妹们在山清水秀的深山里追求着师父引导的信仰，享受着每天的自我感悟。她想过了，等脱掉这身狗皮，就回去看望姐妹们，说不定会重新穿上那身青衣，读起经卷……

一品红早就把雪燕离开鬼子窝的报告打上去了，理由是雪燕已经把鬼子来蔚州的计划搞清，并成功地阻止了鬼子的行动，现在再埋伏在鬼子的军营是非常危险的，因为她毕竟是女儿之身，稍有不慎便会被人识破真身。再者美代子错把雪燕当成男子，对她产生了爱慕之情，每天缠着她，几乎让雪燕暴露……

他相信上级看到这份报告后，没有理由不同意，然而，当这个特派员来到蔚州后，一品红就彻底失望了。

特派员说："一品红同志，这次的决定不是我擅作主张，而是组织上经过研究后决定的。首先，组织上肯定了雪燕的功绩，她用朴素的爱国情怀超越了我们所能做到的，组织已经考虑接收她为我们的成员。至于你信中所说把她撤出来，组织上也是可以理解的，但我们面临的问题是，日方突然派来了远藤优美，她可能会有新的举措。如果把雪燕抽回来，远藤优美的行动就成为我们的盲点，对我们阻止敌人计划的落实是十分不利的。所以，组织决定让雪燕继续潜伏……"

一品红为难地说："雪燕现在还不是咱们组织的人，我们没有权力这么要求她，她已经尽到了她的责任。"

特派员说："一品红同志，在男女之间的问题上，你不要做什么傻事。如果你没有暴露自己的性别，最好不要暴露。如果雪燕已经知道，你要懂得克制，要想想你的使命，决不能出现不该发生的问题。"

一品红说："你们想过没有，如果抗日结束，我怎么对雪燕交代，难道说，其实从始至终我都是在骗她，我是个男人？"

特派员平静地说："你放心吧，事情结束后，组织上会找雪燕谈话，相信她会明白并宽容的。"

等特派员走后，一品红感到很是郁闷自责。如果不是自己策划争取雪燕，就不会有现在的事了。远藤优美前来负责“双核计划”，肯定会总结以前的失利，必然会对失利进行研究分析，说不定会想到雪燕头上，重新对她进行调查，极有可能会发现什么，这样雪燕就很危险了。可是这是组织上的决定，他能有什么办法呢，他能做的只是服从，只是承受这份疼痛。

当雪燕再次来到一品红的小屋，刚坐下，便说：“一品红，俺真不能再在鬼子那里了，美代子好像觉察到我在利用她搞情报了。还有，远藤优美来到蔚州，一直在分析龟田失败的原因，并且排斥疏远龟田与旧部的关系，她极有可能会怀疑到我的头上哩。”

一品红叹了口气，头低进胸里……

雪燕说：“俺可不想死在那儿，俺还想见到俺娘俺姐哩。”

一品红说：“雪燕，对不起！”

雪燕皱着眉头道：“你说什么？”

一品红把头扭向旁边：“特派员来过，说组织上认为远藤优美来到蔚州极有可能会有新的举措，你现在的身份，对于摸清她的动向非常有利，建议你继续留在那里……”说着说着，没听到雪燕的动静，回过头见雪燕眼里噙着泪水，嘴噘得老高，满脸委屈。一品红羞愧地低下头，说：“雪燕，我对不起你。”

雪燕腾地站起来，一脚把椅子踢倒了，叫道：“你们还没完没了啦，俺又不是你们的人，为啥对俺指手画脚、发号施令？俺去帮鬼子做事他们每个月都发钱，都管饭，还发衣裳，你们给俺啥了？一品红，你拍拍良心说，自俺替你们干事以来，你们给过俺啥？就是养只鸡也得喂把米才能下蛋。娘的，你们白用人还用上瘾了，天下就没你们这样的。”

一品红说：“雪燕，你想想，那些在战场上抛头颅洒热血的战士，他们为了什么？他们是为了解救中国，把侵略者赶出中国，让中国的人民过上好日子。你今天做的事情不是为了个人，也不是为了组织，而是为了全中国的解放。”

雪燕说：“呸，别跟俺讲这些大道理，俺雪燕之前就是个小尼姑，修的是心静与自个儿的感悟。俺回到县城后，也是想着自然与自由。鬼子来到俺们这后，俺想把他们赶走，是想解救蔚州的父老乡亲于水火。至于全国，那是全国人的事情，不是俺雪燕的。再说了，就算为了全国，俺也没必要去当汉奸。你知道俺现在有多难吗？不杀中国人他们不相信你，杀了中国人就成了罪人。你是不是非逼得俺双手沾满中国人的鲜血，变成大家痛恨的狗汉奸，走上不归之路，你才感到高兴啊？”

一品红的眼圈红了，说：“雪燕，我懂……我懂你的难处。”

雪燕哼道：“懂还让俺当汉奸？”

一品红心里明白，想让雪燕真正地明白抗日救国的道理，确实是有些难，但他知道，以雪燕现在的情绪，怕是不适合再潜伏在鬼子据点之内了。于是说：“这样吧，雪燕，如果你真不想再干，就离开那儿吧，我对组织上说你已经暴露身份，被迫离开，这样行吗？这样组织上依旧会记着你的功劳的。”

雪燕瞪眼道：“你这话是啥意思？这不是撒谎吗？要是让人家知道了，多丢人。俺娘俺姐还在八路军那里哩，事情败露后，大家怎么看她们。好啦好啦，别说了，烦死了。你放心，俺会回去当这个该死的狗汉奸。”说完，躺到床上，用脚后跟用力砸几下床，叫道：“烦死了……烦死了……俺他娘的烦死了……”

十八 高层较量

当远藤优美分析了龟田的失败后，得出了自己的结论，这并非因为亲善问题，取人家的东西，砍人家的头，亲善本来就是虚伪的，是不会有什么效果的。她认为龟田失败的主要原因是，没有把游击队给消灭掉，就草率去落实“双核计划”，本末倒置带来的问题。

一支训练有素的日本部队，有着最好的装备，却让游击队这么活跃，这太失败了。远藤优美认为在当前的形势下，建不是主要的，建起来不是为了用来跟游击队玩猫抓耗子的，而是要为帝国的大业发挥效用的。她决定不惜付出任何代价，要把游击队彻底消灭干净，然后以武力胁迫土著们顺从，大刀阔斧地落实“双核计划”。

在接下来的会议中，她把自己的理念讲出来，顿时赢得大家的热烈鼓掌。龟田也拍了巴掌，拍得很响，等大家的掌声落了，他还拍了几响。不过，他心里已经讥笑了。你想把游击队给消灭掉，你以为这是去院子里抓鸡逮猫，它们就在那里等着。他相信，自己做不成的事情，远藤优美也没法完成。

在龟田的理念里，认为最大的报复就是怂恿对手按错误的路线走下去，错到无法纠正，直至最终的失败。他站起来说：“听了远藤优美阁下的这番话，本佐才知道什么叫青出于蓝而胜于蓝。本佐非常赞同远藤优美阁下的思路，并且会积极配合她推行新的计划，希望在座的各位要紧紧地围绕着远藤优美阁下的指示精神，完成我龟田没有完成的任务。”

听了龟田这番话，远藤优美那双俊俏的眼睛眯起来，冷笑道：“龟田君，你不站起来发表言论，我还真以为我的理念是正确的。现在看来，我的想法还是有问题的，是需要推敲的。”

这句话让龟田感到心惊，他没想到远藤优美竟有如此大的进步，竟学会逆向思维了。想想在学校时，她只是个拍马溜须的女生，每天拿出想迷住

他的热情，今天请假明天上街，每次考核前都往他房里钻，把他给腻歪的实在难以招架。现在的远藤优美，真的不同往日，也不能对她小瞧了。龟田严肃地说：“本佐所以支持你，是因为本佐意识到自己的问题。所以，本佐是经过比较之后，才认为你的办法好。”

远藤优美带着一队人马，对大南山一带，以及游击队出没的地方，进行了拉网式的搜查，他们只查到几处游击队的临时营地，并未见到游击队员。在一处营地里，远藤优美看到有团被雨淋过的红纸，打开看到有图案，便问小野：“这是什么？”

小野看了看说：“这是蔚州的窗花。”

远藤优美皱着眉问：“窗花，是什么东西？”

小野说：“蔚州窗花有着非常悠久的历史渊源，家家户户，老老少少，男男女女，几乎都会铰窗花。所以说，在蔚州的任何地方发现窗花都不足为奇。”

木村接着说：“咱们保安队的大队长许剑就会铰窗花，美代子夫人及很多家属都曾跟他学过。”

远藤优美眯着眼睛，轻轻地点头说：“好，回去让许剑铰幅窗花，我看看，这到底是什么花？”

连续半个月的时间，远藤优美带领大军趟遍沟壑，搜遍乡村，始终都没有见到游击队的影儿，便感到纳闷了。她刚到蔚州时，唇红齿白，气色红润，是个美丽的少妇，经过这段时间的风餐露宿，脸被晒得黑乎乎的，人也瘦了很多，本来就高的颧骨现在更加突显，表情里再也没有傲气了。她苦着脸说：“不可能，一支那么活跃的部队怎么可以说消失就消失了？难道他们真像传说的，中国的游击队叫飞虎队，他们会飞？”

小野心里已经开始讥笑，他想不通上峰为何派一个不懂蔚州的人来。说：“远藤优美大佐，您可能对游击队还不了解，他们平时就穿着农民的衣裳，隐藏于各村，耕种放牧，如果有合适的机会就组织起来咬你几口。所以，之前龟田大佐费尽周折，始终无法把游击队全部给清除掉。”听了这番话，远藤优美顿时傻了。现在她才明白龟田大佐并不是自己想象的那么无用，而是游击队太过狡猾。

回到司令部，远藤优美非常谦逊地把龟田请到办公室，对他鞠躬道：“教官，远藤优美之前的不敬，只是要让大家知道我的威严，便于对他们领导。其实，在优美的心目中，您一直是受我尊重的教官，优美永远都是您的学生。优美至今还记得，在学院时我们室的女生都暗恋您，我还对他们说：龟田君是我的，你们都不要痴心妄想了。想想那时候的时光真是愉快啊。”

龟田心想：老子才不信这通屁话呢，你不知道跟多少男人说过这样的话，你就是军队里的女优。不过，他脸上泛出谦逊的表情，说：“远藤优美大佐，您太谦虚了，其实您来到蔚州之后，由于您的威严，游击队就被您吓得不敢露面了，搜山之时不见行踪，是可以理解的。”

远藤优美听出这是疯刺，也不生气，凑到龟田跟前，把手扶到他的肩上，媚媚地说：“龟田教官，您还记得在您宿舍的那个晚上吗？窗外飘进了樱花的香气，您帮优美在补课，那样的感觉至今让优美记忆犹新呢。”龟田当然记得，远藤优美不用心训练课目，学校规定成绩最低的学生将会被辞退，远藤优美怕自己过不了关，晚上敲响他的宿舍，死腻着缠着他，让他感受到了女性的温柔与美好。后来，远藤优美顺利过了考核，并成功地进入特训处工作。龟田再去找她，她说：“你再来找我，我告你别有企图。”龟田给吓出一身冷汗。

远藤优美媚媚地眨眨眼说：“教官，我们复习吧。”

龟田叹口气说：“看在我们之前的情分上，我给你个能够歼灭游击队的计策。”

远藤优美眼睛里发出一股媚人的光芒，点头说：“教官，你真好。”

龟田说：“据说，八路军的弹药非常短缺，因此对我军的弹药库非常关注。如果我们建个假弹药库，埋伏重兵，就可以把他们一网打尽。因为他们不会放过弹药库的。”

远藤优美问：“教官既然有这么好的计策，为何之前不用？”

龟田心想这小娘们太可怕了，竟问得这么犀利。他意味深长地说：“并非我不想用，而是没有条件。我来蔚州时，虽然带了不少兵将，但由于与游击队多次较量，现在剩的人大大的不够用了。看守几个基地也需要不少兵力，本佐不敢有大的行动。如今不同了，你是带着重兵来的，正好可以用他们打伏击。”

远藤优美点头说：“既然这样，那我就相信教官的。”说着，走上前，搂住龟田的脖子，亲了亲他的秃脑门，却发现龟田并没有把手抬起来，便

奇怪地问："教官，你现在看不上优美了吗？"

亀田平静地说："大敌当前，哪有心情去做别的，你回去吧。"

在假弹药库的施工期间，远藤优美把雪燕叫到办公室跟她进行了交流，还让雪燕当场铰了窗花。雪燕铰的是个王八，衔着樱花，看上去非常夸张。远藤优美频频点头说："之前就听说许君非常有才，看来果然名不虚传。对了，听小野说，你自幼隐居山野，练习武功，竟然把木村君打败了，本佐也曾在特训处接受过强化训练，如果有机会，我们可以切磋一下。"

雪燕听说要比武，说："好啊！好啊。"

其实远藤优美说切磋，只是种语言上的技巧，是向雪燕表达自己的强势。至于真跟雪燕比武，她是没有信心的，因为能把木村打败的人，武功肯定是厉害。她转变话题说："听说你的夫人一品红非常漂亮，也是多才多艺，如果有机会，本佐想听听她唱戏。"

雪燕说："要不要让我夫人专门来为大佐唱出戏？"

远藤优美笑道："这个是必须的，不过吗，要等我把游击队灭掉之后，请你的夫人唱戏，为我们的胜利庆贺。对了许君，以你对亀田大佐的了解，你认为他失败的原因是什么？难道他没有能力吗？再怎么说，他也曾担任过教官，能力还是有的。"

雪燕说："亀田大佐并非没有能力，也不能说他失败。在他刚到蔚州时，这里有一千多名游击队员，后来被亀田大佐消灭了一些，现在大约还有好几百游击队员吧。"她虚报假情况，只是想让远藤优美明白，现在的游击队很强大。事实上，玉欣手下的队员也不超过二百人。雪燕继续说："说游击队只有几百名队员也不太符合事实，因为游击队本来就不是军队。"

远藤优美吃惊道："那游击队是什么？"

雪燕问："远藤优美大佐，属下问您个问题。如果中国的军队到你们的国家，拆你们的民房，抢你们的粮食，挖你们的宝贝，并要砍你们的头，然后利用你们的资源图谋你们的国家，你们会不会出现全民皆兵的势态？所以说，亀田大佐的失败并不是他个人的，而是'双核计划'的失败，是帝国的决策失败。"

远藤优美眯着眼睛，轻轻地点着头，说："我明白你的意思，那么本佐想问你，你是中国人，为什么心甘情愿地为天皇做事？"

雪燕笑道："大佐，您问得太好了。您问的这个问题，也正是你们敢于来中国的问题。如果中国没有汉奸，人们都勇敢地站起来，团结起来，以中国的人数，以中国的资源，你们能站在这片土地上吗？中国正处于封建王朝与新势力的交替中，没有核心力，没有凝聚力，常常发动内战，所以才会被你们小小的日本欺负。至于俺担任大队长一职，当初俺是坚决不同意的，是龟田与小野君用三十个人的生命胁迫俺，俺没有办法才当的。当俺干了这行之后，杀人放火，被老百姓深恶痛绝。如果不当，还有什么出路。"

远藤优美伸手抚了抚头发，点头说："许君快言直语，本佐喜欢你的这种性格。放心吧，我不会像龟田那样不停地对你进行考验，打击你的信心。本佐向来用人不疑，疑人不用。从今以后我会重用许君，让你建功立业，委以重任。"

当弹药库建成之后，远藤优美派人找来很多弹药及枪支的箱子，在里面装上木棍与石子，并在上层放几支枪摆些子弹，封箱时故意不严，可以看到里面的枪支弹药。然后，远藤优美把雪燕叫到办公室，对她说："之前我说过要对你委以重任，今天就派给你一个重要任务。我们的弹药库已经建成，请许君带领保安队把弹药搬到车上，尽快把弹药挪到新址。说实话，弹药放在城里是非常大的错误。如果引爆，我们连同这座城都没有了。"

远藤优美所以安排保安大队去做这件事，目的有三：一是表示对雪燕的信任；二是她认为保安队是不可信的，如果游击队前去破坏弹药库，就说明保安大队有内奸，将来可以对保安队进行审查，查出内奸来；三是趁机给予游击队重创。

这天，雪燕带着队员来到弹药库，在鬼子的监视下把箱子搬到车上。雪燕用指手拔拉着箱子的缝隙，见里面果然是枪支弹药，便感到有必要告诉一品红。她早就听说，前线的八路军弹药短缺，很多人都在用大刀片，因此常常失利。如果有了这些弹药，肯定能解决很大的问题，可以让前线的不利形势发生逆转……

问题是，龟田给远藤优美策划假弹药库引诱游击队，难道他真想帮助远藤优美吗？这是不可能的。龟田决不会允许远藤优美刚到蔚州就把游击队消灭掉，如果这样，就证明他龟田是没有用的。

自假弹药运到一个老堡的假址后，龟田就担心游击队会上当，前去袭

击这些假弹药。他恨不得跑去对游击队说：弹药是假的，千万别去动，你们可以趁西北山基地防守薄弱，把那儿给端了。说白了，龟田想达到的目的是，远藤优美到蔚州不足一个月，西北山采煤厂被炸，就等于给她当头一棒。这不仅可以挫伤她的锐气，更重要的是让上峰明白，远藤优美并没有他龟田强，说不定上峰会重新认识到他的价值，把远藤优美给调走，自己重新掌握蔚州驻军。

龟田为了达到自己的目的，他必须要让游击队知道弹药库是假的，知道西北山守兵很少。于是，他对美代子说："你去保安大队说说，昨天运走的弹药其实都是假的，箱子里就上面几支枪与一层子弹，下面全是木棍与石子，并在假弹药库里埋伏了两个中队的兵力。如果游击队知道这个情报，前去图谋西北山采煤厂，就会给皇军带来巨大的损失。"

美代子皱眉道："这不是军事机密吗？说出去好吗？"

木村恶狠狠地说："你不用管那么多，按我说的做就行了。你从保安队回来，经过花园时，跟那些妇人们再说说这件事。"

美代子问："龟田君到底想做什么？"

龟田冷笑道："中国有句老话讲得非常好，人不为己，天诛地灭。我龟田不会让远藤优美在蔚州证明我龟田没用的。如果我败在她的手上，不只是我龟田的失败，而是整个龟田家族的耻辱。我就想让游击队知道弹药库是假的。"

美代子说："许剑又不是内奸，告诉他没用。"

龟田冷笑说："保安大队都是中国人，人多嘴杂。就算许剑不是内奸，下面的队员可能也会有内奸。就算他们都不是内奸，他们也会到处乱说，极有可能会被游击队的地下组织嗅到。"

美代子怔怔地盯着龟田的表情，感到有些害怕。由于这段时间心情不顺，龟田的脸消瘦了很多，也没有及时刮头，已经冒出了短发，就像紧紧地裹着黑纱。他的眼睛是红的，嘴角上挑着讥笑。美代子叹口气说："龟田君想过没有？这是叛国的大罪，如果传出去，会被杀头的。"

龟田吼道："你不要多问，按我说的去做。"

美代子见到雪燕就开始抹眼泪，说："真没想到龟田与远藤优美争强好胜，竟然要把军事机密透露出去，这太吓人了。美代子虽然一介女流，但我感到身为军人，这种事是不能做的。"

雪燕问："什么机密？这么严重。"

美代子叹气说："远藤优美建的弹药库是假的，弹药枪支也是假的，就上面一层是真的，下面全是木棍石头。龟田想让游击队知道这件事，不要上当，趁西北山防守薄弱前去袭击，让远藤优美刚到蔚州就遭受打击，以此证明远藤优美并没有龟田的能力强。"

雪燕不由暗惊，她昨天夜里已经把窗花情报投出去，估计现在已经转到玉欣手里了。面对这么多枪支弹药，玉欣肯定不会轻易放过的。因为前线太缺子弹了，她会千方百计去袭击弹药库，面对两个中队的伏击，可能会全军覆没。美代子见许剑脸色变得苍白，鼻尖上泛出汗珠，问道："是不是这件事很可怕，把你给吓着了，其实美代子也感到可怕。"

雪燕来不及向美代子告别，跑到院里，跳上那辆破旧的偏三轮摩托去了。在出司令部大门口时，站岗的小鬼子跟她打招呼，她都没来得及点头。狂奔到戏楼前，没等车停下，雪燕就跳下来，向戏园子里跑，进了院子喊道："一品红呢？"

有个老头正端着盖杯喝茶，被这声"一品红"吓得打个哆嗦，杯子扣到地上。台上的小花旦用唱调，说道："公子啊，一品红姐没来，在家里洗衣哩。"雪燕拔腿就往那个小院里奔，刚拐过巷口，发现身后有人跟梢，忙放慢脚步，掏出手枪，猛回过头来，两个人影迅速闪进巷角。

她没时间对付他们了，来到小院前，纵身一跃，扒住墙头，腾空翻到墙内，几步冲到门前，用脚把门踢开，闯进房里。一品红吓得拔出枪来，见是雪燕，叫道："你干什么？"

雪燕气喘吁吁地说："有人跟梢，我没时间处理。你马上去通知玉欣不要攻打弹药库，里面的弹药是假的，埋伏了两个中队，跟他们说西北山采煤厂防卫薄弱。快去吧，如果他们去打弹药库可能会全军覆没的。"

一品红听到这里，大惊失色。

雪燕说："说不定他们已经出发，你最好从他们去的方向往回赶，在路上把他们给拦住。你马上走，我出去给你掩护。"说着，提着枪跑到院里，翻墙跳出去，却发现巷里空无一人。她围着房子转了一圈，也没有发现可疑的人，便感到有些怀疑，是不是自己看走眼了？回到房里，雪燕见一品红换下了女装，穿着她留在这里的男装出去的，急得直跺脚。现在各门把守得

非常严，小鬼子会搜身的，一品红穿着男装能经得起鬼子检查吗……

这个夜晚，对于龟田来说是美好的。他已经知道自己目的达到了，并且很快就能看到效果。在白天的时候，当美代子去了保安队，他就派出便衣到司令部大门外，戏园子守着。这并非为了盯梢或者抓奸，而是他要确定，是不是有人把消息送出去了。回来的人说：“许剑骑着摩托车飞快地出了据点。”

戏园里盯梢的人回报：“许剑没来得及停车就跳下来，去了一品红的住所，一品红穿着男装奔南门去了。”这些信息综合起来，龟田就知道自己的计划成功了。

有关许剑是内奸的事情，让龟田感慨不已。他们用整个小分队的生命验证的许剑最终还是内奸。现在，龟田想通了以前的很多遗憾。比如，墓地葬送井上太郎，整个小分队被许剑消灭掉，自己的任何行动都被游击队知道。原来，许剑通过美代子获取情报，然后传给一品红，再由一品红传给游击队，形成了直插皇军的情报链。这件事放到从前，龟田早气得吐血了，可现在他却异常高兴。因为许剑把真实的情报送走后，游击队不会再图谋弹药库，会趁机偷袭煤厂，这样就可以挫伤远藤优美。他高兴的原因再就是，利用许剑把远藤优美赶走，重新掌握兵权，还可以利用许剑把游击队给消灭掉。

收获太大了，龟田无法压抑自己的喜悦，从柜子里摸出瓶酒，倒了满杯，慢慢地喝着，等远藤优美召开紧急会议，然后去欣赏她失败的样子。凌晨三点，龟田终于接到通知，说远藤优美召开紧急会议。

他换上军装，临走前照照镜子，镜子里是位充满自信的军官。他漫步来到会议室，进门昂首挺胸坐在位子上，目光扫了一眼远藤优美，见她面色苍白，神情游离，其他军官都低着头，就像刚接到天皇去世的消息，大家正在默哀。

“大家这是怎么了？”龟田故意问。

远藤优美的嘴唇发青，用沙哑的嗓音说：“教官，有个不好的消息。我们西北山煤厂被游击队炸毁。”

龟田故作吃惊道：“怎么会这样？”

远藤优美恶狠狠地说：“游击队并没有像我们想象的那样图谋假弹药库，而是趁着西北山煤厂防守薄弱，趁机破坏。不过，在假弹药运达之后，本佐曾下令对出入司令部大门的人作登记。结果，记录显示昨天下午两点钟左右，保安队的许剑自己开着摩托出去，走得非常之急。我怀疑他是内奸，是他通知游击队破坏了我们的采煤厂。”

龟田冷笑道：“远藤优美阁下，您现在思想有些混乱。您想过没有，许剑只知道这是真弹药库，如果他是内奸，他会通知游击队图谋弹药库了，而不是去袭击煤厂。再者，假弹药库的事情就连两个负责埋伏的中队长都不知道，难不成，我们在座的几位之中有内奸？”

此话说出，大家相互对视，又把头低下。

小野分析说：“远藤优美阁下不必怀疑许剑，在您来之前我们已经对他多次考验，证明他是忠于我们皇军的。这次的失败可能有三个原因：一是游击队发现埋伏于旧堡的兵力；二是在侦察中发现西北山的守兵少；三是我们将假弹药运过去不久，他们还没有得到消息。所以说，假弹药库的事情并没有失败。”

远藤优美哭丧着脸说：“真没想到，事情是这样的。”

龟田叹口气说：“远藤优美大佐，西北山煤厂对于‘双核计划’的落实是非常关键的，没有煤，就没法发电，没法冶炼，没法运输。当初，我宁愿舍弃大南山基地，也会重兵看守煤厂，就因为它的重要性。”

远藤优美突然伏在桌上哭了，双肩抽动得厉害。

大家看到她这种样子，不由愣了。龟田心里开始笑了，看来效果比自己想象的要好，因为他没想到远藤优美会哭。远藤优美猛地把头抬起来，抹抹眼泪说：“本佐是为尽忠于帝国的士兵们哭泣，他们是帝国的英雄，我们都应铭记他们的功劳。”

龟田说：“是的，天皇向来赏罚分明。”

远藤优美站起来，说：“散会。”

远藤优美离去后，几个中佐对龟田说：“大佐，抽时间去您家讨饭吃哦，美代子夫人做的菜想想都让人流口水。”

龟田笑着说：“好的，随时欢迎。”其实，他的内心是非常悲凉的，这些见风使舵的家伙，自从远藤优美来到蔚州，都在忽视他龟田的存在，如今见远藤优美出现了问题，又重新站到他这边，这真是让人恶心。

十九 虚拟武器

时间对于雪燕来说太难熬了。整个夜晚，她都在一品红的房里等消息，无数次跑到街上张望。这样的等待，让她万分焦急，心就像被打树花烧铁似的高温炙烤着，她不由得胡思乱想，难道一品红过城门时被搜身发现是女性，给鬼子抓起来了？难道游击队已经去了假弹药库，造成了严重后果？

雪燕离开屋子，来到戏园子的后院，见有群小演员正在那里练功。班主手里握着茶壶坐在椅子上，腿上依着根用作家法的柳条。雪燕不由想到母亲在早晨，她常常托着这样的茶壶，盯着她与姐姐春燕铰窗花，那神情就像现在的班主。

班主看到雪燕后，紧绷的表情解冻了似的，站起来笑着点头说："许公子早！"自雪燕与一品红相处以来，多次受到龟田的奖赏，他们戏班子才好过点了。在这种年景，如果仅是靠卖票，吃饭都会成问题。所以，他对雪燕是格外的尊重。

雪燕勉强笑着："班主早！对了，一品红过来了吗？"

班主答道："一品红不用练功，她是不是去买饭了？"

雪燕这才想到自己是开摩托车来的，她穿过戏园子大堂，来到门前，发现车子的轮子被人卸走了，就像被掐去腿的大蚂蚱趴在那里。雪燕走过去，踢了几脚摩托车，又折回一品红的小院，发现门上的锁不见了，不由愣了愣。她掏出手枪来，慢慢地把门推开，顺着墙根来到窗前，见一品红已经换上女装，正弯着腰在洗那套男装，便叫道："一品红姐。"

一品红吓一跳，说："雪燕，你咋老是这样？会吓死人的。"

雪燕说："别废话，说正事。"

一品红笑着说："我赶到时，玉欣刚把队伍集合起来，想去袭击弹药库，听到这种情况他们直接奔西北山的煤场了。"

雪燕叫道："你为什么不早回来？"

一品红说："我也急啊，可晚上能进得了城吗？"

雪燕梗着脖子，踢了一脚衣裳盆，嘟囔着："一品红，我跟你说，我不回去了，我受不起这份惊吓。你没处在我的环境里，你不知道我多难受。搞情报时绷着弦，送走情报绷着弦，每天都处在紧张焦虑中，这还让人活不？我宁愿去山上当尼姑，也不当狗汉奸特务，这根本就不是人干的事。"

一品红并没有插话，等雪燕发泄够了，想缓和一下气氛，问："雪燕，你咋不说'俺'了，怎么现在也说'我'了？"

雪燕用手背蹭了几下鼻子，哼了几声说："我爱说啥，你管得着吗？我又不是你们组织的人，又没有受过你们什么好处。"

一品红笑道："你突然不说俺了，我还不习惯了。"

雪燕瞪眼道："别嬉皮笑脸的，我说的是真的。昨天俺听到这弹药库是假的，什么也不顾，骑着摩托车就来了，他们肯定怀疑俺哩。"

一品红听说是这样，急了，说道："你为什么不早说？坏了，怕来不及了。我马上通知班主，让他带着大家躲起来。咱们一同去游击队吧。"

话没说完，小石子来了，脸上寒寒的，说："龟田大佐来戏园子了，说找许公子有事。"

一品红吃惊道："什么？什么？他们带了多少人？"

小石子说："就他自己，穿着便装。"

一品红说："跟他说，马上过去。"

雪燕惊慌地问一品红："怎么办？"

一品红想了想说："龟田自己来的，又穿着便装，估计问题不大。为以防万一，你去见龟田，我密切观察。如果有危险，我拖住他们，你离开戏园子到后面街上的'茗香茶店'找徐掌柜，跟他说，你要买三两三钱雨前茶。他会问你能不能多来一点，你说那就要七两吧。然后由他保护你离开县城，去张家口参加八路军。"

雪燕问："那你，你怎么办？"

一品红说："也许不会有事的，放心吧！"

雪燕洗把脸来到戏园子。由于时间还早，没有人来听戏，空荡荡的厅里只坐着龟田。他穿着灰色长衫，戴着礼帽，坐在桌前独自喝茶，班主正陪

着他聊天。龟田见雪燕来了，站起来说：“许君快快来坐。”

雪燕落座后问：“大佐今天怎么穿上便装了？我差点没认出来。”

龟田笑道：“本佐不是担心许老弟吗？昨天晚上发生些事情，西北山被游击队端了，远藤优美怀疑你是内奸，我与小野力争，才打消她对你的怀疑。所以，我过来跟你说，不要在这里逗留时间太长了，夫妻情长，以后有的是时间吗！”

雪燕说：“本来想早回，没想到摩托车的轮子被人给卸走了。”

龟田说：“走，咱们找地方吃点饭，一块儿回去。”

雪燕衡量着龟田的话，认为他能一个人过来，说明还是安全的。继而想到，现在龟田与远藤优美较着劲，就算知道她是内奸，也不会在这时候抓她。因为从龟田的表情可以看出，他对昨夜西北山煤厂被炸，还是挺高兴的。

其实，正像雪燕想的那样，龟田知道她是内奸，但没想过要在现在抓她，所以来找她，是怕她从此逃走，断了这条线。因为龟田的目的是，想借雪燕的内奸身份把远藤优美整走，还想利用她的内奸身份，在自己重新掌权后对付游击队。他之所以来，是给雪燕吃颗定心丸的，让雪燕安心回去。否则，以雪燕昨天不顾别人怀疑，闯出总部大门，极有可能一走了之，再也不会回去了……

远藤优美遭到失败之后，自然不会说是自己的失败。她在向上峰汇报时，表明由于龟田的左右，旧部不听指挥，消极怠工，导致西北山煤厂被游击队干掉。

上峰对于远藤优美的说法并不十分相信。他们同为上司，知道下属们见风使舵的能力比指挥能力要强，在这种时候应该都会主动向远藤优美靠拢，疏远龟田，不听指挥消极怠工的可能性极少。可是，他们随后接到龟田的电报，发现龟田在电文中说了远藤优美到蔚州的很多错误举措，便通过龟田发电报这件事情，感到他还真是不配合远藤优美，于是相信了远藤优美，给远藤优美致电，赋予她任免蔚州所有军官的权力，同时把龟田的密电也发过去，让她对龟田有所了解。

远藤优美接到这样的电文后，不由对龟田恨得咬牙切齿。现在她认为，想在蔚州做出成绩，必须先把龟田给清理掉，否则自己将是内忧外患，非常被动。虽然上峰给她任免权，但她不想这么做，毕竟龟田有很多同学、很多学生，他们都在军方担任要职，如果自己以学生的身份把教官整了，会对自己产生不好的影响。

那天晚上，远藤优美就像热锅上的蚂蚁一样，在办公室里来回踱着步子，用整个夜晚把计划给酝酿成熟了。你龟田不是给我策划假弹药库，使我被动吗？那我就策划重型武器，让游击队把你给干掉。为了这个阴谋，她专门跟电报通导员谈话，以上峰的口吻拟电文：蔚州形势严峻，司令部决定把最新研制出的F880重机枪二十挺、子弹三十箱运到蔚州，用于歼灭游击队，为安全起见，于十月五日傍晚送至小五台山原基地……

远藤优美随后召开会议，传达上级电文。

龟田从没听说过这样的枪型，问："F880型重机枪到底有什么优势？"

远藤优美说："我在东京的时候就听说过该项目，据说这样的武器主要是加大了口径与枪膛长度，提高了射程，缩短了隔发时间。其最主要的特点是子弹有内爆，接触附着物后会产生爆炸，可以造成三平方米的杀伤。因此，可以说，这是微型大炮。这样的武器运来，对咱们的帮助太大了。由此可见，上峰对于'双核计划'是多么重视。"

这样的武器并非没有立项过，但由于子弹特殊，必然更粗的枪管与长度才能保证射程，还要解决枪管连发的降温问题。主要的问题是，如果枪管太长，不易携带；子弹太粗，连发速度不够；子弹加长后，枪管温度太高。最先生产出来的几支，在试验时由于枪管温度太高，弹头没射出去便炸了。因此，该项目搁浅。

龟田并不知道这个型号的失败，因此心理不平衡了。她远藤优美来到蔚州，上峰派来两个中队，西北山刚发生事情，非但没有指责远藤优美，又以最先进的武器支援，看来她远藤优美跟山本副司令的关系还真是非同一般。龟田心想：等游击队把这批武器摧毁，我看山本还能救得了你不？散会后，龟田回到家里，让美代子去请许剑吃饭。

美代子问："龟田君为何老是与许剑来往？"

龟田说："别人都去拍远藤优美的马屁了，他们不跟我来往。"

美代子把雪燕叫来，去做菜了。龟田对雪燕感叹道："真没想到，自远藤优美来到蔚州后，我的部下都躲着我，想喝点酒，都没人陪了，还是许君够义气，够朋友。"等酒菜上来，龟田喝了几杯，感慨道："许君，你没有感到人的命运是不平等的吗？我因为有点小小的失误，上峰就对我不信任了，而远藤优美把西北山煤厂葬送了，上峰不但不处分，还给她运来了最新研制的武器弹药。”

雪燕边吃边说：“是不是远藤优美大佐跟上峰的关系好？”

龟田说：“远藤优美这个娘们就是个狐狸精，她为了达到自己的目的不惜出卖美色。否则，凭着她的真才实学，当个文员都勉强。”

美代子说：“龟田君喝点酒，又开始胡说了。”

龟田瞪眼道：“男人的事，你少管。”随后把杯子里的酒喝了，痛苦地说，“她远藤优美太拿我当外人了，就像这次运输武器的事，她没跟我说，但我还是知道了，不就是在这个月的五号傍晚，在小五台山临时机场进行空运吗？她以为运来了这种新型的武器，她就能够在蔚州成功了？没有那么容易的。”

雪燕似乎感到龟田是有意告诉她这件事的，并且已经判断出龟田可能知道她是内奸了。可以肯定的是，龟田想借助她把远藤优美给整走，那么可以断定，在龟田与远藤优美势均力敌的情况下，自己是非常安全的，并且可以从龟田这里得到更准确的情报，打击远藤优美。如果远藤优美被调走后，雪燕认为自己还是比较安全，因为龟田肯定不会立马把她抓起来，可能会利用她的内奸身份图谋游击队。现在，雪燕终于理解了，什么叫作“最危险的地方，恰恰是最安全的”这句话。

把想透露的消息透露给许剑后，龟田装醉，趴在了桌上。雪燕帮着美代子把他抬进了榻上，美代子想跟她说说话，她忙告辞了，也不顾美代子殷殷期待的目光。龟田既然借着酒跟她传达情报，那么他就可能是假醉。雪燕不想让美代子说得暧昧，让龟田发现美代子对她的这种变态的爱。

本来雪燕想当天夜里就把情报送出，又想到武器是后天送达，说不定明天又会发生变故，就没急着铰窗花情报。早晨，雪燕起床后，见龟田在院里与队员聊天，便把他请进房里。龟田说：“许君，我想来确定一下，昨天夜里我没有胡说八道吧，我没说出啥秘密吧？”

雪燕笑道：“放心吧，大佐，您就发了些牢骚，没说什么。”

龟田说：“那就好，那就好，我回去了，千万别说咱们俩喝过酒，以防发生什么事情，咱们落上嫌疑。”

龟田刚离开不久，小野突然来到队里，对雪燕说：“许君，最近听说你跟龟田大佐走得比较近，这是非常危险的。你没有发现远藤优美大佐与龟田大佐较着劲吗？用你们中国话说叫识时务者为俊杰，抱大腿也要抱粗点的，所以不要跟他走得太近了。”

雪燕笑道：“小野君，俺们中国还有句话：为朋友两肋插刀。你跟龟田大佐不只是上下级关系，还是朋友，现在你拆你朋友的台，这不是君子所为吧！”

小野冷笑道：“许君说得没有错，朋友固然重要，但是我现在是军人，在战争年代，军人是没有朋友的。”

雪燕问：“你的意思是，军人就不是人了？”

小野表情严肃，眯着眼睛，望着天际说：“军人是战争的工具。好啦，我们不讨论这个问题了，咱们谈点正事。明天下午，不，傍晚将有一批弹药运到小五台山基地，为分散游击队注意力，远藤优美大佐命令你，带领保安队随同我，保护专家去大南山探矿。”

等小野走了，雪燕开始思考，如果说龟田把消息透露出来，是为了打击远藤优美，那么远藤优美让小野来提前透露行动，这是为了什么？难道他们也知道自己是内奸了？雪燕经过慎重思考，决定把运武器的事情传出去，毕竟武器弹药还是实惠的，而八路军正缺这个。如果是鬼子的最新武器，劫下来用来打鬼子，这太过瘾了。

她回到屋里，开始铰窗花，铰的第一幅窗花是五个人抬着轿子，天上有只鸟，落下个蛋。第二幅窗花是乌龟吐着泡泡，最圆的泡泡在下午六七点钟方向。第三幅窗花是有条小路分开岔，一边有小孩把木棍插进土里。意思是说，明天下午六七点钟，小五台山基地空运弹药，你们需要好好思考是否采取行动。消息是我从龟田嘴里听说的。还有个信息是，鬼子会兵分两路，另一路前去探矿……雪燕铰了窗花消息，也不知道她们能不能看得懂。她在寻思下次有复杂的情报就用刻窗花染色来传递，这样会更好些。

在十月五号的上午，远藤优美把龟田叫到办公室，非常严肃地对他说：“教官，我考虑再三，决定由您押运这批武器弹药。这样吧，给您二十人，两辆车，由您带队奔赴小五台山基地。”

龟田顿时傻了，他已经把消息透露给许剑，游击队必然会知道这次弹药运输，极有可能会采取行动。远藤优美只给他二十人，这不是让他去送死吗？他冷笑道：“您就不怕游击队去抢吗？”

远藤优美平静地说："教官，我是不会拿这么多的武器弹药开玩笑的。另外，我已经命令木村中佐，带领一个中队兵力在山上布控。游击队根本无法接近机场，你们是安全的。在回来的时候，一个中队的兵力护送武器，是完全能够胜任的，您就放心吧，没问题的。"

亀田感到有些沮丧，叹口气说："那，好吧！"

远藤优美严肃地说："记住，飞机可能会晚点，要有耐心。"

亀田倒是相信远藤优美的话，就算图谋，他也不会用这批武器弹药。他带着二十人，两辆车，在小五台山腹地那片水泥抹面上苦苦地等着，因为要时不时抬头看天，脖子都僵硬了，只看到云彩与晚霞，却听不到嗡嗡声。太阳落山了，拖着半天的红霞，山林里首先暗下来。亀田不由急了，叫道："妈的，这也太不准时了。"

此时此刻，亀田依旧没有怀疑这次行动。天色越来越黑，亀田看看表已经是夜里十点。林子里传来几声狼的叫声，亀田害怕了。他倒不是害怕狼，机枪完全可以对付得了狼群。亀田担心的是远藤优美说在山上埋伏了兵力。如果埋伏了一个中队，怎会听到狼叫，还距离这么近，这就说明，周围并没有埋伏。这么想过，亀田吓出一身冷汗。现在他突然明白，押运武器是假的，只是想把他作为诱饵，借游击队的手把他给除掉，庆幸的是游击队并未采取行动。

亀田命令大家："火速回城。"

一路上亀田心里都在骂远藤优美这个狐狸精，胆大妄为，心肠比毒蛇都毒，竟然谋害他这个大佐，竟然伪造上峰的电文。他想好了，回去就给上峰致电，把这件事进行汇报，看上边怎么说。这时，前面开路的两辆摩托车触雷，两声闷响，车轮子飞到天上，歪歪扭扭落下来。亀田下令停车，弃车而逃，他们刚跑出几米，只感到脚下的土一晃，爆炸声响起，他顿时就不省人事了。

亀田醒来时已经在医院里，他发现自己的双腿被截肢了，房里没任何人。他痛苦地闭上了眼睛。美代子与雪燕来了，美代子哭道："这段时间他太反常了，我知道就会出事，现在果然就出事了。"

雪燕说："这样吧，我回去找两个队员来帮你照顾大佐。"

雪燕离开医院没多大一会儿，远藤优美与木村就赶来。远藤优美照着木村的胡碴子脸就抽一巴掌，叫道："混账，我不是派你保护龟田大佐的吗？为什么还会出现这种情况。"

木村鞠躬道："在下带兵前去埋伏，半路上遇到游击队截击，伤亡惨重，没能够到达指定地点。"

远藤优美叫道："滚出去。"

木村退出病房，远藤优美拍拍美代子的肩，说："夫人请放心，我会形成报告为龟田大佐请功，您在生活上或者在别的方面有什么困难，可以告诉我。"

远藤优美走后，美代子见龟田的脸上泛出一层汗，拿起毛巾来给他擦拭，龟田的眼睛猛然睁开，把她吓了一跳。龟田说："美代子，远藤优美与木村策划了这起假弹药事件，并非为游击队打击的，是存心想把我害死。你无论对谁都不要说我醒了，如果让他们知道我醒了，肯定会继续对我下毒手……"

雪燕回到队里，让麻子领着一个队员去医院里照顾龟田，并对麻子说："你要留心点，谁去看龟田了？他们说什么了？到时候回来跟我汇报。"

麻子点点头说："队长，你放心，我保证用心看着，用心听着。"

接下来，雪燕开始想这弹药的事情，感到疑惑的是，龟田既然把情报透露给游击队，为何自己还亲自去涉险？雪燕百思不得其解，她想出去打探打探风声，搞明白事情的经过。雪燕来到小野办公室，对小野说："小野君，听说运来了先进的武器？您能不能跟远藤优美大佐说说，给我们保安队分一些？"

小野淡漠地问："什么武器？"

雪燕说："昨天您不是说运弹药，让分散游击队注意力吗？"

小野点点头："噢，如果真运来了武器，我会帮你们要的。"

雪燕又跑到木村那里，让他帮着跟远藤优美要武器。木村满脸的讥笑，摇摇头说："许君，你听谁说运武器了，本佐是没听到过。"打问了一圈，这件事让雪燕更加迷惑了。

当雪燕再次去医院看望美代子时，她听美代子说，才知道事情的经过，运送弹药只是远藤优美的阴谋，目的是借游击队的手把龟田给除掉。雪燕有些后悔，早知道这样就不铰窗花情报了。不铰，游击队就不会半路上布雷，龟田就不会被炸掉双腿，那么他与远藤优美的较量就会持续进行，会两败俱伤，他们就无法落实"双核计划"，比阻止他们要轻松多……

现在龟田已经变成废人，远藤优美认为他不会对自己构成威胁了，可以放心地去做事了。在做事之前她感到有必要做点功课。于是，她把木村叫来，对他说："木村君，本佐不会在蔚州待太久的，等把事情理顺了，就回东京。我已经向上峰推荐了你，在我走后全权由你负责蔚州。"她把千恩万谢的木村打发走后，又把小野叫到办公室。

她笑嘻嘻地说："小野君，'双核计划'是由你首先提出来的。这个计划落实之后，你回国就不会再是教授，我可推举你为'东京大学'的校长，那个位子才能体现你的价值。"

小野说："属下一定尽力而为。"

远藤优美说："通过最近几次行动，本佐可以确定，我们的军营中肯定是有内奸的。否则，不会我们稍有行动，就被游击队知道。从今天起，你要成立三十人的反间小组，限你半个月内把内奸给我找出来。记住，确定内奸之后不要盲目行动，要及时汇报。因为抓住内奸不是目的，利用内奸才是最高级的手段。"

回到办公室，小野回味着远藤优美的那番话，感到这女人太厉害了，思想深刻到这种程度，可见其城府之深。小野突发奇想：要去看看龟田醒过来没有，如果醒了，问他点事情。从内心讲，小野认为龟田在指军作战的能力上优于远藤优美；在反间上，远藤优美会优于龟田。因为远藤优美在东京从事的就是情报与反特研究。再者，女人将会更细致，更敏感些。

来到医院，小野见保安队的麻子与另一位队员帮龟田守门，不由皱了皱眉头。美代子见到小野，鞠躬道："谢谢小野君。"

小野问："夫人，大佐醒了没有？"

美代子摇头说："一直没醒过来，我问过医生了，说可能脑子受伤，但这里的条件太差，没法确诊，最好回国治疗。昨天我去跟远藤优美阁下要求，带龟田回东京治疗。她说，医生说像龟田这种情况不适合挪动，等稳定了再去东京，这与医生说的不符啊。请小野君看在以前的情面上，帮助请示远藤优美，尽快把我们送回东京，毕竟国内的医疗条件要好些。"

小野面无表情，说："远藤优美阁下说得没错，就大佐现在的情况，确实不能动作太大，等病情有所稳定再送不迟。"

美代子没想到小野会这么说。以前，龟田在作战中肩部擦伤，他小野就像儿子似的每天守在床前，看着让人感动。现在龟田失去了双腿，小野竟变得如此淡漠。

把小野送走后，关住门，回到病床前，美代子见龟田瞪着眼睛瞅她，便气愤道："龟田君明明醒了，为何还要装作昏迷？再怎么说，你也是大佐，可以要求上峰派飞机接你回国治疗，这么装下去有意义吗？"

龟田叹口气说："有些事情你不懂，用不了多久，他们就会把保安队的人撤走，换上我们的士兵，开始对我软禁。有些话我现在不说，以后可能没时间了。记住，远藤优美不会让我回到东京开口的，小野前来探望并非念着旧情，只是想从我嘴里探听消息。"

美代子问："如果小野都不足相信，还能相信谁？"

龟田叹口气说："这就是战争，战争就是人杀人的游戏，战场上没有法律，没有友谊，没有人情。在战争时期，发生什么事情都有可能。记住，如果我有什么意外，要忍气吞声，坚强地活着。只有这样，才有机会回东京为我讨个公道。"

美代子点点头说："龟田君有什么话就说吧。"

龟田眯着双眼睛，说："'双核计划'已经不再是机密，但还有个机密，只有我、远藤优美、小野、木村知道。这个机密就是，在大南山腹地有个秘密弹药库，主要供应华北战区。如果我遭到迫害，你要告诉一个人，他会帮我报仇的。"

美代子问："龟田君让我告诉谁？"

龟田脸上泛出冷笑，说："许剑。"

美代子吃惊道："为什么？"

龟田冷笑说："这几天我想了，只有许剑才能为我复仇。你要对许剑说，小野已经开始怀疑他，要让他小心应对。还有，告诉许剑，小野这个人性格内向，做事过于忧虑，抗压能力较弱，只要多给他点压力，他就会崩溃。木村这个人粗枝大叶，做事鲁莽，是极容易对付的。至于远藤优美，她指挥作战的能力非常弱，但是她的反间能力与把握男人的能力，都非常优秀。"

美代子问："为什么要告诉许君？"

龟田冷笑说："因为他能为我报仇。"

二十　间谍出击

这段时间，雪燕发现总部内的鬼子以及军官家属都对她冷漠了。热情与冷漠都是由于美代子是龟田的夫人。之前对她热情是源自美代子跟她学窗花，如今冷漠是源自于龟田与远藤优美的矛盾，以及龟田现在处于劣势。雪燕经过慎重思考，认为龟田虽然知道自己是内奸，但在这种情况下不会透露，而远藤优美与小野虽然怀疑，相信之前小野对她的考验行动中损失了整个小分队，多少会给他带来压力，在没确凿的证据下不会对她贸然行动。

闲得无聊时，雪燕常回一品红的小院里住，每次回去都要去跟一品红要钥匙。她突然想到个问题，与一品红相处这么久了，一品红就没有给她一把钥匙，这太不够姐妹了。一天，雪燕冷冷地盯着一品红说："一品红，你很不够姐妹，再怎么说，俺也为你们忙了大半年了，你竟然没有给俺一把钥匙，这是对俺的不信任。"

一品红并不是没想过这个问题，而是自己是男性，房里难免会留下蛛丝马迹，怕雪燕独自回去有什么发现。现在既然雪燕提出来了，一品红只得给了她一把家里门上的钥匙。这样，雪燕再到小院时，就不用去跟一品红说。一天，雪燕独自来到房里，烧了水，洗了澡，换上干净的衣裳，用很恣意的姿势躺在床上看一品红的书。这是民国光绪年间石印的《史记》，已经被一品红翻得破旧不堪，角上就像菜花那样卷着。雪燕虽然端着书，但注意力并不在书上，而是在考虑远藤优美最近的反间行动与自己应对的策略。

传来了敲门声，雪燕把手里的书扔下，转身来到院里，喊道："谁啊，谁啊？"

门外的人说："许公子，我是小石子。"

雪燕把门打开，见小石子身边有位三十多岁的妇女，穿蜡染青底白花的上衣，灰色粗布裤子，一副庄稼人的打扮。她脸色黑红，有双大大的眼睛。如果不是脸铁青的肤色，应该算得上俊俏哩。一阵风刮过，雪燕闻到女人身上有臭味，不由想到母亲制作的臭豆腐。秋天，母亲会买些豆腐切成块放进瓦罐，用白菜叶盖住，等长出毛后倒进花椒水，放半个月，豆腐闻起来臭，吃着香。

雪燕捂着鼻子说："大婶，你多久没洗澡了？"

小石子笑着问："许公子，你不认得她吗？"

雪燕问："是不是你妈？"

那妇女挠头说："瞧你说的，我有这么老吗？"

雪燕说："俺哪知道你是谁？"

小石子说你们自己认识吧，我回去了。雪燕把小石子送出门，小石子低声说："她就是游击队的李玉欣。"雪燕顿时瞪大眼睛，慢慢地回头看看房门，问："是她吗？有没有搞错？"小石子说："这还能错得了？"雪燕把院门关住，捋捋头发，拉拉衣角，走进房里，"嘿嘿"笑几声，说："这个，不好意思啊，没认出来。"

玉欣说："咱们从没见过，当然不认识了。这么说，你知道我是谁了，是不是让你失望了？"

雪燕点头说："说实话，有点儿失望。"

玉欣自己倒杯水慢慢喝着，问："在你的心目中李玉欣应该是什么样的？"

雪想眯着眼睛，歪着头，咋舌道："长得吗？应该高大威猛，两目有神，力大无穷，声若洪钟……"

玉欣说："你说的是女人吗？那是爷们啊。"

雪燕说："不行，你太难闻了，是不是有狐臭，要是有的话，我告诉你一法，弄点艾草夹在腋下。不行不行，我都想吐了，我赶紧给你烧点水洗洗吧，太难闻了。"

玉欣忙说："别介，这身味可是无价之宝，就算有人给我十块大洋，我都不会洗的。"

雪燕撇嘴道："哎哎哎，说给谁听呢？谁不想自己身上香喷喷的，你还臭上瘾了。"

玉欣笑道："如果我擦上香水，打扮得像一品红那么好看，在过城门的时候多受罪，鬼子那手能老实得了？不得可着劲儿地摸我啊。现在我经过城门，鬼子的手都用来捂鼻子了，哪还有闲手去摸我啊。”说完，看着雪燕笑。

雪燕听到这里笑了，说：“那，那就留着。”

两人越聊越热，像老朋友见面似的。当聊到一品红时，雪燕疑惑地问：“玉欣姐，问你件事儿。她一品红是不是受到什么打击，心理上有问题？俺在鬼子营里每天包得严严实实的，生怕别人认出俺是女的，装得挺累，来这里刚解放一下自己，她就大惊小怪。比如，她不让俺穿内衣睡觉，从不跟俺同床睡觉，每次在这里住下，她就在那里看书，有时候会偷偷地坐在床上看俺，俺突然醒来吧，就吓一跳。”

玉欣并不了解一品红的真实性别，想了想说：“可能你穿着男人衣裳惯了，从视觉上感到你是男的吧。”

雪燕撇嘴说：“可她明明知道俺是女的啊。”

玉欣说：“从事地下工作的人都受过专门训练，他们异于常人，有些怪异也是正常的。也许，他怕脱了衣裳，遇到什么意外会不方便。有时候，我平时除了洗澡，都是穿着衣裳睡，怕有什么紧急情况，再穿衣裳会误了事。”

傍晚的时候，一品红提着菜回来了，进门问：“聊什么呢，这么高兴？”

雪燕摇头晃脑说：“想不想知道？”

一品红说：“想啊。”

雪燕扮着鬼脸：“就不告诉你。”

一品红笑着说：“不说，小心憋坏了啊。”把菜放到桌上，倒进碗里说：“来，边吃边聊着。”

三个人围着八仙桌坐下，雪燕问：“一品红，玉欣姐好不容易来一次，你就不弄点酒喝，真小气。”

玉欣连忙摆手说：“酒不用了，现在可不是喝酒的时候，等把鬼子打跑了，咱们姐妹好好干几碗，到时候看看谁喝得多。反正我喝过一碗老白干，还能继续干活哩。”

雪燕歪着头说：“我更能喝，我喝了酒，还能用内功逼出来。”

一品红摇头说：“那我就不能喝了，我看到酒罐子都晕。”

雪燕撇嘴说：“又给你的小气找理由。”

一品红去盛饭，雪燕问：“玉欣姐，问你个问题，你说咱们中国这么大人又多，日本那么小人那么少，他们来打咱们中国，就像一个小孩打大人，这不很可笑吗？”

玉欣说：“问得好。这不是中国封建统治这么多年，清朝刚刚灭亡，导致群雄四起，内战不断，人心不齐，日军趁机侵华，想夺取我们中国吗。要是放到平时，他们敢来吗？”

雪燕撇嘴说：“清朝没灭亡时，还不是被八国联军打得够呛。我就搞不懂了，一家人就是兄弟不和，遇到外人欺负，都会联手对外。现在人家都打到家里来了，中国人为啥还不团结？”

玉欣叹口气说：“中国的现状是历史造成的。八国联军打进中国，是清朝皇帝自认为是天朝之国，地大物博，无人敢欺，不注重科技，人家拿着洋枪打过来，咱们还用最原始的弓箭长矛，这仗能打赢才怪。不过现在好了，中国人都清醒了，面对日军侵略，大家也开始有凝聚力了，相信用不了多久，就会把鬼子打跑。”

雪燕噘着嘴说：“算啦，算啦，不说这个，说这个牙痛。这么大的国家被巴掌大的国家欺负，俺感到丢脸。还是说点正事吧，现在俺的身份已经暴露了。”

玉欣与一品红都吓了一跳，问：“什么，你说什么？”

雪燕绷着脸说：“龟田已经知道俺是内奸，小野正在暗查俺，不过俺的安全现在还没有问题，所以俺想继续跟他们玩玩，希望你们配合俺。”

一品红说：“不行，绝对不行，这太危险了。”

雪燕翻翻白眼，说：“别假充关心别人了。以前俺多次提出要离开那鬼地方，你都千方百计地劝俺留在那里。现在突然关心俺了，俺感到浑身起鸡皮疙瘩哩。其实是你关心俺吗？是怕俺暴露了，会牵涉到你的安全吧。”把头扭向玉欣，说：“玉欣姐，是这样的，龟田虽然知道俺是内奸，但他不会动俺。这么说吧，近几次的情报都是龟田提供给俺的。”

玉欣问：“雪燕，到底是怎么回事儿？”

雪燕得意地说：“之前假弹药库的事情是龟田策划的，目的就是想让游击队知道是假的，去炸采煤厂，重创远藤优美，把她给赶走。远藤优美发现龟田给她使绊子，也来了个以牙还牙，策划运送先进武器，想借游击队的手把龟田除掉，结果龟田被地雷炸掉了双腿，达到了远藤优美的目的。要早知道是远藤优美的阴谋，俺就不铰窗花情报了，让他们两位大佐对掐，最后都掐死了，不就省咱们的事了。”

玉欣点点头说："这么说远藤优美已经占了上风了？"

雪燕说："龟田被远藤优美设计没了腿，就算知道俺是内奸，也不会告诉别人，为了报复远藤优美，甚至希望咱们给远藤优美出更多的难题，让她彻底失败。至于小野，虽然怀疑俺，暗查俺，但上次对俺考验时，被俺给灭了整个小分队，他在调查俺的时候就会慎重，没有确凿的证据是不会轻易动俺的。再者，像远藤优美这么狡猾，就算知道俺是内奸，也不会轻易动俺，而会利用俺传递假情报，对付游击队。所以，俺感到自己空前的安全，并想利用他们这种心态，给他们致命一击，尽快把他们赶出蔚州。"

一品红摇头说："不行，太危险了，雪燕，我以组织上的名义命令你，马上退出鬼子总部去游击队，或去张家口。"

雪燕瞪眼道："哎哎哎，眼睛瞪这么大干吗？你管得着俺吗？俺又不是你们的人，以后别老是给俺下命令。"

玉欣说："雪燕，我个人认为，你的判断与分析是有道理的。不过，你现在的处境确实很危险。为了你的安全，我同意一品红的建议，到我们游击队来吧，我们正需要你这样的人才。"

雪燕急了，说："俺现在终于明白了，人家为什么敢欺负咱们，就因为咱们的胆子像针鼻那么大。废话少说，你们就说配合不配合俺吧，不配合拉倒。还有，以后别给俺讲大道理，俺听不懂。但俺知道必须把小鬼子赶出蔚州。"

一品红说："雪燕，我发现你现在的脾气越来越犟了。"

雪燕摇头晃脑道："就犟，你管得着吗？"

玉欣苦笑了笑说："雪燕，配合那是当然的，我们不是考虑你的安全吗？好啦好啦，咱们不说这个话题了，还是说说上次我去部队的事情吧。上次我去时，带了几张窗花情报，首长听了我的翻译后对雪燕大加赞赏，说这是世界上最艺术最美丽的情报。那天，首长还领着我去看了你娘你姐，问春燕：你跟小赵什么时候结婚啊？我替你们主婚。把你姐给羞得脸都红了，说：你问小赵吧。"

雪燕笑了，说："春燕还挺会装的。在家里时，她就剪鸳鸯，还绣了很多莲子鞋垫。当时俺说她想嫁人哩，她还跟俺急。"

玉欣问："雪燕你想找什么样的？姐给你操心。"

雪燕眯着眼睛想了想，说："春燕找了个领导，俺怎么也得找个比她的小赵官大的吧，得把他们给管住才行哩。”

玉欣笑道：“领导再大，那年龄就大了。噢，对了，还真有个年轻点的，倒是比小赵官大那么一点，今年三十二岁，是从苏联军校毕业回来的，非常英俊，医院的医生护士都盼着他受伤，好照顾他呢。要不要我给你介绍介绍，这个能管得了小赵。”

雪燕说：“这年龄也太大，要不我也找个像那个小赵一样的？”

玉欣捏捏她的鼻子，说：“行，这事就交给我了。”

一品红听说给雪燕介绍对象，心里有些酸。这段时间他已经把雪燕当成自己的爱人了，便说：“玉欣姐，儿女私情就先放放，还是说说上级的指示吧。”

玉欣说：“组织对咱们的工作相当满意，说咱们有效地阻止了鬼子的阴谋，保护了蔚州的资源。组织上交给咱们的新任务是，把蔚州日本的军事分布图想办法弄来，等大部队到来，收拾小鬼子。”

雪燕说：“就蔚州这些小鬼子还用得着大部队，咱们就能把他们解决掉。”

一品红说：“雪燕，你就吹吧！吹掉了牙，砸伤了脚面子，你自己疼。”

雪燕瞪眼道：“一品红，你能不能说点有志气的话？”

三个人谈到很晚，玉欣说：“你们俩睡床，我打地铺，要不熏得你们睡不着。”

一品红忙说：“玉欣姐，你跟雪燕睡床上，我回戏班子的化妆室休息。”

雪燕说：“别争，别争了，你们在这里睡，俺回去还有些事哩。”

玉欣说：“得得得，好不容易见面，不睡了，聊聊天吧。”三个人围着小桌说个没完，天亮了，她们的谈兴还很高。早晨，雪燕送走玉欣回到队里，见麻子在院里，问：“麻子，你不是在医院吗？”

麻子说：“小野把我们赶回来了。对了队长，美代子来过，说找你有重要的事情，说在家里等着你。”

雪燕也没进办公室，直接去找美代子了。她刚通过走廊进家属院的月亮门，听到传来美代子的尖叫声。雪燕掏出手枪冲进房里，见木村正抱着美代子，叫道：“臭流氓，马上把她放开。”

木村把手松开，扭头见是雪燕，瞪眼道：“我们日本人的事，你的管不着。”

雪燕说：“俺没想管，可俺手里的想管你。”

木村“哼”了声，气呼呼地走了。

美代子扑到雪燕的怀里“嘤嘤”地哭起来。原来，她从保安队回到家里，正收拾衣服，木村赶过来对她说：“龟田已经残废，以后我来照顾你。”说着，就把她往怀里搂。

美代子哭道：“许君，要不是你及时赶到，就被这个畜生得逞了。”

雪燕气道：“这个臭流氓，真该让他吃枪子。”

随后，雪燕陪美代子来到远藤优美办公室，向她揭发木村的不耻。远藤优美淡漠地说：“许君，这件事对于我们日本来说太平常不过了。女人献身武士是值得自豪的事情。”

这话雪燕就不爱听了，梗着脖子问：“远藤优美大佐，听您这意思，日本女人被武士欺负了，还会感到骄傲，那您是女人，如果木村来搂着您又亲又啥的，您也感到很自豪吗？”

远藤优美冷冷地说：“我优美为了帝国的大业生命都在所不惜，你认为别的方面还有问题吗？”

听了这话，雪燕感到远藤优美太流氓了，跟流氓讲理那是白费口舌。在回去的路上，雪燕把自己的枪掏出来递给美代子，说：“拿着，谁要再敢欺负你，不用废话，直接打他。”

美代子说：“许君，你留着，美代子有枪。”

雪燕说：“对了，你找俺有事吗？”

美代子说：“差点忘了，我找你是想告诉你。龟田说，小野已经开始怀疑你。龟田还说，小野这人性格内向，做事过于思虑，抗压能力较弱，想办法给他制造点压力就会崩溃。木村这人粗枝大叶，做事鲁莽，是容易对付的。至于远藤优美，她的反间能力与把握男人的能力都非常优秀，你要小心应付……”

雪燕心里热乎乎的，拉住美代子的手说：“谢谢你。”

美代子眼里含着眼泪，说：“许君，现在我连自己都保护不了了，再也没法保护你了。你自己要小心点，要好好的……”

雪燕深深地叹口气，伸手拥住美代子，轻轻地拍拍她的肩，说：“美代子，越是在这种时候，我们越要坚强……”

美代子是个爱国的人，本不想把弹药库的事说出来，说出来可能会导致皇军失利，可面对雪燕的关心与鼓励，最终还是没忍住，说："有件事情关系重大。亀田说在大南山腹地有个秘密弹药库，供应华北战区，如果把这个弹药库炸掉，远藤优美就会彻底失败……"

自小野半路行伍以来，对中国的两本书较上劲了，这就是《三十六计》与《孙子兵法》。他反复研究过后，认为帝国的军队完全可以用这两本书的计策把中国打败，这就是以其人之道还治其人之身。小野曾把这两本书推荐给远藤优美看，远藤优美的中文不算太好，让他给翻译，并说翻译好后可以拿回日本去印刷。

小野正在翻译"反间计"，他用日文在纸上写道："在疑中再布疑阵，使敌内部自生矛盾，我方可万无一失。"然后注道："就是巧妙利用敌人的间谍为我所用。"小野轻轻地点点头，自言自语道："真是太高明了。"

这时，传来响亮的声音："报告。"

小野抬起头来，见是少佐谷口俊一，点头说："进来。"谷口俊一是特工队小队长，现在受命远藤优美听从于小野调遣，全力反间。

谷口说："我们的人在戏园子里发现，有个年轻人领着一个农村女人进入许剑与一品红的住所，他们整夜都没出来。早晨，那个女的奔南门去了，许剑也回到总部。"

自从接到远藤优美交给的除内奸的任务后，小野就把给日本人办事的中国人全部划到可疑对象中去，就连中国的伙夫也会派人暗中监视。他还专门派出五人密切地关注雪燕与一品红的交际圈。如今听说有个三十多岁的女人去找过许剑夫妇，就开始想象了，难道这个女的是游击队的头儿李玉欣？当然他现在还不确定，因为也有可能是一品红或许剑的远房亲戚。小野说："谷口君，继续监视跟许剑与一品红接触的任何人，有什么情况不要擅自行动，要及时向我汇报，等我请示远藤优美大佐后再行动。"

从此以后，谷口俊一穿着便装，每天在戏园子里听天戏，渐渐地竟然爱上蔚州秧歌了，还能用日语哼几句腔调。小野对谷口俊一说："你没必要每天都盯在那里，碰到许剑不就暴露了？你可以在戏园子里找个戏迷培养成咱们的人，帮助咱们每天监视一品红，这样既省力，又方便。"谷口又在戏园子里泡了几天，终于发现有个老头几乎天天都去戏园子里，叫盘花生

米，要壶酒，坐在桌前边喝边看戏，还时不时地喊声“好”。

散戏后，谷口带几个人跟着老头来到一个四合院，把这个院子记住，晚上派人把老头带走了。早晨，谷口向小野汇报说：“小野君，有个老头连续三天都去听戏，看来是老戏迷，现在被我抓住了。”

小野说：“把他给我带来。”

谷口去后，小野从抽屉里掏出把匕首，“当啷”扔到桌上，又掏出两块银圆闷闷放下，双手扶着桌沿，静静地等着。没多大一会儿，谷口带着一位胖乎乎的、眼泡肿胀的老男人进来。老头进门就跪倒在地，磕头道：“皇军，俺是大大的良民，从没有说皇军半个不字，不知道把俺抓来做啥？”

小野点头说：“报上你的姓名以及你的身世。”

老头缩着脖子说：“小的姓周名富，俺爷爷曾中过举子，俺父亲曾中过秀才。俺不爱读书，年轻就喜欢唱戏，现在年龄大了，唱不动了，就只能听戏了。”

小野点点头，问：“你的，喜欢听谁的戏？”

老头把脖子伸出来说：“当然是一品红的戏，瞧她那身段，听她那唱腔，一颦一笑，那真是风情万种。每次听了她的戏，俺是神清气爽，感到年轻了二十几岁哩。”

小野说：“好啦，好啦，说点正事。”

周富的脖子又龟缩进去。小野用手指指桌上的钱与匕首，眯着眼睛问：“周富，如果让你选择的话，你选择刀子，还是大洋？”

周富舔舔嘴唇说：“您想听真话，还是假话？”

谷口俊一叫道：“废话，真话的说。”

周富吧唧吧唧嘴说：“当然想要钱哩。”

小野说：“过来把钱拿走。”

周富“嘿嘿”笑了，说：“太军您跟小的开玩笑哩。”

小野猛地瞪起眼来，用力拍桌子道：“让你拿，你就拿，废什么话。”

周富吓得打个哆嗦，慌忙爬起来，来到桌前，伸出颤抖的手，看看小野，猛地抓住钱，然后再看看小野的脸，见小野脸上挂着淡淡的笑容，便把钱抓起来，慢慢地缩回去，问：“太军，您现在是不是可以放俺回去了？”

小野摆摆手：“放回的，不要，钱你拿了。不过，有件事情你得帮我看着点，任何人到戏园子里找一品红，都要及时向我汇报。否则，就把你闺女、儿媳、老婆，统统抓来放进慰安所。对了，谷口君，一般女的被抓进慰安所，每天要接待多少士兵？”

谷口说：“报告长官，最少十人，最多几十人。”

周富听到这里，忙说：“俺给您盯着，太军，请放心，俺盯得死死的，就是有个蚊子趴到一品红身上，俺也会来汇报。”从此，周富每天从早到晚都泡在戏园子里……

由于小野现在暗查雪燕，每次见着雪燕都很热情，这种热情是种心理上的掩饰，这种热情让雪燕敏感到自己的处境危险了。她认为不能在这里等着被查，应该想办法让他小野也难受。经过慎重的思考后，雪燕找到远藤优美，跟她交流说：“优美大佐，最近挺想您的，想跟您说说话。”

远藤优美笑道：“许君，最近忙些什么啊？”

雪燕看到她狐狸般的笑，说：“大佐，属下最近在思考一个问题。”

远藤优美点头问：“什么问题啊？说出来听听。”

雪燕说：“属下感到您不如龟田有能力，因为您既不会用人，也不会做事，只知道每天钩心斗角。”边说边瞧着远藤优美的脸，发现远藤优美皱起眉头来，又接着说道，“您确实没有带兵打仗的能力，不过您适合搞政治，如果您当日本首相的话，属下认为还是能够胜任的。”

听了雪燕这通话，远藤优美微微点了点头。因为她自己也承认有政治能力，带兵打仗，通过来蔚州，感到自己确实相对弱些。远藤优美笑着问：“许君，如果你有什么好的建议，可给本佐提出来嘛。”

雪燕说：“那俺说了，您可别生气啊！”

远藤优美摊开双手：“当然不会啦，请大胆地讲。”

雪燕说：“哎，大佐，您来蔚州干什么来了？来了这么久了，就策划了几个行动，巩固了一下权力，然后就没动静了。除此之外，您还有什么实际行动吗？您既没有去打游击队，也没有去落实‘双核计划’，您到底在干什么？就是成立了反间队，让小野去抓内奸，搞得人心惶惶，议论纷纷。您让小野去抓内奸，此举，是非常不明智的。”

这番话把远藤优美说得挺难受，她来蔚州的时间也不短了，还真没有任何作为，只是把西北山的采煤厂断送了。她压制着情绪，尽可能表现出善

于纳谏的样子，说：“请许君继续讲。”

雪燕说：“有件事情您可能不知道，当初小野为测试俺的忠诚，用一个小分队冒充游击队直接向保安队开枪。俺以为遇到游击队了，费尽心机，豁出小命把他们歼灭了，以为自己立了大功，后来才知道这仗白打了。因此，小野记恨上俺了。大佐，您用这样的人去抓奸，这是搬起石头砸自己的脚。”

远藤优美吃惊道：“还有这样的事？”

雪燕点头说：“发生了这种事，他们当然不会对上峰说。如果汇报的话，肯定会找个对他们有利的说法。”

远藤优美道：“请许君继续说。”

雪燕看了看自己的手指，脸上泛着讥笑，说：“您自来到蔚州就在寻找龟田失败的原因，说什么亲善不成功啦，说什么游击队难打啦，这些都不是主要的原因。主要的原因是，龟田过于相信小野，而小野又暗中把龟田的一举一动，全部暗中向上峰汇报，导致他处处被动，所以最终就变成现在这样了。问题是，小野会不会把龟田的事重演一次，向上峰如实汇报，您应该心中有数。如果他暗中向上峰说您设计了假运弹药，导致龟田遭到游击队伏击，那么您就有谋杀之嫌，这个罪可就大了。俺相信在日本应该和中国一样，赏罚分明。”

听到这里，远藤优美伸手摸了摸额头，脸上的笑容也僵了。

雪燕站起来，踱到窗前，望着窗外被秋天洗礼了的花池，继续说：“还有木村这个人，看上去耿直，其实不然。属下没有判断错的话，您所以来蔚州，是因为木村密告。龟田把小五台基地的事故向上峰汇报的是，八路军主力部队路过蔚州，袭击了小五台基地。木村担心龟田把小五台基地的责任推到他头上，就向上峰密告真实情况，并诋毁龟田，上峰才采取了换将的办法。”

远藤优美狐疑地说：“许君，你如此关心我们内部的关系，究竟是为了什么？为什么把这些又告知本佐？”

雪燕冷笑道：“是因为俺在替大佐您思考，找出失利的原因，怎么才可以落实‘双核计划’。其实，想来挺可笑的，自您到蔚州后，你们日本的军官，就没有给您提出过落实‘双核计划’的策略，哪怕是不成熟的方案都没有，真是可悲！属下是个小小的保安队长，一个被中国人骂为狗汉奸的人，每天都在为你们考虑这件事情，可你们从来都没有给俺机会说出来。”

远藤优美说："许君，千万不要这么想，本佐对你是信任的，是想委以重任的，只是……这个……好啦，你有什么好的建议尽可能地跟我说说嘛，不成熟也没关系，大家可以一同来探讨吗。"

雪燕说："属下在想，龟田大佐如此精明，为何遭遇失败，难道是因为没有把游击队消灭干净吗？是因为下属跟他背心离德吗？这些都不是主要原因，主要的原因是他把基地搞得太分散了，在不同的地方搞了几个基地，既不容易守，也不容易管理。其实很简单，咱们除了把采矿之外的基地，都整合进大南山基地，这样就容易守了。就像科研、冶炼、加工这样的事情，根本就没有必要单独设立基地，完全可以包含在大基地里，这样不就容易守了吗？"

听了这番话，远藤优美感到这还真是个好办法，因为她根本就没啥办法，哪怕是不成熟的，便说："许君的建议太好了，这样，明天我开个会，在会上你要把建议提出来，到时候我正好有话说。"当雪燕告辞之后，远藤优美在办公室里待了很久，细细体味雪燕的话，感到这确实是好办法。来蔚州时间也不短了，除了把采煤厂给葬送了，把龟田给整了，没有任何的行动，再这样下去，上峰问下来，还真不好汇报了。在第二天的会议上，雪燕把自己化零为整的想法提出来后，大家都说这个办法是可行的。

远藤优美气愤道："本佐也认为这是个好办法。但是本佐想不通的是，你们身为帝国的军官，每天都干什么去了？你们扼心自问，有没有把帝国的大业放在心上。许君低调行事，时刻都为本佐出谋划策，当面批评我工作上的不足，本佐决定奖励他五百块大洋，保安队队员每个月的军饷每人增加两块大洋，大家有什么意见吗？"

大家都鼓掌表示同意。

雪燕偷着瞄了一眼小野，小野的脸色变得很难看。雪燕带着大洋回到保安队，和保安队的人开会说："本大队长得到五百块大洋的奖赏，请大家去青楼找女人，怎么样？"

有人喊："好啊，好啊！"

雪燕说："同意找女人的站到一边。"有几个队员站出来。雪燕又说："麻子你把不同意去找女人的队员统计起来，给他们家送三块大洋。"大家顿时欢呼。

几个想找女人的傻眼了，说："队长，俺们是说笑哩。"

雪燕正色道："本队长没跟你们说笑，你们负责打扫院子，清理茅厕，同意呢，大洋还是给你们送到家里。"

几个队员点头说："俺同意。"

当远藤优美认同了雪燕的建议之后，开始着手落实"双核计划"。她派出一个中队，每天在游击队出没的地方巡逻，限制游击队活动。另外，派一个中队负责重建西北山煤厂，其余的大部分兵力用来规划大南山基地，扩大原来的面积，把研究所、冶炼厂、兵工厂等项目都规划进这个大院里。

那天远藤优美把任务分派下去，散会后，把小野留下，让他说说最近查奸的情况。小野本来想汇报监视一品红的疑点，随后想到远藤优美刚奖励了雪燕不久，没有真凭实据，贸然说出来，远藤优美肯定不高兴，于是说："大佐，我们，我们没有查到内奸的活动，您看查奸小队还有存在的必要吗？"

远藤优美说："内奸当然不容易查出来，他们都是些经过特殊训练的人，内奸最核心的技术不是获得情报，而是对自己的隐蔽之术。我们所以要查，是要营造氛围，限制内奸活动，让他们没有办法把我们的情报透露出去。还有，我再次向你强调，在反间中，不要加进个人的主观情绪，如果查到内奸，不要轻易动他，盯紧了。我们查出内奸，是要利用他们进行反间的。"

小野回到住处，想着远藤优美的这番话，对"不要加进主观情绪"这句话，考虑了很久。他认为，这句话可能指的是针对许剑的。现在想想自己的反间，只是发现一品红与外人有接触，这样的证据还是远远不够的，就算一品红与人接触，谁知道那人是干什么的？你把人家抓起来，如果那人是亲戚朋友，你不被动了？他感到应该在保安队里安插内线盯着许剑，这样才能真正地把许剑给揪出来。

有了这样的想法后，小野的脑海里顿时浮现出猴子与雪燕比赛的情景，他认为把猴子发展成线人最合适不过了。此人以前就是梁上君子，最适合做这样的工作。至于怎么把猴子钓出来进行收买，小野还是做了精心安排的。为了不让雪燕有所怀疑，他亲自来到保安队跟雪燕要求说："许君，远藤优美大佐感到会议室太脏了，要求派人前去打扫，我想跟你借十个人。"

雪燕笑道："小野君，保安队的人，你随便用。"

小野说："那就谢谢许君了。"

雪燕说："小野君，咱们之间好像有隔阂了。"

小野吃惊道："许君，此话怎讲？"

雪燕说："自从远藤优美大佐来到蔚州，你很少到我们保安队了，就算来了，也变得客气了。俺始终认为，客气是种距离。那么，咱们之间的距离是什么？这件事让俺感到匪夷所思。哈哈，只是跟您开个玩笑啦，您可不要多心。好啦，您看中谁，就带谁去吧。"

小野挑出十个人，把他们带到会议室，对猴子与其他一位队员说："你们两个去把我的办公室打扫干净。"小野带着两人来到自己的办公室前，掏出几块大洋对那位队员说："去买点香烟回来。"

然后他把猴子带到办公室，把门关上。猴子见小野的房间挺干净，说："太君，您的房间这么干净，用打扫吗？"

小野说："你的，坐下，卫生的不需要。今天叫你来，是想问你想不想发财，想不想升官？"

猴子挠挠头说："想啊，做梦都想啊，咋发？"

小野严肃地说："有件重要的事情，我想派你去做，只要你肯做，我每月发给你五十块大洋，将来让你担任保安队大队长，并给你介绍大日本帝国的女人，你的同意？"

猴子问："不是有队长了吗？"

小野说："到时我们可以对许剑进行提拔。"

猴子点头说："好啊，你说干啥吧？"

小野把手枪掏出来放到桌上，说："有人举报你们保安队里出现了内奸，至于内奸是谁，我们并不知道。从今以后，你要帮助我们密切地观察队员，包括许剑队长的行动，有什么异常要及时向我汇报。记住，这件事谁都不能说，如果你把此事暴露出来，我们只能把你当作内奸抓起来，你的，懂吗？"

猴子听说是这件事，感到有些严重，缩缩脖子说："太君，这不是特务吗？"

小野从抽屉里掏出大洋放到桌上，说："这些大洋是先赏给你的，以后每个月都会给你五十块大洋。"说完，摸起枪来玩弄，把脸拉得老长，也不

去看猴子。

猴子看到小野这样的架势，要说不同意肯定没命了，如果同意还真危险，最后他点头说：“好，俺干。”

小野说：“把大洋装起来。”

猴子把大洋的纸包撕开，把大洋掏出来，放进兜里拍拍，问：“俺现在可以走了吗？”

小野说：“现在的，不行。”过了一会儿买烟的队员回来了，小野说：“猴子，去把这些烟发给大家。”

那天猴子同大家回到大队，突然感到整个大队院都陌生了，每个人的笑容与言谈都好像变了，自己拘束得就像客人，再也没有以前自然了，兜里的大洋变得非常沉重……

二十一 如履薄冰

大南山的综合基地正在建设，游击队也没有任何的动静，远藤优美感到是他们的巡逻队起到了作用。她把整合基地的方案向上峰做了汇报，受到上峰的表扬。现在一切都有条不紊地进行着，远藤优美开始考虑龟田的问题了。这段时间美代子多次闹着要把龟田运到东京治疗，这让她感受到了威胁。如果龟田回到东京，肯定会把她假拟上峰电文、虚拟弹药的事情说出去，说不定会受到上面审查，自己的处境就危险了。

远藤优美把小野叫到办公室，非常严肃地对他说："小野君，据我得知，龟田的失败，很大程度是与你有关系的。起初，你主张与土著亲善，不但没有任何效果，反倒加剧了民众的反日情绪。后来，你多次给龟田出谋划策，但都遭到了失败。最为严重的是，你用整个加强小分队的生命，来测试许剑的忠诚度，并且这个许剑并没有你说的那么忠诚。这几天，我正在考虑，是否向上峰汇报，把你送向军事法庭。"

听到这里，小野大汗淋淋，那双鸡眼顿时变成死鱼眼了，浑身哆嗦得像穿着背心站在冰天雪地里。他突然"扑通"一声跪在地上，掏出手枪。远藤优美吓得打个哆嗦，趴到了桌子下面，却听到小野说："大佐，属下有罪，属下愿自裁谢罪，请千万不要向上峰汇报此事，让小野家族感到耻辱。"

远藤优美从桌子下爬出来，用手捋了捋头发，说："小野，起来吧，如果本佐想置你于死地，就没必要跟你说这番话了。本佐不但不对你做任何的惩罚，还要对你委以重任。你也知道，龟田现在身受重伤，美代子要求回东京治疗，我们不能让他回去乱说。你想个办法，让他永远回不了东京。"

小野擦着汗，用力点头，说："大佐放心，属下一定想出好办法。"回到办公室后，小野冥思苦想，怎么把龟田给除掉，还不至于引起大家猜疑。由于这件事关系到自己的小命，他必须想出让远藤优美认同的办法来。整个

晚上，他就像吃了耗子药似的在房里乱窜，把眉心都给掐紫了，还真的想到了好办法。

天亮后，小野就来到司令部办公室前等着。已是深秋季节，小花园里只有菊花的骨朵儿，其他的草木就像火烤了。风里已预支了冬的寒意，往领口与袖口里钻着。

当远藤优美上班后，小野缩着脖子跟进去，用发现新大陆的表情说："大佐，属下整夜未睡，终于想到了好办法。我们就说龟田大佐身染病毒，此病毒类似鼠疫，传染性极强，杜绝与外人接触，这样就可以把他隔离起来，然后再想办法除掉他，这就顺理成章了。"

远藤优美感到这个办法确实可以掩人耳目，也不存在潜在的危险，便点头说："那你就去做这件事吧，记住，要做得巧妙。"

小野来到战地医院，打着远藤优美的旗号，把有关病毒的事情说了。院长绷着脸说："小野君，我们只负责救人，不负责杀人。"

小野瞪着用整个夜晚熬红的眼睛，说："你的意思是，龟田大佐死后，让我们向上峰汇报，是由于医疗事故所致，让你负起这个责任吗？"听到这里，院长不敢再说什么了。他们连大佐都敢谋杀，何况自己只是个小院长。随后，院长给主管医生开会，表明利害关系，公布了龟田染上病毒的消息。

小野马上派兵把龟田的病房看起来，并对门卫交代，任何人不能探望，包括美代子夫人。下午，小野陪同远藤优美来到龟田的病房，远藤优美让小野出去等着，自己倒背着手进了病房。她把门关上，来到病床前，歪着头，细细地读着龟田的脸。龟田的脸有些虚胖，泛白，两个嘴角的深纹，牵到下巴上，就像下巴是组装起来的。

远藤优美坐到床沿上，从兜里掏出个铁盒，捏出支烟来点上，深深吸了口，将烟雾喷到龟田的脸上。想想在学校时，每到考核，龟田都说她的成绩不佳，百般刁难，至今想起来，都恨得牙根疼。她伸手把被单拉掉，见龟田穿着白色的短裤。她把烟头吹得像蘸了洋红，猛地摁到短裤下露着肉的地方。龟田疼得身子剧烈颤动，用鼻子粗重地呼吸着。

远藤优美见龟田对疼痛的感觉这么强烈，认为他可能是装昏，便弹了几下手中燃烧着的烟头，自言自语说："看来已经死了，我去通知院长，尽快火化。"

龟田再也装不下去了，睁开眼睛，满脸可怜的表情，说："远藤优美阁下，我已经变成这样了，不会对你有任何威胁，为何还不依不饶呢？"

远藤优美冷笑道："哟，又活过来了？"

龟田伸手撸了把脸上的汗水，说："远藤优美阁下，您想过没有，我毕竟是个大佐，如果把我杀了，这不是件小事，您何必要冒这个险呢。您不如把我送回东京，让我欠你个人情。只要您把我送回东京，我就会告诉您一个天大的秘密，让您成功落实'双核计划'，获得最大的成功。您放心吧，我回到东京后，一丁点蔚州的事情都不提。如果您不放心，可以把美代子押在这里。"

远藤优美深深吸了口烟，慢慢地吐出，点点头说："那好吧，请把你的秘密说出来，让本佐听听值不值得向上峰申请飞机。"

龟田说："见不着飞机，我是不会说的。"

远藤优美站起来，笑着说："说不说没关系，反正我现在已经控制了局面，并按部就班地在落实'双核计划'，没有你的秘密，本佐一样会成功。"说着，把烟猛吸几口，又摁到龟田的腿上，顿时传出油煎的嗞啦声，疼得龟田哇哇大叫。远藤优美拿起烟来，抽了口说："在学校的时候，我就对自己说，总有一天我让你付出代价，今天我终于做到了。"她走出病房，对小野说："听龟田大佐说，还有秘密没说出来，你无论用什么办法都要套出来，必要时可以用刑。"

小野吃惊道："他已经醒了？"

"其实，他是在一直装昏迷。"远藤优美冷笑道。

远藤优美并不相信龟田有什么秘密，就算他说出来也不能相信，她只是想用这个理由让小野继续折磨他。远藤优美认为小野对龟田进行折磨，龟田应该会更疼痛。因为他们之前是朋友，朋友的刀子是天下最快的利器，能疼到心里去。小野来到病房，见龟田瞪着眼睛，满脸大汗。他拿起毛巾给他擦擦脸，坐在床沿上说："大佐，你把秘密说出来，属下想办法把你送回东京，让你得到好的治疗。将来你装上假肢，说不定还是能走动。就算不能走，也可以让美代子夫人用轮椅推着你去看樱花。如果你不肯配合，那你就没有机会回日本了。"

龟田当然不相信小野的话，冷笑说："小野，远藤优美如此狠毒，今天的我，就是后天的你，不信你就等着吧。"

小野冷着笑说：“大佐，那属下告诉你一个秘密吧，其实属下早就看出，美代子夫人与许剑有通奸行为。属下说的通奸，是指两个方面：一是美代子与许剑发生了男女关系；二是许剑利用美代子来搞情报，转给一品红，然后由一品红再转给游击队。只要我把许剑给抓住，美代子夫人也难逃干系，说不定是叛国罪呢。”

龟田冷笑两声：“小野，你不感到可笑吗？你用了整个小分队的生命证明许剑的忠诚度，现在又说他是内奸，这说明你的眼睛是猪眼。再者，你怀疑他是内奸，你有什么证据？”

小野把眼镜摘下来，用床单擦拭着，慢条斯理地说：“现在我没有，不过我已经派人暗中盯着许剑了，只要他有所活动，我就立马把他抓起来。龟田大佐，你真的对许剑与美代子的暧昧关系，如此无动于衷吗？”

龟田继续冷笑道：“小野，本佐就算死了，也值了，因为本佐有过很多女人。就是你的主子远藤优美，也曾屈服于我的身下，不堪伟岸，曾苦苦求饶。可是你呢，表面上就像个谦谦君子，满嘴的中国成语，其实你是天下最虚伪的人。你偷着看点黄色书刊，自己猥猥琐琐的，让我感到恶心。”

小野感到脸腾地就着火了，不由恼羞成怒，恶狠狠地说：“龟田，你已经染上病毒了，从今以后，就是美代子夫人都不能来看你。按照中国话说，你是秋后的蚂蚱，蹦跶不了几天了。”

半个月的时间里，美代子都没见着龟田。她多次去找院长，院长躲闪着她的目光，意味深长地说：“夫人，我不仅是医生，还是军人啊，我真的爱莫能助。”说着，深深地叹口气，把头低下，“话我只能说到这里了，请夫人谅解。”美代子明白这话的意思，是说我是军人，必须服从上峰的命令。

美代子前去求远藤优美，要求戴着防毒面罩去看龟田。远藤优美用力摇头说：“夫人，为了你的安全，不能让你接触龟田大佐。如果你染上他的病毒，在军中传播开来，后果不堪设想，轻者降低我军的战斗力，重者可能全军覆没。请夫人理解。”

美代子又去求小野，小野冷着脸子说：“对不起，我帮不了你。”

美代子见小野的表情冷得像冬天一样，想想以前，他说话非常富有哲理，为人又谦虚，又懂礼仪，是个受人尊重的教授。如今一切都变了，美代子眼里喷着怒火，问：“小野君，你还是人吗？还有人的情感吗？”

小野冷冷地说："军人在战场上超越了普通人，可以说不是人，他是工具，服从命令是他的天职，他就像一支枪，指到哪儿，就打到哪儿。所以说，小野现在不再是以前的教授了，是军人。"

美代子说："军人不只是工具，是狼，其实不如狼，狼还不吃同伴呢。但人却不同，敢咬自己的同类，就像现在的你们。"

失落的美代子来到保安队对许剑哭诉，哭得那脸就像水洗了一样。雪燕轻轻地拍拍她的肩，说："想见龟田大佐，并不是没有办法，只是怕你不肯。"

美代子说："许君，我见龟田，并没有别的意思。只是，他失去双腿，我必须尽妇人之道。请许君赐教。"

雪燕想了想看着美代子："据说，木村在军校时，垂涎你的美貌，曾与龟田共同追求于你，并在你婚后念念不忘，至今未娶。你可以利用他对你的情感，让他安排你见龟田大佐。"

美代子听了这话，仿佛不认得雪燕似的，瞪着惊讶、空洞、绝望乃至愤怒的眼睛，说："许君，你是不是认为美代子是那种人，那美代子还不如死了的好。美代子真的让你认为是下贱的人吗？请许君对美代子说实话。"

雪燕见美代子领会错了，忙说："美代子，你是天下最好的女人，有情有义，知书达礼。我说的意思是利用，并非让你顺从或嫁给他。你利用木村的好感，让他帮着把龟田大佐运回国内治疗，然后你可以去找龟田大佐的战友们，让他们帮着伸张正义，这样你们才能回国啊。"

美代子点头说："美代子明白了，放心吧，许君，美代子不会让木村这样的禽兽得逞的。"

雪燕担心美代子并不会说谎，教她道："你要这么对木村说：我知道你对我爱慕已久，一直等了多年，可你知道为什么我不爱你吗？就因为你没做一件让我感动的事情……"

美代子点头说："许君，美代子明白了，我现在就过去。"说完，怔怔地盯着雪燕，满脸期待。

雪燕知道美代子需要什么，感到现在还是应该鼓励她的，这时候给她个拥抱，非常有必要。于是，走过去，把她拥在怀里，感到自己就像个姐姐一样，她轻轻地拍拍美代子的肩说："无论遇到什么困难，都要坚强，要勇敢，我知道你行，加油！"

美代子眼里含着泪水，用力点点头，恋恋不舍地去了。她来到木村的办公室前，迟迟不敢进去，生怕木村又会对自己粗暴。她对在门外的卫兵说："麻烦您跟木村说，美代子在花园等他，有重要的事情相商。"随后，美代子匆匆来到花园，站在那里待着。有几个妇人正在那里窃窃私语，看到美代子后低着头，匆匆离开。秋天的花园已经被冷风抽去大部分的颜色，显得有些斑驳，只有一些菊花还坚持着那仅有的色彩。美代子来到水池边，静静地看到脏水里的几条鲤鱼，懒懒地趴在边上，就像已经死去一样。

木村的皮靴"嗵嗵"敲来，美代子回过头来，面无表情地盯着他。木村来到面前，高大的身体猛地弯下，说："嗨，上次我喝了点酒，失礼了，请您原谅。"

美代子眯着眼睛，望着蔚蓝的天空，那里有几朵白云，是轻盈的，暖暖的，但她的心却仿佛在秋天，是凄凉的，萧瑟的。她说："木村，你真的爱我吗？"

木村又用力点头："嗨，木村的爱，天地可鉴。"

美代子把雪燕教给她的话说给木村听，提出自己的要求。木村听说让他帮着把龟田送到东京，犹豫了，说："夫人，在下没有这个权力。"

美代子冷冷地笑道："看来你的爱只是嘴上说说，你不懂得什么叫爱，爱是付出，而你只知道获得。"木村嘞着牙花子，就像牙根扎进了鱼刺。美代子又说："你知道我为什么不爱你吗，因为你从没有做过一件让我感动的事情，你只是自私地想得到我。"

木村梗着脖子说："夫人，给我时间，我会把龟田大佐送回日本。"

美代子抬头看了看天，懒懒地说："以后的事，以后再说吧！现在我想去看看龟田。"

木村木讷地说："夫人，我真做不到。"

美代子转头看着木村说："我现在还是他的妻子，去看看他，不行吗？你如果连这点事都做不到，还谈什么把他送回日本。"

木村站在娇小的美代子身边，就像野人那么高大粗犷，但他的表情却那么弱小，小得就像个小赖皮狗。

他说："夫人，我有苦衷。"

美代子冷笑道："你是不是也想用龟田染上鼠疫来应付我？行了，不用再说了，美代子不求你了，美代子走了。”

木村突然抓住美代子的手，说：“跟我来。”他开着摩托车，把美代子拉到医院，来到病房前，说：“让她进去。”

看门的士兵敬着礼说：“长官，小野君交代过，任何人不能见龟田大佐。”

木村听到这里，脸色寒了寒，扭头去看美代子，说：“夫人，我说过，我说了不算。”

美代子目光冷得就像数九的天，说：“任何人不让见，小野进去过吗？远藤优美大佐进去过吗？为什么他们能进去，木村中佐就不能进去？”

木村瞪起眼来，叫道：“你们回答。”

守卫对着美代子答道：“夫人，给你五分钟，有话快讲。”

美代子推门进去，把门关上，回头见龟田瞪着空洞的眼睛。半个月不见，龟田瘦得没有人样了，两腮像被砍去几刀，眼睛深深地塌入两个圆窝窝里，浑浊，暗淡。她来到床前哭道：“他们说你得了传染病，不让我来看你，我好不容易求木村，才能见上你一面。”

龟田用干得发柴的声音说：“过来，靠近点，我有话说。”

美代子凑过去，龟田伸手搂住她的脖子拉到枕上，把嘴唇凑到她的耳朵上说：“美代子，这可能是我们最后的谈话了。远藤优美根本就不是人，她来到病房用烟烫我的下身，我忍着没出声。她说人已经死了，要把我火化，我没办法才开的口。美代子，他们是想把我给折腾死，决不会让我走出蔚州的。”

美代子说：“我已经和木村说了，让他想办法把你送回国。”

龟田无力地说：“不要相信他的鬼话，记住，把我之前说过的话一定要告诉许剑。就算我死，也要让远藤优美失败。还有，许剑的身份你不要吃惊，这不是他的错，是我们像强盗似的来抢他们的东西，杀他们的亲人。所以，无论他是什么身份，都不是他的错，你要理解他。”

“许君怎么了？”美代子吃惊道。

龟田说：“许君是游击队的人。”

美代子“啊”了一声，想挣起来，可被龟田死死地搂着脖子。龟田继续沙哑着说：“要理解许君，这不是他的错，这是他作为中国人，应该做的事情。你跟许剑说，小野已经在他身边布上内线，如果有什么行动，他就危险了。”

美代子轻轻说：“你放心，我一定告诉他。”

龟田叹口气说：“我现在死不足惜，不过我担心的是，他们可能会想办法对付你，不让你回到日本。如果事情紧急，向许剑寻求帮助，可以先到游击队那儿暂避，以后通过交换俘虏的方式回到日本，再尽可能地联系我们两家的关系，把远藤优美害我的事公布于世。这样，她远藤优美必然会受到军事法庭的仲裁。”

美代子说：“我记住了。”

龟田摸摸美代子的耳朵，眼里噙满泪水，说：“美代子，我对不起你。在我死后找个疼你爱你的人嫁给他，不要嫁给军人，军人在战争时期已经变成工具。这样的人手上沾满鲜血，在战争中会养成变态的性格，不会给你幸福的。”

门外传来远藤优美的骂声：“混账，谁让她来的。”接着，便传出响亮的耳光声。

龟田说：“美代子，永别了。”说完，猛地把她推开，闭上眼睛，眼泪顺着眼角流下去。

美代子恨恨地说：“放心吧，我不会轻饶远藤优美的。”

门开了，两个士兵进来把美代子拉出去，木村正低着头站在那里。远藤优美倒背着手说：“夫人，我已经说过，龟田大佐染上传染病，为我们军队的安全，任何人不能靠近，你还来看他，是不是想让我把你也给隔离起来？”

美代子忙说：“对不起，远藤优美大佐，以后我不会再来了。”

远藤优美随后拿出悲切的表情，说：“夫人，我也很难过，可你知道，如果他携带的病毒在军营中传播，会给我们的军队造成严重的后果，所以请你理解。”

美代子用力点头：“好的，好的，我理解。”

远藤优美见美代子低着头走了，一脚把门踢开，倒背着手来到床前，歪着头，盯着龟田冷冷地笑道：“龟田，反正你也快死了，索性跟你说点实话吧。这次来蔚州，本不该我来，但我对上级说，既然对方游击队的头目是女的，就应该派女人去，因为女人最懂女人。然后我利用我的关系，就把我派来了。还有件事我得让你明白，你以为你告状就能把我赶走，这是不可能的，其实上峰早就把你的电文发给我了，并给了我任免你职务的权力。我所以没有这么做，是因为不想让大家说我把自己的教官整了。”

龟田冷笑说：“你真得认为你在蔚州会成功吗？那是做梦。”

远藤优美“哈哈”笑道：“我现在已经很成功了，我现在重新进行了调整，推行化碎为整的方案，并派出一个中队每天前去巡逻，让游击队不敢露面，现在‘双核计划’的落实，已经取得了很大的进展。不过，我的成功，你是看不到了。还有件事我跟你说一声，近期我会把美代子嫁给木村，相信你不会有意见吧，哈哈哈……”

美代子走出医院，急匆匆往保安队赶，想把龟田的话告诉许剑，忽听身后传来小野的叫声：“夫人，请慢走。”

美代子心里“咯噔”一下，慢慢地回过头，冷冷地说：“我以为是条狗在叫呢。”

小野用小指顶顶眼镜框，说：“有件事想告诉夫人，这件事关系着龟田大佐的安全问题，请你务必跟我去。”小野把美代子带到办公室，对手下人说，“你们，保护好夫人的安全。”两个士兵架起美代子的胳膊就走。

美代子叫道：“小野，你想干什么？你别忘了我的身份，你早晚会为你今天做的事后悔的。”

小野说：“对不起，我们这么做，是为了你的安全。”小野回到了自己的办公室，把眼镜摘下来，擦了几下，自言自语说：“我是军人，我是军人，服从命令是我的天职。”但是良心的谴责让他的表情变得很是痛苦，他深深地呼口气，把桌上那本脏兮兮的《三十六计》拾起来，用力拍到桌上，出门了。小野来到远藤优美的办公室，汇报说：“属下已经把美代子软禁起来了，接下来怎么办？”

远藤优美倒背着手踱了几步，说：“这件事我已经想好，对于美代子，我们重新给她安排归宿。不是木村中佐一直暗恋她吗？我们可以撮合他们，让他们结为伉俪，由木村把她征服，把她的仇恨冲淡。再者，只要我们把‘双核计划’落实成功，我远藤优美就是帝国的功臣，将无人能够撼动我的位置。”

小野问：“木村能配得上美代子吗？”

远藤优美笑笑道：“如果你想要她，本佐可以撮合你们。”

小野想了想，摇头说：“属下也配不上她。”

远藤优美说：“还是说说许剑吧！最近有什么动向吗？”

小野说："最近没发现什么动向，不过属下已经在保安队与戏园子都安插了内线，只要他有什么动向，我们都能够迅速掌握。"

远藤优美点点头说："一定记住，把他们抓住并不是我们的目的，这样的人口风紧，骨头硬，经验告诉我们，很难从他们嘴里掏出有价值的话来。要留着他们，利用他们的身份进行反间。要让他们传送错误的情报，引出地下组织，引出游击队，然后对他们进行打击，这才是正确的选择。不过，千万不要让许剑有所怀疑，这段时间要表面上对他信任，不要让他有任何觉察。只有这样，我们才能利用好他的身份，否则就反被其制。"

从此，远藤优美最大限度地表达了对雪燕的信任，派她到西北山、大南山执行任务。小野也经常去找雪燕聊天，有时候会带着酒菜，跟她喝点酒。他们的这些举动让雪燕更加确认了，远藤优美与小野已经把自己锁定了。这太被动了，得想办法让他们忙起来，没时间再去猜测、怀疑、反间，这才是路子。

雪燕找到一品红，还没有开口，一品红就说："雪燕，就算你不为自己的安全着想，也要想想戏班子里的人，鬼子一旦对你下手，必将会同时把我们戏班子给控制起来。"

这段时间，雪燕每次过来，一品红都对她叨叨，让她离开鬼子总部。雪燕总是说："不，俺现在不是离开的时候。"

一品红叫道："这是命令。"

雪燕笑着答："别跟我说命令，我听着就想生气。一品红你是俺什么人啊？咱们有关系吗？咱们什么都不是。你凭什么想让俺在鬼子总部，俺就得在，想让俺出来，俺就得出来。俺现在待在那里不是为了你们，而是为了完成俺的计划。"

一品红问："你，什么计划？"

雪燕不冷不热地说："你想办法通知玉欣，在大南山腹地有个弹药库，让他们派二十几个人前去偷袭。开火之后，远藤优美肯定会把山下的兵派上去支援，其余的游击队员去把刚建起来的基地给端了。"

一品红担忧地说："二十几个人去打弹药库，这不是送命吗？"

雪燕瞪着眼道："你脑子进水啦？弹药库在山上，林子又深，打不过人家不会逃吗？为什么非等着送命哩。"

一品红说："你说说你，怎么才能保证自己的安全？"

雪燕一脸严肃地说："这件事他们不会想到俺身上，因为弹药库只有龟田、远藤优美、小野与木村知道，这是绝等的机密。另外，此事过后，策划给小野送件礼物，他比较喜欢书，可以找本有关兵法的书送到鬼子总部门口，要在书里做些文章，表达对小野的感谢。这样做虽不至于把小野怎么样，但远藤优美肯定会对他有所怀疑，对俺的安全是有好处的。好啦，就这么办，俺先回去了。"

一品红喊道："慢着雪燕，出于你现在这种情况，以前的联系方式已经不安全了，小野肯定盯着你们保安队。你有什么情报，送到离鬼子总部二百米处的龙泉茶馆里，那是咱们的联络站。你去了跟掌柜的说：我想把龙井与碧螺春掺着泡杯茶。他问说：这样会串味的。你说：那就来杯毛尖吧。他就知道是自己人了。"

雪燕不由想到，一口金牙的老板，只要在茶馆里一提鬼子，就吓得摆手的那人。雪燕开始向一品红翻白眼。一品红问："怎么了，雪燕？"

雪燕嘟囔着嘴呸道："一品红，你始终把俺当外人，这么久了，才告诉俺。"

一品红忙说："雪燕，是这样的……"

雪燕气愤道："别解释了，咱们姐妹情今天结束了。"说完，照着门踢了一脚，气呼呼地走了。

由于大南山基地进展顺利，游击队也没有任何动静，远藤优美的心情变好了，脸色又恢复了初来时的模样，白嫩，红润，头发梳得锃亮，军装一尘不染。看上去，她又变成了气质优雅的少妇。有时候，远藤优美会换上和服，与军官家属们在花园里跳段樱花舞。由于她曾经接受过特训，身体富有柔韧度，跳起来非常漂亮，受到众多军官家属的赞扬。

吃过早饭，远藤优美来到办公室，接到医院的电话，龟田由于受不了病毒的折磨已自杀身亡，为预防病毒的扩散把他进行火化了。远藤优美放下电话深深地呼口气，自言自语道："龟田，这怨不得我，这是你自己没给自己留后路。"说完这句话，她的嘴角上挑着讥笑，将洁白的手套在桌上甩了几下戴上，倒背着手，领着警卫来到软禁美代子的房间。进门后，远藤优美抹抹眼睛说："夫人，早晨，龟田大佐难以忍受病毒的侵害，自杀身亡了。"

美代子显得很冷静，说："是吗，他已经死了？"

远藤优美叹口气说："为防止病毒传染，医院已经把他火化了，请夫人节哀。放心，我已经向上峰打过报告，龟田大佐是为国捐躯，应授予英雄称号，想必，龟田整个家族都会以他为荣的。"

美代子点点头，说："是吗，已经火化了吗？"

远藤优美说："这段时间所以让你住在这里，主要是考虑到你的安全，也是对你的隔离。你擅自前去探望染了病毒的龟田大佐，如果你身上带有病菌，岂不把我军给传染了，所以请你理解。如果我们确定你没有被传染，会还你自由的。"

美代子点点头："谢谢您了，美代子知道了。"

在回去的路上，远藤优美想着美代子的冷静，感到有些不快。在她看来，如果美代子又哭又喊，要死要活，还是比较合理的。回到办公室，远藤优美在考虑一个问题，是不是以美代子感染病毒为由，把她也给杀掉。想来想去，感到这件事情风险太大。毕竟这件事情还有小野与木村，以及院长知道，一旦败露，她很难应付。

远藤优美考虑过后，感到应该促成美代子与木村的婚姻，让木村把握她，慢慢地将她同化，让她把心中的仇恨淡下来。这么想过，她感到应该尽快落实这个计划。木村从大南山赶回来，汇报了大南山基地的进展，远藤优美说："很好……很好。遗憾的是，这么好的建议竟然是许剑提出来的，而据小野说，许剑极有可能是内奸。这件事让我疑惑，他既然是内奸，为何给我提这么好的建议？"

木村搓搓自己的胡子说："至于许剑是不是内奸，属下并不知道，反正以前是龟田与小野负责考察的。在您未来之前，小野与龟田好得穿一条裤子，龟田把所有重要的事情都交由小野去做。不是属下挑拨离间，对于小野的话您也应慎重去听。谁知道他会不会表面服从您，背地里拆您的台呢。"

远藤优美点点头说："这个本佐心里是有数的。对了，今天让你回来还有件事情。听说你对美代子夫人一往情深，不知道你现在对她还有没有感情？如果有的话，那就太好了。"

木村痛苦地说："现在对她有感情有何用？"

远藤优美说："现在正好有这样的机会可以促成你们。龟田难以忍受病毒之苦，在今天早晨自杀了。这时候的美代子肯定是悲痛的，是需要照顾的，我想促成你们的结合，不知道木村君意下如何啊？”

木村弯腰道：“嗨，属下感谢您的成全。”

远藤优美摆摆手说：“好啦，好啦，回去吧，等我把美代子的工作做好，到时候给你们办场婚礼，那美代子就是你的夫人了。”

木村刚走没多大一会儿，小野打来电话问：“大佐，我们的线人发现有可疑的人出入戏园子，与一品红接触，是否采取行动？”

远藤优美想了想说：“密切关注，不要轻举妄动。现在你们又不知那是何人？如果是他们家的亲戚，一旦抓人，就会惊动他们。”

一天的工作都是顺利的，远藤优美的心情很好，吃过晚饭后，她来到公园，又跟那些军官妇人跳了一会儿樱花舞。晚上，远藤优美躺在床上看了一会儿翻译的《三十六计》《孙子兵法》，并专门看了“反间计”那篇，然后休息了。她做了个美丽的梦，梦到自己受到天皇的接见，授予她为陆军司令之职。就在这时，电话响了，远藤优美猛地弹起来，抓起了电话。电话是木村打来的，声音惶恐：“报告大佐阁下，大南山弹药库传来枪声，是否前去支援？”远藤优美不由震惊。怪不得游击队最近没有动静，原来他们发现了弹药库。弹药库被毁，要比西北山煤厂被毁严重上千倍，她可能立马就被撤职，从此难以复出。

远藤优美大声命令：“全力支援，一定要确保弹药库安全。”

放下电话，远藤优美坐在床上，呆得就像木人似的。该弹药库属于高等机密，在驻军中知道的人也不过几个，游击队是如何得到这个消息的？难道是他们偶尔碰上，或是打猎的人发现后向他们报告了？不管游击队是通过什么渠道知道的，如果弹药库被毁，自己是脱不了干系的。远藤优美感到心里就像针扎着，脸上的表情像刚死了亲娘。本来白皙的脸充血后，在灯光下显得有些暗。

天刚放亮时，木村来电说：“弹药库没事，只是大南山基地刚建起来的厂房又被游击队炸掉了。”远藤优美终于松了口气，说：“只要弹药库没事就好。不过，现在弹药库已经被游击队发现，你派一个小队前去协助防守，至于大南山基地，马上开始重建……”

二十二　极速营救

当雪燕得知一品红已派人把书送到鬼子总部哨卡，便去向远藤优美告密。雪燕故意问："远藤优美大佐，属下有个问题不太明白，向您请教。"

远藤优美看着雪燕："请讲。"

"咱们有两个中队的兵力守着大南山基地，为何还让游击队炸了？就算是俺保安队的兄弟们前去守卫，相信游击队也不会轻易得手。"

自大南山基地被炸后，远藤优美心情很是不好，脸色有些灰暗，神情也显得疲惫。面对雪燕的问题，她感到弹药库随着这次事件的发生，已再不是机密，于是说："许君，事情是这样的，大南山腹地有个帝国最大的武器库，储存着华北战区的装备，昨夜突然受到袭击。为确保弹药库安全，本佐把兵派到弹药库，所以大南山基地被毁。其实，也就炸了些院墙与空房，这样的损失是可以承受的，用不了多久，就会重新建起来，这没什么大惊小怪的。"

雪燕点点头说："这损失倒是不大，可是您想过没有？既然以前俺都没有听说弹药库的事情，游击队怎么会知道？您就没有怀疑，你们的高层之间有内奸？"

远藤优美摇头说："许君，这个绝对不可能的。本佐想了，也许猎人上山打猎时，偶然发现弹药库，报告给了游击队。"

雪燕问："请问大佐，有谁知道这个弹药库？"

远藤优美说："弹药库的事情只有小野、木村与本佐知道。所以，我敢保证，我们三个人之间是不会有内奸的。"

雪燕点头说："既然大佐这么肯定，有件事俺就不讲了。"

远藤优美忙说："许君一定要讲，本佐就愿意与你交流。虽然大南山基地被炸，这并不是你的建议不妥，而是我们的问题。请许君知无不言，言无不尽，本佐会对你重重有赏。”

雪燕说：“听俺的手下说，出门时正好遇到有人给小野君送东西，薄薄的，至于什么就不知道了。联想起这次的事件，俺感到有必要向您汇报。如果没事当然好，但咱们不应放松警惕。说实话，俺希望能够抓住内奸，省得你们老怀疑俺。”

远藤优美笑道：“放心吧，本佐不会怀疑许君的。”

雪燕满脸委屈地说：“俺又不是你们日本人，自开始就被考验来考验去的，现在都被整得有些心虚了，总认为别人会怀疑自己，所以俺比别人更期望能够抓出内奸来。”

远藤优美点头说：“本佐能够理解你的心情。放心，本佐还是有判断力的，不会相信那些流言蜚语。以后，你听到什么风吹草动，直接向我汇报，本佐将不胜感激。”等雪燕离开后，远藤优美坐在那里衡量着雪燕的话，越想越感到迷惑。小野认定许剑是内奸，并说掌握了他们的联络方式，而许剑现在又在揭露小野，难道这仅仅是偶然吗？这绝对不可能。这充分说明，两个人在暗中较量。

让远藤优美想不通的是，许剑知道在这场较量中不可能胜了小野，为什么还要这么做？从原则上讲，远藤优美还是相信小野比许剑可靠，这种相信也是从国籍上直观的相信，但远藤优美心中对小野也有疑惑。小野曾在北平游学几年，肯定会有很多中国的朋友，对中国有感情也是难免的。想到这里，她马上给谷口打电话，让他过来。

谷口俊一来到办公室，远藤优美让他讲讲跟随小野以来的工作情况。谷口说：“经过我们对许剑与一品红的观察，感到许剑极有可能是内奸，由他负责从我军搞情报，传给他的夫人一品红，然后再由一品红传给游击队。他们的联系方式以及联络站，我们已经摸清，只要您一声令下，我们马上行动。”

远藤优美摇头说：“现在万万不可惊动他们。如果断定许剑是内奸，我们可以策划个行动，让他传给游击队，然后趁机把游击队消灭掉，这才是反特的最高境界。一旦把他们抓起来，敌方会迅速调整，我们只能从审讯上获取有价值的情报，经验告诉我们，对于他们这些人，审讯历来都是无济于事的。今天叫你来，本佐不只想听许剑的事情，还想听听你对小野这个人的看法。”

谷口说："经过这段时间的接触，发现小野君的性格有些怪异，沉默寡言，爱单独行动，满嘴的中国话，有时候我们都听不懂他在说什么。小野君还有个奇怪之处，我们几乎就没有看到他笑过，好像心里装了多么大的愁事。"

远藤优美说："小野曾在中国北平游学几年，对中国文化有深入的研究，满嘴的中国语言也是难免的。对了，你帮本佐去向小野借件东西，就说本佐想看他刚收到的那件东西。"

谷口去了没多大一会儿，小野自己握着一本线装书来了，把书放到远藤优美的桌上，弯腰说："大佐，不知道谁突然给属下送了本中国古籍，属下翻了翻，是本分析《孙子兵法》的书，分析得并不是多么好。"

远藤优美说："噢，是这样啊，那我正好看看。"

等小野去后，远藤优美把书交给谷口俊一，让他回去仔细检查这本书，有没有特别之处。谷口俊一是经过特务训练的，他从情报学的角度对这本书进行细致的分析，最终找到了可疑之处。这本书里有六页的页码被圈起来了，第六页圈的笔触明显粗。谷口按着被圈的数字在对应的页里查找，最后组成了六个字——"人到位，请继续"。

早晨，远藤优美来到办公室，发现谷口俊一早在门前等着。谷口俊一把那本线装书拿出来，从里面抽出张纸，上面是他分析的情况。远藤优美在东京时就是从事情报研究的，对这种用书或报纸里面对应的字作密码的方式还是比较了解的。她认为，人到位应该是银子到位。远藤优美在这几个字的引导下，想着小野的表现，越想越感到他有些可疑。

虽然远藤优美对小野感到怀疑，但她明白，这并不能排除，是有人故意嫁祸他而放的烟幕弹。也许许剑发现自己被小野锁定后，故意设计了这样的事件陷害小野。远藤优美说："谷口君，从今以后，有什么事首先要向本佐汇报，再向小野君汇报。另外，密切注意小野君的动向，要派人暗中观察，如发现可疑，及时向我汇报。"

自那本薄薄的书籍被调去之后，小野就开始心慌意乱了，他意识到远藤优美在怀疑他。虽然远藤优美对他说里面标注号码与对应的文字只是对你的诬陷，本佐不会因为这些对你怀疑。但小野还是感到谷口俊一对他进行了监视，因为他总感到有甩不掉的、若隐若现的尾巴。想想远藤优美对龟田的手段，小野心惊胆战。一天夜里，他梦到龟田狰狞地对他说："小野，不久的将来你会变成我。”醒来，小野感到身上黏着冷汗。小野已经失去安全感了，他极力想证明自己对远藤优美的忠诚，但他并没有找到机会。

当周福哆嗦着赘肉来汇报，身上有着臭味的女人又到戏园子里见一品红了。小野越发认为这个女人就是游击队的李玉欣，这种预感强烈到让他不能控制。因为他没有强有力的证据，远藤优美是不会让他抓人的，因为远藤优美热衷于反间，想把内奸给利用到极致。

他决定把这个女人抓起来审问，搞清她的身份，争取找到想要的证据。为不惊动许剑与一品红，他决定在那女人离开戏园子后，偷偷把她抓起来，单独对她进行审问，确定身份后再向远藤优美汇报。于是，他避开谷口俊一，自己带着几个亲信出门了……

玉欣这次进城的主要目的是，马上就要入冬，八路军很多战士过冬的棉衣都没有着落，上级让她想想办法，让战士们能够穿得暖暖和和的去打鬼子。玉欣见到一品红后，把棉衣的事情说了。一品红感到为难，说：“现在小城还在鬼子的掌控下，不太容易筹到钱。”

玉欣的意思是，城里的几个大富商都给鬼子捐了钱粮，应该让他们支援一下八路军和游击队。一品红点头说：“等雪燕回来，让她想办法去摸摸底，咱们不只要把棉衣解决了，并尽可能地解决粮食问题。”

玉欣告别一品红来到布店，扯了块布，想回去给喜柱做身棉装。这孩子从小失去父母，没人疼，没人爱的，怪可怜。她扯了布，还称了几斤棉花，刚从布店出来，发现有人跟梢，便急匆匆地离去。她拐进小巷，转了几个胡同，向南门走去。突然身后传来喊声：“李玉欣。”她愣了愣，并没有回头。在城里，没有人会喊她全名，认识她的也不会在大街上喊她的名字。

她挎着篮子匆匆钻进巷子里，感受着身后不离不弃、若即若离的尾巴，苦于自己没有枪。没办法，因为进城要搜身，她没办法带枪进来。突然，玉欣看到有两个人迎着面堵过来，回头，身后又有几个人跑来了，便敲了一家院门，问：“家里有人吗？”

院里有人喊：“家里没有人。”

玉欣急了，说：“俺是亲戚。”

院门开了，露出个中年妇人的头，说：“俺不认得你。”

李玉欣硬把门推开，急忙挤身进到院里，说：“有鬼子追俺，俺在你家

躲躲。”说着，跑进了正房，找地方藏起来。

当小野带人来到院里，妇人挤挤眼，指指正房。小野把玉欣抓出来，那妇人说：“俺可不敢藏你，皇军说了，窝藏八路分子会杀头的。”小野掏出几块大洋扔到地上，那妇人说：“俺不要钱，把钱拿走。”小野带着李玉欣出了门，那女人把银圆扔出来。

李玉欣平静地说：“大姐，把钱捡回去，这是你应得的。”

小野不敢把李玉欣给带回总部，因为他现在不确定这个女的就是李玉欣，也不确定她是不是游击队的人。如果抓错了，远藤优美是不会轻饶他的。因为远藤优美曾多次说过不要盲目抓人，要利用内奸进行反间。他把玉欣带到医院，让院长在二楼找了间房子，把玉欣关起来。李玉欣显得很平静，似乎她早就想到会有这样的结果。其实，自参加八路军以来，她就做好了牺牲的准备。一场战争下来，很多熟悉的脸庞永远消失了，自己本来就是他们中的一员，只是时间问题。虽然她做好了一切准备，但还是不甘心的。因为她宁愿牺牲在战场上，也不想被小鬼子给审死。面对小野的审问，她说：“太军，俺是来给孩子买衣裳的，你为啥把俺抓来？”

小野用小指顶顶眼镜：“说，你叫什么名字？”

“俺作闺女时叫刘大叶，现在叫赵刘氏。”

小野冷笑道：“李玉欣，你就别装啦，早就有人把你举报了，否则我们为什么没抓别人。如果你老实交代，我可以把你偷偷放了。如果你不配合，可别怪我对你不客气……”

一般玉欣进城都是当天回，顶多会拖到第二天。如今两天没有归队，队员们感到不对劲了。当一品红知道这个消息后，隐隐感到不好。她想问问雪燕：“鬼子总部里有没有抓人？”但雪燕近几天没过来。一品红不由暗惊，他们会不会把雪燕也给抓起来了？一品红想告诉班主，领着人躲起来，又担心雪燕本来没事儿，他们这边急着撤退，会促使鬼子对雪燕下手。想来想去，他要到鬼子总部里找雪燕。虽然这是非常危险的举动，但他没有别的选择。

一品红带了几件秋天的衣裳，来到鬼子总部门口，对守门的卫兵说：“天冷了，给许剑带了几件衣裳。”

门卫摇头说：“大佐命令，外人一律不让进入。”

一品红故作吃惊道：“我是你们保安大队长的夫人啊，是自己人啊。我们家许剑可从没有把皇军当外人，要是你们把我当成外人，这是不对的，请你们放我进去。”

门卫还是摇头，说：“对不起，这是上级的命令。”

一品红说：“我给他打个电话，让他自己回家取，行吧？”

卫门拨了保安队的电话。电话是麻子接的：“嫂子，队长去向远藤优美大佐汇报工作，还没回来哩。”

听麻子这么说，一品红知道雪燕并未被抓，便稍微放心了些，便说：“麻子，告诉她，天冷了，回家拿衣裳。还有，跟她说娘家有点事找她，让她务必回家一趟。”

回到戏园子后，一品红对班主说自己不舒服，直接就回家了。他呆呆地坐在那里，衡量着这起变故。如果玉欣被抓，事情就真的麻烦了。他倒不是担心玉欣会出卖组织，而是担心雪燕的安全，担心游击队会盲目采取行动。在他的焦急等待下，雪燕终于回来了，进门淡漠地问：“一品红，找我有事吗？”

现在的雪燕变得越来越冷了，说话的时候脸上没有了那种调皮任性，而是严肃的，冷漠的，甚至是杀气腾腾的。一品红叹口气说：“前天玉欣过来，说天气冷了，想找几个大户弄点钱，让战士们穿上棉衣。她从这里走后，两天没有回队里，队里担心出事，派人来找，我才知道这件事。”

“什么？”雪燕愣了愣问，“两天都没有回去了？”

一品红点点头问：“是不是被抓了？”

雪燕摇头说：“这两天没有听到任何动静？不过，远藤优美与小野现在正怀疑俺，就算真抓了玉欣，也不会告诉俺的。”

一品红说：“如果需要配合，你把情报送到龙泉茶馆，我们会积极配合。我现在马上通知游击队，就说玉欣在城里有事，在没有归队之前，不要采取任何行动。”

在回去的路上，雪燕的心情变得非常沉重。她本想利用反间计让远藤优美受到重创，没想到玉欣被抓。这样等于把她的所有计划都给打乱了。回到队里，雪燕在考虑怎么才能知道李玉欣的消息，但这件事情又无法向远藤优美、小野、木村等人探问。现在远藤优美不懈地在进行反间，搞得整个鬼子总部气氛紧张，大家都很警惕，想从别人嘴里知道这件事是不容易的。

雪燕认为最好能够把小野抓住，然后把事情给搞清楚。如果玉欣真的被鬼子抓了，将来还可以用小野来交换。可是，想抓住小野实在太难了。雪燕为引起小野的注意，每天都到龙泉茶馆里喝茶，并跟掌柜协商好，如果小野来喝茶，给他泡特殊的茶叶，弄到事先找好的房里。她在茶馆里泡了几天，并没有见小野来，倒是遇到熟人了。那天，雪燕坐在茶座上，不时看看窗外，期盼着小野能够露面，却发现两个尼姑挑着担子走来。走近了，雪燕感到有些面熟。两个尼姑把担子挑进茶馆，雪燕终于认出是自己在尼庵里的师姐明心、师妹清心。

雪燕马上让小二安排了单间，对他说："去跟掌柜的说，我请两个师父喝茶，让她们过来。如果她们不过来，就说慧心请茶。"

在尼庵里时，师父净心给他们姐妹们起的法号后面，都有个"心"字。雪燕曾问师父为什么给她起慧心。当时师父说了些她并不明白的话："决断曰智，简择曰慧。俗谛曰智，真谛曰慧。《大乘义章九》曰：照见名智，解了称慧……"

雪燕摇头说："师父俺听不懂。"

师父又说："明白一切事相叫作智；了解一切事理叫作慧。"后来雪燕才知道，当初师父入尼庵时曾要求叫慧心，但师父的师父不同意，说"慧"从字面上看，家事、国事、天下事都放在心上，称之为慧。说她现在不缺慧，而缺静，所以必须要静下来……

没多大一会儿，小二领着两个尼姑进来，然后退出，关了房门，雪燕站起来说："明心师姐，清心师妹，还认得我吗？"

明心惊喜道："慧心？"

清心瞪大眼睛，问："慧心师姐，你咋穿成这样了。"

雪燕苦笑着说："不好意思，一不小心当了汉奸了。"明心脸上的笑容顿时抹下，问："慧心师妹，你不会是开玩笑吧，这个玩笑可开不得的哩。"

雪燕说："师姐，俺说的是真的。"

清心把嘴噘得老高，朝雪燕脸上"呸"了口，说："师姐咱走。"

明心满脸痛苦的表情，说："阿弥陀佛，罪过。师父临终前曾交代过俺，要好好照顾你。你当了汉奸，明心也是有责任的。慧心，跟俺回庵里，现在回头还不晚。"

当雪燕把事情的经过说了，明心与清心这才露出笑脸，说："这汉奸当得好，相信师父在天国里也会为你感到高兴。”

清心说：“慧心师姐，要不俺也留下来当汉奸吧，他小鬼子太气人了，竟然侮辱俺们出家人，真是罪大恶极。”

原来，兵荒马乱，庵里没有香火，斋饭都吃不上了，她们没有办法，只得下山，化缘化些米面。雪燕听到这里感到惭愧，说：“师姐，下次你们来时，俺给你们弄点钱粮。”雪燕把掌柜的叫来，说：“掌柜的，这两位不是外人，是我的师姐师妹，您先给她们五十块大洋，再给她们弄点粮食，过几天俺还您。”

掌柜的说：“好的，好的，你们先喝着茶，我马上把大洋送过来，再准备些米。不过，你们能带出城吗？听说各个门对粮食查得紧，看到就给没收了。”

雪燕说：“这个您放心就是了，她们不用走大门。”

掌柜的点头说：“那就好……那就好。”

雪燕说：“师姐，下次你们来，俺给你们多弄点钱，把咱们的房子修修，说不定俺忙完了，回去找你们哩……”

对于在玉欣的审讯上，小野是这样打算的，如果三天内审不出来就把她杀掉，以防远藤优美知道后埋怨他盲目行动。其实他明白，想从游击队员嘴里套出话来有点困难。上次他们抓来十三个游击队员，用尽极刑，杀了三人，最终也没撬开他们的口。如果这个女的是李玉欣，想从她嘴里套话，那是蜀道之难，难于上青天。

但小野明白，游击队失去李玉欣，肯定会有所反应，如果自己确定她是李玉欣后，就可以向远藤优美汇报。为远藤优美抓住游击队的头子，这件事比任何事都能说明他小野是多么忠诚与尽力。

小野也不打玉欣，而是采取熬鹰的办法。他曾记得，当初见许剑把新招的队员拉到太阳下晒，问他为什么。许剑说逮只鹰，为了驯服它，不让它吃喝，不让它睡觉，把它熬没了野性，才会听话。他想用这种办法对付这位女游击队员，并期望能收到好的效果。他让几个下属二十四小时盯着她，如果她想睡，就挠她的脚心，挠她的肋骨。这种审讯，把玉欣给折腾得非常难受。

自从猴子收到小野的钱后，一直没发现队长有什么可疑的行动，或者

传送什么情报，心中暗暗着急，怕小野以为他不忠诚，会加害于他。当他知道队长每天都去龙泉茶馆喝茶，就匆匆跑到小野那里，汇报说："俺们队长每天都到茶馆里喝茶，很晚才回来，俺感到有些可疑。"

小野拍拍猴子的肩，说："好，继续对他监视。"

随后小野带着两个便衣来到茶馆，叫了包间，把掌柜的叫进来问："认不认得保安队的大队长？"

掌柜点头说："认得，喝茶喝最好的，分文不给，还挺横。"

小野问："是他自己来的，还是见什么人？"

掌柜的说："俺可不敢乱说，到时候让他知道俺背后里说他，不用枪把俺给毙了。"

小野掏出十块大洋摁到桌上："赏你的。"

掌柜的把大洋捡起来，点头哈腰，笑出满口金牙，说："那队长每次来都会叫个包间，跟个三十多岁的男的见面，好像商量啥事儿，俺也不知道叽喳啥？不过有件事让俺感到气愤。一次新来的小二没敲门，推门添水，发现队长用枪对着他，吓得他把水壶扔到地上，脚都给烫了。"

小野点点头说："以后他们再来，及时通知我，我会重重有赏。"

"去哪儿通知您？"老板问。

"到皇军总部哨卡，就说找小野君。"

老板点头说："对了，对了，昨天他们临走时，听那队长说，明天再来见个面。说不定，说不定一会儿就来了。"

小野点点头说："太好了，我们等等，来了，通知我。"

老板看看手里的大洋，用力点头说："几位皇军稍等，俺马上给你们上最好的茶，是雪前茶。"说完，退出去，招呼道，"小二，小二，给客官上三杯雪前茶，用青花碗，水要烫，赶紧的。"

其实，这样的说法是早设计好的。小二响亮地应道："好嘞，雪前茶马上到。"说着，右手背提着长嘴的水壶，左手拖着精致的盒子，来到包间，把杯子里放进茶叶，背着水壶，身子弯下，长嘴里射出水线，准确地顶在杯里，茶叶开始打旋，顿时清香四溢。

小野掏出块大洋，扔到桌上说："赏你的。"

小二笑着点点头说："谢谢皇军。"退出包间，把门轻轻地关上。

小野端起杯子来闻闻，有股清爽的异香，点头说："好茶。"他慢慢地呷着，心中在想，看来许剑已经知道女游击队长失踪的事，正与外面的人商量营救。如果把许剑和联系人一块儿抓住，就可以证明抓住的那个女人的身份了。如果能证明她是李玉欣，就太好了。喝着喝着，他发现两个亲信变成了四个，又变成了一堆，揉揉眼睛，见两个下属歪倒在地上。他想站起来，感到一阵眩晕，顿时摊在地上不省人事了。

掌柜马上派人把小野他们抬进水房，扔进拉煤车上，找些东西盖上，送到指定的院子里。随后，掌柜打发人给雪燕送去一斤茶叶。当雪燕来到茶馆，听掌柜的说把小野逮住了，高兴地拍拍掌柜的肩，说："现在俺终于明白啥叫金口玉言、说到办到。"

掌柜的笑出金牙，说："这是许公子料事如神，俺们只是按您说的办的。"

雪燕来到关押小野的院子，首先对两个鬼子兵进行审讯。雪燕说："俺是奉远藤优美大佐之命，前来营救小野的。你们怎么证明你们是皇军的人？如果不能证明，本队长哪知道你们是哪部分的。"

有个士兵说："许队长，我们到茶馆里喝茶，谁想茶里下了药。"

雪燕摇头说："这些说法，还是不能证明你们是皇军，那俺问你们，小野有没有抓过人，只要你们说实话，本队长马上把你们救出去。"那个士兵就把抓了女游击队长、关在哪里的事都说了。

从厢房里出来，雪燕正想到正房里见小野，正好一品红从房里出来，说："这个小野太狡猾了，扯东扯西就是不肯招。"

雪燕笑笑说："他招不招没关系了，反正俺已经审出来了。咱们想办法把小野送出城，把两个士兵杀了。"

一品红吃惊道："杀俘虏不太好吧？"

雪燕瞪眼道："如果你有能力把他们都送出城，不杀俺也没意见。你自己看着办吧。要是你不想杀，也可以把他们放了。"

一品红说："你看你，不是在跟你商量吗？"

雪燕说："一个小野都不容易送出城，你再带着两个鬼子兵，你想想吧。如果远藤优美知道小野失踪，肯定马上戒严，挨家挨户搜。"

一品红摇头说："组织上有规定，不能杀俘虏。"

雪燕说："那好，你有能力把他们训练成乖巧的哑巴，能乖乖地听话也

行。算了，俺没时间跟你废话，俺走了。”

一品红点头说：“好啦，好啦，也没其他办法，只有杀了。”

在回去的路上，雪燕在想怎么把玉欣救出来。虽然只有两个鬼子守着玉欣，但她在鬼子的医院里，想混出来也不容易。来到鬼子总部门口，雪燕把摩托车停下，到岗楼里给队里打了个电话，对麻子说：“让黑塔马上出来，俺在总部门口等他。”放下电话，雪燕从兜里掏出几块大洋扔到电话桌上，对哨兵说：“俺们保安队老是麻烦你们，一直想请你们喝酒没抽出时间，你们自己去喝吧。”

两个哨兵对雪燕伸出大拇指，说：“许队长，你的大大的够意思。”

雪燕拉着黑塔向战地医院奔去。

路上，雪燕对黑塔说：“咱们去弄个人出来。”

黑塔问：“队长，谁啊？”

雪燕说：“不要问谁了，反正是咱们的朋友，这件事，任何人问起来都不能说，说了咱们就保不住命了。”

黑塔用力点头，说：“队长您放心，俺的牙口最紧了。”

雪燕说：“有两个鬼子看守，咱们凑过去，要以最快的速度把他们解决掉，但不能用枪。”

黑塔点头说：“队长，没有问题。”

他们来到医院，直奔二楼。两个守着玉欣的鬼子兵见许剑走来，他们马上站起来，掏出手枪对准他们，喊道：“站住。”

雪燕瞪眼道：“干啥？不知道我是谁吗？远藤优美大佐听说小野君抓了人，让俺过来看看。”

一个士兵说：“小野君说了，此人非常重要，任何人都不能见。”

雪燕怒道：“什么意思？远藤优美大佐也不让见是吗？远藤优美大佐就在楼下跟院长谈话，一会儿上来，你把刚才的话重复一遍。”

说着说着，已经到了门口。黑塔掏出烟来递给他们，两个鬼子摇摇头，问：“小野君知道远藤优美大佐来吗？”

雪燕点头说：“大佐来，还用请示小野君吗？”说着，抬手指指走廊，喊道，“远藤优美大佐，这边。”

两个鬼子兵抬头去看，雪燕与黑塔袖子里顺出刀子，插到鬼子的要害。

两个鬼子还没明白咋回事，就见了阎王。

她们把鬼子拉进房里，把他们的衣裳脱下来。雪燕给玉欣换上军装。玉欣已经被熬得精疲力竭，气喘吁吁地说："雪燕，谢谢。"

雪燕来不及说什么，把她抱起来，放到黑塔背上，把门关了，领着黑塔下楼。刚到楼下，正好碰到木村，雪燕暗暗叫苦。雪燕忙迎上去问："木村君，您来有事吗？"

木村看了看黑塔背上的人，说："我的小队长脚伤了，顺便的，把他送过来。背的那个，是谁？"

雪燕说："不认得，半路上见这个太军晕倒了，就把他送来了。木村君，这段时间挺想您的，下午有空咱们喝点酒。"

木村摇头说："这次的不行，下次吧！"说着，就往里去了。

雪燕从医院里出来，见黑塔已经把玉欣放进摩托车兜里。雪燕让黑塔坐后面，她骑着摩托车奔大街驶去。当来到龙泉茶馆前，雪燕把车停下，说："黑塔，去茶馆里找个包间，俺马上回来，有话跟你说。"雪燕想把玉欣送到一品红那儿，随后想到不行，玉欣就是从戏园子出来后被抓的。她想到以前一品红曾说过的，如果出现问题，就到戏园子后面的街上，去"茗香茶店"找徐掌柜，跟他说买三两三钱雨前茶。他会问你能不能多来一点，就说那就要七两吧。

她直接把摩托车骑到茶店前，抱着玉欣走进茶店，喊："掌柜的，来三两三钱雨前茶。"

听到对方说："咋不多要点哩？"

"那就要七两。"

掌柜止在称茶，见许剑抱着玉欣进来，手一抖，撒了满桌的菜叶，喊道："小二，你过来伺候这位爷，俺有点事。"

掌柜的领着雪燕来到后院，引进厢房里，帮雪燕把玉欣放到床上。雪燕深深地呼口气说："可累死俺了。"

掌柜的说："许公子请坐，俺去打发人请郎中。"

雪燕问："你，认得俺？"

掌柜点头说："当然认得，你是保安大队的大队长啊。"

雪燕扭头问玉欣："工欣姐，这老头有问题吗？"

玉欣想笑笑，可是笑的力气都没有了，轻轻地摇摇头。雪燕摸摸玉欣的额头说：“玉欣姐，你在这里调养，俺得回去。”走几步又回头对掌柜的说，“哎，这是俺姐，好好照顾，要是有啥问题，俺跟你没完。”说完，来到门口，骑上摩托车直奔茶馆。

黑塔正坐在包间里，眼睛眨巴着想，救的那个女人是谁？见队长进来，忙站起来。掌柜的端着茶具进来，笑出满口的金牙，给雪燕冲上茶，说：“公子慢用。”

掌柜的出去后，玉欣问：“黑塔，想不想知道这个女的是谁？”

黑塔挠头说：“队长，俺不问。”

雪燕严肃地说：“她就是游击队的李玉欣。”

黑塔手里的杯子“当”地掉到地上，碎在脚前，浑身哆嗦得厉害。雪燕让小二重新给黑塔换了茶，对黑塔说：“知道俺为啥这么做吗？”黑塔用力摇头，嘴唇颤动得厉害。雪燕端起茶来呷两口，平静地说：“黑塔，俺这是给咱们留条后路。你想过没有，咱们帮鬼子做了那么多坏事，到时候小鬼子拍拍屁股走人了，游击队不打咱啊。现在咱们救了李玉欣，他们欠咱人情，就是小鬼子跑了，咱们也能保住性命，你说对不对？”

黑塔用力点头说：“对，对，对着哩。”

玉欣说：“这件事可不能乱说，传出去咱们就没命了。你呢，回去没事的时候跟队员们暗里吹吹风，让他们想想，如果鬼子回到日本以后，咱们的日子怎么过……”

二十三 小野裸奔

整个晚上雪燕都没睡着，她在考虑怎么把小野送出城外。从大门出去，这是绝对不可能的，只能从城墙上吊下去。这件事必须要尽快，远藤优美明天找不到小野就会怀疑，后天见不着小野，肯定会全城戒严与扫荡，那就真的麻烦了。吃过早饭，雪燕前去向远藤优美汇报工作，说："大佐，最近游击队没有任何动静，您感到这正常吗？"

远藤优美笑着问："你看呢？"

雪燕说："当然不正常了，他们所以没有动静，极有可能有什么阴谋。咱们应该加强对大南山的防卫，咱们建起来不是用来被他们一次次破坏的。"

远藤优美点点头说："非常感谢许君这么关心此事，许君不必担心，我们大部分兵力都在大南山基地与弹药库附近，可以说，万无一失。"

雪燕所以去见远藤优美，主要是想观察有什么变化，好作出应对。再者，远藤优美老见不着你，肯定会问别人，这样反倒不好。回去的路上，雪燕想安排谁去送小野，她一个人肯定是不成。一品红与小石子不能离开戏园子，离开可能导致严重的后果。比如，远藤优美认为她们是逃跑了，可能被迫把她们全部给抓获。想来想去，雪燕感到还是让黑塔和自己去比较安全。夜里带着黑塔把小野给送走。

回到队里，雪燕听麻子说总部哨所打来电话，说茶馆送茶叶了。雪燕以为又有什么事，就来到门卫处，对岗哨说："茶叶是给你们的，你们每天站在这里，要对来往的人盘查，要费口舌，多喝点茶还是有好处的。"

汉奸把雪燕的话翻译后，鬼子哨兵说："许队长，你的，大大的够意思。"雪燕向来就善于跟门卫搞好关系，因为这样的关系能让她出入自由，而她这样的工作，又必须经常出入。

来到茶馆，雪燕见大厅旁边放着出家人的家什，知道师姐与师妹来了。想

想之前说的，再来时给她们搞钱，可这几天都忙死了，没来得及让猴子发挥特长。来到包间，雪燕不好意思地说：“师姐，不好意思，还没来得及去弄钱哩。其实俺自己没钱，城里有几个富商多次支援鬼子，俺想去借他们的钱。”

明心笑道：“师妹，这次来不是拿钱的，前几天来城里，有几个店铺的老板给了布施，我们是来送善缘的。”

清心说：“师姐，主持师姐让给你带来师父生前最爱喝的茶。主持师姐听俺俩说了你的事，可高兴哩！让俺俩转告你，要和游击队一条心，把鬼子赶出咱们这儿，还要赶出咱们国哩。你看，这是师姐师妹们精心为你包装的。”说着，指指桌上几个包装精美的包。

雪燕拿起一包，打开来闻闻，说：“太香了，已经很久没喝过这样的茶了，等拿回去，我送给鬼子大佐一包，拍拍她的马屁。”

清心吃惊道：“啥，给鬼子喝？”

雪燕笑道：“你以为师姐我白让她喝啊，喝了得给咱们吐出来。”说起鬼子，雪燕突然想到小野，问：“对了，有件事你们能不能帮帮忙。”继而压低声音，“刚抓了个鬼子大官，想把他给弄出城交给游击队，可没有合适的人，这个又不能走大门，只能半夜里从城墙上吊下去。正好你们的武功也好，出入城墙方便些。”

明心点头说：“师妹的忙当然要帮。早把鬼子打跑，大家安居乐业，庵里的香火也会旺起来，俺们就能够安静地清修了，现在地也不能种了，没菜没粮的，俺们得轮番下山进城来化缘，在山上采山果。就这年景，化缘也难哩，把之前修的那点德全都给糟蹋了，再这样下去，俺们也难修成个正果哩。”

雪燕把掌柜的叫进包间，对他说：“您找人把俺师姐师妹带到一品红那里，让小石子带路把货送到游击队。对了，给她们换身衣裳，穿这身青装太显眼了。”

回到队里，雪燕终于松了口气，感到浑身酸软。她躺在床上，在预测小野丢失之后，远藤优美可能采取的行动。雪燕想：等把小野送走之后，就向远藤优美报告，说他可能去北平了，把注意力转到别处。吃过晚饭后，雪燕对猴子说：“猴子，进来。”猴子吓得打个激灵，点点头。自从他接受了小野的好处之后，瘦了很多，眼圈也罩着青色。他总感到别人怀疑他，有时候别人开个玩笑，他也心惊。可以说，这段时间他的日子过得非常压抑。

来到雪燕的房，猴子低着头，考虑着是不是把小野收买他的事情说出来，又担心说出来以后大家笑话他，看不起他。雪燕说："猴子，是不是身体不好？瞧你的脸色咋这差哩。"

猴子摇摇头说："队长，俺……俺，挺好。"

雪燕说："这段时间没钱花了，今天晚上跟我去赵百发家弄点钱。"

猴子听到钱，就想到小野给他的钱，心里感到很难过，说："队长，俺攒了十块大洋，给你拿来。"

雪燕摇头说："这些钱哪够，咱们去让赵百发出点血，谁让他跟小鬼子穿一条裤子呢。"猴子听到一条裤子，以为雪燕是讽刺他，心里"嗵嗵"直跳。

吃过晚饭后，一品红和明心、清心在那里聊天。一品红让她们谈谈雪燕在庵里的事情。明心说："俺师父非常疼爱雪燕，因为师父说，自己小时候就很倔很有个性。师父都是跟慧心师妹一起念经，一起练武。大家都认为师父会让慧心当主持，但师父圆寂时并没有这么做，并对主持师姐说，无论慧心在哪里，无论在什么地方，如果有难，都要全力支持，不能怠慢哩。"

清心说："俺刚到庵里时，还以为慧心是师父的女儿呢，因为她们的长相也像，都是细长的丹凤眼，脸上的表情也很像。后来才知道，原来不是。"

一品红问："你们庵里，谁的武功最好？"

明心说："这就数慧心了。师父生前对她的要求非常严，每天亲自带着她练功，把自己的武功绝学全部教给了她。对别的弟子，师父的要求就是，能够防身就可以了。"

一品红不解地问："为什么就对慧心这么严格？"

明心叹口气说："师父虽然遁入空门，但是她心中始终有个遗憾，就是她们世代相传所追求的目标已经不可能实现了。可以说，她把慧心当成自己的生命与信念的延续，期望雪燕能够做番大事。现在，如果师父在天国里，知道慧心现在的所作所为，肯定非常高兴，因为她年轻的时候就跟现在的慧心差不多，做过很多男人都不能做到的事情，受到家族的尊重。"

一品红点点头，把头扭向旁边，问："你们师父有没有说过，慧心能不能嫁人？"

明心笑道："当然可以，师父曾对住持师姐说过，谁想还俗都不能干涉，来去自由，这才是自然法则。"

夜深了，一品红跟小石子交代好了，去看望玉欣。小石子与明心、清心看着小野。明心微微闭着双目，在那里默念着经文。清心在跟小石子聊天，俩人越聊越投机，清心看看师姐，从兜里掏出个绣的香荷包塞到小石子手里，心里想着师姐说的，谁还俗都不能干涉的话。小石子掏出怀表来看看，时间还来得及，对清心小声说："你在这里等着，我送你一件东西。"说着，回自己的住所去拿。清心围着小野转了几圈，问："小鬼子，你们日本有尼姑吗？"

小野看着眼前这个女孩说："在公元584年，从高句丽来的惠便，为司马达等的女儿岛和另外两个女性受戒，后来她们又前往百济，正式受戒。"

清心好奇地问："惠便是啥？"

小野说："就是你们说的那种还俗的僧人。"

清心又问："你们国的尼姑能嫁人吗？"

小野点点头，饶有兴趣地说："1872年，明治政府宣布，尼姑可以跟和尚同样修行。第二年宣布，尼姑婚姻也自由，和尚也可以娶老婆，因为他们认为，和尚不娶老婆哪来的小和尚。和尚于是成家立业，像开店一般子继父业。尼姑却少有成家的，很多人本来是为了不嫁而出家的。怎么，你是尼姑？"

清心撇嘴道："你管得着吗？"

小野看着清心说："我现在内急，能不能让我方便一下。"

清心说："那不行。"

小野说："求你了，你就行行好吧，求你了。"

清心跟明心商量说："师姐，这个小鬼子要解手，让他解吗？"

明心慢慢地睁开眼睛，看到小野满脸痛苦的样子，说："可以解，只能在房里。"明心想到她与师妹都有武功，小野是跑不了的。于是，让清心把小野身上的绳子解开，两人退出房，把门关上。清心望着天上的星星问："师姐，师父真的说过，咱们能还俗吗？"

明心问："清心，你是不是想还俗？"

清心羞涩地说："俺不知道。"

明心见时间不短了，敲敲门问："完成了吗？"没听到动静，猛地把门推开，发现小野全身光赤裸着站在门口，吓得她们"哇"地一声捂住眼睛。小野拔腿就跑。明心灵醒过来拔腿去追，追到巷里，掏出飞镖，喊道："站住，再不站住，就对你不客气了。”

清心说：“师姐，快投镖，快。”

明心说：“咱们不能杀生啊。”

她们追到大街上，眼看着要追上来了，迎面来了队鬼子巡逻，小野狂呼乱叫着奔去。明心与清心不敢再追了，回到院里。小石子正站在院里，问：“小野呢？”

明心说：“不好意思，让他跑了。”

小石子听到这里说：“完了，这下完了，马上离开这里。”

小石子领着清心、明心来到一品红院里，把情况说了说，一品红大惊失色，说：“小石子，马上通知龙泉茶馆，赶紧转移，我得设法去通知雪燕。”明心与清心知道这次事情大发了，急得眼泪都出来了。

一品红问：“这到底是怎么回事儿？”

明心把情况说了一遍，一品红气愤道：“这小野真是太狡猾了。你们夜里赶紧离开州城，回庵里。”

明心抹抹眼泪问：“慧心是不是很危险？”

一品红叹口气说：“很危险。”

明心说：“俺们不能这么就走了，事情是因为俺们没做好。”

一品红说：“你们在这里越帮越忙，赶紧走吧，我还要去通知雪燕，尽快离开鬼子那里……”

小野光着身子跑到巡逻兵前，喊道：“我是小野，我是小野。”巡逻兵把他围住。小野叫道：“把衣裳给我。”

有个鬼子兵说：“想要衣裳？我们哪知道你是真小野，还是假的？我们皇军姓小野的人多了。”有个士兵还用枪托把他推来推去，说：“你真是小野？”然后“哈哈”大笑。

他们把赤身裸体的小野押到司令部，关进大牢。小野叫道：“把谷口俊一给我叫来。”

当听小野说出谷口俊一这个名字，他们愣了愣，马上去向谷口汇报。谷口听说小野光着身子跑回来的，说：“说不定有人冒充，把他看好了，明天审问。”

早晨谷口俊一才知道，昨天夜里抓回来的人真是小野。他前去向远藤

优美汇报说：“大佐，今天早晨属下才听说，小野昨夜赤身裸体跑回来了，大家并未认出，把他关进牢房了。”

远藤优美皱了皱眉头，问：“什么？什么？小野赤身裸体回来的？走，我们去看看什么情况。”来到牢房，远藤优美发现小野竟然身上没有一点布丝，蜷缩在墙角里，冻得浑身像块烤红薯，便讥笑道：“房里的人是谁啊？”

小野双手捂着裆，哭咧咧地说：“远藤优美阁下，我是小野。”

远藤优美说：“穿上衣服来见我。”

来到外面，远藤优美对谷口俊一说：“对小野进行突击审讯，问他到底是什么情况？然后及时向我汇报。”

谷口俊一给小野找来衣裳，把他带到自己的办公室，面无表情地问他：“小野君，说说情况吧。”小野刚要说自己被俘，突然感到这么说会很麻烦，不仅颜面会丢尽，还会影响小野家族的声誉。如果说被俘，远藤优美可能怀疑他已经招供，从此会对他严刑审问，那后果就严重了。

他说：“我去一家想那啥那俊俏媳妇，没想到她的丈夫刚好回来，拿起菜刀追我，我就这样跑回来了。”

谷口俊一冷笑道：“小野君，你去偷女人？”

小野低头说：“谷口君，我是男人，我也有欲望。”

谷口俊一摇头说：“怕没这么简单吧？”

小野问：“谷口君，除此之外，你说还有什么情况？如果我被游击队抓住，你认为他们会把我衣服脱光了，放我放回来吗？”

谷口把情况向远藤优美进行汇报，远藤优美皱眉道：“什么情况，他小野去偷女人？你感到可信吗？”

谷口俊一笑说：“大佐，并非没有这种可能，其实小野是个假正经，表面上看像正人君子，其实不然。之前，龟田曾让属下去查过他的房，结果发现他房里有几本黄色书刊，已经被翻旧了，可见他内心还是很肮脏的。”

远藤优美气愤道：“太丢我大日本帝国的脸了。”

谷口俊一问：“怎么处置他？”

远藤优美叹口气说：“把他带过来。”

谷口去了没多大一会儿，把小野带来了。小野进门就低下头说：“请大佐处分。”

远藤优美淡漠地说："坐吧，坐吧。小野君，我们有慰安所你不去，电报室有单身女性你不追求，为何涉险去中国人家中偷人家的女人，你是不要命了吗？"

小野说："属下该死，属下一时糊涂。"

远藤优美说："现在大敌当前，我们又身负重任，以后做事要多动脑子，不要感情用事。这件事要是传出去，太有损我们大日本帝国的颜面了。好了，你回去吧。"

小野回去后，带人来到茶馆捉拿掌柜的，发现茶馆已经关门。他们把门给砸开，搜了半天，发现空无一人。小野带人来到医院，发现自己安排的人不见了，抓来的女游击队员没影了，气得他差点晕倒。最后，他们在床下发现了尸体，已经变臭。他明白，这一切都是许剑策划的。他匆匆跑回司令部，向远藤优美汇报说："大佐，许剑与一品红绝对是内奸，应该立马把他们抓起来，以防他们逃离。"

远藤优美问他："你有什么证据吗？我多次跟你说过，就算他是内奸，也不能随便抓起来，我们要利用他的内奸身份。当然，如果你敢保证你能审出有用的情报，我，可以同意你抓人。"

小野受到如此大辱，有苦又说不出来，夜里又受了凉，病了。在医院里，小野想起自己光着身子跑回来的狼狈样子，眼睛顿时湿了。太丢脸了，这要传出去，自己将成为帝国的笑柄。最让他感到郁闷的是，明知道许剑是内奸，却拿他没办法。

由于明心与清心听一品红说，雪燕可能有生命危险，两人闹着要去闯鬼子总部，一品红哪敢让她们去，对小石子说："你看着她们，不要让她们再给咱们添乱。"

晚上，大家都聚在一品红的小房里，显得有些沉默。明心说："我进鬼子总部探探情况。"

一品红说："不行，你们今天夜里必须离开县城，再在这里会越帮越乱。"

明心与清心正准备走，传来敲门声。小石子跑出去开门，喊道："许公子回来了。"

雪燕走进房里，明心与清心扑上去，抱着她就哭了，说："对不起，对不起。"

雪燕笑道：“师父说过，凡事有利就有弊，有时候咱们看不透真理，所以坏事也许会变成好事。”说着，把手里沉甸甸的包蹾到桌上，说：“师姐师妹，你们今天晚上离开吧。这些银子呢，拿回去找人把庵重修修，等把鬼子打跑了，俺说不定回去住哩。”

一品红眼圈红红的，说：“雪燕，什么情况？”

雪燕摇头说：“小野跑回去了，也没敢提被抓的事情，现在有病住院了。对了，玉欣姐现在恢复得怎么样了？”

一品红说：“现在已经差不多了。”

清心把包打开，看到这么多大洋，问：“慧心师姐，多少钱？”

雪燕说：“一千块大洋。”

清心瞪大眼睛，说：“啥，啥？俺打小都没见过这么多钱哩。”

说着，双手捧起把银圆，两眼直放光。一品红见这么多大洋，说：“雪燕，之前玉欣姐说过，天冷了，你没忘了吧？”

雪燕点头说：“那个以后再说。好了，师姐师妹，俺不送你们了，俺得马上赶回去。”

明心把雪燕送出来，小声说：“慧心，你对一品红熟吗？”

雪燕愣了愣说：“越来越不熟了，师姐，你的意思是？”

明心看看房门，小声说：“她看你的眼光里有些诡异，你可要小心了，千万别让她把你骗了。”

雪燕笑了笑，问：“为啥哩？”

明心说：“当初师父给俺起法号明心，就是因为俺对人的感觉敏感，能够读懂别人的心。反正这个一品红肯定有什么瞒着你，你可得小心点。别处得时间久了，失去对她的防备，到时候被骗了。”

其实，雪燕也认为师姐明心说得没错，想想与一品红相处的这段时间，一品红确实有很多匪夷所思的表现，是值得让人怀疑的，但是对于一品红对组织的忠诚，雪燕从没有怀疑过。

第二天，雪燕突发奇想要去看看住院的小野。想想明心与静心突然看到小野身上一丝不挂的样子，雪燕不由抿嘴笑了。雪燕买了些东西来到医院。当小野听说雪燕来了，他说：“就说我睡了，任何人不见。”

警卫出门对雪燕说：“许队长，小野君睡着了。”

雪燕把东西递给警卫说："麻烦在小野君醒后帮俺捎句话，让他多保重身体。对了，告诉他，千万别像龟田大佐那样染上病毒……"

雪燕在路过龟田住过的病房时，想到很久都没有美代子的动静了。突然，雪燕瞪大了眼睛。美代子不会被远藤优美杀害了吧？想想自来鬼子总部以后，美代子对自己的追求与关心，心里有些难过。她始终都认为美代子没半点对不起她，而是自己对不起美代子。因为她不只隐瞒了性别，还利用她的感情搞了很多情报。

雪燕甚至认为，如果不是自己的潜伏，龟田不会有现在的下场。虽然她潜伏在保安队是战争的需要，是为了把鬼子赶出蔚州，但从人性上来说，雪燕感到欠美代子的。

从医院回到总部，雪燕开始四处打听美代子的下落，终于得知美代子被小野软禁了。雪燕来到软禁美代子的院门前，发现站着两层岗哨。站岗的大兵说："许队长，对不起，小野已经交代过，任何人不能见。"雪燕回去买了些东西，让麻子给美代子送去，并让麻子给守门的卫兵十块大洋，让他们帮着照顾美代子。

在美代子被关的时间里，没人来看过她，没人关心过她，她晚上做个梦都是远藤优美要杀她。醒来之后她仍然相信，远藤优美为了灭口会说她染上了病毒，把她杀了，因此她有些绝望了。当收到麻子送来的东西后，她心里又感动又焦急。因为龟田已经说过，小野曾跟龟田说过，已经在许剑身边安插了人，如果许剑有什么行动，就危险了。她被关在这里，又无法告诉许剑，不由心急如焚。

美代子向卫兵要求，有重要的事要见远藤优美。

远藤优美也正想见美代子，于是就只身来到软禁室。见面之后，远藤优美笑道："听说夫人找我？"

美代子点点头说："是的，优美大佐，美代子找您有事。大佐，您也知道，我原来是学通讯专业的，虽然一年多没有做过，但并未忘记。现在正是用人之际，我想求你给我个机会，让我为国尽力。"

远藤优美说："工作的事情，咱们以后再谈。有件事关系到你的终身幸福，本佐倒是颇为关心。"

美代子说："感谢大佐关心，您讲。"

远藤优美伸出手指，轻轻地弹着门框说："龟田大佐已经为大日本帝国牺牲，本佐突然得知，木村一直倾心于你，并为你至今未娶，这份情义可以说是撼天动地的，因此，本佐想从中撮合，成就你们一段佳话，不知夫人是怎么想的？"

美代子知道，如果不顺从远藤优美，自己永远都不会走出禁闭室，并且可能从这里消失。她必须要妥协，好好地活下去。她说："有件事您可能不知道，我从来都没爱过龟田，而是恨之入骨。当初是他买通了我寝室的同学，潜进去把我祸害了，之后胁迫我与他成婚。他与我成婚的目的并非爱我，而是想借我父亲的关系达到留校任教的目的。后来他的目的达到了，便开始过他之前那种放荡不羁的生活，致使我们一直都没有孩子。"

远藤优美说："噢，原来是这样的，这么说，龟田死有余辜了？"

美代子说："表面上我很悲伤，悲伤只是给外人看的，其实内心是非常高兴的。我愿意嫁给木村，是因为他的爱让我感动。不过龟田刚刚去世，如果我马上嫁给木村，这对于我的名声是非常不好的。"

远藤优美说："战争年代，每分每秒都生死攸关，有些事尽快为好。"

美代子点头说："那好，美代子听从您的安排。"

远藤优美点点头说："经过对你的隔离观察，发现你并未染上病菌，这是值得庆幸的事情，你可以回家了。"然后对几个守门的士兵说，"你们几个从今以后就跟随夫人，负责他的安全，做到形影不离，随叫随到，如果夫人出任何差错，本佐都不会轻饶了你们。"

回到家后，美代子洗了个澡，换身衣裳，提着包，想出门。卫兵说："夫人不能外出，外面不安全。"

美代子说："我想出去买点东西。"

卫兵说："夫人需要什么？我们去买。"

美代子说："那就买几盒点心吧。"

当卫兵把点心买回来，美代子要求去趟保安队，对许剑表示感谢。几个卫兵坚决地摇头。美代子说："你们也知道，在我被隔离的时候，只有许剑派人去看望过我，这份情我是要还的。"几个站岗的相互看看，最终还是摇头。美代子又说："你们可以跟我一块儿去，我见到他，跟他说声'谢谢'就回来。"卫兵还是摇头。美代子笑笑说："你们也听远藤优美大佐说了，我会与木村中佐结婚，你们现在为难我，对你们有好处吗？”几个卫兵想了想，这才点头同意了。临出发前，美代子站在镜子前，看看里面的女人，发现苍老了很多，眼角的皱纹像散乱的线头那样，鬓角上已经泛出些灰白的发丝，嘴角上还有几个透明的水泡。她的心里感到无比悲哀，这段时间，自己都出现老太太的雏形。她在脸上擦些粉脂，提上东西出门。

四个卫兵就像尾巴那样跟着，小声说着什么。

美代子走在路上，呼吸着新鲜的空气，抬头看看蓝天，感到自由原来如此美好。想想马上就要见到许剑，她的心情变得复杂起来。这种复杂是多方面的：一是她对许剑的爱，二是知道他是内奸，三是她被逼着必须嫁给木村，而她又决不能嫁给木村。走进保安队大院，所有的队员都围上来热情地喊：“夫人来了？”

美代子对大家不停地弯腰说：“谢谢，谢谢。”之前，美代子常给许剑带好吃的来，队员们都沾光尝过，他们对美代子的印象非常好。司令部最高长官的夫人不只长得美丽、优雅，还平易近人，因此受到队员们的尊重。

雪燕从房里出来，看到美代子后眼睛潮湿了。美代子眼里也蓄着泪水，对身后跟着的两个站岗的说：“你们稍等，我跟许队长说几句话就出来。”

站岗的摇头说：“在这里说，说完，马上回去。”

麻子把他们拉到旁边，掏出一些大洋，塞到他们手里，说：“太军，他们说几句话，还能怎么着啊？”

卫兵点点头，到墙根去看队员下棋了。

美代子跟着许剑进房，眼泪顿时淌下来，说：“许君，美代子非常担心你的安全。”

雪燕叹口气说：“这段时间让小野给盯得很难受，最近几天才知道你被软禁了。”

美代子说：“许君，时间紧迫，我先把重要的事跟你说。龟田临终前，小野去找过他。据龟田说，小野说已经在你的身边安插了内线，并对一品红进行监视。你马上通知他们，改变联系方式，转移到安全地带，你也不要在这里了。”

雪燕问：“夫人怀疑我是内奸？”

美代子苦笑说：“这件事情没时间说明白了，我答应远藤优美要让我嫁

给木村的条件，才从大牢里出来的，就是怕你有危险。还有，我死也不会嫁给木村的，你想办法把我转移到你们的部队，然后再以交换俘虏的方式回国，我回去揭露远藤优美的阴谋。”

雪燕叹口气说：“美代子，你恨俺吗？”

美代子摇头说：“你喜欢过我吗？”

雪燕点头说：“是的，俺非常喜欢你。”

美代子说：“我从没有恨过你。”

雪燕说：“你尽量拖时间，俺想办法把你给送走。”

美代子用力点头：“好的，我等着。”

这时传来麻子的叫声：“队长，队长，男女授受不亲，赶紧让美代子夫人出来，人家急了，要进去。”

美代子站起来说：“许君，保重。”

雪燕伸手把美代子拥在怀里，说：“美代子，多保重。”

美代子走几步，回头看着雪燕，目光如水，充满怜爱。雪燕内心感到惭愧，她感到自己欠美代子太多了，并且是无法偿还的债。当美代子走后，麻子进来，心疼地说：“队长……队长，你这次见面太贵了，美代子夫人进来没几分钟，两个鬼子就要把她叫出来，俺不停地给他们塞大洋，几分钟时间二十块大洋没有了。”

雪燕拍拍麻子的肩说：“麻子，值，真值。”

麻子小声问：“队长，真的值吗？”说着，露出坏笑。

雪燕听出麻子的意思，照他头拍了下，说：“胡说啥哩你？”

麻子“嘿嘿”笑着说：“俺瞎猜哩。”

雪燕说：“别嬉皮笑脸的，说点正事。据可靠消息，小野收买了咱们队里的人监视俺。”

麻子急了，瞪大眼睛问：“啥？俺找出来，毙了他。”

雪燕说：“你认为谁最有可能？”

麻子挠着头说：“这个，俺还真没看出来。”

雪燕说：“你找几个信得过的队员，密切观察几个被小野叫去打扫卫生的人，俺认为，应该就在他们之中……”

二十四 完美策划

由于最近秧歌戏园子里来的人多了，收入可观，班主每天都乐哈哈的。班主讨好地对一品红说：“一品红，你看大家都是奔你来的，你就多演一场吧。”

一品红想到班主平时挺照顾自己的，实在难以拒绝，于是就加演了一场。由于雪燕已经在家里等他，急着回去，唱的时候对戏进行了精简。

台下的周福握着酒壶站起来，喊道：“一品红，你又故意落戏文，你是不是不想让俺们捧场了？”

一品红感到这个胖老头很讨厌，每天说是来看戏，其实就是堆在那里东扯西拉，有时候眼睛就像钩子，盯得人难受。他懒得理会周福，还是继续掐掉几句，唱完后扭头回到后台。班主跟在他身后依旧笑着说：“一品红，再唱一场行吗？好不容易来这么多观众。”

一品红生气道：“班主，许公子说有急事找我。”

班长忙赔笑说：“既然这样，那就不加了，你赶紧回去吧。”

回到化妆室，一品红把头饰摘下来摔到台子上，把小石子给吓了一跳。自他跟随一品红以来，从未见他发过这么大的火，问：“一品红姐，咋了？谁惹着你了？”

一品红气愤道：“每天让我加场，烦死了。”卸了妆，一品红匆匆地赶回家里，见雪燕躺在床上，盯着顶棚在发呆，便问：“雪燕，怎么了？”

雪燕叹口气说：“现在美代子已经知道俺是内奸了，并提示俺，保安队里可能有小野的内线。”

一品红说：“雪燕，你想过没有？小野被咱们抓到是我亲自审的。他受了这么大的屈辱，能放过咱们吗？最近我发现戏园子里看戏的多了，很多生面孔，肯定是他们派人盯上咱们了。”

雪燕平静地说：“俺已经分析过了，日本军人把被俘看作是耻辱，小野被咱们抓住的事情是不会告诉远藤优美的。现在他明知道俺是内奸，却没法抓俺。因为远藤优美想反间。所以，咱们仍旧是安全的。”

一品红满脸牙痛的表情，眨巴眨巴眼，说：“雪燕，你明白，咱们这是玩命啊。他们随时都可能把咱们抓起来。现在我还不能让戏班子里的人躲起来，躲起来，他们立马就会动手抓你。再说，现在他们已经把戏园子盯起来了，想撤也没那么容易。”

雪燕懒懒地说：“这件事以后再说。问个事，远藤优美逼着美代子嫁给木村，她想到你们八路军里避难，然后以交换俘虏的方式回国，你感到有这样的可能性吗？你们换不换俘虏？”

一品红说：“战争中，双方交换俘虏这是经常的事。”

雪燕说：“那就好。”

一品红说：“咱们接着说撤离的事。”

雪燕耷拉着眼皮说：“没时间了，俺得赶回去抓内奸。”说着，从床上起来，穿上鞋，拔腿就走。

一品红喊道：“雪燕，咱们真的不能再坚持了，再坚持下去，就真的不能脱身了。”

雪燕走到门口，回头说：“你要是怕死，就赶紧逃吧，反正俺不逃。”

雪燕回到保安大队，躲在房里思考，怎么把身边的内奸给抓出来。其实，她已经把目标锁定了，上次小野叫去了十个人，并把两个人带到了自己的办公室，如果培养内线的话，肯定是在这两个人中。想想猴子与那个队员这段时间的表现，雪燕感到猴子的变化比较大。以前猴子是最活泼的，每天都跟队员吹牛自己曾偷过什么，偷过什么大官，偷过多少小媳妇，最近竟然很少说话了。猴子最近的精神状态也很差，也消瘦了很多。

雪燕让麻子把其中一个队员叫进来，绷着脸对他说：“知道为啥把你叫进来吗？”

那队员疑惑地摇摇头说：“队长，俺不知道。”

雪燕瞪眼道：“这么多兄弟俺咋没叫别人，你应该明白啥事。自己说出来吧，说出来咱们还是好兄弟，如果让俺说出来，你就变成死人了。”

那个队员听到这里，吓得瞪大眼睛，眼泪汪汪的，问：“队长，队长，你说的啥事啊？俺真的不懂啊，你提示提示，行吗？”

雪燕说：“有关小野的事情，现在懂了吗？”

那个队员想了想说：“懂了懂了，小野那天叫俺买烟，回来后让猴子送到会议室了，让俺留下来打扫办公室，其实办公室很干净，不需要打扫的。俺刚要收拾桌子，小野说：你回会议室吧。俺就去会议室，跟大家一起打扫了。”

雪燕点头说：“小野还说什么了？”

那个队员摇头说：“没有了。”

雪燕点点头说：“去把猴子叫进来，问你什么事，你就说，去了就知道了。”

这队员从没见过队长这么严肃过，吓得满头大汗，他撸把脸上的汗水说：“好的，好的。”走出队长室，他找到猴子，低声说：“猴子，队长让你去哩。”

猴子打了个激灵，顿时脸色苍白，问：“叫俺，啥事？”

那个队员抽抽鼻子说：“去了就知道了。”

猴子心里开始打鼓了。这段时间他承受的压力太大了，每天感到大家都在怀疑他，晚上睡觉都做噩梦。他几次想主动坦白，只是没有勇气。如今他知道瞒不住了，于是从枕头下掏出小野给的大洋，低着头走进雪燕的办公室，把大洋放到桌子上，怯怯地说：“队长，不用问了。”

雪燕看着猴子，笑着点点头：“猴子，坐吧。”

猴子并没有坐，仍然低着头说：“小野收买俺监视你，俺要是不同意，他肯定当场把俺给干掉。俺回来就想跟你说哩，又怕大家瞧不起俺。可是，俺这段时间过得太难了，就是你不叫俺来，俺也绷不住了。这些钱就是小野给的，俺半个子儿都没花。还有件事，自俺答应小野以来，曾把你去茶馆里喝茶的事情告诉过他。队长，你想怎么整治俺，俺都没有怨言，因为俺对不起你。”

雪燕脸上泛着微笑，说：“猴子，这件事俺早知道，所以没在大家伙儿跟前说，是给你留面子哩。咱们兄弟一场，碰到一起就是缘分。现在既然你主动说了，事情就过去了，这些大洋你留着。不过，也不能就这么完了，你必须配合俺，解除小野对俺的怀疑。”

猴子用力点头说：“是哩，俺一定将功补过。”

把猴子打发走后，雪燕把麻子叫进来："看看咱们队里谁的家在西北山煤场附近。"

麻子找来登记本，翻开仔细地查看，突然停在一页上，说："队长，黑塔副队长的家就在那儿。"

雪燕点点头，说："把他叫进来。"

麻子出去后，黑塔随后进来，问："队长，找俺有事？"

雪燕对黑塔说："现在小野怀疑咱们保安队造反，挑唆远藤优美对付咱们，咱们不能这么被动，要想点办法治治小野才行。"

黑塔连连点头："是哩，是哩，就得治治这小鬼子。"

雪燕说："你今天晚上回家一趟，给家里送些钱、送点米，明天中午回来跟俺去见远藤优美，就说你在回来的路上发现有游击队向西北山方向靠近。"

黑塔点头说："行。"

雪燕从抽屉里拿出十块大洋，说："跟麻子去街上买点米，把剩下的钱给家人。听说现在老百姓都开始吃树皮了，咱们不能自己吃饱了饭，就不管家人了。还有，这件事不要告诉别人，让别的兄弟知道，就会说俺偏心哩。"

黑塔用力点头道："队长，俺啥也不说了。"

雪燕点点头，说："好了，去吧。"

早晨，雪燕把剪好的窗花递给麻子，对他说："交给一品红，并把俺的毛衣带过来。事后如果有人问你，就说去帮俺拿毛衣去了。"等麻子去后，雪燕把猴子叫进来，把一块巴掌大的毛边纸递给他，说："别搓坏了，马上去向小野汇报，就说俺打发麻子出去后，你从俺的桌上捡的。"

猴子眨着眼睛问："队长，就张白纸啊。"

雪燕说："别搓了，赶紧去。"

猴子缩缩脖子说："队长，他不会把俺杀了吧。"

雪燕说："绝对不会，说不定还会给你大洋。要是给你大洋，拿回来买酒喝，可不能自己藏起来了。"

猴子说："放心吧，拿回来俺就交给队长。"

雪燕说："如果小野问你是怎么出来的，你就说，帮兄弟们买酒，顺便过去的。他赏给你钱后，正好全部买了酒。"

猴子说："他要是不赏，俺用之前的钱去买酒。"

在小野刚出院的时候，就派人去小五台查找尼姑庵，想着把她们一窝端了。因为，雪燕刚进保安队时曾说过在庵里学武，而自己被抓时，是两个尼姑看守着的。小野并不知道，雪燕是故意说在小五台的，实际上尼姑庵在大南山。他做的第二件事，就是加强对一品红的监控，因为一品红亲自审讯了他，自己却没法动她，让他憋着口气，憋得非常难受。最让小野担心的是，远藤优美对他的疏远，有什么事也不找他商量了。他想做点事讨好远藤优美，但苦于没有机会。当猴子来到办公室，小野不由眼睛一亮。

猴子从兜里掏那张毛边纸放到桌上，说："太君，大早晨的，许队长就把麻子打发走了。俺在队长的桌上，看到了这张纸，说不定有用，就给您送来了。"

小野捡起毛边纸来，对着窗子看了又看，发现是写字时用力透到底层的痕迹，隐约可以看到上面写着"今天晚上可图谋弹药库"。小野的眼皮急促地跳几下，瞪着那双鸡眼问："你怎么出来的？"

猴子说："俺说出去买酒，所以就跑来了。"

小野掏出几块大洋塞给猴子说："你的，赶紧去买酒，这件事不要乱说。对了，以后有什么情报要及时汇报，少不了你的好处。"

麻子用力点点头，攥着钱去了。

小野捏着那张毛边纸，脸上泛出笑容。如果能够想办法把游击队给消灭了，就会打消远藤优美对自己的所有怀疑，从此会重新重用自己的。他匆匆来到远藤优美的办公室，汇报说："大佐请看。"

远藤优美接过纸来，见毛边纸上透过的痕迹是"今天晚上可图谋弹药库"的字样，便问小野："哪来的？"

小野激动地说："这是属下安插在保安队里的内线从许剑的桌子上拿来的。据说，许剑大早晨就把一个叫麻子的队员派出去了，看来今天晚上他们要去夺弹药库，我们可以埋伏重兵，趁机把他们全部歼灭？"

远藤优美感到犹豫不决，疑惑道："你想过没有，他们为什么去图谋弹药库？我们大多数兵力都布在大南山基地了。"

小野说："我们正在修缮大南山基地，他们极有可能认为弹药库防守薄弱。再者，弹药库在山中，他们既容易隐蔽，又容易逃跑，所以前去袭击是非常有可能的。"

远藤优美还是感到这个理由牵强，说：“等我想想再说吧。”小野走后，远藤优美又重新看看纸上的字迹，感到难以下决定。如果不信吧，游击队真去偷袭弹药库，就会错过重创他们的机会。要说派重兵埋伏吧，弹药库离大南山基地较近，可以快速协防，他们没理由非得今天晚上袭击弹药库，因此对这个纸条很纠结。

中午，远藤优美刚吃过饭，见许剑领着个身材魁梧、脸色黝黑的汉子来了。雪燕说：“大佐，俺有重要的情况汇报。昨天晚上，俺让黑塔给在西北山的家里送了点米，他中午回来时，发现游击队大部队向西北山附近游动，属下认为咱们的采煤厂刚刚修复，他们可能想再给炸了。所以，属下认为，应该把弹药库与大南山基地的兵力，一多半拉到西北山进行埋伏，一举把游击队消灭。大佐，现在派兵还来得及，一般游击队爱晚上行动。您可想好了，过了这个村可没那个店了。”

远藤优美故作吃惊道：“是吗？这情报太重要了。许君你先回去，我马上派兵前去围剿。”现在远藤优美终于明白，小野送来的情报是真实的了。她认为许剑设计的情节应该是这样的，让游击队图谋弹药库，然后让自己的手下前来汇报，就说在西北山发现游击队活动，让她把大南山的部队全部拉到西北山，趁机把弹药库拿下。太阴险了，这需要受过特殊训练的人才能策划出来。现在，远藤优美确信许剑是真正的特工了。事情已经没有疑问，远藤优美马上致电西北山煤厂，抽出一个小分队火速向弹药库挺进，与大南山基地的守兵汇合，埋伏于弹药库周围，一举把游击队全部歼灭。

放下电话后，他把谷口俊一叫来，对他说：“你派便衣盯着一品红，以防她逃跑。另外，派一个小分队密切关注保安队，如果他们有叛逃的意图，不用请示，用机枪扫了。”

一切都安排妥当，远藤优美不由松了口气，想：“今天晚上就能解决所有的问题。等把游击队解决后，就可以把许剑抓起来，跟他讲讲，什么叫作反间计……”

由于过于兴奋，远藤优美夜里睡不着了。半夜里，听到远处传来激烈的枪声，便知道游击队可能从此消失了。早晨，她从办公室出来，看到天空放晴了，太阳已经升起，红彤彤的，就像熟透的柿子摆在房顶。她掏出怀表看看，认为很快就会有胜利的消息传来。远藤优美刚要回办公室，听到身后传来喊声，回头见几个兵灰头灰脸地走进来。他们相互搀扶着，身上的衣服破烂不堪，血迹斑驳。

远藤优美感到有些疑惑，附近又没有战斗，这几个伤兵哪来的？难道是他们来送信，半路上遭到伏击？当几个兵把事情说完，远藤优美感到脑袋里“嗡”地一声，差点晕倒。原来，西北山重新建起来的采煤厂以及新挖的矿井，又被游击队给破坏了。守在西北山煤厂的一个小分队，就剩下了他们这几个兵。

她跑进办公室，拿起小野交上来的毛边纸，发现上面的字已经看不清楚了。这时候，远藤优美的脑子有点乱，她愣愣地待在那里。电报员进来说：“报告，木村中佐来电，一夜没有动静，请示是否撤销行动。”

远藤优美有气无力地说：“撤销行动。”现在她终于明白了，游击队根本没去弹药库，就像许剑说的，去袭击采煤厂了。远藤优美给谷口打电话说：“把小野给我带来。”

她在办公室来回踱着步子，脸色由于充血暗得就像猪肝。没多大一会儿，谷口跑来说：“报告大佐，小野不在房间。”

远藤优美说：“派人去把他找来。”

谷口说：“属下已经按您的指示，暗中派人盯着他，等人回来，就知道他在哪里了。”事实上，小野一个整夜都没睡觉，非常兴奋。当他得知雪燕与黑塔去找远藤优美，要求把重兵用来防守西北山，认为这是雪燕为游击队攻打弹药库作铺垫。早晨他在来远藤优美办公室的路上，遇到几个伤兵，问发生什么事了，当听说西北山被游击队全部破坏了，一个小分队只剩他们几个，便感到自己将无法解释清楚了，换上便装，带了几本书，匆匆出门，想逃往北平找旧友，隐姓埋名过以后的生活。但是他做梦都没有想到，中午的时候，就被谷口俊一给抓住了。

当小野再见到远藤优美后，他由于绝望而变得无畏了，冷笑说：“大佐，有些事情你永远都不能够理解，我也没法跟你解释，因为我说出来，你也不会相信。”

远藤优美恶狠狠地说：“你如果老实待在营中，本佐不会怀疑你。可你现在这样的打扮，躲在小旅馆里，还带着远行的行李，本佐就奇怪了。请问，你这是想干什么去？”

小野说：“我不想解释，因为你不懂。”

远藤优美叹口气说：“小野，本佐知道你在北平生活多年，交友甚广，肯定对中国是有感情的，帮助他们做事，本佐也是可以理解的。现在事情已经发生，你可将功补过。这样，把你的联系人说出来，或者你配合我给游击队发送情报，我们将游击队歼灭，这样你同样是帝国的功臣。至于你的叛国之罪，我们既往不咎。”

小野冷笑着说：“我无可奉告。”

远藤优美厉声道：“谷口，把他带下去，不要为难他，给他留出思考的时间来。”

话刚说完，有人前来汇报，说：“保安队发现被包围，马上要造反，是否对他们采取行动。”

远藤优美匆匆赶到保安队，对守着门的士兵叫道：“混账，谁让你们这么做的？告诉我，谁给你们的权力，滚。”守门的小队长愣了愣，马上领大家撤去。远藤优美对雪燕说：“许君啊，这太不像话了，他们竟然背着我，做出这种事情。”

雪燕故意气愤道：“俺忠心耿耿，一心为皇军服务，没想到会有这样的待遇，俺没办法再当这个队长了，这队长当得对不起祖宗，又对不起兄弟。你们还是另找人吧。”

远藤优美说：“许君，这是误会，不要生气。从今以后，谁要再敢这样做，本佐对他不客气。本佐知道，你是最忠诚于皇军的。我准备给你们增加军饷，换最好的装备。”

等远藤优美离去，雪燕把大家叫进房里，对他们说：“你们看到没有，我们的命就这么贱，人家想把咱们围起来就围起来，说不定哪天他们用机枪来扫咱们。想活命的就想想吧，别到时候就像在代王城古墓群时，人家向你开枪，愣得就像傻子似的，结果被人家给干倒了七个弟兄，要是早出手，那七个兄弟能死吗？将来如果我们面对危险，你们知道怎么做吗？”

黑塔说：“还能咋办？反了他娘的。”

麻子说：“对哩，反了。”

雪燕说：“有这样的决心，就有生路。不过，这话可不能出去乱说哩。俺只是提醒大家，越怕死，死得越快。”雪燕这段时间，一直给大家做思想工作，表明当汉奸的危险性与未来的残酷性，是因为她知道，形势已经发展到要义举的程度了……

现在的远藤优美感到一筹莫展，感到事情越来越复杂了。她隐隐地感到，最近的几次事件好像都是针对小野，而且所采用的办法都如此缜密。如果说小野是内奸，小野采用的办法又过于简单，简单得有些幼稚，按照小野的头脑，如果是内奸，他不应该这么简单啊。

谷口俊一问："大佐，还有必要监视戏园子吗？"

远藤优美说："把咱们的人撤出来吧，以许剑这样的智慧，是很容易被发现的。让那个票友，继续在那里观察。"

谷口俊一问："对小野怎么办？"

远藤优美说："不要为难他，等我理理头绪，再跟他好好交流一下。"

至于接下来如何继续落实"双核计划"，远藤优美感到一筹莫展。煤厂刚刚恢复就被游击队破坏掉了。来到蔚州这么久了，"双核计划"非但没有进展，现在越来越后退了。对于剿灭游击队，一个中队在大南山附近巡逻这么久，始终见不到他们的踪影，再这样下去，蔚州驻军必将会被游击队全部吞食掉。

她开始后悔自己感情用事，主动要求来到蔚州了，并后悔把龟田处理掉。如果留着他，至少可以用来推卸责任。面对这样的处境，远藤优美怀念以前的生活，每天坐在办公室里看看资料，到军校讲讲课，经常接触到上司，有着提拔的机会。

远藤优美实在郁闷之极，她打发人把许剑找来，想听听她的建议。因为许剑提出的化碎为整的方案，提出在西北山埋伏重兵，都是正确的。不管许剑出于什么目的，如果按她的办法去做，真就可以剿灭掉游击队。

雪燕来到办公室，问："远藤优美大佐，请问找属下有事吗？"

远藤优美说："许君啊，这次本佐并没有采取你的办法，结果损失惨重。以你之见，面对现在的局势，本佐应该如何是好？"

雪燕平静地说："大佐，现在的局势对您极为不利。您来蔚州这么久了，既没打击游击队，也没任何建设，并且兵力损失严重，这样下去，后果您比俺明白。"

远藤优美点头说："这个本佐是明白的，你有什么好办法吗？"

雪燕说：“属下能够想象到您现在正处在进退两难中。不过，属下现在认为还是有退路的，不过这太消极，怕是您不会听进去，属下也没必要讲了。”

远藤优美问：“请许君一定要讲。”

雪燕说：“您让俺讲，别到时候说俺不怀好意。”

远藤优美摇头说：“不会，不会。”

雪燕瞪着远藤优美，严肃地说：“离开蔚州，把这烂摊子扔给别人。按中国话说，就是把这烫手的山芋扔到别人手里，这样您才不会损失什么。顶多是无功而返，但不至于失败。”

远藤优美愣了愣，问：“请继续讲。”

雪燕说：“您可能认为，自己没有理由回去，属下相信，如果有理由，您并不是不想回去。不过，有个办法可以让您回去，并且还是能像英雄一样回去。办法就是，您在作战时负伤，推荐木村或者别的军官接替您的位置，您回东京治疗，那么您不仅可以全身而退，还能保住您以前的职位和荣耀。当然，属下只是个人建议，并不提倡您这么做。一个军人要勇敢，要为了自己的信仰敢于牺牲自己的生命。虽然生命只有一次，谁让咱们吃的是这号饭哩。”

远藤优美说：“许君，今天的话不要对任何人讲起。本佐也不会在意你的言论，你的本意还是为本佐好。这样吧，出于你对本佐的关心，本佐想去听你夫人的戏，顺便给他们捐点钱，也算对你这番话的报答。现在，你去安排吧。”

雪燕说：“要不让俺夫人来这里，单独为您唱吧？”

远藤优美摇头说：“这个就没必要了，本佐要亲自去。”

雪燕回到队里，故意气愤地对大家说：“远藤优美把俺给叫去，指着俺的鼻子破口大骂，说咱们保安队，就是一群猪，还不如猪，因为猪还能杀肉吃。咱们给她提供了正确的情报，她不但不相信咱们，出了问题还埋怨咱们。大家要做好准备，这个汉奸咱们真的不能做了。黑塔，你统计统计，谁还想当汉奸……”

二十五 将军逃亡

戏园子里的人突然又变少了，只有几个老票友围在桌前，在那里叽喳着。周福仗着有日本人撑腰，变得非常嚣张。见一品红唱得有气无力的，便站起来，叫道："一品红，干脆别唱戏了，嫁给俺当小老婆得了，俺家里还有十亩地，两百块大洋，全部交给你来保管。"

一品红恨得牙根都痒了，重新编排戏道："公子啊，那狗狂吠想要咬人。"

和他配戏的男角会意地唱道："小姐，那分明是头猪，为何发出了狗的叫声？"

一品红盘着兰花指，指指周福唱道："那是因为，他猪狗不如。"台下的几个老头，听到这里哈哈笑起来。

周福叫道："一品红，你敢骂俺，有你好看的。"

一品红也不理会他，草草唱完戏，回到后台，进门见雪燕就在化妆室里坐着，神情严肃，吃惊道："雪燕，是不是出事了？"这段时间，一品红做个梦，都会梦到被抓。因为，雪燕已经被鬼子锁定，并要他们戏班子里的人陪着冒生命危险，这让他非常担心。

雪燕说："一会儿远藤优美来听戏，可能会捐点钱。

一品红问："她为什么来看戏？"

雪燕说："因为她不想错过蔚州的秧歌戏。"

一品红见雪燕说话的时候，脸上没有任何表情，平静得有些冷漠与死板。想想她的顽皮与活泼，一品红对现在雪燕的样子还没有适应，因为现在的雪燕太不像雪燕了。

雪燕来到戏园子里，找个角落坐下，低着头在思考，远藤优美离开蔚州，自己是否还能继续潜伏下去。虽然自己给远藤优美设计了归程，但远藤优美决不会感激自己，并且通过自己的建议会想到自己的用心。因为她是远

藤优美，不是龟田或者木村。她有一整套的系统理论让她怀疑所有的事情，虽然她为自己的这种理论曾付出过代价。

远藤优美带着谷口俊一走进戏园子。雪燕发现了个细节，周福站起来，满脸甜兮兮地对谷口点头示意，而谷口却没有正眼看他。雪燕就考虑了，周福为何对谷口俊一点头？这说明他是认识谷口俊一的。雪燕心中暗惊，既然小野在保安队里安插内线，那么，他们肯定会在戏园子里安插内线的。

在一品红唱戏时，远藤优美静静地坐在桌前，脸上泛着淡淡的笑容。她通过一品红优美的姿态，华丽的服饰，悠扬的唱腔，想到了樱花烂漫，东京的繁华街道，联想到了舒适的生活，还有美好的未来。远藤优美就秧歌戏中奔着对未来的向往，决意离开蔚州。她暗暗对自己说："我已经努力过了，'双核计划'是不可能完成的，没有人能够完成这个计划。如果再在这里，将来她比龟田的下场还惨，龟田现在死了，报的是阵亡，是帝国的英雄，自己再坚持下去，就是失败者，就是帝国的罪人。"

雪燕静静地看着台上的戏，其实什么都没看，她在感受远藤优美的心情，甚至能够知道她在想什么。雪燕之所以要把远藤优美劝走，是因为远藤优美太狡猾，而且具有深厚的背景，就算她面临绝境，还是可以巧立名目向上级要求援兵，这样对于她的终极目标极为不利。雪燕并没有想那么多的大道理，她只想着把鬼子赶出蔚州，让蔚州人过上幸福安定的生活，像以前那样红火、繁荣，充满笑声。她相信，远藤优美走后，木村会接替她的位置，以木村的自负与骄傲，是很容易对付的。

戏唱完了，远藤优美亲自上台与一品红握手，并捐了五百块大洋，表示感谢。远藤优美对雪燕说："许君，你的夫人非常美丽，你今天就不用回去了，与一品红小姐聚聚吧。"

雪燕与一品红把远藤优美送走后，回到小屋里。雪燕坐在太师椅上，平静地说："一品红，用不了几天，远藤优美就会离开蔚州，木村会负责落实'双核计划'，相信，用不了多久，蔚州就会解放了。"

一品红静静地看着雪燕，想着她以前的调皮、任性、倔强，看着她现在的冷静、果敢、睿智，心里涌出了说不清、道不明的滋味，他轻轻地叹口气说："雪燕，你变了。"

雪燕平静地说："俺不想变，是你逼着俺变的。"

一品红吃惊道："什么，为什么说是我逼的？"

雪燕冷笑道："一品红，你想过没有？是你为了你们的目的把俺给设计进保安队的。在俺想出来的时候，你们千方百计让俺留在里面，在俺想在里面时，你们又千方百计劝俺出来。由于你们的设计，俺不得不女扮男装，与一百多个男人生活在一起，每天要跟杀人不眨眼的鬼子相处，承受着丧命的压力。俺不得不处处小心，精心推断，小心应付，规避风险，以求自保。如果俺不变，俺能活到现在吗？"

一品红说："雪燕，对不起！"

雪燕的嘴角上翘，笑起来，说："万事有利有弊，也正是由于俺处在这种复杂的环境中，产生了把鬼子赶出蔚州的想法，并且拼出了这样的机会，所以，你不要说对不起。"站起来，走到门口，回头说，"俺回去了。有件事你要搞清楚了，那个看戏的周福在谷口俊一来时，他脸上有热情、讨好、畏惧的表情，这很不正常。"

一品红把雪燕送到院外，看着雪燕走去，让他遗憾的是，雪燕直到拐过巷角都没有回过头。他隐隐地感到，现在雪燕离他越来越远了，远到他们的未来，没有任何的可能了……

第二天，一品红来到戏园子，发现周福已经坐在桌边了。想想这段时间，周福几乎天天泡在戏园子里，并且早到迟归，确实有些不正常。当戏开演时，一品红对小石子说："去对周福说，就说我请他喝茶。"

小石子转到台下，来到周福面前低头说："周老爷子，一品红姐说，请您喝茶。"

周福对几个老戏友说："听到没有？一品红请俺喝茶，俺去了，你们可别眼红啊。"周福以为自己给一品红喝倒彩，一品红怕他，想巴结他。来到化妆室，周福凑到一品红身后，笑嘻嘻地说："一品红，只要你肯让俺捏捏你的嫩脸蛋儿，从今以后俺不再起哄。"

一品红猛回过头，把刀子抵到他的胸前问，说："你跟鬼子是怎么认识的？"

周福吓得脖子缩没了，说："啥，啥鬼子？"

一品红把刀子往他胸上顶顶，已经触到肉了，周福"扑通"跪倒在地，说："不是俺想跟他们认识的，是他们把俺抓去非要认识俺，还给了俺很多钱，让俺来戏园子里盯着你跟谁接触了，谁跟你接触。”

一品红紧紧地盯着周福的眼睛问：“你跟他们说什么了？”

周福大汗淋淋，结巴道：“俺，俺就把那个浑身有臭味的女人来找你，跟他们说了。”

小石子听到这里急了，看来玉欣被抓是因为周福，就照他的后背一脚。周福往前一扑，刀子插进胸膛。他瞪着眼睛，盯着刀柄说：“这，这是唱的哪出戏啊……”

对于远藤优美来说，自从被雪燕点燃了退出蔚州的欲望，这个欲望变得越来越强烈，强烈到她产生了归心似箭的迫切感。问题是，她无法与游击队正面交锋，就算正面交锋，自己也无法控制自己的伤情。那么，怎么才能适度地受伤，表面上看着严重，其实并不伤筋动骨，达到回日本治疗的目的，她感到这是个不好解决的问题。

远藤优美知道，只要自己受伤，她就可以向山本副司令要求，自己身负重伤，申请授予木村大佐军衔，让他全权负责“双核计划”。然后由木村向山本致电，由于战地医院条件有限，请求来机接她回东京。远藤优美明白，山本接到这个报告，会第一时间派飞机来的。因为是山本批准她来蔚州，想必山本也为蔚州的现状而担忧，也是想让她回东京的。远藤优美认为应该找个可靠的人帮助自己做这件事情。她也曾想过找雪燕帮助，但她认为雪燕如果是内奸，会趁机把她给干掉，她担不起这个未知的风险。

经过慎重的思考，远藤优美认为最佳人选就是谷口俊一。那天，远藤优美洗了澡，换上了猩红的和服，把身上抹得香喷喷的，给谷口俊一打了电话，让他到家里说有事。谷口俊一到后，见远藤优美打扮得这么妩媚，忙把头低下，问：“大佐，有事请吩咐属下。”

远藤优美拍拍沙发说：“过来坐。”谷口俊一来到沙发上坐下，双手扶膝，目不斜视。

远藤优美问：“谷口君，我漂亮吗？”

谷口俊一点点头：“大佐天姿国色。”

远藤优美又问：“你谈过女朋友吗？”

谷口俊一摇摇头：“没有。”

远藤优美笑着道：“如果本佐嫁给你，你同意吗？”

谷口俊一愣了愣："大佐，这种玩笑可开不得啊。"

远藤优美笑道："我说的是真的，你回答要，还是不要吧。"

谷口俊一低着头说："属下配不上大佐。"

远藤优美声音高了："你痛快地说你要不要吧？"

谷口俊一低沉着声音："属下做梦都想。"

远藤优美说："去浴室洗洗，今天晚上不要走了。"

就在这个晚上，远藤优美为了精心策划回东京的计划，与年轻的谷口俊一在一起了。远藤优美靠在床头上，灯光发出柔和的光。她声音柔柔地说："现在没有外人，咱们说点心里话吧。经过这段时间的实践，我认为没有人能够在蔚州完成'双核计划'，道理很简单，我们来偷人家的东西，然后制造武器要人家的命，任何人都不会傻到让别人要自己的命。所以，无论我们怎么努力，最终都会失败的。再这样下去，我们带来的部队将会走不出这里，最终会全部丧命。"

谷口俊一说："为国捐躯，是光荣的。"

远藤优美点点他的额头说："你傻了吗？死了就剩个名声了，死了是没法领取英雄奖章的。你想不想跟我回东京，我们结婚，生几个孩子，过安稳的生活？"

谷口俊一点头说："想。"

于是，远藤优美就把她的计划说出来。谷口俊一正处在爱的甜蜜中，并被远藤优美给规划的美好未来深深地吸引了。他们就在缠绵中把计划策划完美了。早晨，他们还没起床，就有人来报告。远藤优美穿上军装，来到门口，问："什么事？"

来人答道："报告，今天早晨发现小野自杀了，是用吃饭的筷子把自己扎死的……"

远藤优美叹口气说："对他进行火化，通知电报室给上峰致电，小野阵亡，为他请功。"

面对小野的死，远藤优美越发感到，离开蔚州是正确的。如果自己在这里逗留，那么自己就会变成龟田，变成小野。如果再在这里逗留，让上级知道蔚州已经无法收拾，那时候再策划回去，上峰会联想到她是逃跑，就没有现在的效果了。

吃过早饭后，远藤优美召集大家开会说：“今天，我要到大南山去视察，为了减小目标，只带着谷井俊一与司机同往。”他们的车出了南门，来到不远处的树林子里，远藤优美让司机把车停在林子里。下车后，远藤优美对谷口俊一挤挤眼，谷口俊一对着司机开枪，子弹穿过玻璃把司机打死了。远藤优美坐在副架上，说：“开始吧。”

谷口俊一摇头：“大佐，我下不了手。”

远藤优美把他的脖子搂过来，吻着他，说道：“为了我们的未来，你必须下手，不过要打准点，打不准，以后你可能会有个残废的老婆。”

谷口俊一用枪瞄着远藤优美的大腿，脸上直冒汗。

远藤优美说：“等我回去，就想办法把你调回去。”

谷口俊一深深地呼口气，扣了枪，一声响亮，远藤优美发出惨叫声。谷口俊一对远藤优美的腿进行包扎，对着汽车开了十多枪，然后把司机从座上拉出来，一条腿刚迈进车里，一声枪响，他感到胸口被重重地撞击了，惊愕地抬起头，看到远藤优美举着枪，枪筒里还有缕余烟，便瞪大眼睛说：“你……你……”

远藤优美笑着：“谷口君，放心吧，我会为你报功。”谷口俊一的身子晃了晃，倒在地上，一只脚还搭在车上。远藤优美挪到驾座上，把那只脚推出去，开车往回走。来到城南门，她把车停下，喊道：“我们遭到游击队伏击。”喊完，装作昏迷过去。远藤优美被送往医院后，等医生忙完了，她才睁开眼睛，问：“我的腿还能保得住吗？”

医生说：“大佐，子弹正中腿骨，五公分左右的腿骨碎掉，以后可能会影响走路，比如跛脚。”

听到这里，远藤优美哭了，心想这个谷口俊一真是该死，你瞄了半天还是打到骨头上了。子弹碰到硬物，会发生旋转，自然会造成更大的伤害。这时，木村走进病房，问：“大佐，您没事吧？”

远藤优美说：“为了怕目标太大，我只叫了谷口俊一出发，想去大南山基地看看，没想到遭到了游击队的伏击，他们为了掩护我都阵亡了，我的腿已经受到重伤，医生说里面的骨头碎了，必须回东京治疗。木村，你把我受伤的情况向上峰说明，让他们派飞机来接我回东京治疗。我随后向上级申请提升你为大佐，全权负责蔚州所有事务。对了，我已经与美代子谈好，她已经答应嫁给你，不过她好像暗恋着许剑……”

事情就按远藤优美设计的那样，很是顺利。上峰提升木村为大佐，全权负责“双核计划”的落实，并派飞机前来接远藤优美回国治疗。那天，飞机停在了太子梁临时机场上，远藤优美躺在担架上，扭头对木村说：“木村大佐，如果你想得到美代子夫人，如果你想在蔚州成功，必须尽快把许剑给杀了。我们已经查出，许剑就是内奸，以防他逃跑，你回去之后要立马做这件事。”

木村点头说：“我回去就把许剑抓起来。”

飞机起飞了，木村对随从的几个官员说：“我们回司令部做件重要的事情，事情做完之后，咱们要开个会研究一下‘双核计划’的落实。”他带着大家回到司令部，马上召集总部内的兵力，前去歼灭保安大队。当他们冲进保安队大院，里面空无一人。木村带人追到门口，听岗哨说：“许队长带着保安大队，说是保护美代子夫人，去执行重要的任务了。”

木村听到这里气得“哇哇”大叫，带兵追到南门，守门的一位军士说：“许队长说是去大南山打游击队了。”

木村带兵追出五里多路，秋元里奈中佐、哀川里带中佐都提议：“大佐，我们把城里的大部分兵力带出来了，剩下的兵力很难守住县城。如果游击队趁机攻打，县城就会失守。”

如果许剑没带走美代子，木村也许就罢手了，可他们把美代子带走了，他想把她追回来，叫道：“无论有多么危险，也要追上他们。”

当他们追到一片树林前，秋元里奈叫道：“大佐，不能再追了，再追就真危险了。”

哀川里带叫道：“大佐，我们必须回去。”

木村闭着眼睛，大喝道：“回城。”他们刚掉过头去，树林里响起密集的枪声，只得就地还击，由于他们暴露于平坦的荒地里，对方隐藏于树林中，木村感到再打下去，可能会全军覆没，带兵逃离，游击队咬着屁股不放……

守在城西门的日兵见雪燕带保安队走近了，忙把门打开。由于木村行动太急，并未想到雪燕会折回城里，因此没有通知各城门守兵。除南门的守兵看出木村是追杀保安队，其他两个门都不知道。

雪燕带队进入城后，马上把守门的鬼子打死了，让猴子带十几个队员守住城门。她带着大队折回司令部，把司令部清理后，在炮楼子上安插上保安队的人，把俘虏全部关进房里。随后，雪燕兵分两路，一路去夺东门，自己带着三十几人几挺重机枪赶到南门，以破竹之势把南门夺下来了。

蔚州城的几座城门，现在都在雪燕的控制下。雪燕站在南门楼里，用望远镜巡视一番，见四际里还没有出现木村的影，她扭头对麻子说："麻子，骑着摩托巡视东西门，告诉他们，如果有鬼子想进城，拼死顶住，及时汇报，好调动兵力前去支援。"麻子走后，雪燕对黑塔说："发现木村进入视野之后，大家要马上隐蔽起来，决不能让他知道县城失守。当他们走到城门口时，突然冒出来，打他们个措手不及。"雪燕知道，木村是带着几个重要的军官去给远藤优美送行的，他们肯定要在远藤优美走后回去开会。当得知她带兵出去，肯定会去追。以木村的性格，知道把他暗恋了半辈子的美代子给带走了，肯定不会理智，就会有现在这样的结果。

黑塔嘴里叼着喇叭烟，扭头看看队长脸上的表情，是平静的，平静得就像在观察城南外的风景。想想队长的策划与判断，黑塔已经佩服得五体投地，实在找不到好的奉承话，便说："队长，你肯定学过算命。"

雪燕并未看他，望着天际问："为什么？"

黑塔站起来说："队长，你料事如神啊，好像今天的事情，你早就知道是这种结果。"

雪燕微笑着说："结果是可以预测到的，比如咱们当汉奸，就算没听到人家当面骂咱们是狗，但咱们也敢肯定老百姓骂咱们是狗。虽然咱们调转枪口打鬼子，没听到别人夸咱们，但咱们可以断定，老百姓肯定会说咱们好。"

黑塔"嘿嘿"笑了，说："要是这么说，俺也会算。比如，到时候咱们用几挺重机枪迎头扫，一大片鬼子就死了。"

这时，雪燕通过望远镜看到鬼子像群尾巴上挂着火鞭的黄牛向城南门奔来。雪燕喊道："鬼子露面了，隐蔽好，听到俺的枪声要猛地浮起来，对着他们狠打。"

黑塔嘴上歪着喇叭烟，含糊地说："队长，几挺重机枪够他们喝一壶哩。"说着，把烟蒂"呸"到地上，抱着机枪蹲下去，把脚尖翘起来，去踩地上的烟蒂，但停下来想了想，又伸出两根指头捏起来，嘬了两口，忙不迭地扔掉。

木村带兵来到城下，见城门还没打开，叫道："开门。"雪燕手里的枪响了，三十多个队员呼隆蹿起来，对着木村他们狂扫。几挺重机枪同时"嘟嘟"，就像火舌一样，那声音更像撕布那么密集。木村当即中枪倒在地上，鬼子还没明白过来怎么了，就像狂风下的高粱地，成片地倒下去。当他们清醒过来，准备开枪时，游击队咬着他们屁股猛打。由于两面夹击，他们又无掩体，伤亡惨重，只得向西方逃窜，游击队咬着他们追去。雪燕命令把南门打开，检查还有没有活的，确定木村是否死了，要是还口气就留着。

队员们在那里翻弄尸体，遇到没死的再用刺刀补。

自从上次在墓地漏个鬼子，跑回去让他们担惊受怕，他们对清理尸体这件事格外用心。有个队员叫道："队长，木村死了。"雪燕握着手枪来到跟前，见木村的一条胳膊与一条腿都中枪了。突然她发现，木村贴着地面的鼻息前有根草微微颤动，马上用枪指着木村握枪的手。果然，木村的眼睛猛地睁开，抬手就想射击。雪燕手里的枪响了，木村的手就像触电似的猛地抖动一下，手枪跳出老远。

黑塔握着枪顶住他的胸口，说："队长，把他打成筛子。"

雪燕说："给他把胳膊与腿捆住，别流血流死了，押回去咱们还有用。好了，大家马上把尸体拉到沟里，回城。"

城门关闭后，雪燕说："黑塔，俺带木村回去问话，你带兄弟在这里守住门。如果游击队来了，可以让他们进来，如果有鬼子来夺城门，不用废话，用机枪扫。"

黑塔梗着脖子问："为啥？为啥让游击队进来，这城又不是他们夺下来的，为啥让他们进来？"

雪燕说："就咱们保安队是守不住城的，必须跟他们联防。"

回到司令部，雪燕打发人把木村拉到医院，让被俘的医生给木村进行包扎，又把他拉回到司令部，摆到远藤优美的办公桌上。于是，办公室就像个灵堂了……

在游击队押着俘虏回城的路上，玉欣不停地夸赞雪燕，最近指挥战斗就像资深的将军，大有运筹帷幄、决胜千里之势。一品红对这件事情并没有多么高兴，在他的内心中，还保存着另一个版本的雪燕，倔强、冲动、任

性、调皮。就是雪燕这些鲜明的性格，让他深深地产生了爱慕之情。如今的雪燕，仿佛一夜之间就发生了翻天覆地的变化，变得冷漠、残酷、勇敢、智慧。虽然她变成了优秀的指挥官，但这让他有些措手不及，感到有些不适应。他问："玉欣姐，你有没有感到雪燕的性格变了，比如变得冷漠了，人情味少了？"

玉欣笑道："我曾在一本书里看到过一个观点，说参加过战斗的人，容易得战争焦虑症，比如敏感、紧张、兴奋、胆怯等，当这些情绪达到极限，会变得冷静，甚至冷漠，有可能会变得残忍。雪燕以特殊的身份潜伏在敌军中，在那种特殊的环境里，她必须变，变是人的本能，是对自己的保护，所以没什么奇怪的。"

他们来到司令部与雪燕会合后，还没喝口水，雪燕严肃地说："玉欣姐，你们没有休息的时间了，马上带几挺重机枪，前去攻打弹药库。俺会让木村把弹药库的守兵调往西北山。"

一品红说："雪燕，明天吧，游击队员跑的路太多，都累了，跑不动了，就算到大南山也没有战斗力了。"

雪燕瞪眼道："你懂不懂打仗？现在县城失守的消息还没传到大南山，木村还能调动他们。如果大南山基地知道木村被俘，他们两个中队守住弹药库，居高临下，别说是你们游击人，就是八路军大部队来了，想拿下来都很困难。如果你们想省点劲，司令部有几台运兵车，自己开着去，或从俘虏中找来司机开车。你们也不用走得太快了，太快了与调往西北山的部队遇上，可能会很麻烦。"

玉欣点头道："雪燕的计划是对的，这件事必须今天晚上做成，明天还真说不定了。"

雪燕冷冷地盯着一品红说："你跟随玉欣姐，保证她的安全。"

一品红点点头说："好吧。"

雪燕说完，走进办公室，看了看躺在办公桌上的木村。他紧闭着双眼，用鼻子喷着气，脸色暗得就像不新鲜的猪肝色。雪燕倒背着手，踱着步子，围着办公桌转圈，就像推磨似的。雪燕也不看木村，表情是平静的，步子是缓慢的，声音异常柔和，说："木村，如今你躺在属于你的办公桌上，内心肯定不服气，因为你本来应该坐在这里给大家开会，研究'双核计划'的落实。"

木村突然叫道："士可杀不可辱，请你杀了我。"

雪燕继续说："你所以躺在这里听俺讲话，是因为远藤优美把你当成替死鬼了。"

木村叫道："你胡说。"

雪燕依旧不紧不慢地说："当初远藤优美急着来蔚州，现在为什么又急着回国？因为她发现她根本没法完成'双核计划'，如果继续留在这里前程就完了。所以，她与谷口俊一策划了去基地视察，在半路上让谷口俊一把她打伤，以受伤的名义要求回国。于是她向上峰致电说自己身负重伤，无法再担任指挥官，并推荐提升你为大佐，继续负责'双核计划'的落实。"

木村冷笑着说："大日本帝国的军人，决不会临阵脱逃。"

雪燕看着他："因为远藤优美的计划，是俺给她出的。当俺得知谷口俊一没回来，便知道被远藤优美杀人灭口了。那么，整个总部内就只有俺知道她的秘密了，于是她在临走时秘密授意你，比如说：我们已经确认许剑是内奸，保安队有造反的可能，你把保安队给歼灭。"

木村的表情显得非常痛苦、无奈。

雪燕继续说："根据你木村的性格，俺判断出，你回来肯定去对付保安队，于是俺对队员们说，据可靠消息，你们想把保安队剿灭，然后带他们离开，并且带走美代子夫人。对门卫说，保安队去执行任务。俺知道你回来后发现保安队叛逃，又带走你心爱的美代子，肯定会立马追赶，并且由于你的不理智，会追到游击队的伏击圈。于是，俺带着队员从西门进城，把县城给夺下来。因为俺知道，县城里已经不足一个小分队，并且零散在几个门，俺能够控制得了。"

木村"吧唧"几下嘴，问："美代了现在哪儿？"

雪燕说："她已经在游击队后方，非常安全。如果你帮个小忙，俺可以安排你们见面，说不定你们还能在困境中生出感情，以后通过交换俘虏回去，组成家庭，过平静幸福的生活。"

木村冷笑道："我宁愿自尽，也不愿被交换回去。"

雪燕说："木村，俺为你感到可悲，你一直说你深爱着美代子，非她不娶，听上去非常感人。可是你有没有真正为她做一件事情，在她面对生存还是死亡的时候，你却顾忌你的名声，不肯给她留一线生机，你是怎么爱她的？"

木村说："八路军是不杀俘虏的。"

雪燕笑笑道："非常遗憾，俺许剑不是八路军。还有件事情俺要提前跟你说声，别以为你自杀之后就会变成英雄，会为家族带来荣耀。你放心吧，俺不会让你得逞，俺可以让被俘的电报员给你们的上峰致电，说木村已经叛变。当然了，只要你给大南山驻军致电，命令基地与弹药库的守军留下二十人把守，全部火速拉到西北山采煤厂伏击游击队，美代子的性命无忧，你们还能见上面，你们还有很多相处的机会。中国有句老话说得好，那就是留得青山在，不怕没柴烧。你自己想想吧。"

木村脸上的英雄气概消失了，皱着眉头，嘴唇不停地嚅动着，像嚼着不熟的鸡皮。雪燕知道条件已经成熟，稍微冲击一下，就能成功，于是说："既然你不愿意做，俺也不勉强你。"

木村急忙说："慢着，慢着，你必须先让我见到美代子。"

雪燕看着他，说："美代子在游击队后方，今天晚上来不及了，但是，俺保证让你明天见到她。"

木村深深地叹口气，说："为了美代子，我只能这样做了。"

雪燕让队员把木村抬进电报室，木村对两个被看押的电报员说："马上向大南山基地与弹药库致电，留下二十人看守弹药库，其余所有兵力，火速调往西北山，争取将游击队消灭。"

雪燕所以让木村亲自监督做这件事情，主要怕自己不懂电报密码，电报员发成游击队前去袭击弹药库，岂不把游击队给害了。一切安排妥当，雪燕打发队员给他们弄了吃的，并让队员把电报室守住，不让鬼子接触，以防他们发送电报。有个队员说："队长，反正咱们也不会用，听个响得了。"

雪燕摇头："砸了可不行，明天说不定还得用呢。"

雪燕骑着偏三轮，巡视了各个城门，对守门的兄弟交代一番。夜已经深了，初冬的风，预支了冬的冷意，顺着领口与袖口往里钻着，她感到有些冷。这些冷，让她回到一品红的小屋，想找件衣裳穿上。雪燕躺在床上，用脑子过了今天的各个环节，感到并没什么忽略的细节。她穿了件薄毛衣，掏出怀表看看，见已经是夜里十二点了，便用湿毛巾擦把脸，来到壁镜前，歪着头看里面的那个人。

镜子是镶着红木框的那种，红木雕着花纹，显得古色古香。这古旧的镜框映照下，镜里的人看着有些吓人，苍白的脸色，两腮消瘦，颧骨显得有些高。雪燕突然感到镜子里的自己很陌生。在她的记忆中，自己是个女孩的模样，满脸笑容。庵里的院子有口泉子，名叫鉴心泉，四季都汪着水，每天她都与师姐师妹到泉边观赏自己的模样。据说，这个泉子能照出人的心来，如果有坏心的人去照，就能看到恐怖的模样儿。现在，雪燕看到镜子里自己的样子，就有点儿恐怖。

这时，雪燕感到大地结实地抖动几下，传来连绵的闷响，墙上的镜子晃了晃，掉在地上"哗啦"碎了。雪燕惊异地发现镜子后面的墙上，有个方正的洞，洞里有个木匣子。她把匣子抽出来，放到洋油灯前，轻轻地把盖子打开，发现里面有把刮胡子的刀，有个绵制的兜兜。她把兜兜拿起来看看，又不像兜兜。

匣子有张合影相片。

雪燕把照片拿出来细细地观察着，发现里面有个穿军装的男子长得非常像一品红。刮胡刀、女人的兜兜、相片，让雪燕回想起了一品红的异常，顿时惊呆了。当她灵醒过来后，眼睛顿时闪出刀子般的光芒，满脸杀气，用力把相片握住，拔腿就跑。

来到南城门，雪燕见队员们在门楼上睡觉，打着响亮的呼噜，便大声叫道："起来，都给俺起来。"

大家"呼隆呼隆"爬起来，迷迷糊糊地说："队长，实在太困了。"

雪燕叫道："要是鬼子来了，你们就不用醒了。"雪燕发了通火，把黑塔叫到旁边，恶狠狠地说："等玉欣她们回来，你把一品红给俺杀了。"

黑塔顿时瞪大眼睛，眼睛里的月光格外明亮，结巴道："队……队长，一品红不是你，你老婆吗？"

雪燕说："是，但，必须把他杀了。"

黑塔痛苦地问："为啥啊？"

雪燕狠狠地说："他做了见不得人的事。"

黑塔叫道："啊，她，她和别人好了？"

雪燕眼里露着吓人的光："比这还严重。"

黑塔又"啊"一声，说："她敢……她敢……让队长这么生气，那她……她……死定了。"黑塔自己也不知道该怎么说好。

雪燕说："等他们回来，要出其不意地把他解决了，然后对李玉欣说是俺让干的，有什么事去找俺。"

黑塔点点头："队长，以前俺没好意思说。其实，一品红的俊是涂了满脸粉脂。要是把粉脂洗掉，真不如美代子俊。再说了，她也没有美代子夫人对你好，等把她给打死，你还是娶美代子得了。"

二十六 树花暗语

玉欣带着疲惫不堪的队员回到南门，天已大亮，城门并没像想象的那样为她们打开，而是有位身材高大、脸色黑红的汉子，抱着机枪立在门楼子上，高声喊道："让一品红那戏子站出来。"

玉欣喊道："一品红半路上走了，找她有事吗？"

黑塔高声喊道："队长说，必须把一品红杀了，谁敢阻拦，格杀勿论。"

队员们听到这么不友好，都端起枪来。玉欣喊道："把枪放下。"大家不情愿地把枪放下，气呼呼地盯着黑塔在议论。玉欣听到雪燕要杀一品红，有些摸不着头脑，问："为什么？"

黑塔冷笑着说："因为她做了让队长非常生气的事。"

玉欣向黑塔喊道："你赶紧把你们队长叫来，让她说说到底怎么回事？"

想想在来的路上，一品红吞吞吐吐地说："玉欣姐，我有件事情非常对不起雪燕。"玉欣问他什么事，他却不说，并说不回县城了，直接回部队。为了一品红的安全，她还派了两个队员护送他走的。现在，这黑脸的汉子说，雪燕要杀一品红，难道一品红真的做出了对不起雪燕的事情？

雪燕来了后，打开城门让大家进去。她环顾了一下，没看到一品红，就问："玉欣姐，一品红哩？"

玉欣说："半路上回部队了，到底发生什么事了？"

雪燕没有回答玉欣的问话，反问："俺能追得上吗？"

玉欣望着她："半路上就走了，追不上了。"

雪燕恨恨地说："就是追到天涯海角，俺也要取他的性命。"

玉欣见雪燕满脸杀气，知道是动真格的了，小声问："雪燕，告诉姐是咋回事？如果他做出对不起你的事情，姐帮着你整他。"

雪燕欲言又止。这事怎么说？她难道说，俺跟个女的同吃同住大半年，

今天才知道这个女的是男人。雪燕说："如果没有原因他会逃掉吗？玉欣姐，真没想到天下还有这么无耻的人，不把他杀了，俺宁愿死。"

来到司令部，雪燕安排大家吃过饭，打发他们到保安队原来的宿舍里休息。玉欣对雪燕说："雪燕，咱们商量商量怎么把剩下的鬼子干掉吧。虽然咱们把弹药库端了，但蔚州还有不少鬼子，如果他们前来攻城，咱们怕是守不住。"

雪燕说："放心吧，他们不会来攻城了。"

玉欣问："雪燕，你为什么这么肯定？"

原来，雪燕让木村给调往西北山的兵力致电，遭遇八路军主力，弹药库被炸，县城失守，让他们火速离开蔚州。玉欣暗暗叫苦，如果这些鬼子去和其他地方作战的日军汇合，那么我军的压力就更大了。她马上给联系人发了电报，通知他们，日军可能有两个多中队的增援，让他们做好准备。随后，按着雪燕的要求，派人去营地把美代子带回来，让她跟木村见个面。

玉欣安排完后，凑到雪燕跟前，拉拉她的衣摆，小声问："告诉姐，一品红到底咋了？如果他敢对不起你，姐也不饶他。"

雪燕满脸痛苦地说："这人根本不是人，不做人事儿。玉欣姐，你别管了，反正俺必须要杀了他，不杀他，俺就没脸活了。"

玉欣见雪燕眼里透着凶光，便认定一品红真对不起雪燕了。当美代子来到后，雪燕对她说："木村一直对你抱有幻想，你直接跟他说，让他死心得了。"

美代子点点头："许君，美代子会的。"

她们走进办公室，美代子见木村腿与胳膊上打着绷带，躺在龟田与远藤优美用过的办公桌上，像停尸。美代子说："木村君。"

正闭着眼睛的木村猛地把眼睁开，扭头盯着美代子，脸上泛出惊喜。他挣扎着，想爬起来，但被剧烈的疼痛摁住了，痛苦中带有喜悦，说："美代子，你，你来了？"

美代子走到他的身边，平静地说："木村君，你总是说你很爱我，并且非我不娶，听上去很感人，但你究竟怎么爱我了？你为我做过什么？你与远藤优美设计把龟田害死了，这是爱吗？你答应我把龟田送回日本治疗，可他死了，这是爱吗？你爱过我什么，你懂爱吗？爱是付出，不是占有。所以，你不懂爱。”

木村急着说：“美代子，我真的很爱你。”

美代子冷笑道：“可是美代子从没爱过你。”

木村眼里蓄着泪水说：“美代子，我……”

美代子伸手制止木村说：“不要再说了，美代子不但不爱你，还恨你，请你死了这条心，去做你的俘虏吧。美代子永远都不会爱你。”说完，跑出办公室，呼呼地喘着气，脸气得通红了。

雪燕问：“美代子，要不要把他干掉？”

美代子摇头说：“许君，你们中国有句话说得好，好鞋不踩臭狗屎，把他交给八路军，让八路军按规定处置他吧。”

雪燕要把俘虏全部杀了，玉欣使劲摇头：“不行，这个可不行，俺要把他们送到部队，用来交换被俘的同志。”

雪燕说：“美代子不是俘虏，她对咱们来说是有功的，咱们有今天的胜利，是由于她的帮助，不能带她走。”

玉欣点点头：“美代子当然不是俘虏，就算她想回日本，咱也得找个更适合她的办法，不用交换俘虏的方式。”

为了让八路军能穿上棉衣，吃上粮食，雪燕打发黑塔，把之前曾经捐助日军的富商全部叫来，给他们开会，让他们出钱出粮，并说：“这次，谁敢偷奸耍滑，俺不会手软。出得最少的那位，抄家问斩。”随后，每人发张纸，让他们在纸上写上捐助的钱粮。他们都怕自己出少了会招来祸事，都根据自己的能力，尽可能地出了钱粮，然后将钱粮装到卡车上，由玉欣带去部队。在玉欣临走时，雪燕对她说：“玉欣姐，见到一品红后，要对他说，最好在战场上战死，那俺就不与他计较了。否则，俺就是追到天涯海角，也会取他的性命。”

玉欣感到问题有些严重，因为雪燕想杀一品红的决心这么大，肯定一品红做了极对不起雪燕的事情。她说：“雪燕，你放心，回去俺就向首长汇报，对他进行审查。”

雪燕咬牙切齿道：“和首长说，一品红这人‘道德败坏’……”

玉欣押着俘虏与钱粮走了，雪燕把游击队与保安队进行合并，一部分用来守城，一部分发动群众，清理街道，开铺经商，要把小城给恢复到鬼

子进城之前的模样。雪燕要求，窗花街的所有铺子，要把亮子摆出来，贴上新剪的窗花，庆祝这场胜利……

没事的时候，雪燕会在司令部前的小院花园里教大家打拳。一天，雪燕见几个队员打得像大猩猩摘桃，便说："一边去，看我的。"来到大家中间，打了套拳，引得大家阵阵喝彩。雪燕收式后，回头发现人群中站着玉欣、娘、春燕，还有个年轻的八路军。雪燕心里已经充满喜悦了，但她刻意绷着脸。当她见那八路军用手搂着春燕的肩，显得很暧昧，蹿上去把他的手打开，叫道："拿开你的手。"那军人对她笑了笑，双手紧紧地贴到裤缝上。

玉欣这次回部队，已经知道雪燕为何要杀一品红了。她能够明白雪燕的心情，如果自己是雪燕，也会愤怒的。剪娘眼里蓄着泪水，问："雪燕，还认得俺吗？"

雪燕故意耷下眼皮，说："俺哪知道您是谁？"

剪娘抽抽鼻子说："雪燕，俺是娘啊，俺是娘，你看看，咋不认得俺哩？你可让娘想断肠子了，儿啊。"说着，眼泪扑簌簌地落下。

雪燕强忍着泪："认出来了，您就是剪娘。"

玉欣忙上前，扶着雪燕的肩，说："雪燕，来，俺给你介绍，刚才站在你姐旁边的就是小赵。"

雪燕甩手道："任他是谁。"

玉欣笑道："人家结婚了，是两口子了。"

雪燕歪着头，盯着春燕说："你结婚了？"

春燕点点头："嗯。"

雪燕推开春燕，说："一边去，你不是俺姐。"

剪娘看到雪燕很怪，感觉到她好像并不是很高兴，就抹着眼泪说："雪燕，你真不认得俺吗？"

雪燕帮娘抹抹眼泪，说："行啦，行啦，别掉菜水子了，俺咋不认得您哩？"回头对麻子说，"麻子，给她们安排伙食与住宿，玉欣姐，你出来，俺有话问你。"

玉欣跟雪燕来到旁边，问："是不是问一品红的事？雪燕，是这样的，他回去就上前线了。"

雪燕说："最好在战场上战死，那样俺就原谅他了。"

玉欣拍拍雪燕的手，说："雪燕，事情的经过俺都知道了，说实话，以前，一品红男扮女装俺都不知道，这次回去见到首长，首长才告诉俺。俺能理解你的心情，你把他当成女的，同吃同住，没有提防，突然知道他是男的，谁也接受不了。不过一品红也有难处，他身负组织上交给他的任务，为完成任务，不能轻易暴露自己的身份。"

雪燕"哈哈"笑着："他早告诉俺，也许俺俩还能做朋友。可这么久了，现在剩下的只有仇恨。"

这时，喜柱奔着雪燕跑来了，跑到跟前，仰起头说："师娘。"

雪燕没等他说完，照他脸一巴掌，喝道："你小屁孩乱说什么？谁是你师娘？"

柱子眼里顿时涌出泪水，用手背抹抹眼泪，脸上出现了两道灰迹，他抽泣着说："俺师父临死之前，用力拉着俺的手说：喜柱，俺不行了，你一定帮俺给雪燕打场树花，要打好看点。"说着，捂着脸蹲在地上，哭得浑身像筛糠似的。

玉欣眼圈红着说："雪燕，大力刚到游击队时，第一天夜里就把队里的头盔、刀具全偷着藏起来了。后来，俺们让他打刀，结果刀子小，还没剩下铁，就怀疑他了，原来他说他要为你打场树花，正在收集铁。平时，他们师徒俩在路上见个钉子，眼睛都会发亮。大力唯一的心愿就是给你打场像样的树花。没想到在这次攻打弹药库时，大力牺牲了。当夺下弹药库时，听说大力要见俺，俺见到他时，他已经没呼吸了，眼睛瞪得老大。当初俺曾答应他，要给他弄铁打树花哩，俺知道他想问问铁的事情。俺说，大力，你放心，打树花的铁全部由俺出。大力的眼睛竟闭上了，脸上好像泛出欣慰的笑哩。"

雪燕想起那个打铁的粗汉子，那个用剪子向她求爱的粗汉子，那个打树花向她求爱的粗汉子，那个用铁水浇鬼子的粗汉子，这些回忆触动了她内心深处的柔软，眼里顿时蓄满泪水，抽抽鼻子问："喜柱，你师父埋在哪儿？俺过去看看他。"

喜柱站起来，抹抹眼泪说："现在别去了，等你看了俺替师父打的树花后，到俺师父的坟前，说你看到树花哩。俺师父就能闭眼了。"

玉欣说："雪燕，反正刚打完仗，不缺废铜烂铁的，咱们就打场像样

的树花，一是完成大力的心愿，二是庆祝咱们的胜利，让老百姓也热闹热闹……”

自来到蔚州，剪娘就感到雪燕不对劲了，整个像变了个人似的，见着她也没有多么亲，脸上从没有过笑容。剪娘有些心虚，毕竟自己把雪燕扔到庵里十四年，欠她的。剪娘问玉欣：“玉欣啊，俺发现雪燕不对劲，对俺也不亲了。”

玉欣笑道：“大娘，你别多心，其实她心里高兴着呢。要说她变的话，确实变了，她从一个黄毛丫头经过了战争的考验，变成英雄了，变得成熟了。至于她不高兴这是有原因的，你想啊，她把一品红当成好姐妹，常在那里过夜，有时候穿得又少，现在突然听说一品红是个男人，她能不气愤吗？她正在气头上哩。”

剪娘说：“一品红换上军装，看着挺俊的，也是个识字懂礼的人，既然他们都在一块儿住这么久了，要不就撮合他们在一起吧。”

玉欣忙摆手，说：“大娘，这件事可千万别提，有些事情是急不来的，现在提出来，雪燕会翻脸。小赵不是代表首长来向雪燕道歉的吗？让他跟雪燕说说吧。”

剪娘为难地说：“小赵见雪燕这么厉害，不敢跟她说啊。春燕这丫头又对小赵说，你说吧，你说吧，小心她揍你啊。”

玉欣笑道：“不说可不行，他可是代表首长来的。”玉欣把雪燕叫出来，拉到旁边说，“雪燕，小赵是带着首长的话来的，看到你这个小姨子这么凶，话都不敢跟你说了，你待会儿对人家客气点啊。”

雪燕皱着眉，说：“一个大男人家藏着掖着的干啥？俺最瞧不起这个了。”说完，跑到房里，喊道，“哎，那个啥，当兵的，你出来，有话赶紧说。”

小赵出来，春燕不放心，也跟着出来了，说：“雪燕，他可是你姐夫，你能不能对他客气点？”

玉欣对春燕挤挤眼，春燕不放心地往回走，走几步回回头，生怕自己的爱人挨揍。小赵给雪燕打个敬礼说：“首长说了，雪燕同志，在没有受过任何训练的情况下，女扮男装，潜入敌军，凭着自己非凡的智慧，不只保证了自身安全，还成功地搞了大量的翔实可信的情报，并策划了几起战斗，以最小的代价拿下了蔚州，她是我们学习的楷模。首长还说，正是由于雪燕同志，我们的很多士兵才不会挨冻，并且还给咱们解决了粮食问题。”

雪燕挥挥手说：“拍马屁的话别说了。”

小赵又打个敬礼说：“首长说了，有关周正轩同志向你隐瞒身份的事情，不是正轩同志的问题，是组织上的要求，首长让我代表他向你道歉，说声对不起。”

雪燕问：“周正轩是谁？”

小赵答道：“就是代号一品红的同志。”

雪燕恨得握紧拳头，叫道：“气死俺了，这么久了，俺连他的真实名字都不知道，气死俺了。”

小赵说：“首长还说，他已经收藏了你几张窗花情报，这次还想让我帮着向你求几张窗花呢。”

雪燕恨恨地说：“窗花没问题，俺可以给他剪，但俺不接受他的道歉，这事不是一句道歉就能完得了的事。”

玉欣对小赵挤挤眼，说：“好了好了，回去吧。”她拍拍雪燕的肩说，“雪燕，有个问题俺想问你，美代子把你当成男人，爱上你了，还爱得非常深，并不顾自己的国籍，给你搞了很多情报。那么，美代子知道你是女的吗？”

听到这里，雪燕顿时傻了，咋舌道：“玉欣姐，你说美代子会不会恨俺？”

玉欣笑道：“你能原谅一品红，她就能原谅你。”

雪燕摇头说：“这不同，俺与美代子都是女的，可一品红是个男的。玉欣姐，真丢死人了，你不知道，俺以为他是女的，每次去房里洗澡，那个时候也没避讳他，睡觉的时候就穿着个小兜兜。有一次一品红还捏着俺的脚，偷着盯俺，要不是俺醒了，还不知道他能做出啥事哩。”

玉欣说：“有个办法。”

雪燕问：“什么办法？”

玉欣小声说：“嫁给他。”

雪燕对着地上连着“呸”了几口，说：“俺就是重新回到庵里当尼姑，也不会嫁给他。要是大力还活着，俺宁愿嫁给大力，也不会嫁给他。这笔账，俺是一定要跟他算哩。”

接下来，怎么与美代子解释自己的真实身份哩，成了雪燕最大的难题。那天，她在花园里来回踱着步子，在想怎么跟美代子说。经了霜的花园，变成

了枯黄色。风越来越硬，水池已经有了薄薄的冰。雪燕蹲在池水旁，用根棍儿戳着冰面，不时看看美代子的住房，房顶上有几只麻雀，在那里嬉闹着。

雪燕在犹豫，是不是要继续瞒着美代子，让她永远也不知道自己是个女子。随后感到这样不好，如果以后突然知道，这就是一种欺骗，不如自己亲口告诉她。雪燕来到美代子的住处，美代子给她泡上茶，说："这还是你送给我的茶，说实话，在日本，我从没有喝过这么好的茶叶呢。到时候我买点，回日本的时候，给我母亲带回去些，让她尝尝。"

雪燕说："这你放心，茶叶俺给你弄。"

美代子说："许君，我来蔚州，最大的收获就是认识了你。无论美代子走到哪里，都会在心里记着许君的。"

雪燕小声说："有件事俺想请教你。当初俺与一品红以假夫妻的身份搞情报，有时候俺会住在他的房里。以前，俺一直以为他是女的，现在突然知道，他竟然是个男的。要你是俺，你咋办？"

美代子吃惊道："什么，一品红是个男的？"

雪燕点头说："嗯。"

美代子说："真没想到，看上去比女人都女人的人，是个男人。其实，在战争年代，这没有什么，特工为了自己的安全，常会隐藏自己的真实身份。因为，只有伪装好自己，才能搞到情报。"

雪燕问："美代子，如果俺是女扮男装，你会怎么想？"

美代子想了想说："那也没什么，我们可以是姐妹啊。"

雪燕问："难道你不认为俺欺骗了你？"

美代子说："我们是在战争年代认识的，战争是没有法律的，是不存在欺骗的。再说了，骗不骗不在表面，而是要从事实上去衡量，对方是否伤害了你。就算你是女的，我仍能感受到，你对我的关心与照顾是发自内心的，所以，我们仍旧是最好的朋友。"

雪燕得到了想要的答案，高兴了，伸手把美代子拥抱起来。美代子的手抬起来，想着拥抱雪燕，又放下了。她沮丧地说："许君，这段时间我想通了，真正的爱不是拥有，而是要对方好。就算一品红不是你的夫人，我们也是不能够的。我毕竟是日本女人，现在的形势下，我们结合，会给你带来非议。美代子感到，有些美好的东西埋在心里，会更完美。以后我回想起来会感到幸福的。”

雪燕叹口气说：“如果我是男的，俺一定娶你，才不在乎什么形势与国际哩，遗憾的是俺不是男的，是女的，所以，咱们只能做最好的姐妹了，做一生的姐妹。”

美代子笑道：“许君跟美代子开玩笑呢，那你变成女的，你变成女的，咱们做姐妹。”

为了能够把树花打得漂亮些，雪燕请来了蔚州祖传打树花的艺人，让他们帮助喜柱共同打这场树花。那天，雪燕身着石榴红的小夹袄，下穿藏蓝色的裤子，走在窗花街上。所有的店前都摆着亮子，上面新糊了洁白的毛边纸，贴着鲜艳的窗花，整条街都鲜活起来。雪燕来到城中临时打树花的地方，发现已经站满了看树花的人。雪燕来到玉欣身后，拉拉她的衣摆，然后来到一边耳语了几句。

玉欣把美代子拉到雪燕身后，对她说：“美代子，雪燕提议要跟咱们结拜金兰，你同意吗？”

美代子问：“雪燕是谁？金兰是什么？”

玉欣说：“金兰是指异姓姐妹。雪燕吗，她就是许剑。”

美代子歪着头问：“这是，许君的真名吗？”

玉欣点头：“是哩，这才是她的真名。”

美代子问：“能跟男子拜异姓姐妹吗？”

玉欣笑着说：“许剑，真实的身份是女子。”

美代子顿时愣在那里，回想与许剑接触以来，每次追求她时，她都躲躲闪闪的。前几天，雪燕又去找她，跟她说：“如果俺是女子，你能原谅俺吗？”美代子叹了口气说：“现在想来，那时候我向她示爱，肯定给她添了不少麻烦。”

玉欣问：“难道你不恨她欺骗了你？”

美代子摇摇头说：“这是战争啊，她也没办法。不管怎样，在我最困难、最困惑的时候，是她站在我身边给了我力量与勇气。我能够感觉到，她对我是真诚的。如果她真是女子，我愿意跟她做最好的姐妹。”玉欣之所以这么问，是要让雪燕听到，有利于缓和雪燕与一品红的关系。

雪燕慢慢地靠近美代子，小声说：“美代子，如果你感到委屈，就骂俺

几句吧，或者打俺几下。”

美代子瞪大眼睛，盯着雪燕，结巴道：“你……你真是许君吗？”

雪燕点点头：“是哩。”

美代子苦笑道：“这样也好，我就没有遗憾了。如果你是男子，可能我一生都会认为，我错过了最爱的人。如果你是女子，那么我这一生就多了个好姐妹。”雪燕把美代子紧紧地拥在怀里，美代子的双手慢慢地抬起来，拥抱住雪燕，轻轻地拍拍她的肩，说：“我们是好姐妹……”

雪燕高兴地说：“玉欣姐，要不要咱们弄烛香磕个头？”

玉欣笑道：“多封建啊，咱们就让树花证明咱们的姐妹友情吧，这个比烧香要隆重得多吧。”

天色渐渐地从四际里淹过来，人越来越多，不时会传来朗朗的笑声。这样的笑声对于这个小城来说，已经好久好久没有了。雪燕拉着玉欣与美代子的手来到打树花的场子。秧歌戏也开演了，打树花的铁已经在特制的炉子里沸腾了。几个打树花的汉子戴上草帽，反穿着羊皮袄立在场中。随着鼓声雷动、灯笼闪耀，最为庄严的祭炉仪式开始了。这是一次精心准备的树花表演，所以精心策划了祭炉仪式。喜柱与其他几位树花艺人，在巨大的炉筒造型前进行膜拜，然后用动感的舞步，表达出风调雨顺、心想事成的美好愿望。而这场树花，更多的是对于胜利的庆贺。祈福仪式完成后，喜柱把草帽摘下来，四处张望。

雪燕明白喜柱是在找她，因为在喜柱眼里，这场树花是专门为她打的。她往场里走，负责安全的麻子把她拦住了。雪燕用许剑的语气说：“麻子，闪开。”

麻子在这种口吻中习惯性地点点头，走到旁边，愣了愣，说：“不对啊，不对啊，咋听着像队长哩。”

雪燕来到喜柱面前，摸摸他的头，说：“喜柱，好好打，俺看着哩。”

喜柱用力点点头。

麻子走过来说：“大姐，大姐，到外面去看，这里不安全。”

喜柱挺着肚子叫道：“打……树……花嘞……”几个人抬着滚烫的铁水，呼地倒进特制的盆里。喜柱伸手从水桶里提出柳木勺子，舀起铁水，朝墙上打了一下，就离开场子，来到雪燕面前。几个祖传的树花艺人开始正式打树花了，一勺勺铁水像赤色的游龙那样撞向黑砖墙，“哗”地爆响后，溅出珍珠般大小的红色水珠，变成鸡冠花状，变成伞状，顺着城墙向外飞扬，围观的人群顿时发出欢呼声……

整个晚上雪燕都没睡，独自坐在那里铰窗花。她的脸色是凝重的，心情是沉重的。因为有些东西席卷了她的单纯与无邪，让她不得不思考并承受这种变化。

早晨，雪燕在送春燕与小赵回部队时，把一沓窗花递给小赵，说：“这是给首长的。”然后，又拿出个叠得很小的窗花说：“这个是给那个……那个……叫啥来着？”她用手挠着头，一脸尴尬。

小赵说：“周正轩同志。”

雪燕噘着嘴，嘟囔道：“俺一听到这个名就来气。”

玉欣笑着凑到雪燕跟前，挤挤眼说：“雪燕，打开让俺们看看铰的啥呗。”

雪燕脸一下子红了：“反正，你，你们看不懂。”

春燕把给一品红的窗花打开，原来铰了个小男孩，坐在乌龟上，手里拿着朵花。玉欣笑道：“雪燕，这是窗花情报哩。”

雪燕说：“俺是骂他哩。”说着，从腰上掏出那支勃朗宁手枪，说：“赵同志，把这支枪带过去交给他，让他自己看着办吧……”雪燕看着他们几个离开，抬头望着天空，几朵白云悠闲地飘着。

突然，枪声再次打破了小城的宁静……